Het geheim van de quilters

Jennifer Chiaverini

# *Het geheim van de quilters*

Vertaald door Jeannet Dekker

ARENA

Oorspronkelijke titel: *The Runaway Quilt*
© Oorspronkelijke uitgave: 2002 by Jennifer Chiaverini
© Nederlandse uitgave: Arena Amsterdam, 2008
© Vertaling uit het Engels: Jeannet Dekker
Omslagontwerp: Marry van Baar, Amsterdam
Omslagillustratie: Honi Werner
Foto achterzijde omslag: Sigrid Estrada
Typografie en zetwerk: CeevanWee, Amsterdam
ISBN 978-90-6974-864-1
NUR 302

Voor Marty en Nicholas, met heel mijn hart

1

Sylvia Bergstrom Compson was na de dood van haar zus Claudia, die op haar zevenenzeventigste kinderloos was gestorven, de laatste nazaat van Hans en Anneke Bergstrom die nog in leven was, en enig erfgenaam van wat er nog van hun fortuin restte. Dat had ze althans altijd gedacht. Een tijdlang had ze in de veronderstelling geleefd dat ze vanwege alle onprettige herinneringen nooit zelf op Elm Creek Manor, het landgoed van haar voorouders op het platteland van Pennsylvania, zou kunnen wonen. Dat was een gedachte die haar nu bespottelijk voorkwam, maar toen was ze er zo van overtuigd geweest dat ze op zoek was gegaan naar iemand anders die de verantwoordelijkheid voor het huis op zich kon nemen. Haar advocaat had haar ervan verzekerd dat ze de enige erfgename was, een mening die door haar privédetective werd gedeeld.

Nu vroeg ze zich af of ze misschien iets over het hoofd hadden gezien, of er mogelijk familiebanden waren die niemand zich kon herinneren, maar die wel in een versleten antieke quilt waren vastgelegd.

Ze had de quilt nog nooit eerder gezien: dat wist ze heel zeker. Haar eerste kennismaking vond plaats na een lezing die ze voor het Silver Lake Quilters' Guild in South Carolina had gegeven. Een van de vrouwen was nog even gebleven om Sylvia en haar vriend Andrew Cooper te helpen de spullen weer in te pakken. Toen ze gedrieën Sylvia's quilts opvouwden en haar dia's voorzichtig terug in de doosjes deden, zei de vrouw dat ze Margaret

Alden heette en dat ze elkaar al eens eerder hadden ontmoet, tijdens een van de quiltkampen die op Elm Creek Manor werden gehouden.

'O, maar natuurlijk kan ik me je nog herinneren,' begon Sylvia, maar toen ze de sceptische blik zag die Andrew haar toewierp, bekende ze eerlijk dat dat niet zo was. Margaret zei lachend dat dat haar niet verbaasde. Er kwamen elk jaar zoveel quilters naar Elm Creek Manor dat Sylvia zich onmogelijk elk gezicht kon herinneren, ook al vond ze zelf dat ze daar toe verplicht was omdat het om gasten in haar eigen huis ging.

Terwijl ze de spullen naar Andrews camper brachten, praatten ze nog wat na over het quiltkamp, maar zelfs nadat Sylvia Margaret voor haar hulp had bedankt, bleef de vrouw nog staan. 'Als je nog een paar minuten tijd hebt,' zei ze, 'dan zou ik je graag een quilt laten zien die al enkele generaties in mijn familie is. Ik geloof dat die iets met Elm Creek Manor te maken heeft.'

'Hoe bedoel je?' vroeg Sylvia. 'In welk opzicht?'

'Ik hoopte eigenlijk dat jij me dat zou kunnen vertellen.'

Andrew en Sylvia stonden te popelen om aan de eerste etappe van de lange rit terug naar Pennsylvania te beginnen, maar Sylvia liet nooit een gelegenheid voorbijgaan om een bijzondere quilt te bekijken, en al helemaal geen exemplaar dat zo intrigerend klonk als deze. Margaret liep snel naar haar auto en kwam terug met een bundeltje dat in een katoenen laken was gewikkeld. Samen met Sylvia rolde ze het open en spreidde de quilt, of eigenlijk wat daarvan restte, helemaal uit.

Het eerste dat Sylvia opviel, was het patroon: Birds in the Air. Elk vierkant blok was langs de diagonaal in tweeën gedeeld en bestond uit een grote effen driehoek in een donkere of middentint en drie kleine driehoeken op een lichtere achtergrondstof. De blokken waren op een punt gezet, zodat alle driehoeken, groot en klein, in dezelfde richting wezen. Er leek vooral wol en mousseline te zijn gebruikt, maar de stof was zo versleten en verbleekt dat Sylvia niet met zekerheid kon zeggen wat de oorspronkelijk kleuren waren geweest. Aan de watervlekken en slijtplekken te zien was de quilt niet alleen oud, maar door de jaren heen ook niet altijd even goed behandeld. De waarschijnlijk ooit felle kleuren waren nu verschoten, en de eindrand was zo versleten dat de katoenen vulling op verschillende plekken te zien was. De drie lagen werden hier en daar nog bijeengehouden door bijzonder fijne steekjes, maar op de meeste plaatsen was de draad waarmee de quilt was doorgepit uitgehaald of per ongeluk kapot getrokken en was de tussenvulling allang verdwenen.

Sylvia zou Margaret het liefst streng hebben toegesproken omdat ze de quilt hierheen had durven meenemen en daarmee de kans op verdere beschadigingen had vergroot, maar ze wist dat dat oneerlijk zou zijn: ze was namelijk heel blij dat ze deze quilt mocht zien. 'Hij is erg mooi, hoor.' Ze boog zich voorover en tuurde door haar leesbril naar de steken waarmee de stof was doorgepit. Die hadden iets vreemds, maar ze kon er niet meteen haar vinger opleggen.

'Mooi?' Margaret lachte. 'De meeste mensen komen niet verder dan "Hm. Interessant".'

'Maar Sylvia is dan ook een echte quilter,' zei Andrew. 'Ze kijkt door ouderdom en slijtage heen en ziet altijd de mooie kanten.'

'Ware schoonheid doorstaat de tand des tijds,' zei Sylvia, terwijl ze haar rug rechtte. 'Al vind ik het bijzonder spijtig dat de vorige eigenaren niet iets voorzichtiger zijn geweest.'

'Ik weet het,' zei Margaret verontschuldigend. 'Maar volgens mijn moeder was dit gewoon een van de vele quilts die haar oma in huis had. Niemand in de familie heeft ooit beseft dat ze onder een waar erfstuk sliepen.'

'Nee, natuurlijk niet, en ik bedoel het ook niet als kritiek op jou of je voorouders. Ik behoor niet tot degenen die vinden dat je quilts alleen maar mag tentoonstellen en niet op een bed mag leggen.' Sylvia keek weer naar de quilt. 'Het is een eenvoudig patroon, samengesteld uit restjes oude lappen. Hij is nooit bedoeld geweest als de mooiste quilt van de familie. Door hem zo vaak te gebruiken, heeft je familie alleen maar gehandeld zoals de maakster dat waarschijnlijk graag zou hebben gezien.'

Margaret glimlachte blij. Toen kruiste Andrews blik even die van Sylvia, en opeens besefte ze hoe moe de voordracht haar had gemaakt, en hoeveel kilometer ze vandaag nog wilden afleggen. Ze begreep nog steeds niet in hoeverre deze quilt iets te maken kon hebben met Elm Creek Manor, tenzij Margaret hoopte dat Sylvia hem zou kopen om hem daar tentoon te stellen. Een tikje bruusk zei ze: 'Als je had gehoopt dat ik je had kunnen vertellen hoeveel deze quilt waard is, of hoe oud hij is, dan moet ik je helaas teleurstellen. Ik schat dat hij halverwege of eind negentiende eeuw is gemaakt, maar als je het zeker wilt weten, kun je het beter aan een deskundige op het gebied van textiel vragen. En wat de financiële waarde betreft...'

'O, ik zou hem nooit kunnen verkopen,' zei Margaret, duidelijk ontzet door de suggestie.

'Het doet me deugd dat te horen.' Sylvia wou dat iedereen zoveel waardering toonde voor de erfstukken die hun voorouders met liefde en geduld hadden vervaardigd. 'Maar vertel eens, waarom denk je dat deze quilt iets met Elm Creek Manor te maken heeft?'

Margaret draaide de quilt om, zodat het effen mousseline aan de achterkant zichtbaar werd. 'Kijk eens naar de steken waarmee de stof is doorgepit. Wat valt je daaraan op?'

Sylvia tuitte haar lippen en keek aandachtig naar de stof. De steken waren aan deze kant beter zichtbaar, hier waren geen kleuren of patronen die de aandacht konden afleiden. 'De lengte van de steken varieert,' zei ze. 'Sommige zijn lang, andere kort, en de korte steken zitten allemaal dicht bij elkaar.'

Margaret knikte, waarmee ze aangaf dat Sylvia het antwoord had gegeven waarop ze had gehoopt. 'Toen ik mijn moeder vertelde dat ik een quiltkamp op Elm Creek Manor had bijgewoond, vertelde ze over een oude quilt uit onze familie, die haar oma altijd de Elm Creek-quilt noemde.'

Sylvia keek verbaasd op: 'O ja?'

'Aanvankelijk dacht ik dat ze hem zo had genoemd vanwege het motief waarmee de rand is doorgepit. Kijk maar, dit doet nog het meeste denken aan het blad van een iep, en die golvende lijnen hier lijken op stromend water.'

'Ja, dat zou je erin kunnen zien.' Nu Sylvia erop was gewezen, zag ze er ook een iepenblad in, maar de golvende lijnen deden haar toch meer denken aan een doodgewoon kabelpatroon dan aan een beekje.

'De quilt had nog een andere naam. De vluchtquilt.'

'De vluchtquilt?' Andrew grinnikte. 'Ik wist dat quilters in hun quilts kunnen vluchten, maar niet dat een quilt zelf op de vlucht kon slaan.'

'Misschien is hij wel veel groter geworden dan de bedoeling van de maakster was,' zei Sylvia. 'Misschien had ze het idee dat hij een hoge vlucht nam.'

'Dat zou best kunnen, maar volgens mijn moeder was Elm Creek-quilt de naam die het meest werd gebruikt,' zei Margaret snel.

Sylvia knikte, en haar geamuseerde blik kruiste even die van Andrew. Margaret leek dolgraag iets duidelijk te willen maken, maar tot nu toe had ze niets gezegd wat Sylvia had kunnen overtuigen.

'Kijk eens naar deze patronen.' Margaret wees op een aantal steken die volgens haar een tabaksblad voorstelden, en een ster, een bergpas, een groep paarden...

'En dit groepje steken,' zei Margaret, terwijl ze Sylvia verwachtingsvol aankeek, 'vormen met elkaar een afbeelding van Elm Creek Manor.'

Sylvia kon niet langer beleefd knikken bij deze wilde voorstellingen. 'Sorry lieverd, maar ik kan dat er niet in zien.'

'Vergeet niet dat de quilter vanaf de andere kant werkte,' zei Andrew, die toegeeflijker probeerde te zijn dan Sylvia was geweest. 'Je moet die patronen eigenlijk in spiegelbeeld zien.'

Sylvia rolde de quilt vlak voor de grote spiegel van de camper verder af en keek aandachtig naar een klein hoekje aan de bovenkant. Tot haar grote verbazing zag ze in de spiegel de contouren van een pas, gelegen tussen een paar lage bergen. Ze staarde sprakeloos naar de quilt. 'Hemeltjelief,' wist ze ten slotte uit te brengen, 'ik moet bekennen dat dit verbazingwekkend veel lijkt op de pas naar het dal van de Elm Creek.' Ze hield een ander stukje omhoog. 'En dit zou weleens de westvleugel van Elm Creek Manor kunnen zijn.'

'Tijdens het quiltkamp heb je ons verteld dat de westelijke vleugel het oudste deel van het huis is,' zei Margaret.

'In de tijd dat deze quilt werd gemaakt, was dat het enige deel van het huis dat er al was.' Met haar vingertop volgde Sylvia het patroon. 'De oorspronkelijke ingang zit in elk geval op de goede plaats.'

'Nu is dat deel van het huis de zijkant,' zei Andrew, 'maar vroeger...'

'Vroeger was dat de voorkant van het huis.' Sylvia schudde haar hoofd, alsof ze rare gedachten wilde verdrijven. 'Ik geef toe dat het allemaal verleidelijk klinkt, maar is het niet te mooi om waar te zijn? Veel huizen lijken op elkaar, en iepen en beekjes vind je niet alleen op het landgoed van mijn familie...' Haar stem stierf weg, getroffen als ze was door ongeloof.

Vlak bij de afbeelding van Elm Creek Manor waren de omtrekken van een ander gebouw te zien dat zo uniek en karakteristiek was dat er geen twijfel mogelijk was: een schuur met een verdieping, deels aan het oog onttrokken door de heuvel waartegen hij was gebouwd. De vorm en verhoudingen waren identiek aan die van de schuur op het landgoed van Sylvia.

Andrew nam foto's van de voor- en achterkant van de quilt, met een paar close-ups van de afbeeldingen die door de stiksels waren gevormd. Ondertussen noteerde Sylvia wat Margaret zich allemaal nog kon herinneren. Margaret nam, op grond van de verhalen uit haar familie, aan dat haar betovergrootmoeder de quilt had vervaardigd, maar hoewel ze vijf jaar lang onderzoek naar de geschiedenis van de familie had gedaan, was ze bijzonder weinig over die periode te weten gekomen. Veel belangrijke documenten waren tijdens de Amerikaanse Burgeroorlog verloren gegaan.

Toen merkte Margaret op, bijna terloops: 'En als het niet het werk van mijn betovergrootmoeder is, dan heeft een van haar slavinnen hem wellicht gemaakt.'

'Haar slavinnen?' herhaalde Sylvia. 'Hemeltjelief, heeft je familie slaven gehad?'

'Ja,' zei Margaret, 'maar je hoeft mij niet zo lelijk aan te kijken. Ik heb er niets mee te maken gehad.'

'Het spijt me, zo was het niet bedoeld.' Sylvia vermande zich. Ze had ongetwijfeld vaker afstammelingen van slaveneigenaren ontmoet, net zoals ze vrijwel zeker ook de afstammelingen van slaven had leren kennen. Het was alleen vreemd om iemand bijna achteloos te horen spreken over zo'n zwarte bladzijde uit de geschiedenis van haar eigen familie. In Sylvia's familie was altijd over voorouders gesproken met een respect dat aan verering grensde.

'Degene die deze quilt heeft gemaakt, moet Elm Creek Manor zelf hebben gezien, dat kan niet anders,' zei Margaret.

'Misschien wilde ze herinneringen aan een bezoek vastleggen,' zei Andrew.

'Ik denk dat we dat nooit zeker zullen weten.' Sylvia keek naar de delen van de quilt waar het stiksel was losgetornd en uitgehaald. Welk patroon kon daar hebben gezeten?

'Weet je,' vroeg Margaret, 'of er ooit familieleden het landgoed hebben verlaten en naar het zuiden zijn getrokken?'

'Denk je dat onze families aan elkaar verwant zijn?'

'Ik denk dat we die mogelijkheid niet mogen uitsluiten. Ik had gehoopt dat je meer over de geschiedenis van je familie zou weten dan ik over de mijne.'

'Tja, onmogelijk lijkt me het niet. Mijn nicht Elisabeth heeft Elm Creek Manor verlaten toen ik nog een klein meisje was, maar zij is met haar man naar Californië verhuisd, niet naar het zuiden.'

'En verder?' vroeg Margaret aan. 'Is er misschien eerder iemand vertrokken?'

Sylvia pijnigde haar hersens zo goed als ze kon, onder deze ongewone omstandigheden. Hans en Anneke Bergstrom waren halverwege de negentiende eeuw naar Amerika gekomen, maar Sylvia wist niet precies in welk jaar. Anneke had meerdere kinderen gebaard, dat wist ze wel, maar ze had geen idee hoeveel van hen waren blijven leven. Natuurlijk waren er telgen geweest die op een gegeven moment zelf waren getrouwd en een eigen gezin hadden gesticht, maar of een van hen een voorouder van Margaret was?

'Ik ben bang dat ik er niets met zekerheid over kan zeggen,' zei Sylvia. Ze liet zich op een van de stoeltjes van de camper zakken.

Andrew moest hebben gemerkt dat Margarets vragen haar hadden vermoeid, want hij liet haar even met rust. Margaret en hij wisselden adressen en telefoonnummers uit en beloofden elkaar op de hoogte te houden van eventuele ontwikkelingen. Daarna nam hij afscheid van haar, en even later hoorde Sylvia dat hij de motor startte. Pas toen stond ze op en liep naar voren, zodat ze naast hem kon gaan zitten.

Ze waren al bijna een uur lang onderweg, zonder dat een van beiden iets had gezegd, toen Sylvia de stilte verbrak. 'Wat denk jij? Zouden Margaret en ik verre familie van elkaar zijn?'

'Het zou kunnen.' Hij hield zijn ogen op de weg gericht. 'Wat denk je zelf?'

'Ik had heel goed kunnen leven zonder het idee dat mijn familieleden misschien wel slaven hebben gehad.'

'Elk huisje heeft zijn kruisje.'

'Dat weet ik, maar slaven?'

'Je moet het in de context van die tijd zien.'

'Ook in die tijd had lang niet iedereen slaven. Hans en Anneke hadden ze in elk geval niet, en wist je dat Elm Creek Manor een station van de *Underground Railroad* is geweest?'

Hij wierp haar een vluchtige zijdelings blik toe. 'Ja, ik geloof dat je daar wel een paar keer iets over hebt gezegd.'

'Goed, goed, ik heb er misschien over opgeschept, maar dat komt alleen maar omdat ik trots op hen ben. Daar heb ik alle recht toe. Het was gevaarlijk, ze zijn erg dapper geweest. En nu krijg ik te horen dat ik misschien wel familieleden heb die... Nee, dat weiger ik te geloven.' Ze sloeg haar armen over elkaar en staarde naar de koplampen van de andere auto's op de weg. De avond was gevallen, maar het was bewolkt, en ze vroeg zich af waar de Poolster stond. Die zou recht, of bijna recht boven haar hoofd moeten staan. Heel lang geleden had die ster slaven de weg naar de vrijheid gewezen en had haar familie degenen die bij zijn licht waren gevlucht een veilig onderkomen geboden.

Maar Elm Creek Manor lag zo afgelegen dat de Poolster op zich niet voldoende was om als aanwijzing over de te volgen route te dienen.

'Andrew,' zei Sylvia, 'ik denk niet dat die quilt was bedoeld om herinneringen aan Elm Creek Manor vast te leggen. Ik denk dat hij een soort routebeschrijving was.'

Ze had er wel eens eerder van gehoord, van quilts die gecodeerde boodschappen bevatten, of die zelfs als kaarten dienden die de veilige routes langs de Underground Railroad toonden. Alleen al de naam van Margarets quilt gaf aan dat ook deze weleens een van die legendarische voorwerpen uit het verleden zou kunnen zijn. Maar hoewel Sylvia al haar hele leven quilts maakte en al jaren lezingen gaf, was ze nog nooit op een van zulke quilts gestuit. Het enige wat ze erover wist, kwam uit de verhalen die rond het quiltraam werden verteld. Grace Daniels, een vriendin van haar die niet alleen een uitstekend quilter was, maar ook als curator in een museum werkte, had haar verteld dat er nog nooit over een dergelijke quilt, die als kaart had gediend, was geschreven. In geen van de verhalen van ontsnapte slaven of abolitionisten, de strijders voor de afschaffing van de slavernij, werd over zulke zaken gerept.

Sylvia wist dat Grace het waarschijnlijk bij het rechte eind had, maar diep in haar hart hoopte ze dat er iets van die folklore waar was. In haar eigen familie was het verhaal over een quilt die gevluchte slaven de weg had gewezen elke generatie weer opnieuw verteld, maar ze wist dat je eerder geneigd was een dergelijke geschiedenis te geloven wanneer die je werd verteld door iemand van wie je hield en die je vertrouwde.

Maar nu Sylvia heen en weer werd geslingerd tussen haar eigen herinneringen en de vragen die de quilt van Margaret Alden bij haar opriep, wist ze dat alleen folklore en familieverhalen niet voldoende zouden zijn om de waarheid boven tafel te krijgen. Ze had bewijsmateriaal nodig, en dat kon alleen Elm Creek Manor haar bieden.

Andrew en Sylvia hielden niet van jakkeren en verruilden pas een paar dagen na hun ontmoeting met Margaret Alden de snelweg voor een smallere tweebaansweg die hen langs pittoreske boerderijen en glooiende beboste heuvels naar huis voerde. Sylvia slaakte een zucht van tevredenheid toen ze de grindweg opdraaiden die zich door het bekende bos slingerde. Al snel kwam de beek in zicht die de zuidgrens van het landgoed vormde.

Bij de splitsing in de weg hield Andrew links aan en reed door tot aan de parkeerplaats bij de achteringang van het huis. Het rechterweggetje zou hen over een bruggetje hebben gevoerd, langs het enorme gazon, naar de hoofdingang: die bood bezoekers een grootse entree, maar voor Andrews oceaanstomer op wielen was het erg onpraktisch. Vlak na het huis boog de beek naar het noorden af en verdween uit het zicht, maar de weg liep nog even verder naar het westen alvorens ook naar het noorden af te buigen.

Het bos maakte plaats voor een open plek, en aan hun linkerhand was een boomgaard te zien waar enkele vrouwen tussen de appelbomen liepen. Ze zwaaiden naar de passerende camper, en Sylvia zwaaide vrolijk terug. Voor hen zagen ze de hoge rode schuur, die tegen de heuvel aan was gebouwd. Sylvia's blik bleef op het gebouw rusten.

'De afbeelding klopte helemaal,' zei Andrew, doelend op het patroon van steekjes in Margarets quilt. Hij zei hardop wat Sylvia dacht, maar ze knikte alleen maar, niet in staat het toe te geven.

Vlak na de schuur voerde het weggetje over een lage brug over de Elm Creek en verbreedde zich tot een door iepen omzoomde oprit. Ten slotte kwam het huis zelf in zicht, dat hen met zijn dikke muren van grijze steen verwelkomde. Het L-vormige gebouw telde drie verdiepingen, met inbegrip van de zolder, en de houten dakranden en luiken voor de ramen waren zwart geverfd. Een stoepje van vier stenen treden leidde naar de achterdeur.

Toen de camper de parkeerplaats opdraaide, zag Sylvia vrouwen in en uit lopen. 'Hemeltjelief,' zei ze, 'het is hier vanmorgen een drukte van belang. Wordt er geen les gegeven?'

'Je bent blijkbaar vergeten hoeveel cursisten je tegenwoordig hebt,' zei Andrew.

'Vijftig per week, meer niet.'

'Ja, maar in het eerste jaar waren het er twaalf. Geen wonder dat het nu een mierenhoop lijkt.'

Dat was inderdaad geen wonder. Ze vroeg zich af wat haar zus zou hebben gevonden van de nieuwe bestemming voor het familiebezit. Meer dan vijftig jaar geleden had Sylvia, gedreven door verdriet en woede, haar ouderlijk huis verlaten en was ze van haar oudere zus vervreemd geraakt. Pas na de dood van Claudia was ze teruggekeerd, aanvankelijk met de bedoeling het grote huis te verkopen. Het idee dat ze er zelf zou gaan wonen, omringd door herinneringen aan geliefde familieleden die allang waren gestorven, was gewoon ondenkbaar. Toen ze Sarah McClure had aangenomen om haar te helpen het huis op te ruimen en verkoopklaar te maken, had ze nooit kunnen vermoeden dat de jonge vrouw haar ertoe zou aanzetten haar eigen fouten en pijnlijke waarheden uit het verleden onder de loep te nemen. Elm Creek Quilts was het resultaat van Sarahs harde werken en was voor Sylvia een levensbehoefte geworden: ze hadden het landgoed veranderd in een toevluchtsoord voor quilters, en voor het eerst in tientallen jaren had er weer vrolijk gelach door de gangen geklonken. Sylvia wist nu dat ze, op haar uitstapjes met Andrew na, de rest van haar levensdagen hier zou slijten, op het landgoed dat haar voorouders hadden gesticht. Zo hoorde het ook.

Ze voelde dankbaarheid in haar opwellen nu ze aan haar vriendinnen dacht die haar deze tweede kans hadden gegeven.

Ze gaf Andrew, die de camper wilde uitpakken, een zoen op

zijn wang en haastte zich naar binnen om die vriendinnen op te zoeken. Sarah stond al bij de achterdeur te wachten en sloot haar in haar omhelzing. Ze stond te popelen om Sylvia verslag te doen van de gebeurtenissen van de afgelopen week, maar Sylvia's nieuwtje kon niet langer wachten. 'Sarah, lieverd,' viel ze de jongere vrouw in de rede, 'ik heb je hulp nodig. Kom je met me mee naar de zolder?'

Die middag begonnen ze met zoeken.

Tijdens de hele rit van South Carolina naar Pennsylvania had Sylvia telkens weer moeten denken aan de verhalen die haar oudtante Lucinda haar had verteld en aan de dekenkist die ze meer dan zeventig jaar geleden had beschreven. Ergens tussen al het stof en de rommel die vier generaties hadden vergaard, moest een kersenhouten kist met gegraveerd koperbeslag staan, en als oudtante Lucinda het bij het rechte eind had gehad, zat er in die kist een quilt van de hand van overgrootmoeder Anneke.

Sylvia had zich lang geleden al voorgenomen naar die quilt op zoek te gaan, maar tijdens haar langdurige afwezigheid was dat natuurlijk niet mogelijk geweest, en na haar terugkeer op Elm Creek Manor had de kans op succes haar zo klein geleken dat ze de moed bij voorbaat al had verloren. Zelfs nadat Grace Daniels haar herhaaldelijk had laten weten dat ze de quilt dolgraag eens zou willen bestuderen, had Sylvia nog niets ondernomen. Maar nu lag alles opeens heel anders. Ze wist niet of de quilt van Anneke kon bewijzen dat er inderdaad een verband bestond tussen Margarets quilt en Elm Creek Manor, maar als dat er inderdaad was – en Sylvia was daar eigenlijk wel zeker van – zou misschien ook bewezen kunnen worden dat dit huis als station aan de Underground Railroad had gediend. Als Sylvia zou kunnen bewijzen dat haar eigen voorouders een heldhaftige rol hadden gespeeld, zou ze waarschijnlijk gemakkelijker kunnen aanvaarden dat verre familieleden minder nobel waren geweest.

Maar nu Sylvia de smalle krakende trap had beklommen en uitkeek over de zolder, besefte ze dat het heel moeilijk was, of misschien wel onmogelijk, om de kist te vinden, zelfs met de hulp van Sarah. De kleinere, oudere westvleugel lag aan haar rechterhand, en voor haar strekte de nieuwere en grotere zuidvleugel zich uit. Hierboven was de grens tussen oud en nieuw duidelijker dan beneden: de kleuren van de wanden verschilden enigszins, de vloer was niet overal even recht. Daarvan was echter niet al te veel te zien omdat de vloer bijna overal werd bedekt met de bezittingen van vier generaties.

'Vier generaties, en niemand die er eens aan dacht de zolder schoon te maken,' zei Sylvia. Haar stem werd opgeslokt door de enorme ruimte. 'En nu mag ik het doen.' Ze was echter wel blij dat haar voorouders haar zoveel hadden nagelaten. Hopelijk zou haar overgrootmoeder Anneke niet de uitzondering op de regel blijken te zijn.

'We vinden het wel,' zei Sarah. Ze liep naar de dichtstbijzijnde stapel spullen en begon die te doorzoeken. 'Als we het schoonmaken tot later uitstellen, sparen we tijd.'

Sylvia was het met haar eens. Na een paar uur zoeken riepen hun verplichtingen jegens de cursisten hen weer naar beneden, maar na het avondprogramma gingen ze meteen weer verder. Matt, de man van Sarah die tevens verantwoordelijk was voor het onderhoud van het huis, kwam helpen de zware kisten te verschuiven die Sarah en Sylvia niet van hun plaats kregen. Helaas bleek elk veelbelovend spoor telkens weer dood te lopen. Tegen de tijd dat Sylvia die avond naar bed ging, had ze het bange vermoeden dat de zoektocht weleens langer kon duren dan ze had gedacht.

De hele week besteedden Sylvia en Sarah elk vrij moment aan het doorzoeken van dozen en het binnenstebuiten keren van oude kasten, maar tevergeefs. Ze vonden kisten en koffers, talloze zelfs, die na een vluchtig onderzoek vol oude spulletjes bleken te zitten, maar Annekes dekenkist was nergens te bekennen. Sylvia had nooit bekend gestaan om haar engelengeduld, maar nu ze telkens weer haar neus stootte, merkte ze dat ze des te fanatieker ging zoeken.

Bovendien werd ze steeds kribbiger omdat Sarah in haar ogen kostbare tijd verspilde met het doorzoeken van koffers die niet aan de omschrijving voldeden. Ze bleef veel te lang stilstaan bij het antieke speelgoed of de oude portretten die ze ontdekte, al moest Sylvia tegenover zichzelf bekennen dat ze die verborgen schatten maar wat graag nader zou willen bekijken. Ook leed haar humeur onder de meedogenloze julihitte, onder het stof dat voortdurend om hen heen opdwarrelde en de gillen die Sarah telkens weer slaakte wanneer een spin haar pad kruiste.

Op een bijzonder drukkende vrijdagmiddag stelde Sarah de vraag die Sylvia ook al plaagde. 'Weet je zeker dat die kist hier ergens op zolder staat?'

Sylvia weigerde zich uit het veld te laten slaan. 'Van mij mag je ermee ophouden, hoor, maar ik zoek verder.'

'Zo bedoelde ik het niet...'

'Nee, nee, ga maar. Je hebt vast belangrijkere dingen te doen.'

Zonder een woord te zeggen liep Sarah naar beneden. Haar zwijgen was bijna verwijtend, maar Sylvia ging onverdroten verder. Ze schaamde zich een beetje, maar was te trots om naar beneden te gaan en zich voor haar opvliegendheid te verontschuldigen.

Ze merkte dat de spulletjes die ze aantrof steeds ouder waren en negeerde nog een uur lang haar dorst en vermoeidheid, totdat ze ten slotte moest bekennen dat zelfs haar sterke wil niet was opgewassen tegen de drukkende warmte. Na het avondprogramma zou ze wel verder zoeken. Dan zou het donker en stil zijn en stond er hopelijk een koel briesje.

Ze liep naar beneden, gesterkt door de overtuiging dat ze de kist later die avond of anders heel binnenkort zou vinden, maar de duisternis voedde haar twijfel. Liet haar geheugen haar soms in de steek, of had oudtante Lucinda het niet meer zo zeker geweten? Of had Lucinda haar verhaal alleen maar verteld om een jong meisje te vermaken? Daar was Sylvia nog het meest bang voor, dat al die verhalen over Elm Creek Manor die haar tijdens haar ballingschap hadden gesterkt verzinsels zouden blijken te zijn. Een tijdlang waren die verhalen het enige geweest wat haar had herinnerd aan haar ouderlijk huis en de familie die ze in de steek had gelaten.

Ze ging verder waar ze eerder die dag gebleven was en vergat al snel haar vermoeidheid en het late uur. Slechts een klein deel van de zolder had ze nog niet doorzocht: een verre uithoek van de westvleugel, waar het dak zo schuin afliep dat Sylvia niet rechtop kon staan. De stoffige stoel tegenover haar was wellicht door haar grootouders gebruikt, en met die roestige trapnaaimachine had een onbekende tante of nicht misschien wel haar trouwjurk genaaid. Ze voelde somberheid over haar neerdalen toen ze besefte dat Lucinda misschien wel de waarheid had verteld, maar dat het heel goed mogelijk was dat de kist met zijn inhoud verloren was gegaan bij de brand die tijdens de jeugd van haar vader had gewoed en die een deel van het huis had verwoest, of dat hij net als veel andere erfstukken was verkocht toen de familie er financieel minder goed voor had gestaan. Er kon van alles zijn gebeurd.

Of helemaal niets, schoot het door haar heen, toen ze opeens onder een dikke laag stof een kersenhouten kist met koperbeslag zag staan.

Ze bereidde zich voor op een flink gewicht, maar de kist bleek verrassend licht. Snel trok ze hem tussen de andere spullen vandaan naar een plek waar ze wat meer ruimte had, en daar veegde ze het stof er zoveel mogelijk af. Als er inderdaad een quilt in zat, wilde ze die niet vies maken. Daarna liet ze zich op de vloer zakken en bekeek de kist aandachtig. Ze pakte de dunne sleutel die oudtante Lucinda haar tientallen jaren geleden had gegeven en die ze eerder uit eerbied voor de oude dame had bewaard dan met de gedachte dat ze ooit nog het slot zou tegenkomen waarop de sleutel zou passen. Nu besefte ze dat dit de enige manier was om te ontdekken of de verhalen waar waren.

Na heel even twijfelen stak ze de sleutel in het slot.

Het slot was na al die jaren nog verrassend soepel, maar dat gold niet voor het deksel. Pas na een paar minuten wrikken ging dat krakend open. Sylvia merkte amper iets van de bedompte lucht en de geur van oud textiel die uit de kist opstegen; haar blik werd meteen getroffen door een bundeltje dat in een grote lap ongebleekt neteldoek was gewikkeld. Zodra ze het voorzichtig uit de kist tilde, voelde ze aan het gewicht en de structuur dat het een quilt was.

Haar adem stokte in haar keel. Het stuk neteldoek dat de quilt beschermde, vertoonde sporen van ouderdom en slijtage. Ze had veel eerder naar de kist op zoek moeten gaan. Als ze eerder was teruggekeerd, had ze de quilt kunnen bewaren zoals het hoorde. De laatste halve eeuw aan verval had ze geheel en al aan zichzelf te wijten.

Hevig hopend dat de quilt zelf in een betere toestand verkeerde dan het neteldoek eromheen vouwde ze het bundeltje op haar schoot open.

Daar was hij dan, de Log Cabin-quilt waarvan ze min of meer gevreesd had dat hij alleen in de herinnering van oudtante Lucinda bestond.

De blokken waren vierkant, amper twintig bij twintig centimeter, en gerangschikt in veertien rijen van tien. Als eerste viel Sylvia's oog op de stoffen die waren gebruikt: het flanel van overhemden, sits, bont bedrukte katoentjes, fluweel... Dit waren restjes gedragen kleding, zoveel was duidelijk. Bruikbare lapjes waren in rechthoeken van verschillend formaat geknipt en dusdanig rondom het vierkantje in het midden gerangschikt dat de ene helft van het blok, gezien langs de diagonaal, licht van kleur was en de andere helft donker. De blokken waren volgens het Barn Raising-patroon aan elkaar genaaid, zodat er een compositie van concentrische ruiten in afwisselend licht en donker was ontstaan. Het was precies zoals Lucinda het had beschreven. En tot Sylvia's verbazing en vreugde waren de vierkantjes in het midden van elk Log Cabin-blok zwart.

Vol eerbied streek Sylvia over de quilt, amper in staat te geloven wat ze in haar handen had. De traditie schreef voor dat het middelste vierkantje van het blok rood hoorde te zijn, als symbool voor de haard, of geel, als symbool voor een lamp voor het raam.

En volgens de overlevering was een zwart vierkant in een Log Cabin in het Amerika van voor de Amerikaanse Burgeroorlog een teken geweest voor ontsnapte slaven die langs de Underground Railround naar het Noorden probeerden te vluchten. Een zwart vierkant stond voor een veilige schuilplaats. Als kind had Sylvia oudtante Lucinda maar al te graag horen vertellen dat de Log Cabin met de zwarte vierkantjes van haar overgrootmoeder Anneke Bergstrom gevluchte slaven duidelijk had gemaakt dat ze op Elm Creek Manor niets te vrezen hadden. Deze quilt vormde het bewijs voor die belangrijke gebeurtenissen uit de geschiedenis van haar familie.

'Maar is dat wel zo?' zei Sylvia hardop tegen zichzelf. Ze tuitte haar lippen en bekeek de quilt nog eens aandachtig. Voor hetzelfde geld was de quilt pas lang na de burgeroorlog voltooid. Lucinda had altijd al een ongewoon gevoel voor humor gehad. Misschien had ze die quilt zelf wel gemaakt en hem op zolder verstopt, zodat Sylvia hem zou vinden, zonder erbij stil te staan dat dat misschien pas zou gebeuren wanneer ze er allang niet meer zou zijn om haar grap uit te leggen. De lapjes deden Sylvia denken aan de stoffen die voor andere quilts uit die periode waren gebruikt, maar de enige die daar iets zinnigs over zou kunnen zeggen, was een deskundige op het gebied van antiek textiel. Totdat zo iemand er een uitspraak over zou doen, was de quilt als bewijs in feite waardeloos.

Voorzichtig vouwde ze de quilt op en legde hem naast zich neer. Ze wilde net de lap neteldoek terug in de kist leggen toen ze zag dat de Log Cabin-quilt nog twee andere bundeltjes in neteldoek aan het zicht had onttrokken. Het een was ongeveer even groot als dat van de quilt, het ander was aanzienlijk kleiner.

Sylvia pakte meteen het kleinste uit de kist. Ze durfde niet te hopen dat ze nog meer quilts zou vinden die door overgrootmoeder Anneke waren gemaakt. Even later lag het neteldoek naast haar op de vloer en was de door ouderdom verweerde achterkant van een tweede quilt te zien. 'Wat een weelde,' zei Sylvia, terwijl ze de stof omdraaide. Toen ze zag welk patroon er was gebruikt, leunde ze achterover tegen een stapel dozen, volslagen verbijsterd. 'Birds in the Air,' mompelde ze. Dat kon niet waar zijn, maar ze had het bewijs hier in haar handen. Voor de blokken van deze quilt was precies hetzelfde patroon gebruikt als voor die van Margaret Alden, alleen waren deze op een andere manier aan elkaar gezet: bij de quilt van Margaret waren de blokken op de punt geplaatst, maar deze waren recht boven elkaar in keurige horizontale rijen geplaatst. Deze quilt was veel kleiner dan die van Margaret, en hoewel hij zeker antiek oogde en de sporen van alledaags gebruik en loogzeep zichtbaar waren, verkeerde hij in een veel betere conditie. Toch moest Sylvia bekennen dat het simpelweg toeval kon zijn dat voor beide quilts het blok Birds in the Air was gebruikt.

Ze keek nog even aandachtig naar de quilt, vouwde hem toen zorgvuldig op en legde hem boven op de Log Cabin. Daarna tilde ze voorzichtig het derde bundeltje uit de kist. Langzaam, alsof ze zich op een volgende verontrustende verrassing wilde voorbereiden, haalde ze het neteldoek eraf, vouwde de quilt erin open...

... en staarde verbaasd naar wat er tussen de vouwen uit op de zoldervloer tuimelde.

'Hemeltjelief.' Het was een boekje, een boekje dat was gebonden in bruin leer dat barstjes van ouderdom vertoonde. Vol verwondering sloeg ze het voorzichtig open, bang dat ze het nog verder zou beschadigen. De bladzijden waren beschreven met een sierlijk handschrift.

In het schemerige licht van de zolder, en zonder haar bril, was ze niet in staat de elegant geschreven woorden te ontcijferen, maar de kortere regels en cijfers bovenaan een aantal pagina's leken data te zijn. Een dagboek. Dat was het ongetwijfeld. Een dagboek, waarschijnlijk dat van haar overgrootmoeder Anneke, verscholen in de vouwen van haar dierbaarste quilt. Sylvia drukte het boek tegen haar borst, bang dat ze dit droomde, en vergat door de vreugde van deze ontdekking even de vraagtekens die ze bij het gebruik van de Birds in the Air had gezet.

Toen pakte ze snel de quilts bij elkaar en liep de twee trappen af naar haar slaapkamer op de eerste verdieping. Ze legde haar schatten op de grote stoel naast haar bed, zette haar bril op en liep met het dagboek naar de aangrenzende zitkamer, waar ze de sterke lamp naast haar naaimachine aanknipte en zich op de stoel liet zakken. Ze haalde even diep adem en sloeg toen het dagboek open.

## 2 oktober 1895

De herfst is wederom naar Elm Creek Manor gekomen, en ook ik verkeer in de herfst van mijn leven.

Mijn verhaal is nog maar net begonnen, maar nu dreigt mijn ijdelheid het al te winnen; ik weet namelijk maar al te goed dat ik reeds in de kilte van de winter verkeer. Als ik al niet oprecht kan zijn over dergelijke kleinigheden, hoe kan ik dan verwachten openhartig te spreken over de geschiedenis achter de hardere waarheden die ik, en slechts weinigen met mij, nog kan navertellen? Maar ik moet eerlijk zijn, niet alleen omwille van mijn eigen zielenheil, maar ook als eerbetoon aan hen die ik liefheb – aan hen die ik heb liefgehad, zelfs toen ze mij hebben verraden, en aan haar die ik de liefde schonk die ze verdiende na het verraad dat haar was aangedaan.

Ik weet niet voor wie ik deze woorden opteken. Niet voor mijn eigen ogen, die me steeds vaker in de steek laten, want de herinneringen branden nog zo hevig in mijn hart dat ik ze nooit zal kunnen vergeten. En het is al evenmin voor mijn nakomelingen, want geen van hen is nog in leven. Toch zal de familie Bergstrom in Amerika blijven bestaan, en niet slechts in naam. Dat is de verdienste van Anneke geweest.

Als ze wist wat ik hier opteken, zou ze me smeken te zwijgen en haar kinderen en hun kinderen te beschermen. Ze zou me erop wijzen dat de toekomstige generaties mij mijn openhartigheid niet in dank zullen afnemen, en dat anderen ons beslist zullen ruïneren indien ze de waarheid ontdekken die we allen hebben gezworen verborgen te houden. Maar ik blijf hoopvol gestemd, ondanks alles waarvan ik getuige ben geweest sinds mijn komst naar dit land van de vrijheid, dit land van tegenstellingen, en ik blijf bij mijn overtuiging dat onze plicht jegens de Waarheid altijd groter zal zijn dan die jegens onze aardse genoegens. Het zijn niet mijn kinderen of kleinkinderen die zullen lijden, dus wellicht kan ik inderdaad niet begrijpen met welke last ik een ander opzadel. Maar kan eenieder van ons ooit weten welke gevolgen onze keuzes voor de nog ongeborenen kunnen hebben?

Lezer, mocht u de naam Bergstrom dragen, weet dan dat u uit een sterk en trots geslacht stamt en dat ik deze woorden voor u schrijf, want als we u niets anders kunnen nalaten, dienen we u de erfgenamen van onze waarheden te maken, of die nu goed of slecht zijn. Vergeet dit niet, en leest verder.

Sylvia las het fragment nogmaals, langzaam, en volgde de woorden met haar vinger. Tegen het einde oogde het sierlijke handschrift veel onregelmatiger, alsof de hand van degene die de woorden had geschreven had gebeefd van woede of angst. Of verbeeldde ze zich dat alleen maar omdat de tekst haar zo aan het schrikken had gemaakt?

Anneke had dit dus niet geschreven, zoveel was zeker. Maar wie dan wel? Hans toch zeker niet; hij zou nooit zoiets over zijn geliefde vrouw zeggen. En het handschrift oogde vrouwelijk. Was dit dan het werk van Gerda? Was dit het dagboek van de zus van Hans? Maar het leken eerder memoires dan een echt dagboek, iets wat was geschreven nadat bepaalde gebeurtenissen waren voorgevallen, en niet terwijl ze plaatsvonden. Degene die dit had geschreven, had tijd gehad om na te denken, om te bepalen wat de gevolgen van haar woorden en haar zwijgen konden zijn.

Opeens kwam er een onbehaaglijke gedachte bij Sylvia op: de verhalen van haar familie vertelden niet veel over wat er met Gerda was gebeurd nadat ze Amerika had bereikt en de eerste steen voor Elm Creek Manor had gelegd. Was zij misschien de voorouder die mogelijk het landgoed had verlaten en in het Zuiden was gaan wonen, waar ze slaven had bezeten? Had zij de quilt van

Margaret Alden gemaakt? Maar als dat zo was, waarom lag het dagboek dan hier, op de zolder van Elm Creek Manor tussen de quilts van Anneke, en niet ergens in South Carolina?

'Aan hen die ik heb liefgehad, zelfs toen ze mij hebben verraden,' had Gerda geschreven. Op wie doelde ze? Niet op Hans en Anneke. Die konden haar onmogelijk hebben verraden, maar aan de andere kant, als ze tijdens de Burgeroorlog tegenover elkaar waren komen te staan...

'Ze zou me erop wijzen dat de toekomstige generaties mij mijn openhartigheid niet in dank zullen afnemen.'

Sylvia sloot het boek en legde het op haar naaimachine. De vreugde die ze na de ontdekking van Annekes kist had gevoeld, was veranderd in een onheilspellend voorgevoel.

Sylvia kon de slaap maar moeilijk vatten omdat de woorden van mogelijk Gerda haar bleven achtervolgen. Ze werd bij zonsopgang wakker, rusteloos en geplaagd door zorgen, en zag meteen de quilts op de stoel naast haar bed liggen. De derde quilt had ze nog niet eens nader bekeken, zo gegrepen was ze geweest door het dagboek.

Ze stond op, maakte haar bed op en spreidde daarna de Bird in the Air-quilt erover uit. Bij daglicht was de slijtage erger dan ze zich kon herinneren. Een paar van de driehoekige lapjes waren volledig uit elkaar gevallen, en de rand, voor zover nog aanwezig, hing hier en daar helemaal los. De steekjes waarmee de quilt was doorgepit, waren recht en regelmatig, een genot om te zien, al volgden ze een onopvallend patroon van simpele, elkaar kruisende diagonale lijnen in elk blok.

'Ik hoop dat ik er na anderhalve eeuw nog zo goed uitzie,' merkte Sylvia op, enigszins vermaakt door haar eigen neiging tot bekritiseren. Dit was duidelijk een alledaagse quilt geweest, veel gebruikt en geliefd. De quilt van een kind, aan de bescheiden afmetingen te zien. De verbleekte kleuren waren ooit fel geweest, in een tijd toen de versleten lapjes heel en sterk en goed waren geweest. Sylvia merkte dat ze niet alleen bewondering voor het quiltje voelde, maar ook voor de maakster van zo lang geleden wier nuchterheid en spaarzaamheid in elk lapje en elke steek tot uiting kwam.

In vergelijking met de Birds in the Air-quilt leek de Log Cabin de tand des tijds opvallend goed te hebben doorstaan. De paar kleine gaatjes in de diverse naden waren eerder het gevolg van de grote steken van de naaister dan van zwaar gebruik, en de kleuren waren verbleekt door ouderdom, niet door veelvuldig wassen. Fronsend bekeek Sylvia de quilt van verschillende kanten, zich afvragend of hij ooit een bed had bedekt. Veel gezinnen hielden een quilt apart voor gebruik door gasten, maar vaak waren dat de mooiste quilts in huis. Dit exemplaar was ooit heel gerieflijk geweest, maar hij was zeker niet zo verfijnd of fraai als je van een quilt voor een logé mocht verwachten. Misschien had de maakster hem maar zelden gebruikt omdat ze er niet tevreden over was geweest, of misschien was hij wel veelvuldig gebruikt maar had ze er bijzonder goed voor gezorgd omdat het haar eerste poging was geweest en de deken dus een sentimentele waarde had. Sylvia zou het nooit zeker kunnen weten.

Nu haar nieuwsgierigheid echt was gewekt, vouwde ze zorgvuldig de derde quilt open en legde die naast de andere. Deze was een tikje groter dan de Log Cabin, en Sylvia zag meteen dat hiervoor dezelfde lapjes waren gebruikt als voor de Birds in the Air. Dat deed het vermoeden rijzen dat het patchwork door dezelfde persoon was vervaardigd, maar Sylvia was er niet zeker van. Het patroon, vier langwerpige stroken die verticaal aan elkaar waren genaaid, leek op het eerste gezicht even eenvoudig als Birds in the Air en Log Cabin, maar dat was maar schijn. De maakster had voor de aangrenzende rijen afwisselende achtergrondstoffen gekozen, zodat er lichte en donkere stroken waren ontstaan. Bovendien was het een veel moeilijker werkstuk geweest omdat de naden precies op elkaar moesten aansluiten en de maakster had moeten zien te voorkomen dat de stof zou gaan trekken op de plekken waar ze lapjes had gebruikt die schuin van draad waren. De drie lagen werden bijeengehouden door kleine, fijne steekjes die een eenvoudig concentrisch golfpatroon volgden en hier en daar in de stof leken te verdwijnen, alsof de quilt met een veertje was beroerd.

Misschien waren de Log Cabin en de Birds in the Air eerder gemaakt en de derde quilt jaren later, toen de maakster echt bedreven was geworden. Er was niets met zekerheid over te zeggen, tenzij Gerda iets over de quilts in het dagboek had geschreven.

Er werd op de deur geklopt die naar de overloop voerde. 'Sylvia?'

'Momentje.' Sylvia kon het niet laten om even een snelle blik in de spiegel te werpen terwijl ze haar ochtendjas aantrok. Haar haar kon wel een kam gebruiken, maar Andrew wist hoe ze eruitzag en leek haar onder alle omstandigheden te mogen. Ze deed de deur open en zag dat hij was gehuld in een keurig gestreken broek en een overhemd. 'Nou, nou, wat zie jij er fraai uit.'

Het compliment deed hem duidelijk genoegen. 'En jij bent even mooi als altijd.'

Sylvia lachte toen hij haar een kus op haar wang gaf. 'Dat zeg je alleen maar omdat je je bril niet op hebt.'

'Ik zeg het omdat het waar is.' Hij zag de quilts achter haar op het bed liggen. 'Wat heb je daar?'

'Quilts die Anneke heeft gemaakt.' Ze liet hem binnen. 'Dat denk ik tenminste. Grace moet er maar een keer naar kijken, die kan er meer over zeggen dan ik.'

Andrew knikte en keek nadenkend naar de quilts. 'Maar ze kan niet zeggen wie ze heeft gemaakt, alleen hoe oud ze zijn.'

'Hm.' Sylvia wierp hem een scherpe blik toe en wist dat hij dat had gezien, ook al deed hij alsof het niet zo was. 'Spelbreker. Als ik weet hoe oud ze zijn, weet ik ook wie ze heeft gemaakt. Waarom zou Anneke de quilts van een ander op haar zolder bewaren?'

Hij haalde grinnikend zijn schouders op, gewend als hij was aan haar temperament en haar scherpe tong. Soms had ze het idee dat hij haar met opzet uit haar tent lokte, maar ze was zo dol op hem dat ze onmogelijk boos kon blijven. 'Ja, je hebt gelijk,' gaf ze toe. 'Maar misschien kom ik er dankzij Annekes schoonzus achter wie ze heeft gemaakt.'

Ze liep naar haar zitkamer om het dagboek te pakken, en terwijl Andrew het nader bekeek, voelde ze haar verlangen het te lezen weer toenemen. Haar hele leven lang had ze al meer willen weten over Hans en Anneke Bergstrom, haar verre voorouders die lang geleden naar de Verenigde Staten waren gekomen. Nu was hun geschiedenis – de gedachten van Gerda, in haar eigen woorden – haar min of meer in de schoot geworpen. Ze vertelde Andrew waar ze het dagboek had gevonden en wilde hem net de verontrustende woorden laten zien die ze de avond ervoor had gelezen toen haar oog op de klok viel. Snel joeg ze Andrew de kamer uit, met de belofte dat ze hem beneden weer zou treffen voor het afscheidsontbijt.

Ze wilde niet te laat komen voor een van haar geliefdste onderdelen van het quiltkamp en kleedde zich snel aan. Sinds zondagmiddag had de nieuwste groep cursisten deelgenomen aan lessen, lezingen en workshops, waarbij oude vriendschappen waren versterkt en nieuwe waren gesloten, en het zou ongehoord zijn om hen op de laatste dag zomaar naar huis te sturen. Een van de gebruiken was dat de cursisten en de leiding zich op de laatste morgen buiten op het hoeksteenterras verzamelden voor een afscheidsontbijt en daarna in een cirkel bij elkaar gingen zitten, net zoals ze een week eerder hadden gedaan tijdens het Kaarslicht, de welkomstceremonie. Deze keer zou iedere cursist laten zien waar ze die week aan had gewerkt en vertellen waaraan ze het meeste plezier had beleefd. Sylvia vond die verhalen een van de bevredigendste onderdelen van haar werk. De belevenissen van de cursisten bleven haar verbazen en vermaken, en telkens weer deed het haar deugd te horen hoeveel Elm Creek Manor ook voor anderen betekende.

Dat ze al hun verhalen op het grijze terras hoorde, maakte de ervaring des te waardevoller. Het terras was omringd door naaldbomen en vaste planten en lag vlak bij wat vroeger, in de tijd van Hans en Anneke Bergstrom, de hoofdingang van Elm Creek Manor was geweest. Verscholen achter de takken van bomen lag de hoeksteen met de inscriptie BERGSTROM 1858 waaraan het terras zijn naam ontleende, en hoewel die niet zichtbaar was, dacht Sylvia bij elk bezoek aan het terras aan die steen, en aan het feit dat dit de lievelingsplek van haar moeder was geweest. Toen ze op het terras aankwam, zaten de vijftig cursisten, een paar van de cursusleidsters en ander personeel al aan het ontbijt. Zoals altijd werd er druk gebabbeld en veel gelachen. Er zal een moment komen waarop het terras te klein wordt, dacht Sylvia, terwijl ze iedereen begroette. Misschien zouden ze naar de tuin naar de noordzijde moeten verhuizen, of om beurten moeten eten. Elm Creek Quilts was sneller gegroeid dan ze hadden kunnen vermoeden, en wat ooit een klein kamp geleid door acht vriendinnen was geweest, was nu een bloeiend bedrijf met twee keer zoveel personeelsleden en vier keer zoveel cursisten als in het eerste jaar. Nadat Sylvia twee jaar geleden door een beroerte was getroffen, had ze de dagelijkse leiding overgedragen aan Sarah, maar ze wist dat Sarah en haar rechterhand, Summer Sullivan, geen enkele belangrijke zakelijke beslissing zouden nemen zonder haar om raad te vragen. Haar mening bleef belangrijk voor hen.

Hun mening was even belangrijk voor Sylvia, en daarom begreep ze niet goed waarom ze aarzelde hun over de vondst van de dekenkist te vertellen. Ze zei er niets over, maar schoof aan bij het ontbijt en nam daarna afscheid van de cursisten, alsof ze zich alleen maar druk maakte over de vraag of die zich hadden vermaakt en volgend jaar weer zouden terugkeren, bij voorkeur met hun vriendinnen.

Zodra alle cursisten het huis hadden verlaten, ging Sylvia terug naar haar kamer om de quilts opnieuw te bestuderen, maar opeens nam ze het besluit ze weer op te bergen, onder het voorwendsel dat ze de stof maar beter zo min mogelijk aan het licht kon blootstellen. Zorgvuldig vouwde ze de quilts weer op, maar deze keer op een andere manier, zodat de oude naden niet onder nog meer druk kwamen te staan. Het stiksel en de lapjes hadden in de afgelopen eeuw al genoeg te verduren gehad.

Daarna legde ze de quilts en het dagboek achter in haar kast en sloot de deur, alsof ze zo ook de woorden van Gerda uit haar geheugen kon wissen.

Die avond had Sylvia een verontrustende droom over Lucinda. Ze was weer een klein meisje en zat op het krukje naast de stoel van haar oudtante, die bezig was een LeMoyne Star-blok aan elkaar te naaien.

'Je overgrootmoeder Anneke wilde de vluchtelingen laten weten dat ze hier veilig zouden zijn,' zei Lucinda, terwijl haar naald door de stof heen en weer schoot en twee ruitvormige lapjes met elkaar verbond. 'Er was behoefte aan een teken, een signaal dat de ontsnapte slaven wel zouden herkennen, maar degenen die jacht op hen maakten niet.'

'En daarom maakte ze een quilt?' zei Sylvia, die het verhaal al talloze malen had gehoord.

Lucinda knikte. 'Een Log Cabin, met zwarte vierkanten in plaats van rode of gele. De slavenjagers dachten dat ze wisten waar ze op moesten letten, maar ze schonken geen enkele aandacht aan een quilt die aan de waslijn hing. De ontsnapte slaven wel. Ze staken de Elm Creek over om geen sporen achter te laten die de honden konden ruiken en verstopten zich in het bos totdat overgrootmoeder Anneke die bewuste quilt aan de waslijn hing. Dan wisten ze dat het veilig was en ze binnen mochten komen.' Opeens legde Lucinda haar naaiwerkje neer en zei: 'Ik wil je iets laten zien.' Ze haalde iets uit haar zak en tilde Sylvia op haar schoot. 'Het is geheim, en je mag het aan niemand vertellen, ook niet aan je zus of je nichtjes. Beloof je dat?'

Sylvia beloofde het, en Lucinda drukte haar een platte metalen sleutel in haar hand. 'Ergens op zolder,' zei Lucinda, 'in een dekenkist die ze uit Duitsland heeft meegebracht, heeft overgrootmoeder Anneke de Log Cabin verstopt. Deze sleutel past op het slot van die kist.'

'Waarom heeft ze die verstopt?' Sylvia draaide de sleutel om in haar handen.

'Om zijn geheimen te bewaren.'

'Waarom dan? Vanwege de slavenjagers?'

'Om te voorkomen dat iemand hem zou gebruiken om de mensen pijn te doen van wie ze hield.' Haar oudtante zweeg even. 'Op een dag zullen we openlijk over die geheimen kunnen spreken. Misschien zul jij ze wel vertellen, of misschien je kleindochter. Ik denk niet dat mijn moeder ze voor altijd verborgen wilde houden.'

'Weet u wat die geheimen zijn?'

'Als ik dat wist, zou ik het je niet vertellen.'

'Waarom niet?'

Maar Lucinda zei niets en ging glimlachend verder met naaien.

Daarmee eindigde de droom, de droom die eigenlijk een herinnering was. De herinnering had Sylvia nooit verontrust, totdat ze Gerda's dagboek had gelezen. Ze had aangenomen dat de geheimen iets te maken hadden met de Underground Railroad, maar nu vermoedde ze dat er meer schuilging achter Gerda's besluit om de quilts verborgen te houden en haar herinneringen op te tekenen. Waarom had Lucinda de sleutel aan Sylvia gegeven en gezegd dat ze er met niemand over mocht praten? En waarom had Lucinda nooit iets over het dagboek van Gerda gezegd?

Sylvia werd een paar uur voor zonsopgang al wakker, zo in de greep van overpeinzingen dat ze de slaap niet meer kon vatten.

Ze liep enkele uren later naar beneden om in de keuken te ontbijten, want wanneer er geen cursisten waren, gaven ze de voorkeur aan die kleinere ruimte boven de eetzaal. Ze ging zitten, groette Sarah, Matt en haar eigen lieve Andrew, die meteen zag dat haar iets plaagde. Ze gaf hem een klopje op zijn hand en gaf zo zwijgend aan dat ze niets mankeerde en het hem later zou uitleggen. Toen glimlachte ze dapper om haar innerlijke onrust te verbergen.

Maar Sarah liet zich niet voor de gek houden. 'Wat is er aan de hand?' vroeg de jonge vrouw op zachte toon toen ze na het ontbijt de keuken verlieten. 'Je lijkt een beetje van streek.'

Sylvia keek haar vol genegenheid aan. Sinds hun eerste kennismaking was Sarah heel erg veranderd, maar de goedheid en eerlijkheid die altijd al een deel van haar hadden gevormd, waren door de jaren heen alleen maar sterker geworden. Het was nu moeilijk te geloven dat Sarah aanvankelijk een hele andere indruk op Sylvia had gemaakt, namelijk die van een jonge vrouw die niet goed wist wat ze met haar leven moest beginnen. Elm Creek Quilts had haar redding betekend en haar de kans gegeven op te bloeien en haar talenten te ontdekken. Sinds de beroerte van Sylvia, toen Sarah opeens gedwongen was geweest de dagelijkse leiding over te nemen, was ze veranderd van een onzeker, soms wat wispelturig meisje in een vrouw die blaakte van het zelfvertrouwen.

Sylvia hield van Sarah alsof die haar eigen dochter was. Ze was haar heel wat verschuldigd, want Sarah had onvoorwaardelijk vriendschap met haar gesloten toen ze uit haar zelfverkozen ballingschap was teruggekeerd, en de jonge vrouw had Elm Creek Manor gered met haar plan om quiltkampen te organiseren. Ze had tevens een erg goede band opgebouwd met Summer Sullivan, de jonge vrouw met wie ze Elm Creek Quilts tegenwoordig leidde, en wanneer Sylvia die twee samen bezig zag, moest ze altijd denken aan zichzelf en haar oudere zus Claudia, hoewel ze wist dat ze een dergelijke vergelijking niet mocht maken. Claudia was de mooiste en liefste geweest, bij iedereen geliefd, in tegenstelling tot Sylvia met haar opvliegende karakter. Aanvankelijk had Sylvia, die jarenlang een bittere strijd met Claudia had gestreden, gevreesd dat jaloezie de vriendschap tussen Sarah en Summer zou schaden, zeker toen Summer een functie had gekregen die nagenoeg gelijk aan die van Sarah was, maar tot haar grote opluchting bleken de jonge vrouwen sterker dan de zusjes Bergstrom. Sarah hield zich bij voorkeur achter de schermen bezig met het beheer en de administratie en vond het allerminst erg dat Summer, die de leiding had over de docenten en de activiteiten plande, het aantrekkelijke gezicht van Elm Creek Quilts was geworden. Ze waren geen van beiden jaloers op de rol van de ander en vonden zichzelf ook niet beter.

'Ik ben niet van streek,' zei Sylvia ten slotte. Voor de zoveelste keer betreurde ze het dat haar zus en zij geen vriendinnen waren geweest. De cryptische opmerking in het dagboek deed vermoeden dat ook Anneke de nodige familieconflicten had meegemaakt, hoewel ze in alle verhalen die over haar en Hans de ronde deden bijna als een heilige werd afgeschilderd. Het zou niet eenvoudig zijn de waarheid te aanvaarden, maar Sylvia wilde weten hoe haar voorouders echt waren geweest. Aan helden en heldinnen die mooier leken dan ze waren geweest, had ze niets.

Hoe langer die ideaalbeelden zouden blijven bestaan, des te moeilijker het zou zijn ze los te laten.

'Maar er zit je wel iets dwars. Wat?' wilde Sarah weten.

'Kom maar mee naar boven,' zei Sylvia, 'ik wil je iets laten zien.'

2

Zodra Sarah over haar eerste verbazing heen was, gaf ze Sylvia een standje omdat die niet meteen had verteld wat ze had ontdekt. Sylvia verdroeg de kritiek gelaten omdat ze wist dat ze die had verdiend, maar zodra Sarah even zweeg om op adem te komen, zei ze: 'Blijf je de hele dag mopperen, of wil je de quilts nog zien?'

Natuurlijk koos Sarah zonder aarzelen voor het laatste, en nadat Sylvia de quilts uit haar kast had gehaald, spreidden de twee vrouwen ze zorvuldig uit over Sylvia's bed.

Sarah slaakte een verheugde uitroep toen ze de Log Cabin zag. Sylvia had haar het verhaal van tante Lucinda al eerder verteld, en ze wist meteen wat het zwarte vierkantje betekende. Ze zei niets toen ze de Birds in the Air bestudeerde, maar wierp wel af en toe een snelle blik op Sylvia, alsof ze probeerde te raden wat die dacht. Toen Sarah haar aandacht op de derde quilt richtte, merkte ze meteen op dat voor alle drie dezelfde stoffen waren gebruikt en vroeg daarna: 'Zaten er ook zulke lapjes in de quilt van Margaret Alden?'

'Ik heb er niet eens aan gedacht om daarnaar te kijken,' bekende Sylvia. Ze pakte de foto's die Andrew had gemaakt en gaf die aan Sarah, die ze aandachtig vergeleek met de quilts op het bed.

'Sommige lijken erg veel op elkaar,' zei ze, 'maar op de foto zijn ze zo klein dat ik het niet met zekerheid durf te zeggen.'

Sylvia pakte een vergrootglas uit haar naaidoos en gaf het aan Sarah. 'Zeg het maar eerlijk als je iets ziet. Je hoeft me niet te sparen.'

Sarah bekeek de foto's lange tijd door het vergrootglas, maar ten slotte schudde ze haar hoofd, nog steeds niet zeker van haar zaak. Sommige van de stoffen leken op elkaar, maar dat hoefde nog niet te betekenen dat de quilt van Margaret enig verband hield met die uit de dekenkist. De naaisters uit die tijd hadden niet de beschikking gehad over de veelvoud aan stoffen en dessins waaruit quiltsters tegenwoordig konden kiezen, en de kleuren waren zo verschoten dat zelfs verschillende stofjes nog hetzelfde konden ogen.

'Misschien kunnen we een andere overeenkomst vinden,' opperde Sarah.

'Beide naaisters hebben voor Birds in the Air gekozen. Dat spreekt toch boekdelen?'

Sarah maakte een afwijzend gebaar. 'Dat is altijd al een erg geliefd blok geweest. Hoeveel duizenden Birds in the Air zullen er in de loop der jaren zijn gemaakt? Ik wil daar zeker geen conclusies aan verbinden, en al helemaal niet omdat ze allebei in een ander patroon zijn gezet.'

Sylvia was blij te horen dat Sarah er zo over dacht. Zelf was ze ook al tot de slotsom gekomen dat de keuze voor hetzelfde blok niet bepaald als doorslaggevend bewijs van een verband kon worden gezien. 'Waar durf je dan wel een conclusie aan te verbinden?'

'Aan iets wat kenmerkend is voor een quilter, als een soort handtekening. Een bepaalde manier van de lapjes aan elkaar naaien, bijvoorbeeld. Neem je zus. Haar driehoeken hadden altijd stompe punten.'

'Dat gebeurt wel vaker,' zei Sylvia. 'Onze eigen Diane is een schoolvoorbeeld van de stompe punt. En zelf heb je je er ook weleens schuldig aan gemaakt.'

'Het is jammer dat we de quilt van Margaret niet naast deze kunnen leggen,' zei Sarah. 'Hoe zit het met thema's of symboliek? De Log Cabin staat voor huis en haard, met het middelste vierkant als symbool voor het haardvuur of een lamp voor het raam. De lichte en donkere stoffen verwijzen naar de voor- en tegenspoed in elk leven. Het zwarte vierkant had een speciale betekenis in verband met de Underground Railroad –'

'Tenzij de Log Cabin inderdaad is bedacht als eerbewijs aan Abraham Lincoln, zoals sommigen beweren,' onderbrak Sylvia haar. 'Als dat zo is, kan dit blok nooit als sein langs de Underground Railroad zijn gebruikt.'

'Waarom niet?'

'Mijn hemel, doceren ze soms geen Amerikaanse geschiedenis meer aan Penn State? Nadat de Burgeroorlog was uitgebroken, niet lang nadat Lincoln was gekozen, functioneerde de Underground Railroad heel anders dan voor de oorlog. Quilts zullen alleen voor de oorlog als seinen zijn gebruikt.'

'Jij hebt me verteld over Log Cabins met zwarte vierkanten,' bracht Sarah haar in herinnering. 'Wil je nu beweren dat dat verhaal niet klopt?'

'Nee, ik wil alleen maar zeggen dat er nog andere verklaringen mogelijk zijn, en we weten niet welke waar zijn.'

'Klopt, maar daarmee hoeft mijn veronderstelling niet onjuist te zijn. Wie weet zijn er overeenkomsten tussen de vier quilts te vinden die aangeven dat ze door dezelfde persoon zijn gemaakt.'

Sylvia sloeg haar armen over elkaar. 'Ik durf niet eens te beweren dat die drie van zolder door dezelfde persoon zijn gemaakt.'

'Laten we aannemen dat het wel zo is, omdat ze nu eenmaal bij elkaar in die kist lagen,' zei Sarah. 'Had Birds in the Air in de jaren voorafgaand aan de Burgeroorlog nog een bepaalde betekenis?'

'Niet dat ik weet.' Sylvia dacht even na. 'Hoewel, vogels trekken. Misschien wilde men de slaven door middel van dit patroon laten weten dat ze de trekvogels naar het noorden moesten volgen.'

'Alleen trekken vogels alleen in een bepaalde tijd van het jaar naar het noorden. In de herfst –'

'Ik begrijp wat je bedoelt. In de herfst zouden ontsnapte slaven de vogels naar het zuiden volgen, en dat was niet bepaald de bedoeling.'

'Nee, dan zou het niet een teken zijn waar ze echt iets aan hadden.'

'Tenzij de meesten in het voorjaar ontsnapten, wanneer het weer gunstiger was.'

Sarah knikte naar de gestreepte quilt. 'Welk patroon is dit?'

'Gewoon een simpele *four patch*, voor zover ik het kan bepalen. Ik heb het nog niet eerder gezien.'

'Misschien herkent een van de andere Elm Creek Quilters het.'

'Als er iemand is die het kan weten, is het Grace Daniels.' En als het onbekende patroon of de Birds in the Air nog een bepaalde betekenis had, zou Grace haar dat ook kunnen vertellen. Sylvia wilde het dolgraag weten en vroeg zich af of ze wel tot augustus zou kunnen wachten, wanneer Grace weer naar Elm Creek Manor zou komen.

Toen Sarah even later naar beneden ging om zich aan het leiden van het quiltkamp te wijden, pakte Sylvia het dagboek en nam het mee naar haar favoriete kamer in huis, een kleine zitkamer die aan de keuken grensde. Daar nestelde ze zich in een fauteuil bij het raam, vatte moed en sloeg het boekje open.

### Voorjaar 1856 – het begin van mijn belevenissen

De bruidsschat die in de ogen van de ouders van mijn jeugdliefde veel te weinig was geweest, bleek meer dan voldoende voor een overtocht tweede klasse aan boord van de Annebelle Marie met als bestemming New York. Mijn hart was gebroken, en daar ik al vijfentwintig was en geen opvallende schoonheid, leek het me onwaarschijnlijk dat ik in Duitsland nog een echtgenoot zou vinden. Mijn moeder was het met me eens dat ik beter mijn kansen in de Nieuwe Wereld kon beproeven, maar het doel van mijn reis was niet het vinden van een man, maar zoveel mogelijk afstand zien te scheppen tussen mezelf en de enige van wie ik dacht ooit te zullen houden.

Mijn broer Hans was al eerder naar Amerika gegaan en wilde niets liever dan dat ik hem zou bijstaan in zijn streven naar het verwerven van land in het westen. Hij had me berichten over de Kansas Territory gestuurd en verteld over de vruchtbare bodem, het milde klimaat en de nijvere lieden die al bezig waren een bestaan langs die grens met de wildernis op te bouwen. Zijn brieven spraken over de luisterrijke toekomst die ons wachtte, en daar hij steevast de indruk wekte dat hij me liever aan zijn zijde zag dan als getrouwde vrouw, was ik maar al te bereid om te gaan.

Ik zal nooit vergeten welke indruk het nieuwe land op me maakte toen ik na een lange zeereis voet aan wal zette: de verwarrende en vernederende behandeling van zelfingenomen ambtenaren die me de oren van het hoofd vroegen, al die vreemde talen, de stank van ongewassen lichamen en de geuren van onbekend voedsel. Ik sprak redelijk Engels, maar moest desalniettemin twee maal mijn achternaam spellen alvorens ze deze correct noteerden. Ik had zo te doen met hen die zich niet verstaanbaar konden maken en vol angst en onzekerheid in lange rijen dienden te wachten. Gelukkig was ik in staat aanwijzingen te begrijpen en wist ik dat ergens buiten die grote hal mijn broer op me stond te wachten. Ik had mezelf tot dan toe als een avontuurlijke vrouw beschouwd, niet bang alleen een verre reis te maken, maar er stonden kinderen met mij in de rij die over veel meer moed beschikten.

In alle drukte wist Hans me te vinden. 'Gerda!' hoorde ik iemand roepen, en voordat ik besefte wat er gebeurde, werd ik opgetild door een man die ik, zo wist ik heel zeker, nog nooit eerder had gezien. Toen herkende ik tot mijn verbijstering de jongere broer die zeven jaar eerder huis en haard had verlaten en was uitgegroeid tot deze lachende man die zo vol leven was. Hoewel ik nog steeds langer was dan hij, was Hans nu zeker bijna tien centimeter langer en minstens twintig kilo zwaarder dan de jongen van wie ik toen afscheid had genomen, maar zijn glimlach en zijn blik waren nog steeds dezelfde. Hij gedroeg zich onbekommerd en zelfverzekerd, alsof de hele wereld voor hem open lag.

Ik had nimmer gehuild, zelfs niet toen E. me had verteld met wie hij in plaats van mij ging trouwen, maar ik weende bijna van vreugde toen ik mijn broer zo gezond en vrolijk zag.

We haalden mijn hutkoffer op, die meer boeken dan kleren bevatte – ik veronderstelde dat ik mijn kleding beter in Kansas kon kopen, daar ik dan pas zou weten waaraan een boerenvrouw behoefte had – en liepen net in de richting van de uitgang toen we een beeldschone jonge vrouw ontwaarden die in een dispuut met een geüniformeerde ambtenaar was verwikkeld. Ze sprak hem in smekend Duits toe, maar hij overstemde haar in het Engels, en om hen heen had zich reeds een groepje mannen verzameld dat genoegen aan het spektakel leek te beleven.

Hans bleef staan, zoals ik al had vermoed, en vroeg enkele van de heren wat er gaande was. Ik schrok even toen ik hem het woord hoorde nemen; hij sprak nu veel beter Engels dan ik, hoewel hij geen woord had gekend toen hij ons huis verliet. Al snel bleek dat de jonge vrouw op haar verloofde wachtte, die haar drie dagen eerder had moeten afhalen. Ze had haar verloofde nog nooit ontmoet en kende alleen het adres dat op de brieven aan haar vader had gestaan, maar ze was vastbesloten te blijven wachten totdat hij zich zou melden.

Ik had het vermoeden dat ze nog lang zou kunnen wachten en wilde dat net aan Hans zeggen toen de man eraan toevoegde dat men van plan was het meisje, dat van geen wijken wilde weten, over te dragen aan de politie of zelfs terug te sturen naar Duitsland.

Hans wilde daar niets van weten. Ze was helemaal naar Amerika gekomen om hier haar geluk te zoeken, zoals velen van ons. Waarom zou zij moeten boeten omdat haar verloofde in gebreke was gebleven? Hans keek me even snel aan en merkte toen op: 'Er is nog plaats voor een passagier in onze kar.'

Ik zei: 'Ben je van plan haar mee te nemen naar Kansas?'

'Ze mag zo ver meereizen als haar goeddunkt.'

Ik moet bekennen dat ik daar heel erg door geschokt was. Het idee dat een ongehuwde vrouw met een onbekende man zou reizen, ook al was die man mijn broer, was ongehoord. Toen bedacht ik opeens dat mijn moeder nagenoeg hetzelfde met mij had voorgehad, namelijk dat Hans me diende te koppelen aan de eerste de beste man die hij geschikt achtte. Ik zou in elk geval nog een chaperonne voor haar kunnen zijn.

En ik moet bekennen dat ik nog iets anders dacht.

De beeldschone jonge vrouw had een naaimachine bij zich, en ik, die naaien verfoeide, die het werken met naald en draad als een der meest geestdodende en saaiste bezigheden van een huisvrouw beschouwde, zag in deze jonge vrouw en haar naaimachine een kans om voor altijd aan die verachtelijke taak te ontsnappen.

En dus zei ik Hans dat hij haar mocht vragen of ze met ons mee wilde reizen, en dat deed hij, in het Duits, zodat de ambtenaar hem niet kon verstaan. Zijn argumenten waren aandoenlijk, maar verre van romantisch: hij wees haar erop dat de ene man even goed was als de ander en dat ze zich bij ons mocht voegen totdat ze haar verloofde, of iemand anders, had gevonden; of totdat ze zou besluiten dat ze liever alleen zou blijven of toch zou terugkeren naar Duitsland. Diep in zijn hart hoopte hij natuurlijk dat ze met hem zou willen trouwen.

Ze bleef lange tijd met stomheid geslagen staan, hetgeen niemand haar kwalijk kon nemen, gezien dit ongewone voorstel dat zulke verregaande gevolgen voor haar zou kunnen hebben. Toen besloot ze zich bij ons te voegen, en ik had het vermoeden dat ze daarmee aangaf de strijd te staken. Als Hans dat eveneens dacht, liet hij dit niet blijken; hij begeleidde ons opgewekt naar buiten waar zijn kar wachtte.

En zo maakte ik kennis met Anneke, de toekomstige vrouw van mijn broer.

Sylvia drukte het boekje opgetogen tegen zich aan. Dus ze had het bij het rechte eind gehad, het dagboek was inderdaad het werk van Gerda. Nog beter was dat de beschrijving van de ontmoeting met Anneke overeenstemde met het verhaal dat ze als jong meisje al had gehoord. De details waren zo overtuigend dat ze niet langer aan de echtheid van de memoires kon twijfelen, maar er waren ook gegevens die haar nieuwsgierigheid verder prikkelden. Ze had nog nooit eerder iets over de geheimzinnige E. gehoord, Gerda's grote liefde die haar in de steek had gelaten, en al evenmin iets over Hans' plannen om zich in Kansas te vestigen, dat toen nog niet eens een officiële staat van de Verenigde Staten was geweest. Was ze dat gewoon vergeten, of hadden latere verhalenvertellers die details met opzet verzwegen?

'Sylvia?' Andrew was in de deuropening van de keuken verschenen. 'De nieuwe cursisten kunnen elk moment arriveren, en de Elm Creek Quilters staan al te wachten.'

Sylvia legde het dagboek in de la van haar bureau en stak haar arm door die van Andrew. Samen liepen ze naar de grote hal van het landhuis. 'Hoe is het met de Queen Mary?' vroeg Sylvia, doelend op Andrews camper, die nog steeds op dezelfde plek op de parkeerplaats stond waar ze hem na terugkeer uit South Carolina hadden achtergelaten.

'Klaar om weer uit te varen.' Hij schoof een stoel voor haar onder de tafel vandaan waar ze de nieuwe inschrijvingen verwerkten. 'Jij ook?'

'Ja, natuurlijk,' zei Sylvia verbaasd. 'Je dacht toch niet dat ik je alleen laat gaan, of wel soms?'

'Ik dacht dat je misschien liever thuis zou willen blijven, zodat je je met dat oude boek kunt bezighouden. Of nog eens honderd keer naar die oude quilts kunt gaan zitten kijken.'

'Ik kan Gerda's dagboek ook tijdens het rijden lezen.'

Toen Andrew slechts zijn schouders ophaalde, vroeg Sylvia zich opeens af hij misschien... Nee, dat kon niet. Andrew kon niet jaloers zijn, niet op drie oude quilts en een dagboek. Enigszins schuldbewust stelde ze vast dat ze sinds haar kennismaking met Margaret Alden nogal in haar eigen wereldje had geleefd. Misschien wel te veel, zodat ze hem onvoldoende aandacht had geschonken. Ze zou het goedmaken, droeg ze zichzelf op. Van nu af aan zou ze haar bevindingen met hem delen en de herinneringen van Gerda niet langer voor zichzelf houden.

Nadat de nieuwe gasten waren gearriveerd en Sylvia er zeker van was dat de week goed was begonnen, vroeg ze Andrew of hij haar wilde helpen pakken voor hun reisje. Terwijl ze dat deden, vertelde ze hem wat ze in het boekje van Gerda had gelezen, en tot haar genoegen merkte ze dat hij, tegen de tijd dat haar koffers waren gevuld, even benieuwd was naar de rest van de geschiedenis als zij. Daarna veranderde ze van onderwerp, om hem te laten weten dat zijn familie net zo belangrijk was als de hare. Ze babbelden over hun volgende bezoek aan zijn dochter Amy in Connecticut. Amy's man wilde met Andrew gaan vissen, en Sylvia had beloofd Amy haar eerste quiltles te geven.

Eenmaal onderweg merkte Sylvia dat ze het fijn vond weer op pad te zijn. Ze vond het heerlijk de zomer op Elm Creek Manor door te brengen, vol herinneringen aan de zomers die ze als jong meisje had beleefd en genietend van de levendige lessen van het quiltkamp, maar ze genoot misschien nog wel meer van de tijd met Andrew samen. Zijn kalme gezelschap was even troostend als een geliefde quilt, en naarmate ze meer herinneringen deelden over de jaren die ze zonder elkaar hadden doorgebracht, werd hun band steeds hechter. Ze zei vaak plagend dat ze zo goed met elkaar konden opschieten omdat ze elkaar altijd wel iets te vertellen hadden, en aangezien ze zo'n vijftig gemiste jaren in te halen hadden, zag het er niet naar uit dat ze snel om gesprekstof verlegen zouden zitten.

Andrew had de camper na de dood van zijn vrouw gekocht, zodat hij comfortabeler heen en weer kon reizen tussen zijn dochter aan de oostkust en zijn zoon aan de westkust. 'Ik vind het niet erg dat ik geen vast adres heb,' had hij Sylvia ooit bekend. 'Het is beter dan bij de kinderen intrekken.' Sylvia had begrijpend geknikt, maar al snel gemerkt dat hij het helemaal niet erg vond om van Elm Creek Manor zijn vaste adres te maken toen ze hem had gevraagd of hij bij haar wilde komen wonen.

Nadat Sylvia de dagelijkse leiding van Elm Creek Quilts aan Sarah en Summer had overgedragen, was ze Andrew steeds vaker op zijn reizen door het land gaan begeleiden. Zijn kinderen waren erg verbaasd geweest toen ze met haar kennismaakten; blijkbaar hadden ze nooit gedacht dat hun vader nog geen drie jaar na de dood van zijn innig geliefde vrouw, met wie hij meer dan vijftig jaar samen was geweest, een nieuwe vriendin zou vinden. Sylvia had echter gemerkt dat degenen die een gelukkig huwelijk achter de rug hadden een veel grotere kans op een nieuwe liefde leken te maken dan degenen die zich ongelukkig hadden gevoeld. Goed, ze had zelf weliswaar een halve eeuw moeten wachten, maar ze was dan ook nooit actief op zoek gegaan.

Het zag ernaar uit dat Andrews kinderen de keuze van hun vader nu hadden aanvaard – tenzij ze hun ware gevoelens heel goed verborgen wisten te houden – en dat het hun deugd deed dat hij opnieuw geluk had gevonden. Sylvia en Andrew brachten nu een groot deel van de zomer onderweg door en wisselden een verblijf van een paar weken op Elm Creek Manor af met bezoekjes aan de beste visstekken en quiltwinkels van het land.

Op haar aandringen maakten Andrew zich niet langer druk over de vraag wat anderen dachten van een ongehuwd stel dat samen op reis was. Zijn zorgen waren onnodig, vond Sylvia. Veel mensen hadden het veel te druk met zichzelf om zich af te vragen wat twee oudjes samen uitspookten. En omdat ze allebei nog steeds de trouwring van hun eerste huwelijk droegen, was de kans groot dat ze voor een getrouwd stel werden aangezien.

'Als de mensen dat toch al denken,' zei Andrew vaak, 'dan kunnen we net zo goed –'

'Ik wil er niets over horen,' zei Sylvia dan ferm, voordat hij zijn zin kon afmaken. Soms bleef hij dan een tijdje mokken, maar het duurde nooit lang voordat hij weer even vrolijk was altijd. De afgelopen maanden zinspeelde hij gelukkig niet meer op trouwen, en daar was ze blij om. Het idee alleen al, dat ze op haar leeftijd nog eens de bruid zou zijn. Bespottelijk. En ze wilde er niet eens aan denken wat Andrews kinderen ervan zouden zeggen.

Het bezoek eiste zoveel van hun aandacht dat Sylvia helemaal niet meer aan het dagboek van Gerda toekwam. Het was veel te leuk om met de kleinkinderen van Andrew te spelen en Amy te leren hoe ze de lapjes van haar eerste patchworkblok, een Sawtooth Star, aan elkaar moest naaien. Pas toen ze weer thuis was, haar koffers had uitgepakt en op de hoogte was gebracht van alle nieuwtjes, had ze de tijd om met het boek weg te kruipen in haar luie stoel.

Dagenlang waren we onderweg; we reisden van de stad New York naar New Jersey, en vanaf daar verder naar het oosten van Pennsylvania. In het begin sprak Anneke zelden, mogelijk omdat ze zich schaamde omdat ze in de steek was gelaten door haar verloofde, of omdat ze van haar stuk was gebracht door deze ongewone omstandigheden. Op mijn medeleven kon ze rekenen, daar ik wist hoe het voelde om door een man te worden afgewezen.

Hans gedroeg zich als een echte heer, en het duurde niet lang voordat hij Anneke ertoe verleidde meer over haar belevenissen te vertellen. We hoorden dat ze afkomstig was uit Berlijn, dat ze de op twee na jongste van zeven dochters was. De man met wie ze zou trouwen, had ze nimmer met eigen ogen aanschouwd, maar ze was in het bezit van een daguerreotypie. Naar mijn mening verried zijn gelaat dat het om een geslepen, bedrieglijk creatuur ging, maar Hans zei dat ik me dingen in het hoofd haalde en dat ik was beïnvloed door wat ik over hem had gehoord. Toch keek ook Hans niet al te blij toen Anneke het portret weer in haar reisgoed wegstopte, in plaats van het achter te laten langs de kant van de weg.

Haar bundel reisgoed bevatte enkele jurken, onderkleding, twee wollen dekens, een bijbel en twintig dollar. Dat alles vormde, samen met de naaimachine, haar geheel aan aardse bezittingen. Ze had de naaimachine, hoe hinderlijk die ook mocht zijn, met een bepaald doel meegebracht: ze had geen bruidsschat en wilde door het aannemen van naaiwerk in haar levensonderhoud voorzien, zodat ze haar echtgenoot niet tot last zou zijn. Ze had in het oosten rollen stof willen kopen om mee te nemen naar de boerderij van haar man in Missouri, waar een ondernemende vrouw een bescheiden fortuin kon verdienen door overhemden te naaien voor de vrijgezelle mannen die het westen bevolkten. Annekes spaarzame en praktische inborst maakte dat ik me schaamde voor al die boeken die ik in mijn dekenkist had weggestopt, tussen de beddenlakens die mijn moeder voor me had gemaakt. Ik voelde zo'n weerzin jegens naaiwerk dat ik het niet had kunnen opbrengen iets nuttigs voor mezelf te maken. Mijn schaamte werd nog vergroot door het feit dat ik, een vrijster van vijfentwintig, een uitzet had meegebracht, en dat Anneke, die minstens zes jaar jonger was dan ik en naar Amerika was gekomen om hier te trouwen, zonder uitzet was gekomen. Ik oogde ongetwijfeld dwaas en ijdel, met mijn onopvallende gezicht en onvrouwelijke gestalte, terwijl Anneke zo'n bevallige schoonheid bezat.

Onderweg overnachtten we in herbergen, waar Anneke en ik een bed deelden en Hans op de grond sliep. Op een avond, toen we geen herberg konden vinden, sliepen Anneke en ik voor de haard van een vriendelijke boer en zijn vrouw en lag Hans in de schuur bij zijn paarden.

En nu moet ik iets over zijn paarden vertellen, want zij spelen een belangrijke rol in dit verhaal.

Castor en Pollux waren het mooiste paar Arabische volbloeden dat ik ooit heb mogen aanschouwen. Zwart als kool, met elk een kleine witte bles op hun voorhoofd. Ze trokken de huifkar met een geduldige waardigheid, alsof ze wisten dat ze waren voorbestemd voor grootsere zaken. Het waren geen werkpaarden, en ofschoon de kar niet zwaar was, was de gedachte dat ze die helemaal tot aan Kansas zouden moeten trekken ondraaglijk. Ik deelde mijn zorgen met Hans, die daarop opmerkte: 'Dat hoeven ze ook niet. We gaan niet naar Kansas.'

Ik was dermate verwonderd dat ik slechts kon herhalen: 'We gaan niet naar Kansas?'

Dat gingen we niet. Hij legde uit dat dat gebied in staat van grote onrust verkeerde, iets waarover de pamfletten die Kansas hadden aangeprezen nooit met een woord hadden gerept. Volgens de wet mochten de kolonisten zelf bepalen of het gebied wel of geen slavernij zou kennen. Degenen die tegen slavernij waren, hielpen andere tegenstanders zich daar te vestigen, maar hetzelfde gold voor de voorstanders uit aangrenzende slavenstaten, met name Missouri.

'Des te meer reden om wel te gaan,' oordeelde ik koppig. 'Zelfs één stem kan de doorslag geven.'

Mijn broer schudde echter ernstig zijn hoofd en zei dat er tij-

47

dens de gewelddadigheden, waarbij de ene partij de andere probeerde te verdrijven, al gewonden en zelfs doden waren gevallen, en dat ook vrouwen en kinderen niet werden gespaard. Totdat het gebied daadwerkelijk een staat was en er een besluit over de kwestie van de slavernij was genomen, waren we volgens Hans beter af in een gebied waar de juiste keuze al was gemaakt, in een van de *Free States*.

Ik moest bekennen dat dit verstandig was, maar voelde me ook gedwongen te vragen welk gebied dat precies was.

'Pennsylvania,' luidde zijn antwoord. Het ging om een boerderij even buiten een plaatsje dat Creek's Crossing heette, en nu kwam mijn broer pas goed op dreef. In lovende bewoordingen beschreef hij het stenen huis dat op ons wachtte, omringd door vruchtbaar land dat werd gevoed door het water van de Elm Creek, en de weiden, de kraal, en de stal vol paarden die net zo fraai waren als het tweetal dat de kar trok.

Anneke, die natuurlijk dacht aan haar voornemen hemden voor de vrijgezellen van het westen te gaan naaien, bestookte mijn broer onmiddellijk met vragen over het stadje. Nee, hij wist niet hoeveel inwoners het telde, hij was er evenmin zeker van hoeveel kerken er waren, en hij wist al helemaal niet of er een bibliotheek was. Bij elke volgende vraag keek hij nog benauwder dan bij de vorige en werden zijn antwoorden steeds ontwijkender, totdat ik me ten slotte niet langer kon beheersen en hem vroeg of hij het stadje met eigen ogen had gezien.

Nee, om eerlijk te zijn had hij dat niet.

Anneke en ik keken elkaar aan en keken toen naar hem, en nu was hij, ten overstaan van twee verwonderde en geschrokken vrouwen, wel gedwongen de waarheid op te biechten. Hij had Creek's Crossing nimmer zelf gezien, en Elm Creek Farm evenmin, en zelfs geen enkel blad aan de bomen in de streek waar deze wonderen zich zouden moeten bevinden. Al die jaren hadden mijn familieleden en ik in Duitsland in de veronderstelling geleefd dat deze koopmanszoon een herenboer was geworden, terwijl hij in werkelijkheid eerst voor de ene en vervolgens voor de andere boer had gewerkt en zelfs een tijdje in de stad had gewoond, waar hij een klein fortuin had verdiend dat hij echter weer even snel in zaken had verloren.

'Maar hoe,' vroeg ik zo kalm als onder deze omstandigheden mogelijk was, 'ben je dan eigenaar van Elm Creek Farm geworden?'

Door een paardenrace te winnen, bekende hij met meer trots dan me gepast leek.

De vorige eigenaar, een paardenfokker die vaak te diep in het glaasje keek, was naar New York gekomen om enkele van zijn beste paarden te verkopen. Hij had nog niet veel ervaring en probeerde zijn naam te vestigen door volbloeden te verkopen aan de nieuwe klasse van hoge heren die als onkruid was opgeschoten uit de aarde die hun voorvaderen hadden bewerkt. Hij had de markt echter overschat en had weinig verdiend, maar zat wel met vier paarden. Zoals alle mannen dacht hij dat een borrel hem zou helpen zijn gedachten op een rijtje te zetten, maar na eentje volgden er al snel meer, en het duurde niet lang voordat hij beschonken over straat zwalkte en voorbijgangers opriep zijn paarden te komen bekijken, want mooiere paarden zouden ze nergens vinden.

De meesten schonken geen aandacht aan de man, maar Hans wilde hem wel een plezier doen. Hij gaf toe dat het indrukwekkende dieren waren, maar dat ze niet bepaald goed bij elkaar pasten. Dat zinde de kerel niet, en verontwaardigd vroeg hij of Hans wilde uitleggen wat hij bedoelde. Hans wees op een van de dieren, Castor genaamd, en zei dat diens gang langer was dan die van de andere drie, en dat zijn hogere snelheid de andere paarden parten zou spelen.

'U hebt het mis, meneer,' sprak de heer L., en om dat te bewijzen, wilde hij Hans op Castor laten rijden terwijl hij zelf een der andere dieren zou bestijgen. Indien Hans de race zou verliezen, of indien de paarden gelijktijdig over de finish zouden komen, zou Hans twee van de paarden moeten kopen. Indien Castor zou winnen, zou de heer L. Hans alle vier de paarden meegeven, voor niets.

Hans had niet genoeg geld om één, laat staan twee paarden te kopen, maar hij wist ook dat de heer L. te beschonken was om te kunnen winnen. En inderdaad, nadat er getuigen waren opgetrommeld en er een parcours was bepaald, kwam Hans als eerste over de finish en werd hij zo de trotse eigenaar van vier paarden.

Meneer L. eiste terstond dat Hans hem de kans zou geven zijn bezit terug te winnen. Aanvankelijk weigerde Hans, maar toen de heer L. het als een erezaak betitelde en zijn boerderij in het hartje van Pennsylvania in de strijd wierp, stemde hij toe. Na wederom een snelle rit over het parcours was Hans de eigenaar van alles wat meneer L. bezat, op de bezittingen die hij aan zijn lijf droeg na. Voordat ook het kleingoed en de kleding van de heer L. hem in handen zouden vallen, gaf hij de man twee van zijn paarden terug en drukte hem op het hart het gokken uit te stellen tot een dag waarop het geluk hem meer zou toelachen.

Anneke keek Hans stralend aan en prees hem om zijn slimheid en om de vrijgevigheid die hij had getoond door de heer L. twee van zijn paarden terug te geven, maar ik was hevig geschokt en voelde een grote weerzin omdat mijn broer misbruik had gemaakt van een medemens. Ik bracht hem in herinnering wat onze vader van een dergelijk gedrag zou vinden, maar hij lachte slechts en zei: 'Vaders manieren zouden hier niet werken, zuster. Daarom is hij thuisgebleven en woon ik hier.'

Het zinde me allerminst, maar om te voorkomen dat het tweetal zou denken dat ik eveneens beter thuis had kunnen blijven, hield ik mijn kritiek voor me en nam me plechtig voor ervoor te zorgen dat de familie Bergstrom in dit woeste land niet geheel zou vergeten wat waardigheid en oprechtheid betekende.

'Hoe ver is het naar de boerderij?' vroeg ik in plaats daarvan. Het was wellicht minder ver dan Kansas, maar toch vreesde ik dat het voor de paarden te hoog gegrepen zou zijn. Hans toonde het me op de kaart, en hoewel de streek me van alles en iedereen verlaten leek, besefte ik dat het nooit zo erg kon zijn als Kansas, dat nog verder naar het westen lag. Hans verklaarde dat hij gewassen ging verbouwen en vee ging houden om in ons levensonderhoud te voorzien, maar hij was ook voornemens een fortuin te verdienen met het fokken van paarden.

'Net zoals de heer L.?' merkte Anneke op, die blijkbaar net als ik niet was vergeten dat meneer L. er niet in was geslaagd zijn vier paarden in New York te verkopen.

'Ik hoop maar dat je niet met Castor en Pollux wilt gaan fokken,' merkte ik op, 'het zijn namelijk allebei mannetjes.'

'En ook nog eens ruinen,' voegde Anneke eraan toe.

We barstten in lachen uit toen we Hans' boze blik zagen, maar al snel lachte hij met ons mee en vertelde ons over de paarden die op Elm Creek Farm op ons wachtten. 'Een hele stal vol,' zei hij, met inbegrip van de ouders van de paarden die we hier voor ons zagen.

Ons lachen zwakte af, en op de gezichten van mijn metgezellen zag ik nu een gretig verlangen naar de toekomst, maar zelf kon ik slechts denken aan die onfortuinlijke man die alles had verloren; zijn beeldschone paarden en zijn huis en haard. Ik stelde me voor dat hij naar Creek's Crossing was teruggekeerd en zijn knechten, of zijn gezin, indien hij dat had, had moeten vertellen wat er was voorgevallen. Mogelijk zorgden zijn knechten nog steeds voor de paarden en vroegen ze zich bezorgd af wat hun lot zou zijn indien de nieuwe eigenaar niet om personeel verlegen zat.

Mijn medeleven met de heer L. was echter van korte duur.

Toen we eindelijk in Creek's Crossing aankwamen, zagen we tot ons genoegen dat het een schilderachtig en genoeglijk plaatsje aan de oever van de Elm Creek was, een water dat in mijn ogen eerder de naam van rivier verdiende. We hadden al geruime tijd de rivier gevolgd, die eerst ten noorden van het stadje overging in meertjes en moerassen, zodat er slechts een stroom restte die veerboten zonder al te veel problemen konden oversteken.

Tijdens onze doortocht door het stadje ontwaarden we de nodige kerken en een evenredig aantal kroegen, alsmede enkele bloeiende zaken, waaronder een kruidenier. Hier hield Hans halt om de voornaamste levensmiddelen aan te schaffen. Overige zaken zouden we, indien nodig, kopen wanneer we hadden vastgesteld wat de heer L. had achtergelaten.

Ondertussen brachten Anneke en ik een bezoek aan de kleermaker aan de overzijde van de straat, waar ik net deed alsof ik naar de prijzen van de artikelen vroeg terwijl Anneke zich ondertussen een beeld van de concurrentie probeerde te vormen. We verlieten de zaak gewapend met de kennis dat het stadje zowel een kleermaker als coupeuse kende, maar desalniettemin twijfelde Anneke niet aan het welslagen van haar eigen plannen.

Hans zat in de huifkar op ons te wachten en oogde enigszins bezorgd. Toen we hem vroegen wat er scheelde, antwoordde hij eerst: 'Wellicht niets,' maar na een korte stilte voegde hij eraan toe: 'De mannen in de winkel hadden nog nooit van Elm Creek Farm gehoord.'

Anneke en ik keken elkaar aan, maar zeiden niets. We konden onszelf er niet toe zetten hem te plagen, zoals we met de paarden hadden gedaan. Hij oogde te bezorgd om als doelwit voor onze plagerijen te dienen.

Maar het eigendomsbewijs van Elm Creek Farm lag bij de bank op ons te wachten, zoals de heer L. al had beloofd, en zodra Hans het had ondertekend en hij officieel de eigenaar was geworden, leek onze bezorgdheid ongegrond. We verlieten het stadje en volgden de route die meneer L. had beschreven. De beek hield ons een tijdlang gezelschap toen we een aantal goed onderhouden boerderijen passeerden en verdween daarna kronkelend tussen de bomen van het dichte woud. Korte tijd later, toen we op een pad kwamen dat amper breed genoeg was voor onze wagen, bleek de routebeschrijving van de heer L. niet langer overeen te stemmen met de werkelijkheid.

Tijdens om het even welke andere gelegenheid zou ik hebben genoten van de schoonheid van het woud en van het zonlicht dat tussen de groene takken door viel, maar die dag voelde ik slechts een hevige bezorgdheid. Toen verscheen de Elm Creek weer in zicht en maakte opluchting zich van ons meester, aangezien de heer L. had beweerd dat de beek zijn bezit doorkruiste.

In dat opzicht had hij de waarheid gesproken, maar in nagenoeg alle andere helaas niet.

Zelfs nu, in de wetenschap dat we uiteindelijk voorspoed hebben gekend, denk ik met pijn in het hart aan wat ons daar wachtte. Van de veertig are die Hans nu bezat, waren er slechts vier ontgonnen. Het stenen huis dat een verdieping zou tellen, was niet meer dan een blokhut, op een steenworp afstand van de beek, van amper vier bij vier meter groot, met twee zeilen bij wijze van vensters, een vloer van aangestampte aarde en grote kieren tussen de balken. De paardenstal was leeg, maar misschien was dat maar goed ook, want het was een halfopen, bouwvallig geheel dat amper genoeg ruimte bood voor Castor en Pollux.

Nu we zagen waaruit ons bezit bestond, leek Hans woedend en vernederd, maar hij berustte in zijn lot. Anneke keek alsof ze elk moment kon gaan huilen; toen Hans haar zijn hand toestak bij wijze van troost, rende ze terug naar de wagen en ging naast haar naaimachine zitten. Ze oogde alsof het haar diep speet dat ze New York samen met ons had verlaten, en ik kon het haar niet kwalijk nemen. Even later haalde ze, zonder te merken dat ik naar haar keek, het portret van haar verloofde tevoorschijn en bekeek het met een ongewone blik. Misschien vroeg ze zich af of ze wel lang genoeg op hem had gewacht, en of ze nu naar hem op zoek moest gaan. Nu ik weet wat ons sindsdien allemaal is overkomen, vraag ik me af hoe anders ons leven zou zijn verlopen indien ze op dat moment had besloten ons te verlaten en haar eigen weg in het leven te zoeken.

De zon zakte al achter de bomen, we waren moe en hongerig, en al onze toekomstdromen leken in duigen te zijn gevallen. Dat heb je met goed dat op een dergelijke wijze wordt verkregen, dacht ik bij mezelf, maar omdat ik dat niet hardop durfde te zeggen, zei ik slechts: 'We hebben minder dan waarop we hadden gerekend, maar we hebben het land, de twee paarden en we zijn gezond van lijf en leden. Dat is meer dan dat we bij aankomst in New York hadden. Meneer L. heeft weliswaar niet het land ontgonnen, noch gewassen geplant of een mooi huis gebouwd, maar niets houdt ons tegen om dat zelf te doen.'

Mijn broer keek nog steeds verslagen, en daarom vervolgde ik: 'We waren van plan in Kansas alles vanuit het niets op te bouwen. Daar zou ook niemand het voor ons doen.'

Anneke slaakte een zucht en liet haar kin in haar handen rusten. Hans veegde met een mismoedig gebaar wat strootjes van de paarden. We waren er nog maar net, en nu stonden zij al op het punt het bijltje erbij neer te gooien!

Ik was even teleurgesteld als zij, maar er kwam een felle woede in me op. 'Het is maar goed dat we niet verder naar het westen zijn getrokken,' verklaarde ik. Ik nam de boodschappen die Hans bij de kruidenier had gekocht en liep ermee naar de hut. Daarna laadde ik eigenhandig de huifkar uit en liet alleen mijn dekenkist en de naaimachine staan, daar die te zwaar voor mij alleen waren. Ik maakte een vuur in de cirkel van stenen die meneer L. nabij de deur van de hut had aangelegd, haalde met een pan wat water uit de beek en bracht weldra de aardappelen aan de kook. Toen de zon achter de horizon verdween en mijn reisgenoten de honger voelden knagen, verlieten ze hun posten en voegden zich bij me rond het vuur. Zonder iets te zeggen gaf ik hun de tinnen borden met gekookte aardappelen en gedroogd vlees, net zoals ik onderweg had gedaan. We aten ons maal in stilzwijgen, slechts begeleid door de geluiden van het woud.

Toen nam mijn broer opeens het woord. 'Morgen ga ik kijken waar ons land precies eindigt. Er moeten aangrenzende boerderijen zijn. Ze kunnen ons vertellen waar de grenzen liggen, of anders kan ik het aan een landmeter in het stadje vragen.' Hij pookte met een stok in het vuur. 'Er zal vast wel ergens iets zijn aangeplant. Hij moet zijn paarden toch met iets hebben gevoed.'

'Ik ga de hut schoonmaken,' zei Anneke met een klein stemmetje. 'Ik begin zodra er genoeg licht is.'

'Ik zal je helpen,' zei ik, en zo geschiedde het dat we besloten op Elm Creek Farm te blijven.

'Een paardenrace,' zei Sylvia hoofdschuddend.

Andrew keek weifelend. 'Het had erger kunnen zijn.'

'Ja, waarschijnlijk wel.' Hans had de arme drommel een pistool onder de neus kunnen duwen en hem zo van zijn bezit kunnen beroven.'

'Hij heeft niemand beroofd,' zei Sarah. 'Het was gewoon een weddenschap.'

'Een paardenrace met een dronken man die vrijwel zeker zal verliezen wil ik geen weddenschap noemen.' Sylvia stond op en liep met haar lege koffiekopje naar de keuken. Ze keerde echter niet terug naar haar zitkamer en haar vrienden, maar verliet door de achterdeur het huis, stak de verlaten parkeerplaats over en volgde het paadje naar de brug over de Elm Creek, waar ze op een bankje naar het water ging zitten kijken.

Ze vroeg zich af waar de blokhut had gestaan. Gerda had geschreven dat de ontgonnen vier are zich op een steenworp afstand van de beek hadden bevonden, en dat betekende een andere plek dan waar het huis nu stond. De plek die in Gerda's tijd onbegroeid was geweest, kon in de loop der tijd overwoekerd zijn geraakt. Sylvia vroeg zich af of ze ooit de juiste plek zou kunnen aanwijzen, en of er nog wel een spoor te vinden zou zijn. Een blokhut die in 1856 al vervallen was, zou het niet nog een eeuw hebben volgehouden.

Sylvia wist dat ze medelijden zou moeten hebben met haar onfortuinlijke voorouders, maar eigenlijk deed het haar deugd dat er aan het einde van hun reis geen stenen huis met een verdieping op hen had staan wachten. Een vervallen hut was eerder Hans' verdiende loon omdat hij een arme drommel van zijn onderkomen en middelen van bestaan had beroofd. Haar hele leven lang had ze Hans en Anneke Bergstrom bewonderd omdat ze vanuit het niets met hun blote handen het landgoed hadden opgebouwd, maar nu bleek dat ze na aankomst de handdoek in de ring hadden willen gooien.

Ze bleef zitten piekeren totdat Andrew haar kwam zoeken. 'Gaat het?'

Sylvia schoof opzij om plaats voor hem te maken. 'Ja, hoor. Ik ben alleen een beetje... teleurgesteld.'

'Waarom?'

'Waarom? Waarom niet? Ik, en met mij al mijn familieleden, hebben ons hele leven lang moeten horen dat Hans en Anneke het schoolvoorbeeld waren van de dappere immigrant die de Amerikaanse droom heeft waargemaakt. En nu blijkt –'

'Dat je helden ook maar gewone mensen waren?'

Sylvia wist dat alles wat ze nu zou zeggen kregelig zou klinken en deed er daarom maar het zwijgen toe.

'Je kunt kiezen, hoor,' zei Andrew, 'je hoeft niet verder te lezen.'

'Natuurlijk wel. Ik moet weten hoe het is afgelopen.'

'Dat weet je al.' Met zijn duim wees Andrew naar het grote huis achter hen.

Sylvia volgde het gebaar met haar blik, en toen ze naar de muren van grijze steen keek die een paar weken geleden nog zo sterk en stevig hadden geleken, vroeg ze zich af of ze wel wist hoe het was afgelopen.

3

Summer en haar moeder woonden al in Waterford sinds Summer bijna elf was, maar ze hadden geen van beide ooit iemand het stadje als Creek's Crossing horen betitelen. Summers nieuwsgierigheid was echter gewekt door wat Sylvia haar allemaal over het dagboek van Gerda Bergstrom had verteld, en nadat ze Sarah had gevraagd of die voor haar in wilde vallen bij Elm Creek Quilts ging ze op onderzoek uit.

Ze stak de straat over, naar de campus van Waterford College, en liep naar de bibliotheek, waar de archieven van het geschiedkundig genootschap van het stadje werden bewaard. De bibliothecaresse bestudeerde aandachtig het pasje waarop vermeld stond dat Summer als oud-studente van de bibliotheek gebruik mocht maken en leidde haar toen naar een ruimte achter in het gebouw die was volgestouwd met boeken, archiefmateriaal en landkaarten. Het was dat er aan een tafeltje in de hoek een man met donker haar zat, anders was ze hier moederziel alleen geweest.

Na slechts een paar minuten grasduinen in de kast met landkaarten wist Summer al dat ze te weinig tijd had uitgetrokken. Het duurde bijna een half uur voordat ze wist in welke la ze moest zoeken en ontdekte toen dat de kaarten werden bewaard volgens een systeem waarin ze geen enkele logica kon ontdekken. Het zou me niets verbazen als dit archief het werk is van Sylvia's voorouders, dacht ze met enige ironie, denkend aan de chaos op de zolder van Elm Creek Manor. Zuchtend trok ze de la verder open en begon de kaarten een voor een te bekijken.

Gelukkig was ze tegen sluitingstijd op twee kaarten van de streek gestuit die een nader onderzoek verdienden. Op de ene, die dateerde uit 1847, was slechts een plaatsje vermeld dat Creek's Crossing heette en aanzienlijk kleiner was dan het hedendaagse Waterford, maar het lag wel aan dezelfde bocht in het riviertje waar zich nu het oudste gedeelte van het centrum bevond. Op de tweede kaart, uit 1880, was de hele staat afgebeeld, met Waterford op de juiste plek en voorzien van zijn huidige naam. Op een zeker moment tussen 1847 en 1880 was het stadje dus van naam veranderd.

Met de technieken waarmee Summer tijdens haar colleges journalistiek aan Waterford College had kennisgemaakt in gedachten stelde ze vast dat de naamsverandering het 'wat' was – nu hoefde ze alleen nog uit te zoeken 'wanneer' en 'waarom'. De 'wie', dat was natuurlijk de familie Bergstrom.

Of de familie een rol had gespeeld in de verandering van Creek's Crossing in Waterford kon ze onmogelijk met zekerheid zeggen, maar haar instinct en de wetenschap dat de voorouders van Sylvia medeverantwoordelijk waren geweest voor de voorspoed die Waterford later had gekend, vertelden haar dat ze op het juiste spoor zat.

### Zomer tot winter 1856 – waarin we boeren worden en ik ongewild het hof word gemaakt

Zo verstreek onze eerste avond op Elm Creek Farm. Tegen zonsopgang hadden mijn metgezellen moed gevat, maar zelf voelde ik dat de mijne me in de steek liet nu ik besefte hoe ver ik van huis was, en van alles wat me vertrouwd was. Toen bracht ik mezelf in herinnering dat dat juist mijn voornemen was geweest, en daar ik niet verslagen naar huis kon terugkeren en zeker niet het geld voor een overtocht had, restte me niets anders dan er het beste van te maken.

Tegen het einde van de dag hadden we gemerkt dat we er minder onfortuinlijk aan toe waren dan gedacht. De heer L. had een moestuin aangelegd, zodat het ons niet aan verse groenten zou ontbreken, en we hadden tot onze grote vreugde vastgesteld dat er ook een are maïs was aangeplant. Daar een groot deel van ons bezit niet was ontgonnen, zat het woud nog vol wild, en dus vierden we onze tweede avond op Elm Creek Farm met een maal van hertenvlees en krieltjes, dat we bij het vuur onder de sterren nuttigden.

In de weken die volgden, knapten we de blokhut zo goed en kwaad als het ging op; Anneke en ik dichtten de kieren tussen de balken, Hans repareerde het dak zodat het niet langer kon inregenen. Elke dag verwonderde ik me opnieuw over de veranderingen die in mijn broer hadden plaatsgevonden. Zeven jaar eerder had hij het ouderlijk huis verlaten, in het bezit van een rijke kennis over de stoffenhandel in Baden-Baden, maar zonder enig besef van het boerenleven of van paarden. Nu plantte hij late zaailingen en mende hij een span alsof hij nooit iets anders had gedaan.

Natuurlijk trokken Castor en Pollux niet de ploeg; een van de eerste zaken die Hans als bezitter van Elm Creek Farm had gedaan, was het tweetal bij de eigenaar van een stalhouderij ruilen tegen een span trekpaarden, een varken en een toom kippen. Het deed ons allemaal verdriet afscheid te moeten nemen van zulke fraaie dieren, met name Anneke, die de tranen in haar ogen kreeg wanneer ze hen in het stadje voor een koets zag draven. Hans had haar beloofd dat hij haar op een dag, wanneer hij de vruchten van zijn werk zou kunnen plukken, een veel mooier span zou schenken, dat zou zijn geboren en getogen op ons eigen land. Anneke leek hem niet echt te geloven, maar de belofte deed haar niettemin deugd.

Nu we in onze dagelijkse behoeften konden voorzien, vroeg Anneke of hij zijn aandacht aan de verbetering van onze blokhut wilde wijden. Hij had voor ons allebei een bed gemaakt door touwen tussen eiken palen te spannen, waarop Anneke vervolgens een met stro gevulde tijk had gelegd. Zijn bed was echter slechts door een gordijn van de onze gescheiden en we hadden geen haard, wat ons in de winter voor moeilijkheden zou stellen. Ik viel

Anneke bij, maar Hans hield zich liever bezig met de schuur.

Hij had kennisgemaakt met een der buren, ene meneer Thomas Nelson, wiens land aan de noordzijde aan het onze grensde. Zijn echtgenote Dorothea werd al snel een goede kennis van me en groeide in later jaren uit tot mijn dierbaarste vriendin en vertrouwelinge – in veel opzichten was mijn band met haar veel hechter dan met Anneke. Anneke vond Dorothea maar een saaie boekenwurm, maar ik had bewondering voor haar scherpe verstand en evenwichtige karakter. Wanneer het werk van de dag gedaan was, spraken we 's avonds vaak over boeken en politiek, en zij leerde me heel veel over ons nieuwe land. Vaak kwamen we bijeen in het huis van de familie Nelson, dat ondanks zijn eenvoud een paleis leek in vergelijking met onze blokhut, maar trots weerhield me er niet van hen ook bij ons uit te nodigen, en onze buren waren bijna even vaak bij ons te gast als wij bij hen.

Met de Nelsons spraken we Engels, daar ze de Duitse taal niet beheersten. Anneke zat er liever zwijgend met een naaiwerkje bij, beschaamd omdat ze geen Engels sprak, dan dat ze mij of Hans zou vragen het gesprek te vertalen, maar Hans zei tegen haar: 'Je moet het toch proberen, anders leer je het nooit. En zonder Engels komt een mens in Amerika nergens.' Natuurlijk had hij gelijk, en hoewel Annekes eerste pogingen zeer beschroomd waren, verwierf ze langzaam een rudimentaire kennis van de Engelse taal. In die eerste jaren sprak ze echter zelden met vreemden, een gedrag dat door sommige vrouwen in ons stadje verkeerd werd begrepen, zodat ze haar als afstandelijk en onvriendelijk beschouwden. Diezelfde vrouwen moesten later toegeven dat ze zich hadden vergist: Anneke was de vriendelijkheid zelve, terwijl ik vooringenomen was en vol vreemde veronderstellingen zat. Hun mening zou me misschien hebben gestoord als ik via Dorothea geen andere vriendschappen had gesloten, maar daar dat wel zo was, liet ik me weinig aan de mening van Annekes kennissen gelegen liggen. Misschien was ik inderdaad wat vooringenomen.

Hans en Thomas werkten veelvuldig samen: nadat Hans Thomas had geholpen bij de oogst, kwam Thomas Hans helpen met de fundering voor zijn schuur, die hij op ongeveer twintig passen afstand van onze voordeur wilde bouwen, tussen de hut en de beek. Het leek me geen verstandige plek, want hoewel de wind doorgaans uit het zuidwesten kwam en de luchtjes van de dieren dus van de hut af werden geblazen, stond het idee dat ik de schuur een paar maal per dag zou moeten passeren om water te halen me allerminst aan. Natuurlijk hield ik dat voor me, daar ik wist dat het een bespottelijke klacht was voor iemand die zich als een pionierster beschouwde. Pas toen de mannen aan de wanden van de schuur begonnen, begreep ik wat het voornemen van mijn broer was en kon ik slechts bewondering voor zijn plan voelen. Hij had de schuur tegen de heuvel aan gebouwd, met een deur aan de voet van de heuvel en een tweede bij de top, zodat een kar met evenveel gemak beide verdiepingen binnen kon worden gereden.

Vele andere buren kwamen helpen bij het plaatsen van de wanden van de schuur: Granger, Watson, Shropshire, Engle en Craigmile. Mijn hart vulde zich met vreugde toen ik hun koetsen en karren het woud uit zag komen, op weg naar Elm Creek Farm. Voor sommigen van hen voel ik nog immer achting, maar anderen laten me ijskoud.

Natuurlijk kon ik toen nog niet weten dat mijn gevoelens zouden veranderen. Noch kon ik vermoeden welk schandaal de familie Bergstrom over zichzelf zou afroepen. Als zij hadden kunnen vermoeden wat er in het verschiet lag, zouden ze de schuur ter plekke hebben laten instorten, met ons erin. Nu ik erop terugkijk, vind ik het verbazingwekkend dat toekomstige vrienden zich in niets van vijanden onderscheidden en dat ik nooit had kunnen vermoeden wie ons later uit de weg zouden gaan en wie niet.

Ik loop te ver vooruit in de haast mijn hart te luchten, ik mag het verloop van het verhaal niet verstoren met mijn ongeduld.

Na de bouw van de schuur begon Hans aan een kraal daar hij, tot mijn grote verwondering, bij zijn plan bleef om paarden te gaan fokken. Ik had vermoed dat hij dat voornemen na de verkoop van Castor en Pollux geheel had laten varen, maar niets was minder waar; zijn belangstelling was juist toegenomen. 'De heer L. slaagde niet bepaald in zijn opzet,' merkte ik nog op, maar ik kon zien dat Hans voet bij stuk zou houden.

Hij keek me slechts lachend aan en zei: 'Mijn zus, ik heb inmiddels wel laten zien dat ik veel slimmer ben dan de heer L.'

Daarop deed ik er het zwijgen toe, al ben ik tot de dag van vandaag van mening dat Hans Elm Creek Farm niet door slimheid had verkregen.

Anneke en ik hielpen Hans op het land en verdeelden verder de vrouwentaken naar believen. Anneke, begaafd met naald en draad, deed al het naai- en verstelwerk. Opgelucht dat zulke verfoeilijke bezigheden mij bespaard bleven wijdde ik me aan de moestuin. Ik was het gelukkigst wanneer ik buiten kon werken en de warmte van de zon op mijn wangen kon voelen, de verse aarde tussen mijn vingers. Anneke deed de was en maakte de blokhut schoon, ik bereidde de maaltijden. We zorgen om beurten voor de kippen en leerden van Dorothea hoe we de koeien moesten melken.

Elke dag werd Elm Creek Farm weer wat groter en beter, en elke dag raakten Hans en Anneke meer op elkaar gesteld. Ze maakten elkaar op ongewone wijze het hof, wonend in hetzelfde kleine huisje, met slechts een ongehuwde oudere zuster als chaperonne. Mijn beeld van ware liefde was gevormd door de band tussen E. en mij, als een vriendschap die van genegenheid uit de kindertijd uitgroeide tot een onwankelbare en respectvolle toewijding. Hans en Anneke hadden echter van het begin af aan al bewondering voor elkaar gevoeld; het kostte Anneke weinig moeite haar verloofde te vergeten. Een half jaar nadat ze elkaar in New York voor het eerst hadden gezien, traden ze in het huwelijk, nog voor de eerste sneeuw viel.

Als huwelijksgeschenk voor zijn bruid voorzag Hans de hut van een haard, een provisiekelder en een tweede kamer. Kort na haar eigen bruiloft, wellicht omdat ze me evenveel geluk gunde als zij met mijn broer had gevonden, of wellicht omdat ze behoefte had aan meer tijd en ruimte voor henzelf dan in mijn aanwezigheid mogelijk was, vatte ze het voornemen op een echtgenoot voor mij te zoeken.

Een van de buren die ons in die eerste dagen was komen helpen, was mevrouw Violet Pearson Engle, de coupeuse van het stadje die al twee maal weduwe was geworden en een volwassen zoon, Cyrus Pearson, uit haar eerste huwelijk had. Mevrouw Engle was een struise vrouw, overheersend, met een luide stem, wier voornaamste bijdrage aan de bouw van de schuur had bestaan uit het blaffen van bevelen naar de andere vrouwen die getracht hadden boven open vuren voldoende voedsel voor al die mannen te bereiden. Wat de heer Pearson betreft, hij kwam tijdens onze eerste ontmoeting beleefd over, mogelijk een tikje zelfingenomen, met een snelle lach die misschien minachtend kon worden genoemd. Maar mogelijk hing die indruk samen met mijn eigen vooroordeel: knappe mannen konden me zelden behagen of mijn vertrouwen winnen omdat ik had geleerd dat ze nagenoeg nimmer oprechte belangstelling toonden voor meisjes als ik, die geen ware schoonheden waren. Hij leek me echter beminnelijk genoeg, en ik zocht er niets achter toen Anneke hem uitnodigde om bij ons te komen dineren.

Op de afgesproken avond arriveerde de heer Pearson met een appeltaart die zijn moeder had gebakken en een boeket veldbloemen dat hij mij aanbood – ten onrechte, vermoedde ik, daar het me een geschenk voor de vrouw des huizes leek. Ik gaf de bloemen aan Anneke en nam zijn jas aan, terwijl Hans hem een zitplaats bij de haard aanbood. Op diezelfde haard diende ik tevens de maaltijd te bereiden, zodat het onvermijdelijk was dat ik enkele keren tussen de tafel en de haard heen en weer liep terwijl de mannen over paarden en gewassen spraken. Het duurde niet lang voordat me opviel dat meneer Pearson elke keer opstond wanneer ik passeerde. Aanvankelijk vond ik het gebaar charmant, maar toen hij die bespottelijke beleefdheid vol leek te willen houden, droeg ik hem op te blijven zitten, daar hij anders de gehele avond als een duveltje in een doosje uit zijn stoel overeind zou vliegen. Hij stemde toe, met een glimlach die zijn ongenoegen niet geheel wist te verbergen, maar bleef nu zitten wanneer ik langs hem liep, al deed zijn stijve houding vermoeden dat hem dat al zijn zelfbeheersing kostte.

'Het was me nog niet eerder opgevallen,' merkte ik in het voorbijgaan op tegen Anneke, 'maar meneer Pearson is een tikje hooghartig, vind je niet?'

'Het is een echte heer,' siste Anneke, die hem een snelle blik toewierp om er zeker van te zijn dat hij me niet had gehoord. 'En bovendien is hij onze gast, dus denk om je woorden.'

'Dat doe ik altijd,' antwoordde ik fluisterend, maar Anneke keek me slechts boos aan.

De maaltijd zelf was nog verbazingwekkender. Hans leek de enige te zijn die zich op zijn gemak voelde. Anneke bestookte meneer Pearson met vragen over zijn opleiding en vooruitzichten die zo onomwonden waren dat het onbeleefd had geklonken als ze niet zo lieftallig was geweest of beter Engels had gesproken, maar meneer Pearson leek het niet erg te vinden. Sterker nog, het leek hem te behagen dat hij over zichzelf kon vertellen, al antwoordde hij niet Anneke, maar keek hij vooral naar mij. Aanvankelijk vond ik dat beschamend omdat hij geen oog voor Hans en Anneke leek te hebben, maar toen besefte ik dat hij zich net zo gedroeg als de heren die in romans op zoek waren naar een huwelijkskandidate.

Die gedachte bracht me zo van mijn stuk dat ik niet kon antwoorden toen meneer Pearson voor de zeventiende maal mijn kookkunsten prees. Misschien had ik eerder moeten beseffen wat zijn bedoelingen waren, maar E. was mijn enige liefde geweest, die ik al sinds mijn kinderjaren had gekend. We hadden ons nooit schuldig gemaakt aan de dwaze rituelen waarmee volwassen mannen en vrouwen elkaar kwelden. Ik was niet gewend aan de taal der romantiek, noch had ik gedacht ooit nog eens in die bewoordingen te worden aangesproken. Het leed geen twijfel dat ik geen enkele behoefte had nog meer van meneer Pearson te horen. Ik keek naar Anneke en Hans, zwijgend smekend om hun hulp, maar Hans leek niet te merken hoe ontzet ik was, en Anneke leek ervan te genieten.

'U bent zo bedreven in alles, meneer Pearson,' sprak Anneke ontwapenend, 'dat het een wonder mag heten dat er nog geen mevrouw Pearson is.'

'De vrouw die die naam verdient, heeft mijn pad nog niet gekruist.'

'O, maar u mag uw zoektocht niet zomaar staken,' zei ik, al dacht ik: als u maar niet op Elm Creek Farm zoekt. 'Ik weet zeker dat u haar zult vinden.'

Zijn glimlach oogde heel even minder stralend, en hij keek Anneke aan, vragend om uitleg. Voordat zij echter het woord kon nemen, merkte Hans op: 'Vertelt u eens, mocht u uw mevrouw Pearson vinden, geeft u haar dan een eigen huis, of trekt u bij uw moeder in?'

'Het huis van mijn moeder zal het hare zijn, net zoals het het mijne is.'

'Ach toe,' zei Hans, 'u weet hoe vrouwen zijn. Twee vrouwen vragen een keuken te delen is als twee natte katten in een zak stoppen en die dichtbinden. Het is vragen om problemen, tenzij vanaf het allereerste moment duidelijk is wie de baas in huis is.'

Anneke keek haar echtgenoot even bestraffend aan, maar meneer Pearson moest grinniken. 'Moeder laat zich in haar eigen huis door niemand de les lezen.'

'Dus uw mevrouw Pearson zou haar plaats moeten kennen?'

'Zeker.'

'Ze mag niet haar eigen mening hebben of vraagtekens zetten bij het oordeel van mevrouw Engle?'

'Wat dat betreft verwacht ik geen problemen. De enige vrouw van wie ik zou kunnen houden, is zo puur van hart en zo toegeeflijk van aard dat ze van moeder zal houden als van haar eigen ouder. Ze zou moeder van dienst zijn met dezelfde tedere, onbaatzuchtige bereidwilligheid als waarmee ze mij zou dienen.'

Er verscheen een frons op Annekes knappe gezichtje. 'Dat klinkt alsof u naar een huishoudster of een verpleegster zoekt in plaats van naar een echtgenote.'

'Het zou maar voor even zijn,' zei meneer Pearson met een

snelle blik op mij. 'Na de dood van moeder zou mijn echtgenote natuurlijk het huishouden leiden, maar tot die tijd –'

'Tot die tijd is ze een bediende in haar eigen huis?' zei ik, vervuld van verontwaardiging over de toekomst die zijn onfortuinlijke bruid wachtte, en even vergetend dat meneer Pearson mogelijk mij in die rol zag. 'Hemeltje, dan kunt u maar beter een vrouw met engelengeduld gaan zoeken. Persoonlijk ken ik niet veel vrouwen die zich in een dergelijk lot zouden schikken.'

'Het zal niet zo erg zijn als ik mogelijk heb doen voorkomen,' zei meneer Pearson.

'Ik mag hopen van niet,' merkte ik op. 'Als ik in dergelijke omstandigheden zou verkeren, zou ik mogelijk het heengaan van uw moeder bespoedigen.'

'Hopelijk beschikt uw toekomstige bruid over een ander temperament dan mijn zuster,' zei Hans op vertrouwelijke toon tegen meneer Pearson. 'Zo niet, dan kunt u beter een ander zoeken om uw maaltijden te koken.'

Meneer Pearson keek geschrokken naar zijn bord, alsof hij vreesde dat de gepureerde koolraap met een dodelijk gif was gekruid. Hans en ik moesten hartelijk lachen, maar hij werd rood en zei: 'Ja, daar zal ik op letten.'

'Uw bruid zal vast een lieve vrouw zijn,' sprak Anneke geruststellend, met een boze blik op Hans en mij. 'Trekt u zich maar niets aan van hun flauwe grappen.'

Meneer Pearson lachte aarzelend, alsof hij wilde laten merken dat hij wist dat we een grapje maakten. Anneke bracht het gesprek op een ander onderwerp, maar gedurende de rest van de maaltijd keek meneer Pearson niet meer mijn kant op. Na het eten bedankte hij Anneke voor haar gastvrijheid, schudde hij Hans de hand, knikte even kort naar mij en ging toen snel naar huis onder het voorwendsel dat hij nog bij een ziek paard moest kijken.

Zodra de deur achter hem was dichtgevallen, barstten Hans en ik weer in lachen uit.

'Ik begrijp niet wat er zo vermakelijk is,' zei Anneke.

Ik kwam amper uit mijn woorden. 'Het idee dat die man...'

'...zou trouwen met mijn zus, die zich door niemand de kaas van het brood laat eten,' vulde Hans aan.

Anneke sloeg haar armen over elkaar en tuitte haar lippen, maar ten slotte moest ook zij glimlachen. 'Misschien zouden ze inderdaad niet zo goed bij elkaar passen.'

'Misschien niet, liefste,' zei Hans met een tedere glimlach. 'Maar ik kan je het niet kwalijk nemen dat je het wilde proberen.'

'Ik wel,' merkte ik op. 'Ik begrijp niet waarom je dacht dat ik we bij elkaar zouden passen.'

'Jullie zijn allebei ongetrouwd.'

'Dat is waar, maar ik zou mijn toekomstig geluk graag op meer baseren dan op dat.'

'Dat vind ik ook,' zei Hans, 'en het leek mij beter dat meneer Pearson, ook in het licht van zijn vriendschappelijke betrekkingen met onze familie, zelf zou beseffen dat je geen geschikte echtgenote voor hem zou zijn, zodat een weigering uit jouw mond hem bespaard zou blijven.'

Op dat moment besefte ik dat mijn broer meneer Pearson met opzet tot uitspraken had verleid waaruit bleek wat zijn zwakheden als echtgenoot zouden zijn, zodat ik beter had kunnen tonen dat ik niet bij hem paste. De hele tijd had ik gedacht dat Hans niet in de gaten had gehad wat zich onder zijn dak afspeelde, maar nu drong het tot me door dat hij de hele tijd aan de touwtjes had getrokken. Met hernieuwd respect keek ik hem aan. Hans Bergstrom uit Baden-Baden stond niet bekend om zijn subtiele handelingen, maar dit was Hans Bergstrom uit Amerika. Ik besloot hem niet weer te onderschatten.

'Meneer Pearson zou geen geschikte echtgenoot voor Gerda zijn geweest,' oordeelde Anneke, 'maar er moet toch iemand voor haar te vinden zijn.'

En zo ontdekte ik tot mijn ongenoegen dat Anneke zich niet snel uit het veld liet slaan en dat ze ondanks die ongelukkig verlopen avond bij haar voornemen bleef een echtgenoot voor me te zoeken.

'Hoe meer de dingen veranderen,' sprak Sylvia, 'hoe meer ze hetzelfde blijven.'

Andrew keek op van zijn krant. 'Hoe bedoel je?'

'De schoonzus van Gerda wilde haar per se aan een man koppelen.' Sylvia zette haar bril af en rekte haar nek, die zeer deed omdat ze zo lang in dezelfde houding had zitten lezen. 'Geloof me, het is een algemeen aanvaarde waarheid dat een vrouw zonder echtgenoot er dolgraag een wil vinden, al beweert ze nog zo het tegendeel, en dat al haar getrouwde vriendinnen en kennissen zich verplicht voelen haar te helpen een arme drommel voor het altaar te krijgen voordat hij beseft wat er aan de hand is.'

Andrew tuurde haar over zijn leesbril aan. 'Weet je, niet iedereen is zo tegen het huwelijk als jij.'

'Ik ben in principe niet tegen het huwelijk. Ik ben ooit zelf gelukkig getrouwd geweest, weet je nog? Het huwelijk is prima voor een jonge vrouw die haar hele leven nog voor zich heeft en die een toekomst met haar geliefde wil opbouwen. Daar heb ik geen bezwaar tegen, als dat is wat ze willen.'

Andrew richtte zijn blik weer op de krant en zei: 'Als je het mij vraagt, zou iedereen een toekomst moeten opbouwen met degene die ze liefhebben, ook al hebben ze minder jaren te gaan dan degenen die nog echt jong zijn.'

Sylvia wilde tegen hem ingaan, maar bedacht zich toen en zweeg. Als ze het met hem eens zou zijn, zou ze op een dag nog eens merken dat ze per ongeluk ja had gezegd tegen zijn aanzoek.

**Winter 1856 tot zomer 1857 – waarin we ons eerste jaar op Elm Creek Farm besluiten en aan een tweede beginnen**

Ik had Anneke niets over E. verteld, en hoewel Hans haar mogelijk had gezegd dat ik in de liefde teleurgesteld was, wist ik zeker dat hij met geen woord over de omvang van mijn verdriet had gerept. Dat kon ook niet, want ik geloof niet dat hij dacht dat zijn verstandige oudere zus door zulke gevoelens kon zijn overmand. Hoe konden zij, die vanaf de allereerste blik door de ander betoverd waren geweest, ook weten hoe het was een liefde te voelen die in de loop der tijd langzaam was opgebloeid en daarna was vermorzeld door ouders die meer waarde hechtten aan klasse dan aan het welzijn en geluk van hun zoon? In die jaren wilde ik dolgraag geloven dat E. het wrede slachtoffer was geworden van de verachting die zijn ouders voor de maatschappelijke status van mijn familie voelden. Nu besef ik echter dat hij, indien hij mij werkelijk had willen huwen, me had kunnen volgen naar Amerika. Dat zou hebben betekend dat hij vaarwel had moeten zeggen tegen de rijkdom en sociale positie die een belemmering voor een verbintenis waren geweest, en blijkbaar stond die gedachte hem tegen, of was deze nooit bij hem opgekomen. Hoe het ook zij, zijn gebrek aan daadkracht maakte duidelijk dat onze liefde niet zo diep was als ik had gedacht, of dat hij mijn liefde eenvoudigweg niet waard was.

De pijn van mijn verdriet was afgezakt door de tijd, het harde werken en alle nieuwigheden van mijn leven in Amerika, en ik verzoende me met het feit dat ik als niet meer, maar zeker niet minder dan de ongehuwde zuster van Hans Bergstrom door het leven zou gaan. Tijdens onze eerste herfst moesten we alle zeilen bijzetten teneinde het huis op tijd gereed te maken voor de komende winter, en toen besefte ik dat ik minder weerstand jegens mijn rol voelde als mogelijk passend was voor een net opgevoed meisje. Anneke en Dorothea hadden het geluk gehad een goede man te hebben gevonden, maar dat gold niet voor alle vrouwen die ik kende. Het duurde niet lang voordat ik ontdekte dat een ongehuwde vrouw dingen kan doen en zeggen waarvan een echtgenote zich dient te onthouden. In mijn ogen wachtte me een toekomst waarin ik Hans en Anneke zou helpen een bestaan op Elm Creek Farm op te bouwen en me mede om hun nog ongeboren kinderen zou bekommeren. Het was voor mij voldoende deel uit te maken van hun gezin; ik verlangde niet naar een gezin voor mezelf.

Door de sneeuwval hadden we 's winters slechts omgang met onze naaste buren, maar in de lente kwam het stadje weer hernieuwd tot leven. Nu we deels afhankelijk bleken van de vriendelijkheid en gulheid van anderen was Anneke gaan beseffen hoe belangrijk vriendschap was, en ze was vastberaden de naam Bergstrom in en rond Creek's Crossing bekend te maken. Ze zei dat een vooraanstaande positie in de gemeenschap Hans' bedrijvigheden zeker geen windeieren zou leggen en moedigde mij aan het gezelschap te zoeken van de vrouwen en dochters van belangrijke mannen die iets voor Hans zouden kunnen betekenen. Aanvankelijk boezemde de gedachte aan een dergelijke positie me angst in, daar ik nog niet was vergeten dat het verlangen naar aanzien me mijn grote liefde had gekost, maar al snel merkte ik dat de betere kringen van Creek's Crossing opvallend weinig overeenkomst met die in mijn moederland vertoonden. Zoals te verwachten was, speelden echter ook hier de oudste en rijkste families de hoofdrol, maar in een land waar iedereen die tot hard werken bereid bleek een fortuin kon vergaren, was ook de armste immigrant in staat langs de sociale ladder op te klimmen.

'Tenzij die immigrant een kleurling is,' zei Dorothea toen ik mijn bevindingen met haar deelde.

Ik kon niet ontkennen dat er waarheid in haar woorden school en dat haar opmerking me duidelijk maakte dat het ook in ons stadje niet alles goud was wat er blonk. Pennsylvania was weliswaar een staat zonder slavernij, en de meesten van ons keken vol minachting en zelfingenomen trots neer op de slavenhouders van het Zuiden, maar ik moet eerlijk bekennen dat vrijgemaakte slaven hier net zo min welkom waren als elders, tenzij in hun eigen kringen of mogelijk onder de abolitionisten. En wat mezelf betreft: hoewel ik groot tegenstander van slavernij was, had ik nog nooit een kleurling, voormalige slaaf noch vrijgeborene, tot mijn kennissen kunnen rekenen.

Het zat me dwars, maar toen ik Anneke vertelde wat Dorothea had gezegd, moest ze simpelweg lachen en zei: 'Echt iets voor haar om zoiets te zeggen.'

'Hoe bedoel je?'

'Het spreekt toch voor zich dat kleurlingen nooit dezelfde positie als wij kunnen innemen. Niet dat ik slavernij goedkeur, integendeel,' haastte ze zich eraan toe te voegen, daar ze mijn mening kende, 'maar net zoals wij het gezelschap van onze eigen mensen zoeken, doen zij dat ook. Dorothea is ongetwijfeld de enige die dat onrechtvaardig vindt.'

Ik geloofde niet dat Dorothea bals en feestjes in gedachten had gehad toen zij haar opmerking maakte, maar dat ze eerder doelde op het verwerven van een betere positie door hard werken en goed onderwijs. Ze had zelf niet veel belangstelling voor frivoliteiten en stak haar tijd liever in vrijwilligerswerk en de strijd voor stemrecht voor vrouwen.

Ik moet bekennen dat meer rechten voor vrouwen een vraagstuk was dat ook bij mij bezieling opriep, en naarmate ik meer las van de boeken en kranten die Dorothea spelde, verlangde ik net zo zeer als zij naar stemrecht voor vrouwen. Ik gaf me zelfs over aan naaien teneinde meer over de beweging te weten te komen, want nu het weer beter werd, nodigde Dorothea steeds vaker belangrijke spreeksters uit de vrouwenbeweging bij haar thuis uit, die ze grotendeels nog kende van haar tijd in het oosten. Omdat er in ons kleine stadje niet genoeg belangstellenden waren om het gemeenschapshuis te vullen, was het onvermijdelijk dat deze vrouwen hun voordracht voor Dorothea's quiltgroepje hielden.

Het is verleidelijk te denken dat een telg uit een geslacht van stoffenhandelaren wel weet hoe men een quilt vervaardigt, maar tot mijn komst naar Amerika had ik zelfs nooit van patchwork en quilten gehoord. Dorothea en de andere vrouwen uit Creek's Crossing spraken vol geestdrift over deze vorm van naaldkunst en wisselden verheugd patronen uit. Een dergelijk enthousiasme kon ik niet opbrengen, maar zelfs ik zag de aantrekkingskracht van de vernuftige ontwerpen die Dorothea en haar medenaaisters in hun patchwork tot leven brachten, en ik had grote bewondering voor het feit dat ze zelfs voor het kleinste lapje nog een bestemming vonden. Ik moet echter bekennen dat ik moest knarsetanden toen Dorothea me leerde mijn eerste quilt te maken en dat ik weinig terecht bracht van mijn eerste blok, een Shoo-Fly, maar ik hing wel aan de lippen van de spreeksters die ons vol bezieling vertelden over de rechten voor vrouwen.

Anneke bezocht de bijeenkomsten van het quiltgroepje niet omdat ze, zoals ik al eerder vermeldde, niet bepaald op Dorothea gesteld was. Bovendien schaamde ze zich voor haar slechte beheersing van het Engels en was ze van mening dat een belangstelling voor politiek onvrouwelijk was. Hans beschouwde Dorothea's ideeën als onschadelijk en vond haar bezoekende vriendinnen onschuldig; ik moet toegeven dat ik die mening bijzonder ergerlijk vond, al was die te verkiezen boven die van de mannen in het stadje die hun echtgenotes verboden Dorothea te bezoeken. Ik had het vermoeden dat de weerzin niet zozeer Dorothea's mening over het stemrecht voor vrouwen gold, maar eerder het standpunt van de familie Nelson ten aanzien van de afschaffing van de slavernij, waarvan ze een onomwonden voorstander waren. Sommige inwoners van Creek's Crossing deelden stilzwijgend in die mening, maar de meeste vonden toch dat wat betreft de positie van kleurlingen een beleefde afwijzing van de slavernij in woorden voldoende was. Het was niet nodig er zo'n toestand van te maken.

Om de week woonde ik de quiltbijeenkomsten bij Dorothea thuis bij en dwong mezelf draad en naald op te nemen, zodat ik niets van de levendige gesprekken hoefde te missen. Telkens weer keerde ik huiswaarts vol visioenen over een rechtvaardige toekomst, maar het enige waar Anneke oog voor had, was het patchworkblok in mijn hand, waar ik zonder veel aandacht en met tegenzin aan werkte. Op een van die avonden pakte ze de Shoo-Fly van me over, streek de stof glad op haar schoot en bekeek aandachtig de voor- en achterzijde. 'Je handen zijn niet voorbestemd voor naaiwerk,' zei ze op spijtige toon, alsof ze bang was me met die uitspraak te kwetsen. Toen vroeg ze tot mijn grote verbazing of ze me de volgende keer mocht vergezellen.

En dus bezochten Anneke en ik de bijeenkomsten voortaan samen; ik teneinde mijn sociale geweten te kunnen voeden, Anneke om te leren hoe men patchwork maakte. Het kostte haar als begaafd naaister geen enkele moeite de techniek te leren, en al snel werd ze Dorothea's geestdriftigste leerling. Binnen een paar weken had ze geleerd tot aan de hoekpunten te naaien, gebogen naden te maken en te appliqueren. In de tijd die het mij kostte een paar slordige Shoo-Fly-blokken te maken, voltooide zij een gehele *sampler.*

Het deerde me niet. Mijn dagen waren gevuld met hard werken, waardoor ik tot mijn grote genoegen Elm Creek Farm zag opbloeien tot een welvarend bedrijf, en mijn avonden besteedde ik aan het lezen van geleende boeken en het bezoeken van voordrachten van interessante spreeksters. Tot Dorothea's gasten behoorden vrouwen wier activiteiten hen later beroemd of zelfs berucht zouden maken: mevrouw Sarah Grimké, mevrouw Susan Anthony, mevrouw Elizabeth Cady Stanton. Niet alle sprekers waren echter vrouwen, en het onderwerp was lang niet altijd beperkt tot de strijd om het kiesrecht. Frederick Douglass overnachtte op weg van een lezing in Philadelphia naar een voordracht in Ohio in ons stadje, en ook andere vooraanstaande lieden, zoals William Lloyd Garrison, de hoofdredacteur van de Bostonse krant *The Liberator* die zich sterk maakte voor de afschaffing van de slavernij, vereerden het huishouden van Nelson met een bezoek. Natuurlijk voegden mannen zich nimmer bij de naaiende vrouwen, maar vaak kwamen ze na ons samenzijn onze gasten halen voor een glas cognac of cider, dat de Nelsons als geheelonthouders niet schonken.

Een van de heren die de Nelsons het vaakst bezocht, was Jonathan Granger, de jongere broer van Dorothea die ten noordoosten van Creek's Crossing een boerderij bezat. Vaak had hij een reden Dorothea te bezoeken, en soms vergezelde hij haar ook tijdens haar bezoekjes aan Elm Creek Farm. Zijn onomwonden, heldere manier van doen deed me aan zijn zuster denken. Evenals Thomas geloofde hij niet dat het verstand van een vrouw minder was dan dat van een man en sprak hij me aan alsof hij er zeker van was dat hij een intelligent antwoord zou krijgen. Hans viel ondanks al zijn goede eigenschappen op dit vlak zeker iets te verwijten, en ik moet bekennen dat ik Jonathans bezoeken een verademing vond.

In eerste instantie had ik hem echter ten onrechte voor een postbode aangezien. Uit gesprekken van derden had ik opgevangen dat hij tamelijk veel door het land reisde, en wanneer hij een bijeenkomst van zijn zuster bijwoonde, bracht hij soms brieven voor de andere gasten mee. Ik had me al afgevraagd waarom iemand die zo overduidelijk over een scherpe geest beschikte voor een bestaan als postbode had gekozen, en niet voor een universitaire studie, maar ik bewonderde hem omdat hij er naast het beheren van zijn vaders bescheiden boerderij ook nog in slaagde de post te bezorgen. Pas toen hij van een lezing over de onlusten in Kansas werd weggeroepen om de helpende hand te bieden bij de geboorte van het derde kind van mevrouw Craigmile ontdekte ik dat hij de arts van het stadje was en af en toe post meebracht voor buren die minder vaak huis en haard verlieten dan hij. Ik merkte dat ik vuurrood werd, maar was dankbaar dat een verdere vernedering me bespaard was gebleven: ik had hem namelijk nog niet de brief met bestemming Philadelphia gegeven die ik die avond bij me had. Ik vermoed dat hij die zonder iets te zeggen zou hebben aangepakt, want hij was een vrijgevig mens zonder vooringenomenheid.

We spraken vaak over filosofie of over politieke gebeurtenissen; Jonathan raadde mij bepaalde boeken aan, en ik hem andere. Door mijn gesprekken met hem en met Dorothea begon ik in te zien dat de rechten der vrouwen en de rechten der slaven onlosmakelijk met elkaar verbonden waren en dat we een vergelijkbare strijd voerden.

Ik schrijf zoveel over onze avonden dat het vermoeden zou kunnen rijzen dat ik een vrouw was die haar bestaan vulde met lezen en het voeren van gesprekken van gelijkgestemd gezelschap, maar niets was minder waar. Nooit heb ik zo hard gewerkt als tijdens die eerste jaren in Amerika, en ik was niet alleen omwille van het geluk van mijn broer dankbaar voor de aanwezigheid van Anneke. Zonder haar zou ik het nooit hebben gered. Onze dag begon al voor zonsopgang, en hoewel we alleen op zondag enige rust namen, was tegen bedtijd slechts een klein deel van onze werkzaamheden voltooid. Soms, zo geef ik toe, voelde ik me overweldigd door vermoeidheid en de eindeloze stroom taken die mij nog wachtte, maar iets dreef me telkens weer voort. Mogelijk de kennis dat onze buren ook een bestaan hadden opgebouwd en daarmee hadden bewezen dat het mogelijk was. Mogelijk de vrees dat ik Anneke en Hans zou teleurstellen. Het enige wat ik met zekerheid kan zeggen, was ik dat ik niet van opgeven wist en me gesterkt voelde door de toekomst die Hans voor Elm Creek Farm in gedachten had, maar ook door die dierbare uren met Dorothea en Jonathan.

Tegen het einde van onze tweede zomer in Pennsylvania kocht Hans twee volbloeden, een merrie en een hengst, en vervulde daarmee de belofte aan Anneke dat ze ooit weer twee paarden zou krijgen die even fraai waren als Castor en Pollux.

'Dat moeten dan de eerste Bergstrom-volbloeden zijn geweest,' zei Sarah. Ze had de passage hardop voorgelezen aan Sylvia, die bezig was aan haar jongste project: een quilt van blokken in het Tumbling Blocks-patroon, vervaardigd met behulp van *English paper piecing* en lapjes zelfgeweven geruite stof. Het was zondagmorgen, en de paar uren tussen het ontbijt en de komst van een nieuwe groep cursisten was het laatste rustige moment dat ze die week zouden kennen.

'Ja, ik denk het ook.' Sylvia vroeg zich af waarom de gedachte haar niet meer boeide. Dankzij het fokken van de volbloeden en de stoeterij die Hans en Anneke – en Gerda, voegde ze er in gedachten aan toe – hadden gesticht, was het geslacht Bergstrom zo welvarend geworden. Latere generaties hadden het bedrijf verder laten groeien, maar in Sylvia's tijd was aan dat alles een einde gekomen. Haar zus Claudia en Claudia's echtgenoot hadden de paarden en delen van de grond verkocht om de schulden te kunnen voldoen die het gevolg waren van hun buitensporige manier van leven. In dat opzicht had Sylvia ook zichzelf iets te verwijten:

als zij haar familie niet de rug had toegekeerd, had zij het bedrijf kunnen leiden. Als de oorlog niet een einde had gemaakt aan de levens van haar man en haar broer – en indirect ook aan die van haar vader en haar ongeboren dochter – zou ze nooit zijn vertrokken, en misschien zou er dan een volgende generatie zijn geweest die de stoeterij had kunnen voortzetten. Maar ze had het aan haar zuster overgelaten, terwijl ze heel goed wist dat Claudia in haar eentje niet tegen de taak opgewassen zou zijn, en ze was te trots geweest om naar huis terug te keren en zich met haar zus te verzoenen, ook al betekende dat dat de erfenis van Hans en Anneke verloren was gegaan.

En die van Gerda, voegde ze er in gedachten nogmaals aan toe. Door de fragmenten die Sarah zo-even had voorgelezen, kon ze zich onmogelijk voorstellen dat Gerda Elm Creek Manor had verlaten om met een slavenhouder uit het Zuiden te trouwen. Misschien was ze later met Jonathan getrouwd, maar het klonk alsof zijn boerderij in de buurt had gelegen, of in elk geval dichtbij genoeg om ervoor te zorgen dat Gerda's sterke wil en karakter de familie niet onberoerd zouden laten. Sylvia was er inmiddels zeker van dat de invloed van Gerda op de lotgevallen van haar familie even groot was geweest als die van Hans en Anneke.

'Gerda heeft nooit de erkenning gekregen die ze verdiende. Dit alles is net zo goed haar werk,' merkte Sylvia op.

'Die erkenning heb jij evenmin gekregen.'

'Doe niet zo mal. Dankzij jouw verhalen krijgen de cursisten nog de indruk dat ik dit huis eigenhandig steen voor steen heb opgebouwd.'

'O, onze cursisten zien wel in hoe belangrijk je bent, maar zelf zie je dat niet. Je neemt alle schuld voor de ondergang van de stoeterij op je, maar weigert de lof voor Elm Creek Quilts te oogsten.' Sarah maakte een gebaar waarmee ze niet alleen de zitkamer, maar het hele huis aanduidde. 'Kijk toch eens goed om je heen naar wat we hier allemaal hebben bereikt.'

'Dat is vooral door jouw toedoen. Dat van jou en Summer en de andere Elm Creek Quilters.'

'Jij bent de hart en ziel van Elm Creek Quilts en dat weet je best,' verklaarde Sarah. 'Dat zou je althans moeten weten.'

Het enige wat ik doe, is een schuld vereffenen, zei Sylvia bijna hardop. Haar voorouders hadden iets geweldigs opgebouwd, en zij had toegestaan dat het was vernietigd. Nu probeerde ze slechts goed te maken wat ze had verpest. De last had in de vijftig jaar die ze van haar zus vervreemd was geweest zwaar op haar schouders gedrukt, maar hoewel het succes van Elm Creek Quilts heel veel voor haar betekende, voelde ze opnieuw hoe erg ze had gefaald nu ze hoorde hoe zwaar Gerda het had gehad.

Opeens pakte Sarah haar hand. 'Kom eens mee.'

'Waar gaan we heen?' vroeg Sylvia toen Sarah haar overeind hielp en de kamer uit leidde.

Sarah trok haar mee door de keuken, naar de achterdeur. 'We gaan kijken waar die blokhut heeft gestaan.'

Sylvia lachte. 'Het was me heus wel opgevallen als die er nog had gestaan.'

'Wie weet zijn er nog overblijfselen te vinden.' Sarah trok aan haar arm. 'Gerda schrijft dat Hans de schuur op zo'n twintig passen ten oosten van de hut heeft gebouwd. Dat betekent dat we het vanaf de schuur precies kunnen uitmeten.'

Ondanks haar twijfels voelde Sylvia een zekere opwinding. De schuur stond er nog steeds, dus wie weet zouden ze ook nog resten van de schuur kunnen vinden. Natuurlijk was Hans, die de schuur had gebouwd, een veel betere timmerman geweest dan meneer L., die verantwoordelijk was geweest voor de blokhut, en in de loop der jaren was de schuur veel beter onderhouden, maar wie weet...

Ze ging steeds sneller lopen toen ze samen met Sarah de brug over de Elm Creek overstak.

Sylvia bleef in de schaduw van de schuur staan toen Sarah twintig stappen in westelijke richting liep en toen aandachtig naar de grond tuurde. Aangezien ze langs de kant van de veelgebruikte onverharde weg stond, verbaasde het Sylvia niet dat Sarah even later hoofdschuddend overeind kwam. De jonge vrouw liep terug naar de schuur en deed een tweede poging, waarbij ze een klein stukje van richting veranderde. Weer keek ze onderzoekend naar de grond, en weer vond ze niets.

'Gerda zei over zichzelf dat ze vrij lang was,' merkte Sylvia op. 'Misschien moet je grotere passen nemen.'

Sarah knikte en probeerde het nog eens, vol goede moed. Deze keer stapte ze met overdreven lange passen door het gras. Ze vertrok vanaf verschillende punten bij de schuur en week telkens wat verder af van haar vorige pad, maar ze bleef grofweg richting het westen lopen. Een van die pogingen voerde haar naar een kleine verhoging aan de rand van de boomgaard, en toen ze zich deze keer voorover boog, leek ze opeens te verstijven. 'Volgens mij heb ik iets gevonden. Het lijkt wel van hout.'

'Het is vast een boomwortel.'

'Nee, dat geloof ik niet.' Sarah duwde even met de neus van haar schoen tegen de grond en keek Sylvia toen met grote ogen aan. 'Hier ligt een stuk hout, half begraven onder de aarde.'

'Bomen lijken opvallend veel op stukken hout,' zei Sylvia misprijzend, maar ze voelde toch een vlaag van opwinding toen ze naar Sarah toe liep. Sarah was op haar knieën gaan zitten en was bezig pollen gras weg te trekken van wat nog het meest op een kleine holte in de grond leek. Sylvia dacht eerst dat de aarde op die plek simpelweg wat donkerder van kleur was, maar toen ze dichterbij kwam, zag ze de stevige splinters van wat alleen maar hout kon zijn. En het gedeelte dat Sarah al had blootgelegd, lag in een volmaakt rechte lijn.

'Hemeltjelief,' zei Sylvia ademloos. Ze knielde neer en veegde voorzichtig de aarde weg die zich daar tientallen jaren lang had kunnen verzamelen. Sarah rende weg om wat gereedschap te halen en kwam terug in het gezelschap van Andrew en Matt, die bezems en schepjes bij zich hadden. Sylvia zette vanaf het stuk hout dat Sarah had blootgelegd in beide richtingen een rechte lijn uit en vroeg haar vrienden daar te gaan graven. Ze gingen snel en zwijgend aan de slag, met een geestdrift die alleen werd getemperd door de angst dat ze hun ontdekking misschien zouden beschadigen.

'Kijk eens,' zei Andrew vanaf zijn plekje aan het ene uiteinde van de lijn. 'Ik geloof dat ik hier een hoek heb.'

De anderen liepen snel naar hem toe. Andrew had inderdaad een deel blootgelegd waar de eerste lijn die door de stukken hout werd gevormd eindigde en een tweede begon, die vrijwel haaks op de eerste stond. Terwijl Matt Andrew hielp de hoek vrij te maken, stelde Sylvia tot haar verbazing vast dat de nerf van het hout niet overal in dezelfde richting wees. Aanvankelijk liep die horizontaal, daarna verticaal.

'Een zwaluwstaartverbinding,' legde Matt uit, en Sylvia zag voor zich hoe de hoek van de hut eruit moest hebben gezien, met balken die om en om met elkaar verbonden waren.

Ze hadden hem gevonden, de blokhut waar Hans, Anneke en Gerda die eerste jaren hadden doorgebracht. De plek waar zij hadden gedroomd en de basis voor hun nalatenschap hadden gelegd, was nu letterlijk onder handbereik. Sylvia kon dezelfde wanden aanraken die hen die eerste tijd hadden beschut.

Sylvia gaf met tegenzin toe toen Matt voorstelde de resten van de hut met rust te laten totdat ze een specialist hadden gevraagd hoe ze de vondst het beste konden behouden. Het enige wat verhinderde dat ze in haar enthousiasme verder zou graven, met blote handen als het moest, was de angst dat ze het kwetsbare hout kapot zou maken. De vondst van de hut had haar duidelijk gemaakt dat Gerda's verhaal waar was, op een manier waarop slechts woorden dat niet konden. Het was een bewijs, een tastbaar bewijs, dat de opgetekende herinneringen echt deed lijken.

In hun opwinding waren ze de tijd helemaal vergeten. De morgen was bijna voorbij en de zon had het hoogste punt bereikt. Sarah rende snel naar binnen, zodat ze zich nog even kon wassen en verkleden voordat de nieuwste groep cursisten zou arriveren, en Matt ruimde hun spullen op. Sylvia liep te zweten en te hijgen van alle opwinding en inspanning, maar toen ze met Andrew terugliep naar het huis, probeerde ze niet te laten merken hoe moe ze was. Andrew zou zich alleen maar zorgen maken als hij vermoedde dat ze te veel van zichzelf had geëist.

Tegen de tijd dat ze zichzelf weer wat had opgefrist, waren de andere Elm Creek Quilters al aangekomen om te helpen bij het inschrijven van de nieuwe cursisten. Summer en haar moeder Gwen, een stevig gebouwde vrouw met haar dat even kastanjebruin was als dat van haar dochter, waren in de elegante grote hal van het landhuis bezig stoelen achter een lange tafel te zetten. Gwen werkte als docent aan Waterford College, net als Judy, die samen met Bonnie, de eigenares van de plaatselijke quiltwinkel, de formulieren op de tafel neerlegde. Diane, een opvallend knappe vrouw met blond haar die net als Summer af en toe bijsprong in de quiltwinkel, kwam net binnen, arm in arm met Agnes. Sylvia was blij al haar vriendinnen te zien, maar Agnes had een speciaal plekje in haar hart omdat ze nog het meeste in de buurt van een familielid kwam. Lang geleden was Agnes met Sylvia's jongere broer getrouwd, en bijna even lang geleden waren beide vrouwen op dezelfde dag weduwen geworden toen de oorlog de levens van hun echtgenoten had geëist.

Eigen vuur, hadden de autoriteiten gezegd, maar het bleef een zinloos ongeval dat hun echtgenoten op een afgelegen eiland in de Stille Zuidzee het leven had gekost. De bewoordingen hadden het verlies draaglijker moeten maken, maar het was in feite erger dan de waarheid omdat het nu leek alsof men de spot dreef met hun verdriet.

Het speet Sylvia dat Agnes en zij hun leed niet hadden kunnen delen en samen hadden kunnen rouwen. In plaats daarvan was ze weggevlucht van Elm Creek Manor, niet in staat een leven te leiden waarin ze omringd zou zijn door herinneringen. Pas na de dood van Claudia was ze teruggekomen en hadden Agnes en zij het elkaar kunnen vergeven, en ze waren zelfs innig bevriend geraakt. Dat was een grote troost voor Sylvia, maar het nam niet weg dat ze een bittere pijn voelde wanneer ze aan haar zuster dacht, met wie ze zich nooit op tijd had verzoend.

Zuchtend bande ze haar spijt uit haar gedachten. Het verleden kon ze niet veranderen, maar ze kon wel proberen zoveel mogelijk van haar toekomst te maken. Op die manier kon ze eer bewijzen aan degenen van wie ze had gehouden en die haar waren ontvallen.

En die eer bewees ze inderdaad, bedacht ze, op de zondagen wanneer er weer een nieuwe cursusweek begon en ze samen met de andere Elm Creek Quilters haar huis openstelde voor gasten. Sarah kwam de trap af gerend, haar haar nog vochtig van de douche, en was nog net op tijd om de eerste quilters te zien arriveren. Al snel was de hal zo vol en druk dat Sylvia amper tijd had om op adem te komen, laat staan om de anderen te vertellen wat ze die ochtend had ontdekt. Samen met Diane deelde ze de lesroosters uit, een klusje waarbij ze altijd op het allerlaatste moment moesten improviseren omdat cursisten van gedachten waren veranderd over de te volgen workshop of omdat ze toch liever bij vrouwen in de groep zaten die ze al kenden. Sylvia bracht om die laatste redenen liever geen wijzigingen aan; een van de voornaamste doelen van het kamp was het sluiten van nieuwe vriendschappen, en dat was natuurlijk onmogelijk wanneer iedereen haar eigen kliekje opzocht. Ze vond dergelijk gedrag maar vreemd, maar paste de roosters toch aan omdat ze wilde dat haar gasten het naar hun zin zouden hebben. Tijdens het avondprogramma mengden ze zich doorgaans toch wel met elkaar.

De stroom nieuwe cursisten droogde langzaam op, en toen iedereen was ingeschreven, ruimden de Elm Creek Quilters de tafels en stoelen op en maakten alles gereed voor het avondeten. Sarah ging ervandoor om te kijken of alles in de keuken en de eetzaal op rolletjes liep, en Sylvia had eindelijk de gelegenheid haar nieuwtje aan haar vriendinnen te vertellen. Toen ze hoorde hoe enthousiast en verbaasd die reageerden, kreeg ze meteen zin om verder te gaan graven, maar ze was de opmerking van Matt niet vergeten en wist dat ze beter kon wachten totdat ze het werk onder leiding van een deskundige konden voortzetten.

Gwen wist dat er aan Waterford College niemand werkte die over een dergelijke kennis beschikte en bood aan een bevriende docent archeologie aan Penn State te bellen. Sylvia nam haar aanbod dankbaar aan en vond het jammer dat Andrew en zij de volgende ochtend alweer zouden vertrekken. Andrew stond echter te popelen om op pad te gaan, en ze kon hem onmogelijk vragen af te zien van de wedstrijd forel vissen waarvoor hij zich had opgegeven. Hij was nota bene de huidige kampioen in zijn leeftijdsklasse. Bovendien stonden er voor de terugreis twee lezingen op haar agenda.

Sylvia werd zo afgeleid door haar gedachten aan de blokhut dat ze amper een hap door haar keel kreeg tijdens het heerlijke wel-komstbuffet. Toen ze uit het raam keek en zich afvroeg of het zou gaan regenen, zei Matt dat hij de resten met een stuk zeildoek had afgedekt. 'Dat is wel voldoende totdat die deskundige van Gwen komt kijken.'

'De hut heeft het immers al een hele tijd volgehouden,' zei Sarah met een plagende glimlach tegen Sylvia. 'Dit kan er ook nog wel bij.'

'Maar ik weet niet hoelang het nog gaat duren,' wierp Sylvia tegen, 'en ik ben er niet om de boel in de gaten te houden.'

'Maar wij zijn er wel,' zei Matt.

'Ja, maar wie houdt jullie in de gaten?'

Matt legde een hand op zijn borst en trok een gezicht alsof ze hem hevig had gekwetst. 'Ik ben de beheerder,' zei hij, zo overdreven geroerd dat iedereen aan tafel moest lachen. 'Ik zal de resten wel voor je beheren.'

Sylvia merkte even dat ze geen woord kon uitbrengen, maar toen mompelde ze: 'Doe niet zo belachelijk.' Tot haar grote opluchting veranderde Andrew van onderwerp. Had Sarah gelijk en zou de hut het nog wel even volhouden? Sylvia was zo blij met hun ontdekking dat ze het liefste naar buiten was gerend om te kijken of ze het niet had gedroomd, maar ze vroeg zich tegelijkertijd af of ze de resten niet meteen na Sarahs eerste vondst met rust hadden moeten laten. De gedachte dat er nog meer van de nalatenschap van de Bergstroms zou worden verwoest, was ondraaglijk. Dat mocht niet gebeuren, niet nadat ze al zoveel had zien verdwijnen zonder in te grijpen.

Na het eten liep ze naar haar kamer om haar koffers te pakken, maar dat deed ze inmiddels zo vaak dat ze binnen de kortste keren klaar was. Ze wist dat ze beter naar bed kon gaan zodra het donker werd – Andrew wilde de volgende dag graag vroeg vertrekken – maar ze besloot de welkomsceremonie bij te wonen. Het was niet meer dan passend dat ze op dezelfde dag als waarop ze een nog eerder spoor van de familie Bergstrom hadden ontdekt het hoeksteenterras met een bezoekje zou vereren.

De nieuwe cursisten hadden hun nagerecht al op en zaten in een kring op het terras van grijze steen. Toen Sylvia aan kwam lopen, maakten ze snel plaats voor nog een stoel. De opgewonden mompelende stemmen vielen stil toen Sarah opstond en de kaars in een ronde kristallen kandelaar aanstak.

'Tijdens het Elm Creek Quiltkamp besluiten we onze eerste avond altijd met een ceremonie die we Het Kaarslicht noemen,' zei Sarah, terwijl ze haar blik langzaam over alle nieuwe gezichten liet gaan.

Sylvia glimlachte bij de gedachte hoe nerveus Sarah was geweest toen ze voor de eerste keer Het Kaarslicht had geleid. Nu sprak ze met een kalme zelfverzekerdheid die troostend en inspirerend tegelijk was.

'Elm Creek Manor is een plek vol herinneringen,' vervolgde Sarah, met een blik op Sylvia die duidelijk maakte dat deze woorden speciaal voor haar bestemd waren. 'Sommige daarvan zijn ons vertrouwd, maar andere zullen deze week ontstaan, dankzij de ervaringen die jullie hier opdoen. De Elm Creek Quilters worden door die ervaringen verrijkt, en we zijn blij dat jullie je verhalen met ons willen delen.'

Terwijl Sarah uitlegde wat de ceremonie behelsde, kon Sylvia de onrust onder de cursisten voelen. De kaars zou in de kring worden doorgegeven, en degene die hem in de hand hield, moest vertellen waarom ze hierheen was gekomen en wat ze in de komende week hoopte te bereiken. Ze moesten hun ziel blootleggen ten overstaan van mensen die ze nog niet eens kenden. Sylvia wist dat niet iedere vrouw in de kring open kaart zou spelen; sommige wilden hun geheimen voor zich houden en dat was hun goed recht. Maar degenen die de waarheid wel wilden delen, die er klaar voor waren, zouden merken dat ze hun verhaal hier kwijt konden, zonder te worden bekritiseerd of veroordeeld. Na talloze keren Het Kaarslicht te hebben bijgewoond was Sylvia één ding duidelijk geworden: de waarheid, die soms bijna te pijnlijk is om te worden uitgesproken of gehoord, moest worden geuit.

Opeens werd ze getroffen door het besef dat Gerda zich ook zo moest hebben gevoeld. Ze had de last van de geschiedenis van de familie met zich meegetorst en besloten dat de nazaten van de Bergstroms de waarheid dienden te weten over hun afkomst en verleden. Hoe moeilijk die waarheid misschien ook te verdragen zou zijn, Sylvia diende het dagboek open en vrij van vooroordelen te lezen. Daar had Gerda recht op. Ze diende dezelfde houding te hebben als de vrouwen die nu in de kring zaten, met gezichten die werden verlicht door een enkele kaars.

Toen de laatste vrouw haar geheimen met de andere had gedeeld, was Sylvia gedwongen om tegenover zichzelf iets toe te geven wat ze nooit hardop zou kunnen zeggen omdat ze te trots was: ze was bang dat ze niet was opgewassen tegen de verantwoordelijkheden waarmee Gerda haar zou belasten. Tot nu toe had ze haar kracht altijd als haar beste eigenschap gezien, die ervoor zorgde dat ze alles kon verdragen, maar nu twijfelde ze daaraan. Maar oudtante Lucinda had haar ook vertrouwd en had Sylvia de sleutel van de dekenkist gegeven toen ze nog maar een klein meisje was. Hetzelfde gold in zekere zin voor Gerda; ze had haar herinneringen aan het papier toevertrouwd in de onwankelbare hoop dat ze ooit zouden worden gevonden door haar nazaten. Als Lucinda en Gerda allebei hadden gedacht dat ze een waardig erfgename zou zijn, mocht ze hen niet teleurstellen.

Bovendien had ze geen keuze. Er was niemand anders. Dit waren de erfstukken van de familie Bergstrom, en zij was de laatste telg van dat geslacht.

### Herfst 1857 – waarin we onverwacht bezoek krijgen

Het was tijd voor onze eerste oogst, en hoewel de opbrengst bescheiden was, raakten we vervuld van trots bij het zien van de eerste gewassen van ons eigen land. De maïs stond er mooi bij en Hans schatte dat we voldoende hooi en haver hadden om de paarden een winter lang te kunnen voeden. Mijn moestuin had voor een overvloed gezorgd, zodat ik dagenlang bezig was voorraden aan te leggen en het overschot in het stadje te verkopen. Met de kruidenier bij wie Hans op onze eerste dag in Creek's Crossing al proviand had gekocht, had ik afgesproken dat hij mijn waren zou verkopen in ruil voor een deel van de opbrengst. Soms koos hij liever voor een pot van mijn frambozenjam in plaats van voor geld, maar dat deerde me niet.

Anneke was haar oorspronkelijke plan om als naaister te gaan werken niet vergeten en ik vermoedde dat ze mijn eerste schreden op het pad der verkoop, hoe bescheiden die ook waren, met enige afgunst bezag. Wanneer we samen door het stadje liepen, ontging het me niet dat ze met enige weemoed naar de etalages keek, en eenmaal merkte ze bijna achteloos op dat extra inkomsten Hans in staat zouden stellen nog meer paarden te kopen, zonder dat onze eigen uitgaven eronder zouden lijden. Ik was het stilzwijgend met haar eens dat elke munt die Anneke zou verdienen in ons huishouden zeker niet zou worden verspild, maar ik geloofde niet dat ze, met alle taken die ons wachtten, tijd zou hebben om naaiwerk aan te nemen. En wat een winkel betreft, het ontbrak Hans daarvoor niet alleen aan de financiële middelen, maar ook aan de wil zijn vrouw buitenshuis te laten werken. Hij zei het nimmer hardop, maar ik vermoed dat hij er de voorkeur aan gaf al het geld dat hij nodig had voor het verwezenlijken van zijn droom eigenhandig te verdienen. Mijn verdiensten waren aanvaardbaar, daar ik een ongehuwde zuster was die aan haar levensonderhoud diende bij te dragen. Een echtgenote uit werken sturen was een heel ander verhaal.

Ik besprak deze kwestie met Jonathan, die het met me eens was dat ik niet te bemoeizuchtig was indien ik mijn broer voorzichtig zou aanmoedigen om Annekes wensen voorrang te geven boven zijn eigen trots. Soms wees ik Hans op andere vrouwen uit Creek's Crossing die hun bijdrage aan het huishouden leverden:

'Mevrouw Barrows bestiert de herberg aan First Street.'

'Omdat meneer Barrows nergens goed voor is.'

Of op een ander moment: 'Ik heb vernomen dat juffrouw Thatcher en juffrouw Bauer de school werkelijk uitstekend leiden.'

'Zodra ze trouwen, kunnen ze zich om hun eigen kinderen bekommeren.'

En bij een andere gelegenheid: 'Er is me ter ore gekomen dat mevrouw Engle haar naaiatelier wil uitbreiden,' maar ik besefte veel te laat dat mevrouw Engle het ergste voorbeeld was dat ik had kunnen geven. Hans antwoordde niet alleen dat het betreurenswaardig was dat meneer Engle zonder fatsoenlijke nalatenschap was gestorven en dat een weduwe met drie jonge kinderen en een volwassen zoon nooit zo hard zou hoeven moeten werken, maar hij wees er tevens op dat er in een stadje met de grootte van Creek's Crossing niet bepaald behoefte was aan een tweede coupeuse en dat het dus fortuinlijk was dat Anneke zich niet verplicht hoefde te voelen om die dienst aan de gemeenschap aan te bieden.

Ja, bijzonder fortuinlijk.

'Anneke zou Hans simpelweg moeten zeggen dat ze dolgraag een winkel wil openen,' zei Jonathan tegen me.

Maar dat was niets voor Anneke. Ze was een meesteres in het uiten van subtiele opmerkingen en het werpen van zijdelingse blikken die een diepere betekenis bevatten dan woorden ooit konden uitdragen. Dat waren middelen waarmee ze Hans op elk ander vlak tot haar manier van denken kon bekeren. Ik, die de schone kunst van het spreken evenmin beheerste als al die andere vrouwelijke talenten als dansen en naaien (koken was het enige waarin ik uitblonk), was eerder geneigd tot onomwonden uitspraken. Maar ik zei tegen Jonathan dat Hans even koppig kon zijn als zijn zus, en wanneer hij wenste dat zijn vrouw niet in het stadje zou gaan werken, zou dat ook niet gebeuren.

Ze waren nog geen jaar getrouwd, maar nu was al het patroon zichtbaar dat gedurende de rest van hun leven samen zou blijven bestaan. Nu ik hen zo zag, vroeg ik me af wat voor soort echtgenoot E. voor me zou zijn geweest. Zou hij hebben verwacht dat ik me steevast naar zijn wensen zou hebben geschikt en hem altijd zou hebben gehoorzaamd? Dat had ik nooit kunnen verdragen, zelfs niet uit naam der liefde. Dat zei ik tegen mezelf wanneer ik aan E. dacht en wanneer ik zag hoe gelukkig Hans en Anneke samen waren, en Dorothea en Thomas.

Midden in de oogsttijd kwam er een onbekende wagen naar Elm Creek Farm. Ik herkende de voerman, een magere kerel met een zuur gezicht, vettig blond haar en een gebit vol vlekken van de pruimtabak. Hij deed soms klusjes op de steiger in de rivier. Hans was buiten op de akkers aan het werk en de vrouw des huizes had zich zoals altijd uit schaamte voor haar slechte Engels in huis verstopt, zodat het aan mij was hem te begroeten.

Hij bekeek me argwanend en vroeg toen: 'Is dit het huis van Bergstrom?'

Ik verzekerde hem dat dat zo was. 'Komt u iets bezorgen?'

'Ik moet dit afgeven bij de familie Bergstrom op Elm Creek Farm.'

'Ik ben Gerda Bergstrom en dit is Elm Creek Farm,' zei ik, met enig ongeduld, daar de grote houten krat achter in zijn kar mijn aandacht had getrokken.

'Zo had ik het niet begrepen.' Hij keek me onwillig en ontstemd aan. 'Ik dacht dat dit het huis van L. was.'

Ik had de naam van de heer L. al zo lang niet meer gehoord dat zijn opmerking me enigszins van mijn stuk bracht. 'Ja, Elm Creek Farm was ooit het eigendom van de heer L.,' bevestigde ik hakkelend, 'maar nu behoort deze boerderij mijn familie toe.'

'Hoe is dat zo gekomen?'

Opeens was ik me heel erg bewust van Hans' afwezigheid. 'Geheel volgens de wettelijke regels, kan ik u verzekeren. Indien u het bewijs wilt zien, kan mijn broer u het eigendomsbewijs laten zien.'

'Ik vraag het alleen maar omdat...' Hij haalde zijn schouders op. 'L. heeft nog steeds vrienden in deze contreien. Die vinden het misschien niet leuk om te horen dat u de boerderij van hem hebt afgepakt.'

'Dat is beslist niet het geval,' zei ik verontwaardigd. 'En het zijn niet bepaald goede vrienden als ze nu pas zouden merken dat hij hier niet langer woont. Als dat alles is...' Ik maakte een gebaar alsof ik de krat eigenhandig van de kar wilde tillen.

'Ik doe het wel,' merkte hij grommend op. Hij legde de leidsels neer en klom van de bak. Met moeite tilde hij de krat van de kar, maar in plaats van die de blokhut binnen te dragen, zette hij hem naast de voordeur op de grond. Ik betaalde en bedankte hem, maar hij reed zonder een woord te zeggen weg en wierp slechts een mokkende blik over zijn schouder voordat hij tussen de bomen verdween.

Anneke kwam meteen naar buiten. 'Wat wilde die man?'

'Hij heeft dit bezorgd, meer niet,' zei ik luchtig. Ik wilde haar niet ongerust maken en zweeg over zijn opmerkingen. Al snel was ik de man echter vergeten, want toen ik de krat nader bekeek, zag ik dat hij afkomstig was uit Baden-Baden. Anneke rende meteen weg om Hans te halen. Hans kwam aangelopen, legde zijn gereedschap neer en droeg de krat naar binnen. Anneke slaakte een gil van vreugde toen hij het deksel opende, want in de krat lagen, dicht opeengepakt, de prachtigste rollen stof, fluweel en wol en zelfs zijde die zich konden meten met het mooiste uit het pakhuis van vader.

Er waren ook brieven, voor ons allemaal. Moeder heette Anneke welkom in onze familie en schonk haar de stoffen als huwelijkscadeau. Vader feliciteerde Hans met zijn huwelijk en sprak de hoop uit dat Hans een goede prijs voor de stoffen zou kunnen krijgen. In zijn brief aan mij drukte vader me op het hart ervoor te zorgen dat mijn jongere broer alle winst die hij maakte op een verstandige manier in Elm Creek Farm zou investeren. De brief van moeder aan mij stond bol van de nieuwtjes van thuis: ze vertelde van alles over al mijn kennissen, maar repte met geen woord over het lot van E., wat me des te achterdochtiger maakte.

Ook onze andere broers en zussen hadden geschreven, en terwijl ik gretig hun woorden tot me nam, knielde Anneke op de grond neer en haalde de rollen stof uit de krat. Elke nieuwe rol zorgde voor meer vreugde van haar kant, maar toen keek ze opeens geschrokken naar me op. 'O, Gerda, wat naar voor je.'

'Wat bedoel je?'

'Je ouders hebben me zulke mooie cadeaus gestuurd, maar er zit niets voor jou bij.'

Ik wees naar de vellen in mijn hand. 'Ze hebben me brieven gestuurd.'

'Ja, dat wel, maar...' Ze zweeg even en zei toen: 'Voel je je niet gepasseerd?'

Tot dat moment was die gedachte niet bij me opgekomen. 'Natuurlijk niet,' zei ik, maar ik bedacht dat in zo'n grote krat heus wel plaats was geweest voor een paar boeken.

Anneke glimlachte dapper. 'Waarschijnlijk sturen ze nog veel mooiere cadeaus wanneer jij gaat trouwen.'

Hans lachte schamper. 'Ja, ongetwijfeld, als ze eenmaal van de schrik zijn hersteld.'

Ik porde Hans in zijn zij, alsof we weer kleine kinderen waren, maar Anneke schudde slechts haar hoofd, verbaasd en ontzet dat we met zoveel spot over mijn ongehuwde staat spraken.

'Dit is eigenlijk een geschenk voor ons allemaal,' voegde Hans eraan toe, die wilde laten merken dat hij Annekes medeleven waardeerde. 'Met de opbrengst van de stoffen kan ik twee nieuwe paarden kopen, en volgend voorjaar kan ik aan een nieuw huis voor ons beginnen.'

Anneke schonk hem een dankbare glimlach, maar toen ze de rollen teruglegde in de krat, liet ze haar hand liefdevol over elke stof gaan, en ik wist dat ze de stoffen graag voor zichzelf wilde houden, dat ze er kleren van wilde naaien voor de bewoners van Creek's Crossing en die in haar eigen winkel verkopen, en dat ze de restjes zou gebruiken voor quilts.

Al snel had ik echter geen tijd meer om aan Annekes gevoelens te denken omdat de oogst moest worden binnengehaald. Dankzij de hulp van Thomas, Jonathan en enkele andere buren had Hans snel al zijn gewassen geoogst en kon hij hun gaan helpen. Elm Creek Farm bood ons net genoeg om de winter door te komen, en er was niet genoeg over om in het stadje te kunnen verkopen, maar we zouden in elk geval onszelf kunnen redden en niet langer, zoals het voorgaande jaar, van de liefdadigheid van anderen hoeven leven.

Creek's Crossing was een nijver oord, en onze meer ervaren buren leidden een voorspoediger bestaan dan wij nieuwelingen. Iedereen leek tevreden en voldaan en keek uit naar het Oogstbal dat half november zou plaatsvinden. Dan, legde Dorothea lachend uit, zouden de vrouwen hun mooiste japonnen dragen en hun smakelijkste gerechten meebrengen, waarover ze zo bescheiden zouden spreken dat men geneigd zou zijn te denken dat ze in lompen liepen en onsmakelijke schotels serveerden, en de mannen zouden zo opscheppen over de opbrengst van hun akkers en de gezondheid van hun vee dat de indruk zou werden gewekt dat de boeren van Creek's Crossing eigenhandig heel Pennsylvania konden voeden. Ook ik keek uit naar het Oogstbal, daar Jonathan tijdens de feestelijkheden van het vorig jaar met me had gedanst en ik hoopte dat hij ook tijdens de bals van dit jaar mijn partner zou willen zijn.

Anneke, die wederom van zins was een huwelijkspartner voor me te vinden, bood aan een japon voor me te maken waarin ik, zo zei ze, oogverblindend zou zijn.

'En dan kan ik die na het bal dragen om oogverblindend de koeien te melken en de kippen te voeren?' zei ik met een schamper lachje.

'Je kunt hem bewaren voor bijzondere gelegenheden.' Haar blik dwaalde naar de krat met stoffen, die in een hoek van de hut stond te wachten totdat Hans had besloten waar en aan wie hij ze het beste kon verkopen. 'We hebben prachtige blauwe zijde die heel mooi bij de kleur van je ogen past.'

Ik moest lachen bij de gedachte dat ik de kippen in blauwe zijde zou voeren en zei dat ze, als ze per se een japon wilde maken, net zo goed een eenvoudig bedrukt katoentje kon nemen dat ik voor het eerst tijdens het bal kon dragen en daarna als dagelijkse kledij. Ze reageerde ongeduldig en wees me erop dat ze meer wist van naaien dan ik en dat ik, als ik niet wenste dat ze me de les zou lezen over politiek of de juiste uitspraak van het Engels, haar ook niets over het maken van kleding diende te vertellen. In haar ogen verscheen een harde blik die ik nog nooit eerder had gezien en daarna ook niet vaak meer heb aanschouwd. 'Ik kan jullie laten zien wat jullie het beste met de cadeaus van jullie ouders kunnen doen,' zei ze. 'Ik zal jullie laten zien waartoe ik in staat ben als ik mijn eigen zin kan doen.'

Ik wist dat ik niet degene was op wie ze indruk wilde maken. 'Wat zal Hans zeggen als je zomaar in een rol stof begint te knippen? Dat zal hij op zijn minst als een paardenbeen minder zien, of als de muur van zijn nieuwe huis.'

'Stond er in die brief van jullie moeder niet dat het een cadeau voor mij was?'

Haar onverwachte vastberadenheid deed me zo versteld staan dat ik alleen maar kon toegeven dat dat het geval was, zeker nu ik vermoedde dat ze achterliggende motieven had. Ik moet ook bekennen dat ik Annekes bewering dat ze me mooi kon maken uiterst twijfelachtig vond, want ik wist dat mijn onopvallende uiterlijk de beste naaister nog voor een uitdaging zou stellen, maar geheel onmogelijk leek het me niet. Per slot van rekening was ze een tovenares met naald en draad.

Op een ochtend, een week voor het bal, stonden we vroeg op en verrichten onze taken zo snel mogelijk, zodat we aan de japon konden werken terwijl Hans voor de paarden zorgde. Ik stond net in mijn korset, zodat Anneke het lijfje kon passen, toen er op de deur van onze hut werd geklopt.

'L.?' riep een ruwe stem. 'Ben je thuis?'

Met grote ogen haastte Anneke zich naar de aangrenzende kamer, zodat het aan mij was de bezoeker in mijn korset te verwelkomen. Ik pakte mijn katoenen werkjurk en trok die snel aan over het gespelde zijden lijfje. Een speld prikte in mijn vel en ik kromp even ineen. 'Goedemorgen,' zei ik buiten adem toen ik de deur opendeed.

Voor me stonden twee mannen met geweren. De een had een grimmige trek rond zijn mond, de ander keek verwonderd naar de veranderde buitenkant van onze blokhut. Achter hen stonden twee vermoeide paarden aan een paar sprietjes gras te knabbelen.

'Ik zoek L.,' zei de eerste man.

'Die woont hier niet langer,' zei ik, 'en ik ben bang dat ik niet weet waar hij nu is.'

De tweede man keek me indringend aan. 'We hebben gehoord dat jullie zijn boerderij hebben gestolen.'

Ik rechtte mijn rug en hoopte dat hij niet zou merken hoe nerveus ik was. 'Dan hebt u onjuiste berichten gehoord.'

Toen de tweede man mijn accent hoorde, gaf hij zijn metgezel een por. 'Hollanders,' zei hij op afgemeten, bijna neerbuigende toon.

'Ik heb niks tegen Hollanders,' zei de eerste man, die mij aankeek maar klonk alsof hij het eigenlijk tegen de ander had. 'Minder dan sommige anderen. Is je man er niet?'

'Mijn broer is in de schuur.' En hij heeft zijn geweer niet bij zich, dacht ik, overvallen door een vlaag van angst.

'We gaan wel even een praatje met hem maken.' De eerste man trok aan de rand van zijn slappe hoed. Zijn kameraad krabde alleen maar aan zijn donkere baard en keek boos. Toen ze zich omdraaiden, zag ik over hun schouders dat Hans vanaf de schuur haastig naar ons toe gelopen kwam. Tot mijn grote opluchting was hij niet alleen. Jonathan was ongetwijfeld een paar minuten eerder dan deze mannen aangekomen en meteen naar de schuur gelopen, zonder mij te begroeten.

'Wat brengt u heren naar Elm Creek Farm?' riep Hans met een ontspannen glimlach.

De mannen keken elkaar even aan, en toen sprak de eerste: 'We zijn op zoek naar een n——.'

Een ander zou wellicht neger hebben gezegd, of kleurling. Ik heb gezien hoeveel pijn het woord dat hij uitte kan veroorzaken en zal het daarom hier niet herhalen.

'Een weggelopen n——,' voegde de tweede man eraan toe.

Jonathan kromp even ineen toen hij de term hoorde, maar Hans' uitdrukking veranderde niet. Hij haalde slechts zijn schouders op en zei: 'Iedereen die hier woont, staat nu voor u, op mijn vrouw na.'

'Hij heeft zich vast in de schuur verstopt.' De tweede man deed een stap naar voren, maar Hans legde een hand op zijn arm om hem tegen te houden.

'Daar kom ik net vandaan,' zei hij, met weer die ontspannen lach. 'Daar zit niemand.'

De eerste man zei: 'We kunnen beter zelf even gaan kijken.'

'Dat is niet nodig, want ik ben een man van mijn woord.' Hans keek hem onverstoorbaar aan. 'Of wilt u soms beweren dat u me niet kunt vertrouwen?'

De tweede man vloekte ongeduldig, maar de eerste bleef Hans aankijken. 'Je bent nog maar pas in dit land, en misschien ken je de wet nog niet. Dit is weliswaar het Noorden, maar wie een n— helpt, overtreedt de wet.'

'We kennen de wet,' zei Jonathan.

Ik bad hevig dat hij niet dit moment zou uitkiezen om, zoals hij zo vaak ten overstaan van het groepje bij Dorothea had gedaan, het verschil uit te leggen tussen een rechtvaardige wet, die men diende te volgen, en een onrechtvaardige, die een rechtvaardig man slechts kon overtreden.

De tweede man tuurde onderzoekend naar Jonathan. 'Heb ik jou niet bij de Nelsons gezien?'

'Dat is heel goed mogelijk, daar mevrouw Nelson mijn zuster is.'

De tweede man spuugde op de grond en mompelde tegen zijn metgezel: 'Verd— abolitionisten.'

Jonathan verstijfde even, maar hield zich in toen hij voelde dat Hans een hand op zijn schouder legde. 'Zo spreekt men niet over de familie van een ander,' zei Hans. Hij keek de tweede man zo doordringend aan dat die ten slotte zijn blik afwendde en iets mompelde wat op een verontschuldiging leek.

De eerste man draaide zich langzaam om en keek naar de open plek rondom onze hut. Opeens vroeg hij: 'Wat is er met L. gebeurd?'

'L. heeft deze boerderij meer dan een jaar geleden aan me verkocht.'

'We zijn hier al een tijd niet meer geweest,' zei de eerste man. Hij rukte zijn ogen los van de horizon en glimlachte, na een ondoorgrondelijke blik op Jonathan, opvallend vriendelijk naar Hans. 'L. was weliswaar een yank, maar hij stond niet onwelgevallig tegenover onze werkgevers. We konden altijd rekenen op een warme maaltijd en een bed op de grond naast de haard.' Ik merkte dat mijn vingers mijn jurk stevig vastgrepen en dwong mezelf kalm te blijven. Misschien was Elm Creek Farm ooit gastvrij geweest jegens slavenjagers, maar nu niet meer!

Ik wilde dat net hardop zeggen toen Hans opperde: 'Misschien kan mijn vrouw een paar eieren voor u bakken.'

'Hans,' wist ik uit te brengen, en ook Jonathan staarde hem vol verbazing aan.

'Zuster,' zei Hans op opvallend kalme toon, 'zeg Anneke dat ze een ontbijt voor deze heren klaarmaakt terwijl zij hun paarden drenken en voeden.'

Ik wilde hem tegenspreken, maar slikte mijn woorden in toen ik zag dat Jonathan bijna onmerkbaar zijn hoofd schudde, en ik liep naar binnen, overvallen door een wirwar aan gedachten. Ik bracht Hans' verzoek aan Anneke over, die zwijgend knikte en het ontbijt ging klaarmaken. Ik liep naar het raam en keek naar de slavenjagers, die naar de beek liepen, terwijl Hans en Jonathan teruggingen naar de schuur. Ik kon het niet aanzien dat het hooi en de haver die we eigenhandig hadden geoogst als voedsel voor hun paarden zouden dienen en draaide me daarom kokend van woede om. Ik trok mijn jurk uit, haalde de spelden van het zijden lijfje los en legde de delen naast Annekes naaimachine.

'Je moet niet boos op mij zijn,' zei Anneke, die vanaf haar plek bij de haard naar me stond te kijken. 'Wees blij dat hij niet aan jou heeft gevraagd of je het eten wilde klaarmaken.'

Pas toen besefte ik hoe vreemd dat was, daar ik altijd degene was die kookte. Maar als Hans dacht dat ik hierdoor voldoende mild gestemd zou worden, had hij het mis.

Het duurde niet lang voordat de mannen klaar waren met eten en weer vertrokken. Ze schudden Hans de hand en tikten, met een blik op Anneke en mij, tegen hun hoed. Zodra ze waren verdwenen, barstte ik los: 'Hans, hoe kon je dat nu doen?'

'Ik kon moeilijk alleen de paarden eten geven en hun niet.'

'O jawel, dat kan heel goed. Slavenjagers zijn het laagste van het laagste, en nu heb jij hen voldoende gesterkt om hun jacht te kunnen voortzetten. Je had hen beter hongerig weg kunnen sturen, zodat ze niet de kracht zouden hebben om deze onfortuinlijke slaaf te zoeken.'

'Als ik het niet had gedaan, had een ander die twee wel wat te eten gegeven. Je kunt dat soort lieden maar beter niet tot vijand hebben.'

Jonathan maakt een ontstemd geluid, en ik vroeg, amper in staat te geloven dat ik hem goed had begrepen: 'Heb je soms liever dat ze denken dat je aan hun kant staat?'

'Ik kon die paarden niet wegsturen voordat ze even hadden gerust.' Hans ging op een bankje bij de haard zitten. 'Ze hadden ze te veel uitgeput. Als ze zo doorgaan, zullen ze de terugreis niet overleven. Het is erg ver te paard.'

'Het is erg ver te voet,' zei Jonathan, doelend op hun prooi. 'Zeker in deze tijd van het jaar. De nachten zijn koud, en nog kouder voor een man die in een vreemde streek wordt opgejaagd.'

'Hij heeft vast wel ergens een schuilplaats gevonden.'

'Nee, dat denk ik juist niet.'

'Als hij tot hier is gekomen, is hij uit een sterker hout gesneden dan jij en ik,' merkte Hans op. Hij lachte even. 'Zijn eigenaar moet hem wel erg missen als hij zoveel moeite doet om hem terug te krijgen.'

'Onderschat nooit de hebzucht van een man, en zeker niet van een man die in zijn trots is gekrenkt.'

Nu moest Hans breeduit lachen. 'Je klinkt steeds meer als een dominee.'

'Maar Hans...'

De lach verdween van Hans' gezicht. 'Nee, ik laat me niet tot een twistgesprek verleiden.'

'Vroeg of laat zullen we allemaal bij deze twist betrokken raken,' merkte Jonathan op.

En al snel merkte het gehele land dat dat inderdaad zo was.

Elk vrij moment waarop Summer niet op Elm Creek Manor of in de quiltwinkel van Bonnie, Oma's Zoldertje, hoefde te werken, bracht ze door in het archief van het historisch genootschap, waar ze gebogen zat over kaarten of door de gebonden boeken vol besluiten en gerechtelijke uitspraken van het stadje bladerde.

Tijdens een bijzonder vruchtbaar bezoek had ze twee uiterst interessante landkaarten van de streek gevonden. Op de ene, uit 1858, stond het plaatsje vermeld als Creek's Crossing, maar in tegenstelling tot de kaart van Creek's Crossing uit 1847 die ze tijdens haar eerste bezoek aan de bibliotheek had aangetroffen, waren hierop ook Elm Creek Farm en een aantal andere boerderijen aangegeven. Op de tweede kaart, uit 1864, stond het stadje als Water's Ford vermeld, maar het was overduidelijk hetzelfde gebied als op de andere kaart. Er was iets meer bebouwing dan zes jaar eerder, maar dat lag voor de hand. Een stippellijn gaf aan waar de stadsgrens had gelopen, maar het land rondom Elm Creek Farm was gearceerd, alsof men had willen aangeven dat het niet bij de stad hoorde. Het vreemde was dat de namen van de andere boerderijen wel vermeld stonden, net als op de kaart uit 1858, maar die van Elm Creek Farm niet.

Summer kreeg de indruk dat iemand net had willen doen alsof Elm Creek Farm niet bestond.

Nu Summer er vrij zeker van was wanneer de stad van naam was veranderd, richtte ze haar aandacht tijdens een later bezoek op de annalen van de gemeenteraad. In een gebonden exemplaar uit 1860 trof ze een officiële aankondiging van de naamsverandering aan, maar hoewel het document repte over de 'noodzaak de eer van dorp en bewoners te herstellen' werd er geen bepaalde reden gegeven.

In nagenoeg elke bron uit het decennium daarna werd het stadje Water's Ford genoemd, maar de naam Waterford werd zoetjes aan steeds vaker gebruikt. Omdat Summer nergens een officiële aankondiging van die naamsverandering kon vinden, nam ze aan dat de spelling tamelijk ongemerkt was aangepast. Nadat de naam Waterford in gebruik was gekomen, werden de archieven een stuk minder bruikbaar omdat er in Pennsylvania nog een stadje met dezelfde naam lag. Sommige documenten die dat plaatsje betroffen, waren onder de naam Creek's Crossing gearchiveerd.

Nadat Sylvia haar vriendinnen had verteld wat Gerda over de slavenjagers had geschreven, had Summer besloten ook in de kranten te kijken die in die tijd waren verschenen. In de aankondiging van de naamswijziging werd verder niet uitgelegd waarom men tot dat besluit was gekomen, maar indien er sprake was geweest van een schandaal zou een plaatselijke krant daar zeker over hebben gerept.

Summer had inmiddels uren over de microfiches gebogen gezeten en was er nog steeds zeker van dat een verslaggever over een dergelijk schandaal moest hebben geschreven, maar tot haar grote ongenoegen kon ze niets vinden. De archieven van de *Creek's Crossing Informer* eindigden halverwege 1859 abrupt en gingen pas in 1861 weer verder, maar toen was de krant inmiddels omgedoopt tot *Water's Ford Register*.

Summer weigerde te geloven dat de krant niet was verschenen in een jaar waarin er blijkbaar iets heel belangrijks in het plaatsje was voorgevallen. Ze durfde haar hele voorraad stoffen eronder te verwedden dat of het geschiedkundig genootschap geen belangstelling had gehad voor het bewaren van de kranten uit die periode, of dat er iemand was geweest die ervoor had gezorgd dat er geen enkel exemplaar was overgebleven.

'Wat een opbeurend bericht,' merkte Sylvia droogjes op toen Summer haar vertelde wat ze had ontdekt. Het was blijkbaar nog niet erg genoeg dat Hans de boerderij op allerminst fraaie wijze had verkregen; nu zag het er ook nog eens naar uit dat de familie Bergstrom mogelijk iets had gedaan wat zo schandalig was dat het stadje zich genoodzaakt had gevoeld van naam te veranderen. 'Ik denk dat we wel kunnen stellen dat mijn voorouders hun stempel op deze streek hebben gedrukt.'

'We weten niet zeker of je voorouders er iets mee te maken

hadden,' zei Summer. 'Misschien is het gewoon toeval.'

Sylvia zette haar bril af en wreef in haar ogen. 'Onzin. Op de kaart van Creek's Crossing staat Elm Creek Farm nog gewoon vermeld, maar op de kaart van Water's Ford is de boerderij zo goed als uitgevlakt. Gerda schrijft over een schandaal dat de familie Bergstrom blijkbaar over zichzelf heeft afgeroepen. Wil je beweren dat je denkt dat dat toeval is?'

'Nou...' Summer aarzelde even. 'We moeten eerst meer bewijzen hebben...'

Het arme meisje keek alsof ze er spijt van had dat ze dit allemaal aan Sylvia had verteld. 'Kom, lieverd.' Sylvia gaf haar een klopje op haar hand. 'Je hoeft mijn gevoelens echt niet te sparen. Ik heb me al verzoend met de gedachte dat mijn voorouders misschien niet zulke heiligen waren als me altijd is wijsgemaakt.'

'Zijn ze daardoor juist niet veel boeiender geworden?'

'Ja, ik denk het wel.' Ze waren in elk geval veel echter en klonken meer als mensen met wie Sylvia graag eens een babbeltje had willen maken, en niet als afstandelijke figuren uit familieverhalen.

Hoe meer ze echter over de cryptische opmerkingen van Gerda nadacht, des te meer ze het vermoeden kreeg dat er misschien ook zaken uit het verleden van haar familie waren waarover ze met niemand wilde praten, zelfs niet met haar beste vrienden.

## November 1857 – het Oogstbal

Ik heb nooit vernomen of de beide slavenjagers inderdaad de man hebben gevangen naar wie ze op zoek waren, maar ze keerden niet terug naar Elm Creek Farm. Ik heb veelvuldig voor deze onfortuinlijke onbekende gebeden en voelde me gesterkt door Jonathans verzekering dat de kans dat hij naar Canada zou ontkomen toenam naarmate hij langer op de vlucht was.

Toen ik pas in Pennsylvania woonde, had ik gedacht dat deze staat en andere vrije staten een vrijhaven waren voor ontsnapte slaven en dat niemand hen, als ze eenmaal de grens met het Noorden waren overgestoken, kon dwingen terug te keren naar hun voormalige meesters. Helaas was dat bezijden de waarheid. In 1850 nam het Congres, bij wijze van tegemoetkoming aan de Zuidelijke staten die het beslist niet eens waren met de pogingen de slavernij een halt toe te roepen die elders in het land werden ondernomen, de wet op gevluchte slaven aan. Die bepaalde dat gevluchte slaven, en zelfs zij die de vrije staten wisten te bereiken, naar hun eigenaren dienden te worden teruggebracht en dat federale en staatsautoriteiten en zelfs particulieren hierbij dienden te helpen. Bovendien kon eenieder – vrij man of vluchteling – die ervan werd verdacht een ontsnapte slaaf te zijn zonder arrestatiebevel worden aangehouden. Eenmaal in hechtenis genomen kon deze persoon niet om een proces met een jury verzoeken en evenmin voor zichzelf getuigen.

Jonathan was degene die me dat vertelde, en hij voegde er verontwaardigd aan toe: 'Ik kan en wil me niet onderwerpen aan een wet die me dwingt tegen mijn eigen geweten en tegen God in te gaan.'

Ik had bewondering voor zijn overtuigingen en deelde die. Daarom was het des te verontrustender dat Hans niet bereid was geweest tegen de slavenjagers in te gaan. Stel dat de gevluchte man wel in onze schuur had gezeten, zou Hans hem dan aan hen hebben uitgeleverd? Ik wilde er niet aan denken dat mijn broer dat zou doen en was een beetje van streek omdat mijn bewondering en vertrouwen aan het wankelen waren gebracht.

Anneke was natuurlijk de mening toegedaan dat Hans juist had gehandeld. Ik veronderstel dat ze goed bij elkaar pasten omdat de een nimmer kwaad wilde spreken over de ander. Ze weigerde de kwestie met mij te bespreken, niet alleen omdat ze haar man niet wilde afvallen, maar ook omdat ze vond dat ik maar niet leek te begrijpen dat ingezetenen van dit land, en met name immigranten, zich aan de wet dienden te houden – aan alle wetten, en niet slechts de wetten die hun goedkeuring konden wegdragen. Op mijn beurt wilde ik niet geloven dat zij niet inzag dat men onrechtvaardige wetten soms op morele gronden dient te negeren. Daarop antwoordde Anneke: 'Dat zeg je alleen maar om Jonathan een genoegen te doen.'

Dat bracht me in verwarring, zelfs zo zeer dat ik de rest van de dag niet met Anneke wilde spreken, maar daar zij liever niet met iemand wilde praten die kritiek op haar echtgenoot had, liet haar dat koud. De volgende morgen namen we echter toch weer het woord, meer uit noodzaak dan uit vrije keuze; in een hut met slechts twee kamers konden we elkaar moeilijk uit de weg gaan. Anneke was degene die ons zwijgen verbrak door aan te bieden het werk af te maken waarbij we door de komst van de slavenjagers waren gestoord. Ik nam haar aanbod dankbaar aan, en tegen de noen was het lijfje van mijn nieuwe japon af. Op de ochtend van de dag van het bal was de hele jurk klaar.

'Je ziet er betoverend uit,' zei Anneke, en ik wilde dat ik haar kon geloven.

Die zaterdag begon koel en fris. We voerden onze taken met een blij gemoed uit, verlangend naar de feestelijkheden van die avond. Ik bakte twee taarten; een met de appels die Dorothea ons had gegeven, en een met de wilde bosbessen die ik in de buurt van de beek had aangetroffen. Ook maakte ik aardappelpannenkoekjes met zure room. Ik wist niet zeker of die bij iedereen in de smaak zouden vallen, maar daar het stadje de nodige families van Duitse afkomst kende, nam ik aan dat er weinig van zou overblijven. En dan was er ook nog de eetlust van Hans.

We reden naar het stadje in een wagen die werd getrokken door twee van Hans' paarden – de 'volbloeden van Bergstrom', noemde hij die graag – en zagen dat de straten waren gevuld met inwoners van Creek's Crossing die elkaar lachend groetten. We troffen Dorothea en Thomas op het gazon voor het gemeentehuis, waar men al met een picknick was begonnen. Aan een kant van het pleintje stonden vier tafels in een lange rij, en de vrouwen van het stadjes hadden daar allerlei smakelijke gerechten uitgestald, waaraan ik nu ook mijn eigen bijdragen toevoegde. We vulden onze borden en spreidden quilts uit waarop we konden gaan zitten. Ik waakte ervoor mijn japon van blauwe zijde niet te besmeuren; ik moet bekennen dat ik me vrij mooi voelde voor een onopvallend meisje, en tijdens het eten keek ik voortdurend of ik Jonathan ergens zag. Het stelde me teleur dat hij er nog niet was. Na de opmerking van Anneke dat ik hem een genoegen wilde doen, wilde ik Dorothea echter niet vragen waar hij was. In elk geval niet in het bijzijn van mijn schoonzusje.

Het bal was al geruime tijd aan de gang toen Jonathan eindelijk verscheen. Hij zei tegen me dat ik er prachtig uitzag, waardoor ik tot mijn schaamte moest blozen. Snel antwoordde ik: 'Dat komt door de japon. Anneke is zo behendig met naald en draad, veel behendiger dan ik.'

Te laat wierp Anneke me een waarschuwende blik toe. Hans trok verbaasd zijn wenkbrauwen op, en Anneke pakte hem snel bij zijn arm. 'Kom, Hans, en dans met mij.'

Hij vergezelde haar zonder tegenwerpingen, maar ik had aan zijn gezicht kunnen zien dat hij begreep waar de stof van de jurk vandaan was gekomen. Terwijl Dorothea Annekes werk bewonderde, zag ik dat mijn broer en zijn vrouw naar de dansvloer liepen, maar dat Hans niet de indruk wekte kwaad te zijn.

Dorothea was niet de enige die mijn jurk bewonderde. Ik greep elke gelegenheid aan om de lof van mijn schoonzusje te zingen, maar deed vooral mijn uiterste best toen mevrouw Violet Pearson Engle, de coupeuse, onze quilt op weg naar de tafel met taart passeerde. Ze vroeg of ik wilde gaan staan, zodat ze de val van de stof beter kon zien. 'Mooie zijde,' merkte ze op nadat ik een rondje voor haar had gedraaid, op haar verzoek. 'En het naaiwerk is nog fraaier.'

Ik wist dat Anneke bijzonder vergenoegd zou zijn wanneer ze dat hoorde en wilde dat Jonathan me ten dans zou vragen, zodat ik haar in het voorbijgaan op de dansvloer kon influisteren wat mevrouw Engle had gezegd, maar toen het ene lied ten einde was en het orkest een volgend inzette, stak Jonathan zijn hand uit naar zijn zuster. Na die dans keerden Hans en Anneke lachend en buiten adem naar onze quilt terug, en nu ik hier niet langer alleen zou zitten, liep Thomas naar de dansvloer om zijn vrouw van Jonathan over te nemen. Jonathan kwam echter niet naar ons toe, zoals ik had verwacht, maar bleef op de dansvloer, en toen het volgende lied werd ingezet, zag ik hem dansen met een jonge vrouw met donker haar en glanzende ogen die ik niet kende. Tot mijn toenemende ontzetting danste hij niet één, maar twee keer met haar, en vervolgens kwam Cyrus Pearson tot mijn grote verbazing naar me toe en vroeg me ten dans.

Ik voelde niet de behoefte met hem te dansen, maar kon zonder goede reden onmogelijk weigeren, en dus legde ik mijn hand in de zijne en liet me door hem naar de dansvloer leiden. Hij was een bekwaam danser, veel beter dan ik, maar hij leidde zelfverzekerd genoeg om te voorkomen dat ik op zijn tenen zou staan. Hij trachtte echter geen gesprek met me aan te knopen, maar richtte zich eerder tot zijn vrienden, die in het voorbijgaan groetten of een grapje maakten. Daar had ik geen bezwaar tegen, want het was een ingewikkelde dans die mijn volle aandacht opeiste, en bovendien kon ik geen enkel onderwerp bedenken waarover ik met hem van gedachten wenste te wisselen. Het leek hem voldoende dat ik glimlachte om zijn flauwe grapjes.

Ik dacht dat het dansen me redelijk goed afging, maar toen zei hij: 'U bent op veel vlakken zo bedreven. Ik had verwacht dat dansen daar ook toe behoorde.'

'Het spijt me dat ik u teleurstel,' zei ik kortaf. Op dat moment zag ik dat Jonathan wederom aan een dans met het donkerharige meisje begon.

'Ik ben niet teleurgesteld, eerder verbaasd,' zei hij. 'Misschien had u in uw jonge jaren beter de danskunst kunnen oefenen in plaats van het scherpen van uw tong.'

Ik bleef onmiddellijk staan en liet zijn hand los. 'Misschien had u meer aan uw manieren moeten doen.' Ik wilde hem midden op de dansvloer achterlaten, maar mijn grootse gebaar werd enigszins tenietgedaan door het orkest, dat op dat moment zijn laatste noot speelde.

Met grote passen liep ik terug naar onze quilt, kokend van woede en ervan overtuigd dat ik beter thuis had kunnen blijven. Opeens verscheen Jonathan aan mijn zijde. 'Bent u vrij voor deze dans?'

'O, dat is ze zeker,' klonk de stem van de heer Pearson op minzame toon achter me. 'Veel sterkte, dokter.'

Jonathan keek hem na toen hij ons passeerde en richtte toen een vragende blik op mij. Beschaamd pakte ik zijn arm en trok hem, voordat hij me kon vragen wat er gaande was, mee naar de dansvloer.

In Baden-Baden had ik geleerd hoe ik tijdens een bal amusant kon zijn, hetgeen noodzakelijk was daar het me aan gratie ontbrak, en ik was er zeker van dat mijn scherpzinnigheid voldoende compensatie vormde voor mijn gebrek aan bevalligheid. Jonathan leek zich in elk geval in mijn gezelschap te vermaken: hij glimlachte vaker naar mij dan naar zijn vorige partner, en ik liet hem hardop lachen terwijl het donkerharige meisje hem slechts een glimlach had weten te ontlokken. Maar toch bracht hij me, na slechts twee dansen, alweer terug naar onze quilt en vroeg Anneke ten dans. Daarna vroeg hij zijn zuster, en na die dans had hij wederom het meisje met het donkere haar aan zijn arm.

'Ze heet Charlotte Claverton,' mompelde Anneke toen ze me naar het dansende paar zag kijken.

Ik had gedacht dat ik discreet was, en dus stoorde het me dat Anneke mijn blik had opgemerkt. 'Is dat zo?' antwoordde ik zo onverschillig mogelijk, maar ik was blij dat Anneke tijdens mijn afwezigheid de vragen had gesteld die ik niet over mijn lippen kreeg.

'De boerderij van haar familie grenst aan die van de ouders van Jonathan en Dorothea. Hij kent Charlotte al haar hele leven.'

'Dan moeten wij ook met haar kennismaken,' stelde ik voor. 'Ik neem aan dat een vriendin van Dorothea mij ook zal bevallen.'

'Ik zei het niet omdat ik wilde dat je haar vriendin zou worden,' merkte Anneke op, 'maar om te voorkomen dat je je zorgen zou gaan maken. Als hij haar al zijn hele leven kent en met haar had willen trouwen, zou hij haar inmiddels wel hebben gevraagd.'

De hoop waarvan ik tot dat moment niet eens had willen bekennen dat ik hem koesterde, welde weer in me op. Ik knikte, niet in staat iets te zeggen omdat ik te opgelucht was, en Anneke glimlachte geruststellend. Op dat moment zag ik Dorothea naar ons kijken. Ze glimlachte even, kalm als altijd, en zette haar gesprek met Thomas voort, maar ik vroeg me af hoeveel ze van onze woorden had opgevangen.

De avond viel, en ik danste nog een paar maal met Jonathan, en met mijn broer, maar in het bijzijn van Jonathan was ik het gelukkigst. Andere mannen vroegen me eveneens ten dans, maar pas later besefte ik dat ik die avond een vrij geliefde partner was geweest. Dat zou me zeker deugd hebben gedaan, indien ik het zou hebben gemerkt, en indien ik niet voortdurend zou hebben gezien dat Jonathan even vaak aan de zijde van Charlotte verkeerde als aan de mijne.

Het werd laat, en een voor een namen de families van meer verafgelegen boerderijen afscheid en keerden huiswaarts. Pas toen Charlotte samen met haar moeder wegreed, kwam Jonathan weer naar me toe. Hij was zo hoffelijk en attent dat ik aan Annekes woorden trachtte te denken en elke gedachte aan de jonge Charlotte met haar glanzende donkere haar en bevallige figuurtje uit mijn gedachten trachtte te bannen.

Kort na het vertrek van Charlotte wensten ook de Nelsons ons goedenacht. Jonathan begeleidde Hans, Anneke en mij naar onze koets alvorens zelf naar huis te rijden. Anneke wierp me een blik toe die veelbetekenend was bedoeld, maar ik vroeg me af of hij ook met ons zou zijn meegelopen indien Charlotte nog aanwezig was geweest.

Tijdens de rit naar huis keek Anneke Hans met opzet niet aan en zei: 'Ik heb vernomen dat veel mensen je een compliment over je japon hebben gegeven.'

Ik voelde me beschaamd omdat ik door al mijn gedachten aan Jonathan het probleem van mijn schoonzusje geheel was vergeten. 'Dat is dan geheel te danken aan jouw behendigheid met naald en draad,' merkte ik op.

'En aan onze ouders,' voegde Hans eraan toe. 'Vergeet niet dat zij de stof voor die mooie jurk hebben gestuurd. Stof die ik had willen verkopen om geld voor ons nieuwe huis bijeen te krijgen.'

Daar hij niet al te verwijtend klonk, voegde ik er snel aan toe: 'Met name mevrouw Engle sprak lovend over je naaiwerk.'

'Ik heb haar zelf ook nog gesproken,' zei Anneke. 'Ze zei dat ze, mocht ik belangstelling tonen, werk voor me in haar atelier zou hebben.'

'Is dat zo?' zei Hans. 'En het huishouden dan?'

'Ik kan heel goed haar taken verrichtten, naast de mijne,' zei ik.

Anneke wierp me een dankbare blik toe en zei toen tegen Hans: 'We zullen een veel betere prijs voor de stoffen van je ouders kunnen krijgen wanneer ik er kleren van maak.'

Hans trok een nadenkend gezicht, en we reden enige tijd zwijgend voort. Anneke en ik keken hem nerveus aan, maar tegen de tijd dat we thuis waren, had hij besloten dat Anneke een dag per week mevrouw Engle in haar naaiatelier zou mogen assisteren en dat ze de stoffen naar eigen goeddunken kon gebruiken.

'Het doet me deugd dat je zo verstandig was geen aandacht aan me te schenken toen ik zei dat je die rollen moest laten liggen,' merkte hij met een vertederde glimlach op.

Ik was dolblij voor Anneke en was aangenaam verrast omdat Hans gezond verstand voorrang had gegeven boven zijn trots, maar diep in mijn hart wenste ik dat iemand ook zo vertederd tegen mij zou glimlachen, en dat die iemand Jonathan zou zijn.

Op zondagmiddag, een week later, begroette Sylvia de nieuwe cursisten op de veranda en vroeg hen binnen te komen, maar ondertussen bleef ze ongeduldig naar de halvemaanvormige oprit kijken, in de hoop dat het taxibusje met Grace Daniels aan boord snel Elm Creek Manor zou bereiken.

Sylvia en Grace waren al vijftien jaar met elkaar bevriend en deelden een diepe liefde voor het quilten. Grace was niet alleen curator voor het DeYoung Museum in San Francisco, maar ook een uiterst bedreven quilter die zich had gespecialiseerd in verhalende quilts, folkloristische werkstukken vol appliqués die een verhaal vertelden, vaak over Afro-Amerikaanse onderwerpen. Haar liefde voor geschiedenis was niet verminderd toen multiple sclerose haar had gedwongen op zoek te gaan naar nieuwe manieren om haar creativiteit te uiten, en ze kwam elk jaar in dezelfde week naar Elm Creek Manor voor een weerzien met de vriendinnen die ze tijdens haar eerste bezoek had leren kennen. Dit keer had ze echter nog een reden om te komen: Sylvia had haar beloofd de quilts te tonen die ze in de dekenkist van Anneke had aangetroffen.

Er kwam wederom een taxibusje aangereden dat tussen Elm Creek Manor en het vliegveld heen en weer pendelde, en deze keer zag Sylvia tot haar grote vreugde Grace uitstappen, leunend op twee metalen krukken. Haar aankomst was Matt evenmin ontgaan, die al via de halfronde trap naar beneden gestormd kwam om haar bagage aan te pakken. Toen Sylvia naar Grace riep en zwaaide, keek de andere vrouw op en riep terug: 'Wanneer mag ik die quilts bekijken?'

'Wanneer je maar wilt,' beloofde Sylvia, vervuld van vreugde omdat haar vriendin er zo goed uitzag en zo opgewekt overkwam. Grace sprak tijdens hun telefoongesprekken zelden over haar ziekte, waardoor Sylvia zich alleen maar bezorgd kon afvragen of haar toestand in de tijd tussen haar bezoeken wel of niet was verslechterd.

Nadat Grace de inschrijfformulieren had ingevuld, gaf Sylvia Matt de opdracht haar koffers naar haar kamer te brengen. Voordat Grace' vriendinnen beslag op haar konden leggen, nam ze haar vriendin mee naar de zitkamer naast de keuken, waar ze de quilts van tevoren al had uitgespreid.

'Wat een vondst, Sylvia!' riep Grace al bij de eerste blik op de quilts. Ze bestuurde ze aandachtig, zonder iets te zeggen, en tilde af en toe een hoekje op om het in het licht beter te kunnen bekijken, of boog zich dieper over een bepaald stukje van de stof. Ondertussen maakte ze aantekeningen in haar schrijfblok.

'En?' vroeg Sylvia ten slotte ongeduldig.

'Ik neem aan dat je niet van plan bent deze aan het museum te schenken?'

'Zeer zeker niet,' begon Sylvia, maar toen bond ze wat in: 'Nog niet, bedoel ik. Misschien laat ik wel in mijn testament opnemen dat jij ze zult erven. Bij jou zijn ze tenminste in goede handen.'

'Dan ben ik bereid nog heel lang te wachten.' Moeizaam liet Grace zich naast de Log Cabin op de bank zakken. Ze draaide de quilt om en zocht op de achterzijde van mousseline naar een appliqué of borduursel, net zoals Sylvia een paar weken eerder had gedaan. Ze schudde haar hoofd toen ze niets aantrof. 'Ik wou dat de maakster haar naam had vermeld.'

'Misschien kunnen we wel meer over de geschiedenis van de quilts te weten komen,' merkte Sylvia op. Ze haalde het dunne, in leer gebonden boekje uit de la van haar bureau en gaf het aan Grace. 'De memoires van Gerda, de oudtante van mijn vader. Ik ben er vrij zeker van dat mijn overgrootmoeder, Anneke Bergstrom, deze quilts heeft gemaakt, en ik hoop dat Gerda erover heeft geschreven.'

Grace wierp een blik op de eerste pagina. 'Het zou zeker een flinke hulp zijn bij het bepalen van de periode waarin ze zijn vervaardigd.'

'Kun je dat niet zo zien?'

Grace schudde haar hoofd en gaf het boekje terug aan Sylvia. 'Tot op zekere hoogte wel. De keuze voor een bepaald patroon is veelzeggend, evenals het gebruik van stoffen, maar ik kan onmogelijk zeggen wanneer het patchwork werd gemaakt. Kijk alleen al hoe lang jij bepaalde stoffen al in je voorraad hebt. Het is heel goed mogelijk dat je in de eenentwintigste eeuw een quilt voltooid hebt die is gemaakt met materiaal uit 1987.'

'Dat is waar.' Sylvia dacht aan de Tumbling Block-quilt waar ze eerder die zomer aan was begonnen en die bestond uit honderden ruitjes die waren geknipt uit stoffen die ze al decennia in haar bezit had. Gelukkig borduurde ze altijd haar naam en de datum in de rand van haar quilts, zodat niemand ooit zou twijfelen aan de herkomst.

'Op sommige plekken is heel goed te zien hoe men vroeger stoffen bleekte en verfde.' Grace streek met haar vinger langs een paar van de blokken en wees naar een reepje gele stof dat met kleine motiefjes was bedrukt. 'Dit motief werd butterscotch genoemd en was tussen 1845 en 1865 erg geliefd in Pennsylvania.'

Sylvia knikte, blij dat die tijdvakken overeenkwamen met de tijd waarin het dagboek was geschreven.

'Pruisisch blauw,' vervolgde Grace, wijzend op een paar andere reepjes. 'Hier zie je meekraprood, en hier is er nog een. O, dit paars heb ik ook eerder gezien, of iets wat er heel erg op lijkt. Dat is waarschijnlijk geïmporteerd.'

Sylvia keek fronsend naar het bruine lapje. 'Ik kan het niet echt paars noemen.'

'Het is verkleurd. Al deze lapjes,' Grace wees op verschillende stukjes bruin; donkere motieven op een lichte achtergrond en lichtere stoffen die waren bedrukt met kleine witte bloempjes, 'waren ooit paars.'

Er kwam een vreselijke gedachte bij Sylvia op. 'Is het mogelijk dat de zwarte vierkantjes ooit niet zwart waren?'

'Nee,' zei Grace met een bedachtzame blik op de quilt, 'dat denk ik niet.'

Sylvia haalde opgelucht adem, wat haar zenuwen tot rust bracht, en vroeg toen: 'En de andere quilts? Het is me opgevallen dat bepaalde lapjes voor alle drie zijn gebruikt.'

'Ja, dat zag ik ook al.' Grace keek van de Log Cabin naar de Four Patch en daarna naar de Birds in the Air. Vooral de steekjes hadden haar aandacht. 'Ze lijken allemaal even oud te zijn, maar ik geloof niet dat dezelfde naaister aan het werk is geweest. Natuurlijk zal ze in de loop der tijd steeds bedrevener zijn geworden, maar ik vind de verschillen tussen enerzijds de Log Cabin en de Birds in the Air en anderzijds de Four Patch veel te groot. En natuurlijk is het patchwork van de Log Cabin en de Birds in the Air op de naaimachine gemaakt. Het verbaast me dat je daar niets over hebt gezegd.'

'Het was me niet opgevallen.'

Grace moest hebben gemerkt dat dat Sylvia niet zinde, want ze glimlachte. 'Dat is niet erg. Het hoeft niet te betekenen dat ze niet in de tijd van je overgrootmoeder zijn gemaakt. Quilters werken al machinaal zolang er naaimachines bestaan.'

'Een van onze Elm Creek Quilters zal het niet leuk vinden dat te horen,' zei Sylvia droogjes. Ze dacht aan Diane, die van mening was dat alleen quilts die met de hand waren gemaakt 'echt' waren.

'Ze is niet de enige. Veel mensen vinden het vervelend te ontdekken dat hun tradities een wankele basis kennen.'

'Mijn overgrootmoeder bezat inderdaad een naaimachine, maar als deze quilts door verschillende mensen zijn gemaakt, gok ik dat de Four Patch het werk van Anneke is en dat Gerda de Log Cabin heeft gemaakt.' Volgens de familieverhalen was Anneke verantwoordelijk voor de Log Cabin, maar dit leek een logischer verklaring. 'Ik ben niet zeker helemaal van de Birds in the Air.'

'Het patchwork is daar van wisselende kwaliteit,' oordeelde Grace, 'en het doorpitten ook. Misschien hebben ze daar samen aan gewerkt.'

'Anneke was de betere naaister van de twee. Gerda, de zus van Hans, quiltte alleen maar omdat het niet anders kon. Ze had een hekel aan naaien.'

'Vast niet al te veel. Degene die de Log Cabin heeft gemaakt, heeft er veel zorg aan besteed.'

'Dat is niet meer dan logisch.' Sylvia wierp Grace over de rand van haar bril een indringende blik toe. 'Ik heb je toch verteld wat mijn oudtante Lucinda over deze quilt beweerde?'

'En ik heb je mijn mening als deskundige aangaande dat verhaal gegeven,' antwoordde Grace. 'De kans dat Log Cabins met een zwart vierkant inderdaad zijn gebruikt als seinen langs de Underground Railroad is bijzonder klein. Het blok kwam pas na 1865 op grote schaal in gebruik, dus jaren nadat de Underground Railroad in gebruik was. Dat was met name voor de Burgeroorlog. De oudste gepubliceerde beschrijving van een Log Cabin die ik heb kunnen vinden, stamt uit 1869.'

'Dat hoeft niets te betekenen,' zei Sylvia neerbuigend. 'Quilters wisselden al lang voordat patronen in boeken en kranten werden afgedrukt hun lievelingspatronen uit. Ben je weleens in het Carnegie Natural History Museum in Pittsburgh geweest?'

Grace keek verbaasd op omdat ze zo plotseling van onderwerp veranderde. 'Wat?'

'Het Carnegie Natural History Museum in Pittsburgh. De afdeling oud-Egypte, om precies te zijn. Daar heb ik een mummie van een kat gezien die was gewikkeld in windsels die uit piepkleine gevouwen Log Cabin-blokken bestonden.'

'Ik ontken niet dat het patroon al heel oud zou kunnen zijn, maar ik kan je er wel van verzekeren dat de Egyptenaren het nooit zo hebben genoemd.'

Sylvia werd ongeduldig van Grace' gevatte opmerkingen. 'Maar waarom zijn er dan zoveel verhalen, en niet alleen dat van mijn oudtante, over Log Cabins met zwarte vierkanten die voor de Underground Railroad werden gebruikt?'

'Die verhalen berusten voor een groot deel op quilts die helaas onjuist zijn gedateerd.' Grace slaakte een zucht. 'Hoor eens, ik quilt, ik ben Afro-Amerikaans en ik ben dol op mooie verhalen, maar ik ben ook historicus, en ik moet bewijzen zien. Tot nu toe heeft niemand een quilt uit die periode gevonden die aan de beschrijvingen uit de verhalen voldoet.'

'Tot nu toe?'

Grace aarzelde even. 'Tja...'

'Ik hoorde je duidelijk "tot nu toe" zeggen.'

'Ik moet bekennen dat dit me voor raadsels stelt. Het patroon wekt de indruk dat de Log Cabin uit de Burgeroorlog of de periode daarna stamt, maar de stof is van voor de oorlog.'

'Wat erop wijst dat de quilt voor de oorlog werd gemaakt.'

'Of dat de maakster haar lapjes voor later gebruik heeft bewaard,' bracht Grace haar in herinnering. 'Maar het doorpitpatroon vertoont ook kenmerken uit de periode voor de oorlog. En als ik naar die Four Patch kijk...'

'Ja?' drong Sylvia aan.

'Dan wordt het beeld nog onduidelijker.' Grace raakte fronsend de rand van de Four Patch aan. 'Ik denk dat Anneke dit het Underground Railroad-patroon zou hebben genoemd.'

'Dat kan niet. Dan zou ik het hebben herkend. Dat patroon was toch gewoon een andere naam voor Jacob's Ladder?'

'Daarvoor moeten we ook weer naar de historische bronnen kijken. De oudste quilts waarvoor de huidige Jacob's Ladder is gebruikt, dateren uit het einde van de negentiende eeuw, en zeker niet van een eerdere datum. Als de Jacob's Ladder zoals we die nu kennen ooit de Underground Railroad heeft geheten, dan was dat lang voordat de gebeurtenissen plaatsvonden die de inspiratie kunnen hebben gevormd.'

'Mijn hemel.' Sylvia liet zich met een plof op de poef naast haar leunstoel zakken. 'Ik heb een mythe laten voortbestaan.'

'Minstens een. Misschien wel meer.'

'Dank je, Grace,' zei Sylvia droogjes. 'Je hoeft het niet nog erger te maken. Waarom denk je dat dat patroon Underground Railroad werd genoemd?'

'Die quilts van streepjes waren in de tijd van Anneke erg geliefd.' Grace legde haar handen op de quilt en omvatte zo vijf four patches met de omringende driehoeken. 'Stel je deze eens als een nine patch-blok voor. Zie je nu dat het op de Jacob's Ladder lijkt?'

Sylvia keek aandachtig naar de lapjes en zag toen de overeenkomst. 'Mijn hemel, je hebt gelijk. Wil je daarmee zeggen dat een quilt als deze aanvankelijk Underground Railroad kan hebben geheten, maar dat een latere quilter het tweede patroon in de rangschikking van de blokken herkende en dat het patroon van naam is veranderd?'

'Dat is heel goed mogelijk. Het is weer een andere theorie, ben ik bang.'

'Die theorieën van jou ook altijd.'

'Ik wou dat ik vaststaande antwoorden voor je had, maar die heb ik niet. Ik weet niet eens zeker of deze quilt de naam Underground Railroad wel heeft gedragen. Ik neem het alleen aan, omdat hij samen met de Log Cabin is gevonden.' Grace keek fronsend naar de quilt. 'En dat verbaast me eerlijk gezegd nogal.'

Sylvia kon maar moeite afscheid nemen van de folklore die haar al die jaren zo had geboeid. 'Mag ik misschien even advocaat van de duivel spelen?'

'Natuurlijk.'

'Als je naar het aanwezige bewijs kijkt, maar Annekes keuze voor het Log Cabin-patroon even buiten beschouwing laat, in welke periode zou je deze quilts dan plaatsen?'

'Ik kan het patroon niet negeren. Het is een van de voornaamste aanwijzingen.'

'Doe een oude vrouw eens een plezier. Laat het even buiten beschouwing.'

Grace glimlachte minzaam en zei toen: 'Ergens tussen 1840 en 1860.'

'Goed, en dat niemand ooit een Log Cabin uit de periode voor de oorlog heeft gevonden, wil niet zeggen dat ze niet hebben bestaan.'

Grace aarzelde. 'Nee, dat niet, maar de afwezigheid van iets kunnen we niet als bewijs voor het tegendeel zien.'

'Maar het is mogelijk, al is de kans klein, dat de quilt van Anneke wel degelijk van voor de oorlog is, en dat hij als sein aan de Underground Railroad is gebruikt. Hier, op Elm Creek Manor, of misschien ook nog ergens anders?'

'Het zou kunnen, maar –'

'Dank je,' zei Sylvia triomfantelijk. 'Ik weet genoeg.'

Grace schudde lachend haar hoofd. 'Goed, jij wint. Je quilts stellen me voor de nodige raadsels, en ik zal wel wat tijd nodig hebben om tot antwoorden te komen.'

'Meer tijd en meer bewijs,' zei Sylvia. 'Ik wou dat je de quilt van Margaret Alden in het echt had kunnen zien. Ik heb alleen maar foto's.'

'Dat is beter dan niets. Laat maar zien.'

Sylvia ging de foto's pakken en was niet in staat haar glimlach te onderdrukken. Grace had een flinke slag om de arm gehouden en Sylvia wist dat ze geen overhaaste conclusies mocht trekken, maar ze voelde zich toch opgetogen. Ondanks alle feiten en tegenstrijdigheden had Grace toegegeven dat het mogelijk was dat Sylvia die ene Log Cabin had gevonden die voor de Burgeroorlog als sein langs de Underground Railroad was gebruikt.

Gerda's herinneringen zouden ongetwijfeld aantonen dat de verhalen op waarheid berustten.

**December 1857 tot januari 1858 – waarin ik voortekenen van onheil en ongeluk ontwaar, maar daarvoor mijn ogen sluit**

Amper een maand na het Oogstbal begon Anneke voor mevrouw Engle in haar naaiatelier in Creek's Crossing te werken. Eén keer per week bracht ik haar naar de stad, leverde mijn ingemaakte groenten, fruit en brood af bij de kruidenier en nam het geld in ontvangst, deed alle noodzakelijke boodschappen en beloonde mezelf tot slot met een bezoekje aan mijn kennissen uit het naai-kransje van Dorothea. De ochtend vloog voorbij wanneer we el-kaar bijpraatten en boeken uitwisselden, en veel te vlug moest ik me haasten om Anneke op te halen, die huiswaarts toog met haar nieuwste naaiwerkjes in een bundeltje op haar schoot. Ik was steevast net op tijd thuis om het eten voor Hans te bereiden. Het deerde hem niet dat zijn vrouw zo ondernemend was, als hij maar op tijd zijn maaltijd kreeg.

In die tijd viel ook de eerste sneeuw van het seizoen, maar de ergste koude van de winter moest nog komen en we konden tot eind december van een paar koude, maar zonnige dagen genie-ten. Vooral Kerstmis was een tijd van vreugde: Hans' bedrijf be-gon te groeien, Elm Creek Farm plukte de vruchten van al onze inspanningen, en overal om ons heen zagen we tekenen van onze ontluikende voorspoed. De buren waren allemaal op ons gesteld, zodat we nooit eenzaam waren, ondanks de afgelegen ligging van ons huis.

De Nelsons waren onze beste vrienden, en tot de dag van van-daag prijs ik de Heer omdat we gezegend waren met buren die zo-veel voor de medemens over hadden. Dorothea was zo praktisch en handig en gaf Anneke en mij telkens weer adviezen om ons huishouden beter te bestieren. Creek's Crossing was weliswaar niet de wildernis van Kansas waarop ik me aanvankelijk had voorbereid, maar voor onervaren vrouwen als Anneke en ik was het woest genoeg. Zonder de vriendelijke helpende hand van Do-rothea waren we nooit zo ver gekomen.

Nu Anneke haar dagen doorbracht in Engle's Atelier maakte ze met vele jonge vrouwen kennis. De zaak werd bezocht door de vooraanstaande dames van het stadje, en hoewel sommige Anne-ke maar een 'ongeletterde immigrante' vonden, zagen de meer praktisch ingestelde vrouwen in dat vriendschap met zo'n be-gaafd naaister hun geen windeieren zou leggen. Mevrouw Engle raakte behoorlijk op Anneke gesteld en stelde haar voor aan haar eigen vriendinnen, de welgestelde oudere dames van het stadje, en het duurde niet lang voordat die hun echtgenoten hadden overgehaald de komende lente een van de volbloed veulens van Bergstrom aan te schaffen.

Ik was zo blij dat mevrouw Engle Anneke werk had aangeboden dat ik me schuldig voelde omdat ik zelf niet zo op de oudere vrouw gesteld was. Ik deed mijn best haar aardig te vinden, zeker in het begin: ik schonk geen aandacht aan haar grapjes over immigranten en klemde mijn kaken opeen wanneer ze zei dat de katoenteelt van het Zuiden, die van groot belang was voor haar eigen handel, eenvoudigweg niet zonder slavenarbeid kon bestaan. Ik zei tegen mezelf dat als Anneke de neerbuigende toon kon verdragen waarop mevrouw Engle haar aansprak dat ik het eveneens moest kunnen. Maar ik verloor mijn geduld toen ze in een ingezonden brief aan de *Creek's Crossing Informer* stemrecht voor vrouwen afwees en mannen opdroeg hun dochters met straffe hand op te voeden om te voorkomen dat ze voor zulke verderfelijke invloeden zouden bezwijken. 'De strijd om het stemrecht voor vrouwen heeft van onze jongedames twistzieke en onvrouwelijke schepsels gemaakt die ongeschikt voor het huwelijk zijn,' schreef ze. 'We veroordelen onze dochters tot een karig bestaan van verbitterde vrijster indien we hun niet leren wat gehoorzaamheid en nederigheid betekenen.'

'Ze heeft het niet over jou,' zei Anneke toen ik hierover mopperde. 'Ze weet dat je bijna getrouwd was geweest.'

'En hoe kan ze dat weten?' vroeg ik, te verbaasd om op te merken dat het onbelangrijk was of mevrouw Engle wel of niet op mij doelde.

'Ik heb haar verteld hoe onfortuinlijk je in de liefde bent geweest.'

Waarop ik schaamte aan mijn woede kon toevoegen.

Mevrouw Engle besloot haar brief met een opmerking die onheilspellend had kunnen zijn indien ze niet zo vooringenomen en bespottelijk was geweest: 'Bepaalde lieden, met name degenen die buitenstaanders uitnodigen onze harten en geesten te bezoedelen, mogen zich niet inbeelden namens heel Creek's Crossing te spreken, daar ze dan zullen ontdekken zonder vrienden te zijn.'

Haar brief zorgde voor grote verontwaardiging onder de leden van ons naaikransje, die terstond in de pen wilden klimmen teneinde een vlammend betoog bij wijze van antwoord aan de krant te sturen. We drongen er allen bij Dorothea, die zo overduidelijk het doelwit van mevrouw Engle's kritiek was, op aan dat zij de brief zou schrijven. 'Ik zal trachten uit te leggen wat mijn mening is en welk doel we willen bereiken,' zei Dorothea, 'maar ik weiger betrokken te raken bij een kinderachtige ruzie uit een behoefte mijn gekrenkte trots te verdedigen.'

'We mogen haar beledigingen niet zomaar over onze kant laten gaan,' wierp een van ons tegen. 'Ze kan niet zomaar zulke dingen schrijven.'

Daar waren we het allemaal mee eens, maar Dorothea glimlachte slechts en sprak: 'Vergeet niet dat we ook strijden opdat mevrouw Engle eveneens kan stemmen.'

Dat ontnuchterde ons weer. We namen allemaal aan dat vrouwen, indien ze eenmaal het recht zouden krijgen, daadwerkelijk zouden gaan stemmen en dat we zo door gezamenlijke inspanningen rechtvaardigheid en vrede in ons land zouden brengen. Maar hoe konden we hopen op verandering voor allen wanneer we het onderling niet eens konden worden?

Enkelen van ons beloofden plechtig nooit meer een voet in het naaiatelier van mevrouw Engle te zetten, hetgeen ik aanvankelijk als pijnlijk voor Anneke ervoer, totdat ik ontdekte dat dit slechts tot een verlies van twee japonnen per jaar leidde. Toch was ik blij dat Anneke die avond niet aanwezig was, en ik durfde niet te denken aan hoe ze het nieuws zou opnemen. Toch voelde ik me iets beter door ons tweede besluit, dat we unaniem namen: vanaf dat moment zou ons naaikransje door het leven gaan als de Naaisters en Suffragettes van Creek's Crossing, Pennsylvania.

Daarna kon ik mezelf er niet langer toe brengen de winkel te bezoeken, uit vrees dat ik mevrouw Engle zou zeggen wat ik van haar vond, daar dat mijn schoonzusje zeker haar baan zou kosten. Ik bleef buiten op Anneke staan wachten en kwam niet eens binnen om mezelf voor de rit naar huis op te warmen. 'Zonder vrienden,' dat was zeker waar. Maar Dorothea en ik hadden vrienden in ons groepje naaisters en suffragettes en zouden de afwezigheid van mevrouw Engle en haar metgezellen amper opmerken.

Pas toen merkte ik hoe weinig die twee groepjes elkaar eigenlijk troffen. Hoewel ik mezelf beriep op een scherp waarnemingsvermogen, was het me tot de brief van mevrouw Engle ontgaan dat de vrouwen van het stadje in twee groepen te verdelen waren. Slechts Anneke leek in staat de grenzen tussen beide kringen te overschrijden; bij de een oogstte ze bewondering voor haar doorzettingsvermogen en vastberadenheid tot leren, de andere was betoverd door haar schoonheid, talent en bereidwilligheid te behagen.

Toen ik Hans over deze tweedeling vertelde, merkte Anneke, een tikje scherp, op dat alle problemen zouden verdwijnen indien Dorothea iets beheerster en vriendelijker zou reageren.

Waarop Hans nuchter opmerkte: 'Onder mannen is het nog erger.'

De week erop werd het antwoord van Dorothea afgedrukt in de *Informer* en meldde Anneke dat de brief noch Dorothea zelf in het naaiatelier erg goed was gevallen. Nu het echter bijna Kerstmis was, schoven de vrouwen van Creek's Crossing hun onenigheden omwille van het feestelijke seizoen terzijde en werden de spanningen tussen ons onderdrukt, onuitgesproken en onopgemerkt.

Net als het jaar ervoor vroegen de Nelsons ons kerst met hen door te brengen, en het was beslist een feestelijke aangelegenheid. Jonathan was aanwezig, zoals ik al had gehoopt; hij bracht zijn ouders mee in de slee van de oude meneer Granger, die kort na onze aankomst met rinkelende bellen halthield voor het huis. Mevrouw Granger toonde me zo'n genegenheid dat ik mezelf toestond te hopen dat haar gunstige mening over mij niet alleen het gevolg was van Dorothea's verhalen, maar ook van die van Jonathan.

Na een heerlijk maal vergastten Dorothea en haar vader ons op achtereenvolgens orgel- en vioolspel en zongen we gezamenlijk kerstliederen. Ik weet nog dat die avond een der genoeglijkste was die ik tot dan toe in Amerika had mogen beleven, en het is een van mijn dierbaarste herinneringen. We lachten en grapten en vertelden verhalen over Kerstmis in landen ver van hier. Niemand betreurde het einde van de avond zo zeer als ik, maar daar de heer en mevrouw Granger terug dienden te keren naar hun boerderij, gingen Jonathan en Hans op zeker moment toch naar de schuur om de paarden in te spannen.

Nadat ze in het zuidwesten onheilspellende wolken hadden waargenomen, drukten ze ons op het hart het vertrek niet langer uit te stellen. Anneke en ik trokken ons winterjassen aan en zetten onze hoeden op, maar toen fluisterde Jonathan me in mijn oor dat hij me even onder vier ogen wenste te spreken.

Mijn hart leek te beven, maar ik knikte, en terwijl de anderen afscheid van elkaar namen, trokken wij ons terug in de keuken. Ik was zo nerveus dat ik geen woord kon uitbrengen en dus maar zwijgend afwachtte.

Jonathan keek me niet aan, maar zocht in zijn zak naar iets en zei: 'Ik had gehoopt je dit op een geschikter moment te kunnen geven.' Hij haalde een klein, in papier gewikkeld pakje tevoorschijn en drukte het me in de hand.

Sprakeloos keek ik van het voorwerp naar hem.

'Maak het alsjeblieft open,' zei hij, met een blik over zijn schouder.

Daar ik wist dat onze tijd samen slechts kort zou zijn, aarzelde ik niet. Het pakje bevatte een schitterende kam, ingelegd met parelmoer. 'Wat prachtig, Jonathan. Dank je wel.' Hij glimlachte toen hij zag welke vreugde zijn geschenk me bracht, en die vreugde was terecht. Ik had niet veel goede kanten, maar mijn haar was dik en donker en viel in ongevlochten toestand tot over mijn middel, en ik moet bekennen dat ik er trots op was. Ik bedankte hem nogmaals en wenste hem een vrolijk kerstfeest.

Hij wenste me hetzelfde, maar net toen ik dacht dat hij nog iets zou zeggen, schraapte iemand achter ons haar keel. Dorothea stond in de deuropening naar ons te kijken. 'Ik wilde je wat van mijn gedroogde appels meegeven, Gerda. Zullen die van pas komen?'

'O ja,' zei ik. 'Dank je wel.'

Ze knikte even en liep toen langs ons naar de provisiekelder, waarbij ze haar broer een snelle blik toewierp, maar Jonathan keek haar niet aan en zei dat hij zijn ouders ging helpen zich klaar te maken voor de thuisreis.

Tegen de tijd dat Dorothea weer terugkwam uit de kelder was ik tot rust gekomen en had ik Jonathans geschenk in mijn zak verstopt. We merkten beiden op dat het zo'n heerlijke avond was geweest, maar toen viel Dorothea stil en trok ze een bedachtzaam gezicht. 'Gerda,' zei ze ten slotte, 'ik wil niet te vrijpostig zijn...'

'Maar?' drong ik aan, toen ze aarzelde.

'Ik hoop dat je niet van plan bent je voeten bij mijn broer onder tafel te schuiven.'

Ik begreep niet wat ze bedoelde. 'Mijn voeten onder tafel?'

'Ze wil weten of je met hem wilt trouwen,' zei Anneke, die net binnenkwam en onze laatste woorden had gehoord.

'Ik wilde je niet beledigen,' zei Dorothea.

'Nee, nee,' zei ik. 'Ik kan je ervan verzekeren dat ik mijn voeten bij niemand onder tafel wil schuiven.'

'Je hoeft je over mijn zus geen zorgen te maken,' zei Anneke met een ondeugende grijns. 'Ze heeft vaak genoeg gezegd dat ze haar vrijheid nooit zal verruilen voor de ketenen van het huwelijk. Ze wenst geen oude getrouwde vrouw te worden, zoals wij, en zich te onderwerpen aan de grillen van een man.'

Dorothea trok haar wenkbrauwen op.

'Zo heb ik het niet precies gezegd,' zei ik snel en beschaamd. 'Anneke geeft een onjuiste voorstelling van zaken.'

'In woorden, misschien, maar niet in strekking,' zei Anneke.

'Het is niet altijd een zwaar kruis om te dragen,' zei Dorothea met een lachje. 'Het ligt aan de echtgenoot.'

Ik vroeg me af of Dorothea dacht dat Jonathan een slechte echtgenoot zou zijn. Of dacht ze dat ik tekort zou schieten? Haar onverwachte opmerking bracht me zo van mijn stuk, net als de plagende woorden van Anneke, dat ik het niet kon opbrengen die vragen te stellen. Dorothea en ik waren bevriend. Als ik daadwerkelijk mijn voeten onder Jonathans tafel wilde schuiven, dan kon ze daar toch geen bezwaar tegen hebben?

Opeens was ik blij dat we weldra zouden vertrekken. De kam met parelmoer voelde zwaar en verdacht aan in mijn zak, ook al was die verborgen onder al die lagen kleding. Toen Hans, Anneke en ik afscheid namen en in onze kar stapte, vermeed ik Jonathans blik. Ik wikkelde mijn omslagdoek dicht om mijn gezicht tegen de kou en zei geen woord toen Hans ons naar huis reed, en eenmaal thuis verstopte ik de kam in mijn dekenkist voordat Anneke hem zou zien.

Toen ik de kam een paar dagen later toch aan haar liet zien, uitte ze een verrukte kreet en droeg me op precies te vertellen wat Jonathan tegen me had gezegd. Dat was niet zo moeilijk, daar we slechts heel even met elkaar alleen waren geweest en Dorothea ons al snel had onderbroken. Door die onderbreking was ik het genoegen dat zijn cadeau me had gebracht al snel vergeten, maar door de geestdrift van Anneke wakkerde het weer aan. Ze vond het een bijzonder veelbelovend teken dat hij me iets dergelijks had geschonken, en uit een prachtig voorwerp als dat bleek toch wel dat hij me beter wilde leren kennen.

Zoals gewoonlijk deed ik alsof ik weinig belangstelling had. 'Jonathan is de vriend van mijn broer en dus ook mij zeer dierbaar, maar je moet niet veronderstellen dat het meer is dan dat.'

'Hans en ik zijn ook zijn vrienden, maar ons heeft hij geen cadeaus gegeven.'

Dat kon ik niet ontkennen, maar ik probeerde haar ervan te verzekeren dat mijn belangstelling voor Jonathan niet verder reikte dan vriendschap.

Misschien vragen mijn lezers zich af waarom ik me schuldig maakte aan een dergelijk bedrog, dat steeds doorzichtiger werd, of misschien is wel duidelijk dat mijn ervaringen met E. hieraan ten grondslag lagen. Ik was vastbesloten in mijn nieuwe vaderland niet opnieuw het onderwerp van medelijden te worden.

Mocht mijn hart voor de tweede maal worden gebroken, dan zou ik nu in elk geval troost vinden in de wetenschap dat slechts ik het zou weten. Natuurlijk koesterde ik onze gesprekken, keek ik uit naar onze ontmoetingen en deed het me deugd te zien dat Jonathan steeds meer affectie voor me leek te voelen, maar totdat hij zelf openhartig over zijn intenties zou spreken, nam ik aan dat hij die niet had.

Het nieuwe jaar brak aan. Januari bracht sneeuwstormen die ons soms dagenlang aan huis gekluisterd hielden. Hans had zijn taken in en om het huis en Anneke kon zich bezighouden met haar naaiwerk voor mevrouw Engle, maar ik verlangde hevig naar het gezelschap van de Naaisters en Suffragettes. Toen Anneke klaagde dat ik zo liep te ijsberen, besloot ik haar een genoegen te doen en mijn Shoo-Fly uit mijn naaimandje te pakken. Tot mijn grote verbazing verstreken de uren opvallend snel toen we samen bij de haard zaten te naaien. Ze vertelde me verhalen over haar jeugd in Berlijn en ik vertelde haar over het bestaan van mijn familie in Baden-Baden. Tegen de tijd dat de stormen gingen liggen, had ik voldoende blokken genaaid om een *top* te maken en hadden Anneke en ik meer begrip voor elkaar gekregen. Ik besefte dat ik mijn zusjes, die ik al mijn hele leven had gekend, heel erg miste, maar ook dat Anneke en ik, juist doordat we hoopvol aan een zwaar bestaan in een onbekend land waren begonnen, een veel hechtere band hadden dan in een gezin kon bestaan.

Later kon ik slechts door het ophalen van herinneringen aan die tijd vol hecht samenzijn mijn haat terzijde schuiven en me herinneren dat ik ooit van Anneke had gehouden. Als ik niet vastbesloten was geweest opnieuw van haar te houden, zou ik misschien liever mijn familie hebben verlaten dan ooit nog met haar onder één dak te wonen.

Maar ik mag niet vergeten dat ik niet mag afwijken van de volgorde waarin de gebeurtenissen zich hebben voorgedaan, opdat mijn lezers niet de draad kwijtraken, ook al is in hun dagen wellicht alom bekend wat de familie Bergstrom is overkomen.

Zodra het weer wat opknapte, diende zich een eerste bezoeker aan. Het was Jonathan. Hij ging eerst naar de schuur om Hans te vragen naar een paard dat hij wilde kopen, maar daarna kwam hij naar onze hut. Het deed me deugd hem te zien en ik was blij dat ik die dag de kam droeg. Die had ik voor bijzondere gelegenheden willen bewaren, maar dat de zon weer scheen, was voor mij al bijzonder genoeg. Hij dronk de thee die ik hem aanbood en kwam naast Anneke en mij bij de haard zitten, maar zijn pogingen tot een gesprek waren ongewoon aarzelend.

Ten slotte verontschuldigde Anneke zich en liet ons alleen. Het duurde niet lang voordat we haar naaimachine hoorden snorren en haar voet op het pedaal hoorden trappen. 'Ik ben blij dat je naar ons toe bent gekomen,' zei ik. 'Ik wilde je graag het boek teruggeven dat je me hebt geleend. Het was erg mooi. Dank je.'

Hij knikte en pakte het afwezig aan. 'Gerda, ik wil graag een moeilijk onderwerp met je bespreken.'

In de kamer naast ons hield het snorren opeens op. 'Ik wil je eerst een kerstcadeau geven,' zei ik snel. Met een hart dat bonsde bij de gedachte aan wat hij mij wilde zeggen stond ik op om het te pakken. 'Het is wat laat, maar hopelijk bevalt het je toch.'

Langzaam pakte hij het boek uit en las de titel. 'De autobiografie van Franklin.'

'Je hebt vaak genoeg gezegd dat je hem bewondert en dat je hebt genoten van de Franse versie,' zei ik, me afvragend waarom hij niet blijer keek. 'Dit is de Engelse versie die zijn zoon later heeft uitgegeven, met aanvullingen op het manuscript.'

'Bedankt,' zei hij. 'Ik zal er zeker van genieten.' Pas toen hief hij zijn hoofd op en keek me aan. Zijn blik viel op de kam in mijn haar. 'Je draagt de kam.'

Onwillekeurig raakte ik het voorwerp aan en knikte. Mijn wangen werden rood.

'Hij staat je goed.'

'Hij staat mijn haar goed.' Ik probeerde te lachen. 'Hij houdt mijn haar uit mijn gezicht, wat een groot voordeel kan zijn bij het naaien.'

'Of bij het dansen.' Zijn stem klonk afwezig. 'Tijdens het Oogstbal gleed er telkens een lok van zijn plaats en streek langs je wang.'

'Ik had gedacht dat je dat niet zou zien,' zei ik nerveus. Ik probeerde hem plagend uit zijn nerveuze stemming te halen. 'We hebben elkaar die avond maar zelden gezien. Je hebt even vaak met je zus en met Charlotte Claverton gedanst als met mij.'

'Ja.' Hij keek me ernstig aan. 'Ja, ik geloof van wel.' Toen haalde hij diep adem en stond op. 'Gerda, ik moet je iets vertellen, maar misschien heb je het al geraden.'

Ik schudde mijn hoofd.

Op hetzelfde moment werd er hard op de deur gebonsd. 'Dokter Granger!' riep een jeugdige stem. 'Bent u daar?'

Geschrokken schoot ik overeind en opende de deur. Een jongen van een jaar of dertien kwam naar binnen gestormd. Hij was buiten adem en zijn gezicht was rood en angstig.

'Daniel?' zei Jonathan.

'Mevrouw Granger zei dat u hier was.' De jongen hijgde zo zwaar dat ik hem amper kon verstaan. 'Het gaat om pa. Hij is neergeschoten.'

Jonathan trok zijn jas al aan. 'Waar is hij?'

'Thuis. Susanna is bij hem.'

Later hoorde ik dat Susanna zijn zusje van tien was. Daniels moeder was twee jaar eerder bij de geboorte van zijn jongste broertje gestorven.

'Wanneer is het gebeurd?' vroeg Jonathan, die achter de jongen aan naar buiten liep.

'Toen de sneeuwstorm losbarstte. Hij was in de schuur...' Daniel slikte moeizaam. 'Ze hebben hem in zijn buik geraakt. Hij bloedde flink, maar ik kon u niet eerder bereiken. De sneeuw –'

'Ik weet het, jongen. We gaan meteen naar jullie huis.' Jonathan keek me aan. 'Er is geen tijd meer om bij Dorothea –'

'Ik ga mee.' Snel deed ik mijn omslagdoeken om. Mijn gedachten tuimelden over elkaar heen. Toen de sneeuwstorm losbarstte, had Daniel gezegd. Dat was vier dagen geleden geweest.

Anneke, die was komen kijken waardoor al dat kabaal werd veroorzaakt, rende naar de schuur, waar Hans een paard voor mij en een voor Daniel zadelde. Daniels eigen merrie was doodmoe van de snelle galop naar de boerderij van de Grangers en daarna naar die van ons. Al snel waren we op weg.

Tijdens de rit vertelde Daniel ons met horten en stoten wat er was voorgevallen. Toen de storm erger was geworden, was zijn vader naar de schuur gegaan om naar het vee te kijken en had gezien dat twee mannen bezig waren zijn paarden te stelen. Daniels vader, die niet gewapend was, wilde wegvluchten, maar voordat hij dat kon doen, vuurde een van de dieven al op hem.

'Heeft je vader de mannen herkend?' vroeg Jonathan.

'Hij zei van niet, maar er is maar één soort kerels dat een man om zijn paarden zou beschieten en er dan zonder paarden vandoor zou gaan.' De jongen sprak met een stem vol haat en vermoeidheid.

Ons tempo en de staat van de weg belemmerden hem echter om uit te weiden.

We snelden verder, in noordelijke richting door de bossen naar de boerderij van de familie Wilbur, die ten noordwesten van Creek's Crossing lag. Toen we aankwamen, rekenend op het ergste, zagen we een bekende wagen op het erf staan. De ouders van Jonathan waren er.

Zijn moeder wachtte ons op bij de deur, opgelucht dat haar zoon er was, maar desalniettemin ongerust. Toen Jonathan zich naar binnen haastte, meldde zij dat haar echtgenoot boven was en de andere kinderen trachtte bezig te houden. Jonathan knikte en vroeg om zeep en twee kommen water, die zijn moeder snel ging halen. 'Was je handen,' zei hij tegen mij, nadat hij dat zelf had gedaan en naar zijn patiënt was gesneld.

Ik deed wat hij vroeg en voegde zich bij hem in de andere kamer. Meneer Wilbur lag op bed, met een bleek gezicht en gesloten ogen en een met bloed doorweekt verband om zijn buik. Hij kreunde van pijn toen Jonathan het verband losmaakte om de wond te onderzoeken. Ik zag rauw, bloedend vlees en voelde dat ik licht werd in het hoofd, maar mevrouw Granger pakte me vast en fluisterde dat ik niet moest denken aan wat ik zag, maar mezelf moest vermannen en Jonathan zo goed mogelijk moest helpen.

Ik hapte naar adem, knikte en volgde mevrouw Granger naar het bed, waar we Jonathan hielpen te vechten voor het leven van meneer Wilbur. Ik herinner me een waas van bloed en vlees, maar ik volgde Jonathans aanwijzingen op, snel en zonder nadenken, verdoofd en bang. Ik had voor zieke familieleden gezorgd, ik had barende vrouwen bijgestaan, maar ik was nimmer getuige geweest van een poging een dergelijke opzettelijk toegebrachte schade te helen, en het kostte me de grootste moeite te geloven dat een mens dit een ander aan kon doen.

Naar mijn gevoel waren er vele uren verstreken toen Jonathan zich eindelijk van het bed afwendde, uitgeput, en zei dat hij had gedaan wat hij kon. Hij trok zich terug om zich te wassen en even uit te rusten, terwijl zijn moeder en ik het besmeurde beddengoed verschoonden in een poging het meneer Wilbur iets gemakkelijker te maken. De arme ziel was allang bewusteloos geraakt van de pijn en merkte niets van onze inspanningen.

Mevrouw Granger bood aan om aan zijn zijde te waken. Ik dacht aan de kinderen die ik tot nu toe nog niet had gezien en begaf me naar de keuken om een maaltijd voor hen te bereiden.

Jonathan zat in de keuken onderuitgezakt op een stoel, met zijn handen voor zijn gezicht geslagen.

'Je hebt zijn leven gered,' zei ik zacht terwijl ik mijn handen waste.

'Dat heb ik niet.' Zijn stem klonk vreemd, van alle emotie ontdaan. 'Ik ben te laat gekomen.'

'Hij leeft nog. Laten we eerst afwachten of hij nog herstelt.'

'Dat gebeurt niet. Hij heeft te veel bloed verloren. De kogel heeft te lang in zijn vlees gezeten. De wond heeft zich niet kunnen sluiten en is daardoor ontstoken geraakt. Hij zal het einde van de week niet halen.'

Ik durfde niet te denken aan die kinderen die hun enige ouder zouden verliezen. 'Hij heeft het al vier dagen volgehouden. Hij haalt het wel.'

Jonathan antwoordde niet. Ik wist dat hij het niet met me eens was, maar hij was te moe of te aardig om tegen me in te gaan.

Toen het eten klaar was, haalde mevrouw Granger de kinderen naar beneden. Ze wilden hun vader zien, maar Jonathan zei dat die sliep en dat ze braaf moesten zijn en hem moesten laten rusten. Ze zaten zwijgend, zelfs de jongste, die nog maar een peuter was. Jonathan wenkte zijn vader en liep met hem naar de schuur; ik veronderstel om de plaats van het misdrijf met eigen ogen te aanschouwen.

Later stopte ik de drie jongste kinderen in bed en liep naar beneden, waar ik Jonathan vriendelijk aan Daniel hoorde vragen of die zoveel mogelijk over de twee mannen kon vertellen. Daniel herhaalde het verhaal dat hij eerder aan ons had verteld, maar ik luisterde nu veel aandachtiger naar zijn woorden, er zeker van dat hij zou bevestigen wat ik al die tijd al had vermoed: dat de beide mannen de twee slavenjagers waren die eerder die herfst bij ons hadden aangeklopt. In mijn gedachten was het ergste kwaad waarvan ik ooit had gehoord verstrengeld geraakt met het ergste kwaad dat ik ooit had aanschouwd, zodat ik de twee slavenjagers als vanzelf op de plek van de twee paardendieven zag.

Ik wachtte totdat Daniel iets zou zeggen wat mijn vermoeden zou bevestigen, maar weer herhaalde hij dat hij naar buiten was gerend zodra hij het schot had gehoord en alleen de ruggen van de beide mannen had gezien die in westelijke richting waren weggereden, weg van Creek's Crossing.

'Heeft je vader vijanden?' vroeg meneer Granger.

'Ja,' zei Daniel op venijnige toon. 'Die verd—— abolitionisten.'

Geschokt keek ik naar Jonathan, die met een bijna onzichtbaar hoofdschudden liet merken dat ik niets mocht zeggen. 'Waarom zouden de abolitionisten je vader willen doden?' vroeg hij.

'Omdat ze weten wat pa van hen vindt, en ze kwamen naar hem toe, precies zoals pa al had voorspeld. Ze willen altijd degenen doden die het niet met hen eens zijn.' Opeens barstte hij in woede uit. 'En ik weet ook wat ze met onze paarden wilden. Die verd—— abolitionisten wilden ermee naar Kansas rijden. Mijn pa zegt dat al die abolitionisten naar de h– moeten rijden, of naar Kansas, zodat ze ons in elk geval met rust zullen laten. En ik wou dat ze dat hadden gedaan, ik wou dat ze dat hadden gedaan!'

Hij deed zo zijn best zijn tranen in te houden dat hij bijna niet kon spreken. Het was vreselijk te zien dat er zo'n haat en pijn in zo'n jong kind kon schuilen, maar ik was als verstijfd en kon het niet opbrengen hem te troosten, bang dat hij zou ontdekken dat diezelfde abolitionisten zich op dit moment in zijn huis bevonden en dat het lot van zijn vader in hun handen lag.

Maar Jonathan wist precies wat hij moest doen. Hij legde zijn hand op Daniels schouder en zei: 'We weten niet wie deze wandaad heeft begaan, maar het was erg dapper dat je ons wilde helpen. Je hebt je vader tijdens het noodweer goed verzorgd en bent zodra het kon naar me toegekomen. Ik weet zeker dat hij erg trots op je is, en dat zal hij je ook zeggen zodra hij weer bijkomt.'

Ik wist dat hij dit zei in de veronderstelling dat Daniels vader nooit meer zou bijkomen.

Meneer Granger moest terugkeren naar huis om voor het vee te zorgen, maar Jonathan, mevrouw Granger en ik bleven die nacht bij meneer Wilbur en de kinderen. De volgende morgen bleek meneer Wilbur koorts te hebben. Hij hield het nog twee dagen vol, maar stierf toen, precies zoals Jonathan al had voorspeld.

Meneer Granger zorgde er samen met andere mannen uit het stadje voor dat meneer Wilbur werd begraven. Jonathan bracht me terug naar Elm Creek Farm. Het voelde alsof ik maandenlang was weggeweest.

Onderweg spraken we niet. Ik wist niet door welke gedachten Jonathan in beslag werd genomen, maar ik maakte me zorgen over de kinderen Wilbur die zo jong al wees waren geworden en vroeg me af wat er van hen zou worden. En hoewel ik tegen mezelf zei dat de beide mannen allang ver weg waren, beefde ik van angst bij de gedachten dat er moordenaars onder ons hadden verkeerd die misschien nog steeds op de loer lagen.

'Waarom dacht Daniel dat het abolitionisten waren?' vroeg ik ten slotte.

Jonathan zweeg een hele tijd en zei: 'Het is geen geheim dat Wilbur de Zuidelijke zaak steunt. Ik weet dat hij op zijn minst één keer een flinke premie heeft ontvangen omdat hij een familie had verraden die ontsnapte slaven hielp te vluchten.' Hij zweeg weer. 'L., de man die Elm Creek Farm bezat voordat je broer... Hij was een vriend van meneer Wilbur en in dit opzicht gelijkgestemd.'

Ik knikte om aan te geven dat ik het begreep, maar ik voelde de gal in mijn keel opwellen toen ik me voorstelde dat dit in onze schuur zou zijn voorgevallen, met Hans in plaats van meneer Wilbur. 'Denk je dat Daniel gelijk heeft?' vroeg ik. 'Denk je dat het abolitionisten waren?'

'Nee, dat denk ik niet, en dat weiger ik te geloven,' zei Jonathan. 'Het waren waarschijnlijk doodgewone paardendieven. Wat ik zo erg vind, is dat Daniel zo overtuigd is. Zijn vader heeft hem geleerd te haten, en ik weet niet of een dergelijk diepgeworteld gevoel ooit kan worden uitgeroeid.'

'Je hebt meneer Wilbur geholpen hoewel je wist dat hij abolitionisten haatte.'

Hij keek me verbaasd aan. 'Het spreekt voor zich dat ik hem heb geholpen.'

Ik zei niets meer, maar voelde diepe bewondering voor hem. In Creek's Crossing en de rest van het district deden geruchten de ronde dat er een ernstig conflict dreigde tussen de Noordelijke staten en de slavenhouders en dat die weldra overal in het land zouden strijden zoals ze nu in Kansas en Missouri deden. En toch had Jonathan zich ingespannen om het leven te redden van een man die al zijn vijand was en die hem op een dag misschien zou willen doden. Hij had met al zijn kracht gestreden en zelfs volgehouden toen hij wist dat het zinloos was nog langer hoop te koesteren. Hij had geprobeerd een man te redden wiens dood vrijwel zeker was en dat had hij gedaan omdat dat juist was, omdat het nodig was, omdat voor Jonathan zelfs het leven van een vijand kostbaar was.

Mevrouw Engle, die mevrouw Wilbur goed had gekend, schreef aan de familie en deelde aan hen mee dat meneer Wilbur was overleden. De zuster van meneer Wilbur antwoordde per brief dat de boerderij moest worden verkocht en dat de opbrengsten moesten worden gebruikt om de kinderen naar haar en haar man te sturen. De kwestie was binnen een paar weken geregeld en de kinderen vertrokken naar Missouri.

Ik weet niet wat er daarna van hen is geworden.

6

Grace bekeek de foto's van Margaret Aldens quilt door een vergrootglas, maar hoewel ze geen lapjes zag die precies hetzelfde
waren als de stof die voor de drie quilts van Elm Creek Manor waren gebruikt, kon ze overeenkomsten niet meteen uitsluiten. Eén
katoentje, intens groene blaadjes die over een zwarte achtergrond
waren verspreid, leek voor alle vier de quilts te zijn gebruikt, maar
omdat Grace de quilt van Margaret Quilt niet met eigen ogen had
gezien, durfde ze het niet met zekerheid te zeggen.

Sylvia was zo van haar stuk gebracht door de haar net onthulde
tegenstellingen tussen folklore en historische feiten dat ze niet
wist wat ze van Grace' gevolgtrekkingen moest vinden. Ze had het
gevoel dat ze Gerda vrij goed had leren kennen en was er vrij zeker
van dat die Elm Creek Farm nooit had verlaten om in South Carolina slaven te gaan houden – en een voorouder van Margaret
Alden te worden. En hoewel ze aan de cursisten had gemerkt dat
Elm Creek Manor een diepe indruk op gasten kon achterlaten,
kon ze zich niet voorstellen dat een bezoekster de moeite had genomen bij wijze van eerbetoon een hele quilt te naaien. Als de
schuur van Hans niet in de quilt van Margaret verwerkt was geweest en er geen zwart lapje met groene blaadjes was gebruikt,
had Sylvia zichzelf nog wijs kunnen maken dat de zogenaamde
Elm Creek Quilt helemaal niets te maken had met het landgoed
van de Bergstroms, ondanks de bijnaam die Margarets oma eraan
had gegeven. Een ding was echter zeker: welke plaats er ook op de
quilt stond afgebeeld, de maakster moest er erg bekend zijn ge-

weest. Uit elke steek bleek hoe graag ze de herinnering aan die plek had willen vasthouden.

Voor het einde van de week maakte Grace foto's van Sylvia's quilts en beloofde haar verder onderzoek te doen naar de stoffen en patronen. 'Lees jij ondertussen maar verder in dat dagboek,' zei Grace toen ze haar vriendin na het afscheidsontbijt gedag zei.

'Dat zal ik zeker doen,' verzekerde Sylvia haar, maar dat was niet alles wat ze van plan was. Ze wilde Margaret diezelfde dag nog schrijven en vragen of ze meer over het verleden van haar familie wilde vertellen. Misschien wist ze of er nog meer quilts in de familie waren die door dezelfde naaister waren gemaakt. En volgende week zou ze een docent van Penn State op Elm Creek Manor mogen verwelkomen. Ze had hem gevraagd te komen kijken naar de resten van de blokhut die ze hadden opgegraven en was blij dat hij meteen vol enthousiasme had gereageerd.

Tijdens het weekend nam Sylvia meermalen de herinneringen van Gerda ter hand, maar ze las niet meteen verder. Wel herlas ze verschillende keren de passage waarin Gerda vertelde dat ze tijdens de sneeuwstorm met Anneke bij de haard had gezeten en dat ze elkaar verhalen over hun kinderjaren in Duitsland hadden verteld. Sylvia wou dat Gerda ook daarover had geschreven; ze wilde dolgraag weten wat Gerda en Anneke in die vier dagen over elkaar te weten waren gekomen. Nu onthulde haar voorouder slechts af en toe een plagende glimp – over de jeugd van Anneke, het dagelijkse leven van Hans' familie – en deed haar snakken naar meer, al wist ze vrijwel zeker dat de herinneringen van Gerda dat verlangen nooit helemaal zouden kunnen stillen.

Op maandag, kort voor het avondprogramma, bleek Summer haar echter van meer informatie te kunnen voorzien. Veel was het niet, maar het was wel erg bevredigend.

Summer was er terecht vanuit gegaan dat de moord op Wilbur de nodige opschudding in het stadje moest hebben veroorzaakt en had in de archieven van het geschiedkundig genootschap naar de microfiches van de *Creek's Crossing Informer* gezocht. En inderdaad, in de editie van 15 januari 1858 nam het nieuws over de moord een vooraanstaande plaats in. Summer vond zelfs nog aanvullende, kleinere artikelen in latere edities, die ze allemaal uitprintte en trots aan Sylvia gaf.

'Plaatselijke boer in koelen bloede vermoord,' las Sylvia de kop hardop voor. 'Mijn hemel.'

'Jonathan wordt ook genoemd,' zei Summer, waarop Sylvia geen enkele aanmoediging meer nodig had om verder te lezen:

### PLAATSELIJKE BOER IN KOELEN BLOEDE VERMOORD!
#### VIER KINDEREN NU WEZEN

De heer Charles Wilbur, al vele jaren inwoner van Creek's Crossing, werd zes dagen geleden door nog onbekende personen in zijn schuur neergeschoten. Hij zegt twee mannen te hebben gestoord bij een poging tot het stelen van zijn paarden, en hoewel hij ongewapend was, schoten zij op hem toen hij trachtte weg te lopen. De oudste zoon van de heer Wilbur ondernam na het horen der schoten een dappere poging zijn vader te verdedigen, maar kwam te laat om te kunnen zien wie deze laffe en verachtelijke daad hebben gepleegd. De jongeman wist, slechts geholpen door zijn jongere broers en zussen, zijn vader vier dagen lang te verzorgen. De moeder van de kinderen was al overleden en hulp halen was onmogelijk, daar hij, zoals zovelen van ons, door de sneeuwstorm aan huis gekluisterd was. Dokter Jonathan Granger ontdekte na aankomst dat het slachtoffer weliswaar nog leefde, maar ondanks zijn grote vakkennis bleek de arts niet in staat het leven van de man te redden.

Er wordt beweerd dat de twee moordenaars en mogelijke paardendieven na het verlaten van de boerderij in westelijke richting zijn gereden en dat ze waarschijnlijk niet zullen terugkeren, maar desalniettemin wordt bewoners aangeraden scherp te letten op verdacht ogende vreemdelingen. Ook dient men de paarden 's nachts op te sluiten.

De begrafenis van de heer Wilbur vindt aanstaande zondag in de lutherse kerk plaats. De dienst wordt geleid door dominee Lawrence Schroeder. Het damescomité leidt een inzameling ten behoeve van de onfortuinlijke kinderen die door deze schandelijke misdaad wees zijn geworden.

In een ander artikel, van 20 januari, werd melding gemaakt van een 'liefdadigheidsmaal' in de lutherse kerk, bedoeld om geld in te zamelen voor de vier kinderen Wilbur, en in een ander stukje, van een paar dagen later, stond dat de inzameling tweeëndertig dollar had opgeleverd en dat de bewoners van Creek's Crossing werden bedankt voor hun vrijgevigheid. Het laatste artikel dat Summer had gevonden, dateerde van 2 februari en meldde dat de misdadigers nog steeds niet waren gepakt, hoewel een spoor van diefstallen van paarden en pogingen tot moord erop leek te wijzen dat ze in westelijke en zuidelijke richting waren getrokken, een 'kronkelend spoor volgend in hun poging aan gerechtigheid te ontsnappen'.

Sylvia las de artikelen nogmaals zorgvuldig. Het verbaasde haar niet dat Hans en Anneke in geen van de stukjes werden genoemd, maar het stelde haar teleur dat de naam van Gerda, die Jonathan in de dagen voor het overlijden van Wilbur had geholpen, niet één keer viel.

Wat de *Creek's Crossing Informer* betreft had Gerda die dagen vol verschrikkingen veilig in haar eigen huis doorgebracht, waardoor Sylvia alleen maar werd gesterkt in haar voornemen niet uitsluitend op officiële historische bronnen te vertrouwen.

### Voorjaar en herfst 1858 – waarin we ons nieuwe huis bouwen

De moord op de heer Wilbur veranderde het leven in ons stadje ingrijpend en maakte zelfs de dappersten onder ons kopschuw voor vreemden. Ook werd de ideologische kloof tussen de abolitionisten en de voorstaanders van slavernij hierdoor breder. De abolitionisten waren er zeker van dat de twee mogelijke paardendieven slavenjagers waren geweest die behoefte hadden gehad aan verse rijdieren om de jacht op hun onfortuinlijke prooi voort te zetten. De meeste tegenstanders van afschaffing van de slavernij, onder wie mevrouw Engle, twijfelden er niet aan dat de twee abolitionisten waren geweest die gevluchte slaven wilden helpen per paard de grens met Canada over te steken. Anderen waren dezelfde mening toegedaan als haar zoon: Cyrus Pearson schreef in een ingezonden brief aan de krant dat de twee mannen de paarden wilden stelen ten behoeve van abolitionisten die zich in Kansas wilden vestigen om daar de uitslag van de verkiezingen te beïnvloeden en zo een vrije staat in plaats van een slavenstaat van het gebied te maken. Hij riep 'alle rechtvaardige mannen van onze deugdzame stad' op geld te doneren en wapens te zenden naar 'onze broeders wier bloed over de schone velden van Missouri' stroomde.

'Als de Engles echt zo begaan zijn met het lot van Missouri doen ze er wellicht beter aan te verhuizen,' merkte ik ontstemd op, 'zodat de rechtvaardige bevolking van dit deugdzame stadje verder raaskallen bespaard kan blijven.'

'Als de berichten in de krant je niet zinnen, moet je die misschien maar niet meer lezen,' snauwde Anneke.

'Ik weet pas of de berichten me zinnen wanneer ik de krant heb gelezen,' merkte ik op.

Ik had haar niet tot een antwoord moeten verlokken, maar elke keer wanneer ze voor de familie Engle in de bres sprong, groeide mijn ergernis. Ik wist dat mevrouw Engle haar vriendin en werkgeefster was, maar Anneke hoefde in politieke en morele kwesties niet per se hun kant te kiezen. Als ze naar mijn mening zou hebben gevraagd, zou ik hebben opgemerkt dat Anneke er beter aan deed bij mevrouw Engle weg te gaan en haar eigen zaak te beginnen, of te gaan werken voor de vrouw van de kleermaker, die ook tot de Naaisters en Suffragettes behoorde en bekend stond om haar afkeer van slavernij. Anneke zou dat onmiddellijk hebben gedaan indien Hans haar daar om had gevraagd, maar dat deed hij niet, en ik wist dat hij het ook nooit zou doen. Hans weigerde de familie Engle en hun soort te steunen, maar hij veroordeelde hen evenmin daar hij er de voorkeur aan gaf eenieder op eendere wijze te behandelen. Die behoefte werd hem niet alleen door zakelijke nuchterheid ingegeven; hij had me ooit gezegd dat de strijd om slavernij niet de zijne was en dat hij niet van zins was erbij betrokken te raken. Ik was de mening toegedaan dat zijn zwijgen een passieve steun aan de Zuidelijke zaak betekende, maar ik kon hem niet van dit inzicht overtuigen en staakte ten slotte mijn pogingen.

Hans had één overtuiging waaraan niet te tornen viel: of de moord nu door abolitionisten of door slavenjagers was gepleegd, vaststond dat het om gevaarlijke mannen ging die al een keer iemand hadden gedood en dat zonder aarzelen nog eens zouden kunnen doen. Daarom besloot mijn broer, die sinds onze komst naar Elm Creek Farm zijn paarden meer beschutting had geboden dan zijn familieleden, voor ons een huis met stenen muren te bouwen. Met de hulp van Thomas en Jonathan begon hij zodra de dooi was ingevallen met het bouwrijp maken van de grond.

Toen de andere boeren hun akkers gereedmaakten voor het planten van nieuwe gewassen, hielp Hans hun de grond te ontdoen van stenen, die hij als loon voor zijn verleende arbeid aannam. Hij haalde stenen langs de oever van rivieren en beken vandaan, vaak van onze eigen grond, maar ook uit de wijde omgeving, al moest hij er soms kilometers voor rijden. Een van de grote stukken kalksteen bracht hij naar de steenhouwer, en toen we het weer terugkregen, waren de hoeken keurig gekapt en was de inscriptie 'Bergstrom 1858' aangebracht. Hans, Anneke en ik pakten de steen samen vast en legden hem op de noordoostelijke hoek van de fundering.

En op die hoeksteen bouwden we ons huis.

Volgens de maatstaven waaraan we inmiddels gewend waren geraakt, was het een schitterend huis. Het had twee verdiepingen en een zolder, er waren beneden vier kamers en boven vijf, er waren een keuken en een haard en al die andere gerieflijke zaken waarnaar we tijdens de koude wintermaanden in de hut van de heer L. zo hadden verlangd. Anneke had al het geld dat ze tot dan toe bij mevrouw Engle had verdiend opgespaard en stak dat nu in het huis: ze bestelde ruiten en een modern nieuw fornuis, alsmede de volledige inrichting. Overdag hielp ik Hans op het land, zodat hij meer tijd had om aan het huis te werken, en 's avonds nam ik Annekes taken in huis over, zodat zij zich aan meer naaiwerk voor mevrouw Engle kon wijden. Mijn broer en schoonzuster staken al hun tijd in deze grootse onderneming in de wetenschap dat ze de rest van hun leven binnen deze muren zouden slijten; ik werkte met evenveel geestdrift, maar met de immer groeiende hoop dat ik op een dag een eigen huis mocht bezitten en niet voor immer afhankelijk zou zijn van hun goedheid.

Toch, met een bijgelovige angst waarvoor ik me nu nog schaam, richtte ik mijn eigen kamer met veel zorg in, alsof ik vreesde mijn vertrek voor altijd uit te stellen indien ik er te veel op vooruit zou lopen. Bij het bed dat Hans voor me had gemaakt voegde ik een bureau met een gerieflijke stoel, een boekenkastje en een tafeltje voor mijn lampetkan en lamp. Anneke leerde me hoe ik een vloerkleed kon vlechten en naaide liever de gordijnen voor me dan toe te staan dat ik zelf een poging zou doen, bang als ze was dat ik de kostbare stof zou verkwisten. Ik zette mijn dekenkist bij het voeteneinde van mijn bed, en op het bed zelf legde ik de Shoo-Fly-quilt die ik eindelijk had voltooid.

Ik had me gehaast de quilt te voltooien, opdat ik er de eerste nacht in ons nieuwe huis onder zou kunnen slapen. Dat is de enige verontschuldiging die ik zal noemen voor de grote fout die ik ontdekte toen ik de deken geheel had uitgespreid. In een van de blokken had ik de vier driehoeken op de hoeken niet met de punt langs het vierkant in het midden genaaid, maar ze zo geplaatst dat de punten naar buiten wezen. Natuurlijk had ik dit blok niet langs de rand genaaid, waar ik het gemakkelijk aan het zicht had kunnen onttrekken, en evenmin precies in het midden, waar ik het nog voor een opzettelijke variatie op het patroon had kunnen laten doorgaan, maar aan de zijkant, vlak bij de bovenrand, waar het heel erg opviel.

Aanvankelijk voelde ik me genoodzaakt de fout te herstellen, maar toen dacht ik aan al die uren die ik aan knippen en naaien en doorpitten had besteed en wist ik dat ik dat niet nogmaals kon opbrengen, zelfs niet om een vergissing recht te zetten. De enige die de quilt zou zien, was ik, concludeerde ik ten slotte, en aangezien ik hem liever voltooid dan volmaakt zag, besloot ik het zo te laten. Mocht ik ooit een vriendin op mijn kamer uitnodigen, zou een zorgvuldig neergelegd kussen uitkomst moeten bieden.

Voor Dorothea's eerste bezoek verborg ik mijn fout echter niet, maar liet hem ongemoeid, daar ik wist dat ze erom zou lachen. Tot mijn grote verbazing zag ze het pas nadat ik haar erop had gewezen dat er iets niet klopte! Eenmaal gewaarschuwd liet ze haar scherpe blik natuurlijk meteen op de fout vallen, maar ze troostte me met de woorden dat het desondanks een prachtige quilt was. Ik antwoordde dat hij warm was, dat hij af was en dat dat het enige was wat me iets kon schelen, ook al was het aardig geweest als ik hem tijdens de volgende bijeenkomst van ons groepje had kunnen tonen, zoals doorgaans de gewoonte was. Nu leek me dat ongepast.

Dorothea zei echter dat ik de quilt toch moest meebrengen, ondanks de fouten. 'Niemand hoeft te weten dat je het patroon niet met opzet hebt veranderd,' zei ze met een vriendelijk lachje. 'Zeg maar dat het een blok van nederigheid is.'

Daarvan had ik nog nooit gehoord, waarop Dorothea uitlegde dat sommigen vonden dat een naaister zich bezondigde aan ijdelheid wanneer ze poogde een quilt zonder fouten te vervaardigen, daar alleen God volmaaktheid kan scheppen. Om die reden gebruikten naaisters soms opzettelijk een blok waaraan iets mankeerde, om zo hun bescheidenheid en nederigheid aan te tonen.

Dat vond ik tamelijk vermakelijk, en ik verzekerde Dorothea ervan dat mijn quilt nimmer het gevaar had gelopen volmaakt te worden, ook niet als ik die vergissing niet had begaan. Het leek me zelfs een grotere zonde om te geloven dat men opzettelijk een fout diende te maken om te voorkomen dat het werk goddelijk volmaakt zou ogen. Toen ik dat tegen Dorothea zei, lachte ze en gaf toe dat het blok der nederigheid wellicht was bedacht door een quilter die niet in staat was haar eigen fouten toe te geven en dat het waarschijnlijk vaker diende om onopzettelijke vergissingen te verklaren dan voor het eigenlijke doel.

Ondanks de aanwezigheid van de quilt met zijn overduidelijke fout was ik blij met mijn eenvoudige kamer, maar die oogde Spartaans in vergelijking met die van Anneke en Hans, die was ingericht met een sprei vol ruches, kussentjes en gordijnen met sierrandjes. Ik moest een lach onderdrukken toen ik me mijn broer voorstelde tussen al die fraaie dingetjes waar hij helemaal niet tussen paste, maar hij vond het niet erg, en als hij dat wel vond, zei hij er niets over. Natuurlijk viel hij elke avond uitgeput in zijn bed en stond hij voor zonsopgang weer op. Misschien zag hij de stoffering nimmer bij daglicht.

Het zou echter niet eerlijk zijn de spot te drijven met Annekes handwerk, want dankzij haar vaardigheden genoten we allemaal van een zekere gerieflijkheid. De ontwerpen die ze eerst thuis probeerde, kwamen later terug in de opdrachten voor haar klanten. Ze was een tovenares met naald en draad: wat haar ogen zagen, konden haar handen maken, zonder dat ze een patroon of aanwijzingen behoefde. Ze hoefde maar een plaatje van een chique japon in een tijdschrift te zien of ze maakte die al na, en wanneer ze ergens in het stadje een quilt te drogen had zien hangen, kon ze later thuis zonder moeite het blok uit haar geheugen opdiepen.

Ik had grote bewondering voor het talent van mijn schoonzusje, maar kijk er niet zonder een wonderlijke mengeling van trots en spijt op terug. Had ze niet over een dergelijk talent beschikt, dan zouden ons de beproevingen waaronder we zo hebben geleden bespaard zijn gebleven – maar wanneer ik me herinner hoeveel goed we hebben gedaan, kan ik niet wensen dat ze nooit een naald ter hand had genomen. Ook al had ik het gekund, dan had ik nog niet willen beïnvloeden wat dankzij Annekes talent en het noodlot op ons pad is gekomen; ik zou slechts de angst willen verdrijven die tot onze ondergang heeft geleid.

In die dagen kende ik echter slechts de troost die Annekes gave ons bracht. In haar handen veranderde een simpel bedrukt katoentje in een tafelkleed en gordijnen; met de restjes stof die overbleven na het naaien van japonnen maakte ze zoveel quilts dat we elk bed in huis er meerdere keren mee konden bedekken. Ik heb haar ook kleinere quilts zien maken, van de fijnste katoentjes en zachtste wol, maar omdat ze niets zei en ik geen verandering in haar gedrag waarnam, kwam ik tot de gevolgtrekking dat Hans en zij nog niet waren gezegend met een ontvanger van die kleine dekentjes.

Ik werkte met veel pijn en moeite aan mijn tweede quilt, een Variable Star, toen Anneke bezig was aan wat waarschijnlijk haar twintigste was, of misschien leek dat slechts zo in de ogen van iemand die zo onhandig met naald en draad was als ik. Haar vorige quilts bestonden allemaal uit afzonderlijke patchworkblokken, maar voor deze naaide ze vierkantjes en driehoekjes in verticale rijen aan elkaar.

'Hoe noem je dat patroon?' vroeg ik, nieuwsgierig.

Ze keek verbaasd op van haar werk, en pas toen besefte ik dat ze had gedacht dat ik te verdiept in mijn boek was geweest om haar aandacht te kunnen schenken. 'Dat weet ik niet.'

'Het is erg mooi. Is het een bestaand patroon, of heb je het zelf bedacht?'

'Nee, ik heb het blok in een van Dorothea's quilts gezien. Ze zei niet dat het een oorspronkelijk patroon was, dus het leek me niet verkeerd het ook te gebruiken.'

'Ik wilde je niet van diefstal van haar patroon beschuldigen,' zei ik, van mijn stuk gebracht door haar verdedigende toon. 'En bovendien denk ik niet dat Dorothea het erg zou vinden als je een patroon zou gebruiken dat zij heeft bedacht. Ze zou waarschijnlijk gevleid zijn.'

'Ja, vast wel,' zei ze, iets toegeeflijker. 'Maar ze deed heel vreemd toen ik haar naar die quilt vroeg. Toen ik opmerkte dat het patroon anders was dan de stijl waaraan ze doorgaans de voorkeur geeft, glimlachte ze alleen maar, en toen ik haar vroeg hoe het patroon heette, deed ze net alsof ze me niet hoorde en knoopte een gesprek met een ander aan.'

Dat leek me helemaal niets voor Dorothea. 'Misschien hoorde

ze je echt niet. Of misschien heb je haar verkeerd begrepen.'

Anneke keek me sceptisch aan. 'Zo slechts is mijn Engels ook weer niet.'

Ik ging er verder niet op in omdat ik het niet prettig vond kritiek op mijn vriendin te horen. Anneke had Dorothea hoogstwaarschijnlijk verkeerd begrepen, maar ook al was dat niet zo, dan kon ik nog genoeg redenen bedenken waarom Dorothea niets over de quilt wilde zeggen. Misschien was het wel degelijk een eigen ontwerp dat ze niet wenste te delen, of misschien was de quilt als een verrassing voor Thomas bedoeld en was Dorothea bang dat Anneke zonder het te merken haar mond voorbij zou praten.

Ik merkte daarna echter niets van enig ongenoegen tussen mijn schoonzuster en mijn vriendin, en tegen de tijd dat Annekes quilt voltooid was, was ik het gesprek al geheel vergeten. Pas later zouden bepaalde gebeurtenissen de herinnering weer opwekken. Ik had zoveel andere zaken aan mijn hoofd: het onophoudelijke werk op de boerderij, ons naaikransje, Jonathan, en ons nieuwe huis, dat steen voor steen vorm had gekregen.

Achteraf gezien begrijp ik niet hoe we het hebben klaargespeeld, maar de herfst bracht niet alleen een overvloedige oogst, maar ook een geheel nieuw huis op het land van Elm Creek Farm. De eerste veulens van eigen fok had Hans voor een betere prijs kunnen verkopen dan hij had verwacht, en Anneke stond ook buiten Creek's Crossing als zo'n goede naaister bekend dat mevrouw Engle haar inmiddels meer betaalde uit angst haar anders als concurrent te moeten dulden. We plukten de vruchten van ons harde werken en waren er zeker van dat voorspoed en geluk vlak achter de horizon op ons wachtten.

We hoorden het onweer in de verte niet.

'Dat kan niet kloppen,' mompelde Sylvia.

Andrew keek op van de vlieg die hij ter voorbereiding van zijn volgende visuitje aan het binden was. 'Wat kan niet kloppen?'

'Het verhaal van Gerda.' Sylvia wist niet goed wat ze ervan

moest denken. 'Ze schrijft dat ze het oorspronkelijke huis in 1858 hebben gebouwd, en dat wist ik omdat dat jaartal ook in de hoeksteen is aangebracht. Maar ik weet niet beter of mijn grootvader was erbij toen die steen werd gelegd, en nu zegt Gerda hier dat Anneke en Hans nog geen kinderen hadden.'

'Weet je zeker dat Gerda degene is die het mis heeft?'

'Ik ben nergens meer zeker van,' zei Sylvia, 'maar ik mag aannemen dat Gerda het bij het rechte eind heeft.' Ze vroeg zich af waarom deze ongerijmdheid haar zo dwars zat. Het was zeker niet de eerste of meest ingrijpende die ze in het boekje had aangetroffen.

'Het zal waarschijnlijk niet meer dan een paar jaar schelen,' zei Andrew. 'Het is niet vreemd dat er na zo'n tijd een paar foutjes in zijn geslopen.'

'En dat zit me juist zo dwars. Ik vraag me af wat er nog meer niet klopt.' Sylvia voelde dat er een lichte hoofdpijn kwam opzetten en wreef afwezig over haar slapen. 'Het is al erg genoeg om te lezen dat de afschaffing van de slavernij Hans vrijwel koud liet en dat Anneke... Nou, ik geloof dat we wel kunnen stellen dat ze nog erger was. Als ik niet beter zou weten, zou ik nog denken dat zij de voorouder is die Margaret Alden en ik met elkaar gemeen hebben.'

'Vergeet niet dat je alleen Gerda's kant van het verhaal kent,' zei Andrew. 'Ze heeft haar ervaringen opgeschreven, niet die van de anderen. Dezelfde gebeurtenissen zouden vanuit Hans' of Annekes oogpunt gezien waarschijnlijk heel anders luiden.'

Sylvia wist dat Andrew het goed bedoelde, maar zijn opmerking maakte het alleen maar erger. Het enige tastbare bewijs dat ze bezat, waren de quilts die Anneke had gemaakt en de woorden die Gerda had opgeschreven. Nadat Grace al haar vraagtekens bij het handwerk van Anneke had gezet, moedigde Andrew haar nu aan het verslag van Gerda met een korrel zout te nemen. 'Had ik maar meer documenten, iets wat de open plekken kan vullen en kan bevestigen wat Gerda hier zegt.'

'Misschien kan Summer nog eens in het archief gaan kijken.'

'Dat zou heel wat gemakkelijker gaan als ik haar kon zeggen

wat ik precies wil weten.' Ze slaakte een gefrustreerde zucht. 'Waarom hebben Hans en Anneke geen dagboeken nagelaten? Zelfs tegen een bladzij of twee van oudtante Lucinda zou ik geen nee zeggen, hoe vergezocht haar verhalen soms ook leken.'

'Was Lucinda de oudere of jongere zus van je oma?'

'Ze was jonger, maar ik weet niet meer hoeveel jaar ze scheelden.' Opeens viel haar iets in. 'O hemel, waarom heb ik daar niet eerder aan gedacht?'

'Aan wat?'

'De bijbel van mijn moeder,' riep Sylvia over haar schouder toen ze de zitkamer verliet en door de keuken snelde, waardoor ze de kok en zijn hulpje aan het schrikken maakte. Tegen de tijd dat Andrew haar had ingehaald, was ze al halverwege de hal. 'Het is de familiebijbel,' legde ze uit toen ze naar de grote eikenhouten trap liepen. 'Claudia en ik mochten erin kijken, maar alleen wanneer we bij onze moeder op schoot zaten en zij het boek voor ons opengeslagen hield. Het was van haar oma geweest, het was een erfstuk van haar kant van de familie dat we zonder toestemming beslist niet mochten aanraken. Na haar dood... Het klinkt misschien gek, maar zelfs als volwassen vrouw voelde ik me altijd ongemakkelijk wanneer ik mijn moeders bijbel in handen had.' Dat was al zo sinds die dag kort na haar moeders dood, toen Claudia Sylvia lezend in de bijbel had aangetroffen op de grote, gladde rots onder een wilg aan de oever van de Elm Creek. Claudia had het boek uit haar handen gegrist en kwaad gereageerd omdat ze het had gewaagd dat kostbare bezit van hun moeder mee naar buiten te nemen. Sylvia had de bijbel sindsdien niet meer aangeraakt, maar ze wist waar hij lag. Tenzij Claudia hem had verkocht, zoals ze met zoveel kostbare familiebezittingen had gedaan.

Andrew liep achter haar aan naar de bibliotheek op de eerste verdieping en versnelde zelfs zijn pas zodat hij, als de heer die hij altijd was, een van de dubbele deuren voor haar kon openhouden. 'Dus in deze bijbel zijn de mijlpalen van de familie Bergstrom genoteerd? Geboortes, sterfgevallen en dat soort dingen?'

'Geboortes en sterfgevallen, huwelijken en doopsels,' legde Sylvia uit. 'Maar het was de familiebijbel van mijn moeder, dus de gegevens uit de tijd voordat ze met mijn vader trouwde, betreffen allemaal de familie Lockwood.'

'Maar wat heb je er in dit geval dan aan?'

'Dat weet ik nog niet,' gaf Sylvia toe. 'Maar mijn moeder was een zorgvuldige vrouw die beslist had gewild dat we van beide zijden van de familie op de hoogte zouden zijn. Ik weet zeker dat ze gegevens voor me heeft achtergelaten.'

Sylvia liep naar het midden van de ruimte, die zich over de hele breedte van het uiteinde van de zuidvleugel uitstrekte. Het heldere ochtendlicht stroomde door de hoge ramen in de zuid- en oostgevel naar binnen, maar de gordijnen voor de ramen aan de westzijde waren nog gesloten. Tussen de ramen stonden hoge eiken kasten vol boeken. Kort na haar terugkeer naar Elm Creek Manor had Sylvia Sarah ingehuurd om haar te helpen het landgoed voor de verkoop voor te bereiden, en Sarahs eerste taak – afgezien van het vegen van de veranda, wat niet echt telde – was het opruimen van de bibliotheek geweest. Sylvia had verteld dat ze de dingen die haar waardevol leken moest bewaren en de rest moest weggooien, zonder aandacht te schenken aan Sarahs aarzelende voorstel dat Sylvia dat misschien beter zelf kon bepalen omdat ze bang was anders iets weg te doen waarvan ze het belang niet besefte. Sarah zou zeker wel hebben begrepen dat een bijbel, een fraai, in leer gebonden exemplaar, een zekere waarde had. Maar er waren zoveel boeken geweest, de bibliotheek was zo vol geweest, en Sylvia had in die dagen helemaal niets van het landgoed willen weten...

Ze liep naar de eerste kast. 'Hij is gebonden in zwart leer,' zei ze tegen Andrew, die naar de kast aan de tegenoverliggende wand was gelopen. 'Oud, maar niet versleten.'

'We vinden hem wel,' zei Andrew geruststellend, alsof hij haar nervositeit aanvoelde. Wat waarschijnlijk ook zo was. Sylvia bleef even staan en keek vol genegenheid naar hem. Hij keek aandachtig naar de ruggen van de boeken voor hem, zijn hoofd een tikje scheef, zijn voorhoofd vertrokken tot een nadenkende frons. Toen ging ze zelf weer aan de slag.

De minuten verstreken in stilte terwijl ze de kast naliep en af en toe een dik boek zonder opschrift op de rug van de plank trok om de inhoud te bekijken. Toen ze klaar waren met de ene kast, gingen ze verder met de volgende en werkten de tegenoverliggende wanden af in de richting van de open haard aan de andere kant van het vertrek. Toen er nog maar één kast over was, aan Sylvia's kant, hoorde ze Andrew zeggen: 'Ik geloof dat ik hem heb gevonden.'

Snel liep ze naar hem toe. 'Waar?'

Hij knikte naar de bovenste plank. 'Daarboven.'

Sylvia volgde zijn blik en zag een in zwart leer gebonden boek met op de rug 'Bijbel', met boven en onder het woord twee dunne gouden lijntjes. De aanblik riep een vage herinnering bij haar op, en hoewel het boek veel kleiner leek dan ze zich voor de geest kon halen, nam ze aan dit het goede was.

'Ik denk dat dat hem is,' zei ze. 'Zou je hem even voor me willen pakken?'

Andrew stak zijn hand uit, maar aarzelde toen en liet zijn arm weer zakken. 'Nee.'

Sylvia staarde hem aan. 'Nee?'

'Ik doe het pas als je zegt dat je met me wilt trouwen.'

'Andrew, toe. Ik ben niet in de stemming voor grappen.'

'Het is geen grap. Ik meen het.'

Sylvia keek hem boos aan en probeerde het boek te pakken, maar ze kon maar net met haar vingertoppen bij de rug komen. 'Plaag me niet zo en pak die bijbel voor me. Alsjeblieft,' voegde ze er nog aan toe.

Maar Andrew sloeg alleen maar zijn armen over elkaar. 'Je kunt nog zo je best doen, maar we weten allebei dat je niet lang genoeg bent.'

'Dat ben ik wel,' antwoordde ze. Ze rekte zich nogmaals uit naar de bovenste plank en moest tot haar afgrijzen bekennen dat Andrew gelijk had. 'Nou, Matthew is langer dan jij. Als jij geen zin hebt om me te helpen, vraag ik het wel aan hem.'

Ze wilde met ferme passen weglopen, maar Andrew riep haar

na: 'Doe geen moeite. Ik haal Matt wel over om het niet te doen.'

'En waarom denk je dat hij eerder naar jou zal luisteren dan naar mij?'

Andrew haalde zijn schouders op. 'Ik denk dat de meeste mensen hier ons graag zouden zien trouwen.'

'Nou, ik denk dat de meesten hier zullen denken dat je ze niet allemaal meer op een rijtje hebt.'

Andrew glimlachte. 'Misschien heb ik dat wel niet. Of misschien heb ik iets van Hans geleerd. Wanneer hij iets wilde, deed hij zijn best om het te krijgen. Je weet dat hij Anneke wist over te halen met hem te trouwen.'

Sylvia sloeg haar ogen ten hemel. 'O ja, aan hem heb je een goed voorbeeld.'

'Ik hou minstens net zoveel van je als hij van Anneke hield, en wij kennen elkaar al veel langer.' Hij reikte naar haar handen, en met tegenzin stond ze toe dat hij die vastpakte. 'Toe, Sylvia, zeg ja.'

'Ik kan dat boek ook wel zelf pakken, hoor. Ik hoef er alleen maar een stoel bij te halen.'

'Dat weet ik. Maar ik hoop dat je dat niet zult doen.'

'Je denkt toch niet dat ik onder deze omstandigheden ja ga zeggen? Dat ik me door chantage tot een huwelijk laat verleiden?'

'Ik ben inmiddels zover dat ik alles prima vind.'

'Andrew...' Ze keek hem aandachtig aan en zag tot haar ongenoegen dat hij het meende. 'En als ik je nu beloof dat ik nooit met een ander zal trouwen?'

Hij zweeg een tijdlang en vroeg toen: 'Is dat alles wat je me kunt bieden?'

'Ik ben bang van wel.'

'Dan moet ik daar maar genoegen mee nemen.' Opeens liet hij haar handen los en reikte naar de bijbel. Zonder haar aan te kijken gaf hij haar het boek en liep toen snel het vertrek uit.

Sylvia keek hem na. Hij zou beter moeten weten, hij wist ook beter. Hij had beloofd het haar niet meer te vragen en wist dat ze nee zou zeggen. Waarom vroeg hij het dan toch? Had hij het soms niet gemeend toen hij haar dat had beloofd en al die tijd gehoopt dat ze toch van gedachten zou veranderen? Of had hij zich gewoon niet aan zijn voornemen kunnen houden?

Wat moest ze doen wanneer hij zou besluiten dat hij zo niet door wilde gaan? Wanneer ze hem dreigde te verliezen, een gedachte die ze niet kon verdragen...

'Ik zou me wel redden,' zei ze vastbesloten. Ze had zich al tientallen jaren lang in haar eentje weten te redden, en nu, met Elm Creek Quilts en haar vriendinnen, zou ze niet meer alleen zijn, ook niet wanneer Andrew opeens zou besluiten in zijn camper te stappen en nooit meer terug te komen. Ze wilde niet uit angst of schuldgevoel haar jawoord geven. Als hij dat wel wilde, was hij niet het soort man dat ze als echtgenoot wenste, en zelfs niet als vriend.

Resoluut nam ze plaats aan de grote eiken schrijftafel aan de oostelijke zijde van de bibliotheek en keek aandachtig naar de omslag van het boek dat Andrew haar had aangegeven. Ja, het was inderdaad de bijbel van haar moeder en hij zag er bijna net zo uit als ze zich kon herinneren, amper beroerd door de tand des tijds. Ze sloeg de eerste pagina op, waar de geboortes en huwelijken en sterfgevallen van de familie in verschillende handschriften waren opgetekend. De laatste data waren door haar moeder genoteerd.

Sylvia voelde droefheid in haar opwellen toen ze haar vinger langs de regels liet gaan die haar moeder al die jaren geleden had opgeschreven. De laatste vermelding betrof de geboorte van Richard, de broer van Sylvia; niemand had eraan gedacht het overlijden van haar moeder, een paar maanden later, op te schrijven. Als ze nog zeventien jaar langer had geleefd, had ze moeten noteren dat haar zoon was gesneuveld, dat haar man was gestorven, en haar schoonzoon en haar enige kleinkind, dat te vroeg was geboren om te kunnen overleven.

Sylvia zuchtte en sloot haar ogen. Te veel van haar herinneringen betroffen mensen die te vroeg waren gestorven. Misschien sloot ze daarom zo vaak vriendschap met jongeren; dan kon ze er vrij zeker van zijn dat zij eerder om haar zouden rouwen dan zij om hen.

Het was een morbide gedachte, maar ze kon een wrang lachje niet onderdrukken. Ze deed haar ogen weer open en keek naar de bladzijde, waarbij ze de belofte deed op een later tijdstip nader onderzoek te doen naar de familie van haar moeder. Omdat ze op Elm Creek Manor was opgegroeid, was het min of meer onvermijdelijk geweest dat ze meer over de geschiedenis van de Bergstroms in plaats van de Lockwoods had gehoord, maar dat wilde ze vroeg of laat rechtzetten.

Vandaag wachtte haar echter een andere taak. Ze sloeg de lege pagina's om waar, zo had haar moeder verwacht, de namen van volgende afstammelingen zouden worden genoteerd en kwam bij de laatste lege plek. De tegenoverliggende pagina was onbeschreven, op een paar woorden in haar moeders keurige handschrift na die onder aan de bladzijde stonden. Tussen twee bladzijden stak een opgevouwen vel papier.

Sylvia zette de bril op die aan een kettinkje om haar hals hing en die ze altijd bij het lezen en quilten droeg, en keek wat er op het vel stond. Het waren de namen van haar ouders en hun geboortedata, met een streep eronder. Een stukje verder naar beneden stonden Sylvia's eigen naam en geboortedatum en die van haar zus, door middel van een verticale lijn verbonden met de streep erboven.

Een stamboom, begreep Sylvia, alleen had haar moeder die nooit kunnen voltooien.

Voorzichtig vouwde ze het vel open. Weer zag ze het handschrift van haar moeder, maar nu oogde het minder keurig, alsof ze haastig had geschreven:

Mijn Freddy (de oudste), zijn jongere broers Richard, Louis (beide gesneuveld in de Grote Oorlog) en William, zusje Clara (op haar dertiende tijdens een griepepidemie gestorven).
Hun ouders: David Bergstrom, Elizabeth Reece (Reese?) Bergstrom
Davids broers en zussen: Stephen, Albert, Lydia, George, Lucinda (beslist de jongste), David de oudste of op een na oud-

ste? Wie was zijn tweelingbroer, Stephen of Albert?
Hun ouders: Hans en Anneke (meisjesnaam?) Bergstrom
Annekes familie?
Broers en zussen van Hans Bergstrom: Gerda Bergstrom (ge-
trouwd met?) Anderen? Freddy onzeker – aan Lucinda vragen.

'Waarom heb je dat niet gevraagd?' riep Sylvia vol ongenoegen uit. Ze sloeg het vel om, hopend dat haar moeder op de achterkant verder was gegaan, maar die was leeg, zodat Sylvia bleef zitten met een korte lijst namen die haar niet vertelde wat ze wilde weten en haar bovendien met nieuwe vragen opzadelde. Waren de namen van de vijf broers en zussen van David wel bekend, maar niet de volgorde waarin ze waren geboren? Betekende de opmerking tussen haakjes achter Gerda's naam dat ze uiteindelijk toch was getrouwd – met Jonathan? En had David – Sylvia's grootvader – inderdaad een tweelingbroer gehad?

Geen wonder dat haar moeder de stamboom nooit had voltooid; er was veel te weinig over de familie bekend. Sylvia bladerde door de rest van de bijbel, in de ijdele hoop dat ze nog meer aanwijzingen zou vinden, maar er was niets. Met een zucht sloot ze het boek. Ze wilde het net terugzetten op de plank toen ze merkte dat ze de neiging nog een keer naar het handschrift van haar moeder te kijken niet kon weerstaan.

Mijn Freddy (de oudste), had haar moeder geschreven, en even verderop: Freddy onzeker.

Tranen vulden Sylvia's ogen, maar ze moest ook glimlachen. Haar moeder was de enige geweest die haar vader Freddy had genoemd. Verder zei iedereen Frederick, wat veel deftiger klonk. Een warm gevoel welde in haar op bij de gedachte aan haar moeder die dat koosnaampje gebruikte, en heel even zag ze haar ouders voor zich als een verliefd jong stel dat de verbintenis tussen hun beider families bekroond zag met de geboortes van hun kinderen. Haar moeder moest hebben genoten van de verhalen over Freddy's familie en verlangend hebben geluisterd, zoals jonge mensen altijd doen omdat ze dolgraag willen weten hoe hun geliefde als kind was, wensend dat ze elkaar eerder hadden leren kennen. Daardoor zou hun liefde, die hopelijk nog jarenlang zou voortbestaan, worden verbonden met het verleden en daardoor een nog langer leven beschoren zijn.

Een heel leven met de man van wie je hield, was nooit lang genoeg, terwijl een paar jaar zonder hem al eindeloos konden lijken.

Sylvia deed de bijbel langzaam dicht, de aantekeningen van haar moeder aan het oog onttrekkend, en zette het boek terug op de plank.

Na het afscheidsontbijt van die zaterdag bracht Gwen Sullivan haar kennis van de vakgroep archeologie van Penn State mee naar Elm Creek Manor, zodat hij het hout kon bekijken dat Sylvia en haar vrienden hadden opgegraven. Hopelijk kon hij vaststellen of het inderdaad resten van de blokhut waren. Frank DiCarlo had twee studenten bij zich met wie hij de vindplaats wilde onderzoeken en gaf Sylvia tot haar grote opluchting geen berisping omdat ze al met graven was begonnen. De studenten fotografeerden de vondst van diverse kanten terwijl DiCarlo Sylvia van alles vroeg over de hut. Ze vertelde hem het weinige wat ze zeker wist en zag tot haar genoegen dat zijn interesse verder werd gewekt toen ze over het boekje van Gerda vertelde.

De studenten hadden meer dan genoeg gereedschap voor zichzelf en eventuele helpers meegebracht, en Matt en Sarah boden dan ook aan te helpen graven. Het duurde niet lang voordat Gwen ook meedeed, en toen Andrew, die aan de motor van zijn camper sleutelde, even een pauze nam en een kijkje kwam nemen, stond ook hij al snel met een kwast met een kort handvat voorzichtig de aarde van de onderkant van de balk te vegen. Sylvia wist dat haar rug en knieën haar niet dankbaar zouden zijn als ze ook mee zou doen en voorzag daarom maar het hele team van water en limonade. Ook lette ze goed op of ze wel op tijd pauzeerden voor een hapje eten.

In de uren die onder de hete zon verstreken, legden DiCarlo en zijn helpers stukje bij beetje de rest van de eerste balk bloot. Daarna volgde de tweede balk in de hoek, die Andrew op die eerste dag had gevonden. En op het moment dat de zon richting de horizon zakte, riep een van de studenten dat ze direct onder de eerste balk een tweede had gevonden.

DiCarlo besloot dat die ontdekking een feestelijk besluit van de dag vormde en gaf iedereen opdracht te stoppen. Sylvia nodigde hen allemaal uit een hapje mee te eten, maar Gwen kondigde aan dat ze naar huis ging. 'Ik kruip mijn bed in,' zei ze kreunend. 'Ik ben zo moe dat ik niet eens een vork kan optillen.'

'Zo moe heb ik je nog nooit meegemaakt,' zei Sylvia plagend, maar Gwen wenste iedereen een prettige avond en liep, langzaam en stijfjes, naar haar auto. De anderen liepen achter Sylvia aan naar binnen en daarna naar boven, waar ze zich konden opfrissen. Tegen de tijd dat iedereen zich weer beneden in de eetzaal verzamelde, hadden Sylvia en de kok de tafel gedekt. Er waren heerlijke stukken gebraden kip, bijgerechten, kannen vol limonade en ijsthee en een dampende pot koffie, gezet met de dure bonen die Sarah bij een café in de stad had gekocht. Sylvia vond het veel te warm voor koffie, maar Sarah verzekerde haar ervan dat studenten op elk moment van de dag liters van het spul dronken, wat voor weer het ook was, en dus zette Sylvia een pot.

Tijdens het eten, dat des te beter smaakte omdat ze konden terugkijken op een geslaagde dag, vermaakte DiCarlo hen met verhalen over andere opgravingen die ze hadden verricht. Zijn werk had hem naar zulke exotische locaties gevoerd die van zo'n groot historisch belang waren dat Sylvia zich bijna schaamde omdat ze hem hadden gevraagd hierheen te komen. Het eenvoudige hutje van meneer L. stelde natuurlijk niets voor in vergelijking met zulke belangrijke ontdekkingen. Ze probeerde zich te verontschuldigen, maar DiCarlo verzekerde haar ervan dat hij het maar al te graag deed. 'Voor mijn studenten is dit een uitstekende oefening,' zei hij lachend, en toen voegde hij eraan toe: 'En bovendien stond ik bij Gwen in het krijt.'

'Nou, nu sta ik ook bij jullie in het krijt.' Sylvia knikte naar de studenten om aan te geven dat ze hen allemaal bedoelde. 'En dan te bedenken dat jullie al deze inspanningen verrichten voor wat misschien niet meer dan een berg brandhout is.'

Iedereen lachte, maar DiCarlo merkte op: 'Dat is juist wat dit werk zo spannend maakt, je weet nooit wat je zult vinden. Misschien wel een kostbare schat –'

'Of rommel,' onderbrak Sylvia hem.

Twee van de studenten keken elkaar snel aan, en degene die naast Matt zat, zei: 'O, begin daar maar niet over,' maar het was al te laat. DiCarlo beschreef uitgebreid, in geuren en kleuren, wat men allemaal van een cultuur kon leren door het afval te bestuderen. Sommige details had Sylvia liever niet aan de eettafel gehoord, maar toch moest ze bekennen dat het boeiend was.

'Als we zouden kunnen ontdekken waar uw voorouders hun afval weggooiden,' besloot DiCarlo, 'dan zouden we meer over hen te weten kunnen komen dan u ooit had durven dromen.'

Sylvia kromp ineen. 'Ik weet niet of ik ze zo goed wil leren kennen.'

De anderen lachten, en al snel deed Sylvia mee, blij dat ze zulke enthousiaste nieuwe vrienden had leren kennen die haar zouden helpen het verleden van de Bergstroms te ontrafelen – en even blij dat ze zich de volgende morgen over een blokhut zouden buigen, en niet over een vuilnisbelt.

De volgende dag begon Sylvia tegen het middaguur echter te vermoeden dat ze al hun mazzel de vorige dag hadden opgebruikt. Er was geen spoor te vinden van de aangrenzende balken die de derde en vierde wand van de hut moesten hebben gevormd, en ook leken er geen balken onder de exemplaren te liggen die ze al hadden blootgelegd. DiCarlo meende brandsporen te hebben gevonden, maar gaf eerlijk toe dat hij niet wist of dat betekende dat er brand in de hut was geweest of dat het gewoon sporen van de haard waren. Een van de studenten stuitte op een tinnen lepel en een scherf van wat waarschijnlijk een theekopje was geweest. Sylvia hield het in haar hand en vroeg zich af wie dit had gebruikt. Die kleine schatten waren echter het enige wat ze die dag vonden.

'Ik zou bijna wensen dat we toch de afvalberg van de Bergstroms hadden gevonden,' zei Sylvia tegen Sarah toen ze DiCarlo hielpen zijn gereedschap in zijn auto te leggen. 'Al zou ik niet weten waar we die hadden moeten zoeken.'

Sarah haalde haar schouders op en veegde haar handen af. 'Als Matt bij hen had gewoond, hadden ze geheid een composthoop in een hoek van de tuin gehad.'

'De tuin!' riep Sylvia uit. 'Sarah, je bent geniaal.' Snel liep ze terug naar de vindplaats, waar DiCarlo en zijn studenten de overblijfselen van de hut veilig stelden. 'Professor, ik heb misschien een tweede vondst voor u.'

Omdat ze wist dat het weldra donker zou worden, voerde ze het team snel mee naar de andere zijde van de Elm Creek. Ze liepen langs het huis naar een groepje bomen ten noorden van het gebouw. Het was dat Sarah het over de tuin had gehad, anders was Sylvia helemaal vergeten om DiCarlo het prieeltje te laten zien dat Hans had gebouwd.

Het verhaal over het prieel in de tuin ten noorden van het huis was een van de eerste verhalen over Elm Creek Manor die ze ooit aan Sarah had verteld, in de tijd dat ze aarzelend en voorzichtig vriendschap met de jonge vrouw had gesloten. Het achthoekige bouwsel met zijn fraaie sierlijsten had toen bijna op instorten gestaan, maar de houten patronen waarmee de zitting van de bankjes was versierd, waren nog intact geweest. In de zitting waren Log Cabin-patronen van verschillende stukjes hout aangebracht, en een van die blokken had in het midden een zwart vierkantje. Wanneer de reepjes hout van dat blok in de juiste volgorde heen en weer werden geschoven, kon de zitting als het deksel van een rolbureau worden geopend en verkreeg men toegang tot een schuilplaats onder het prieel. Volgens de familieverhalen hadden gevluchte slaven zich daar verborgen totdat de avond viel en een van de Bergstroms hen mee kon nemen naar binnen, naar het veilige huis.

Sylvia vertelde datzelfde verhaal op weg naar het prieel, maar toen het bouwsel in zicht kwam, veranderde de uitdrukking van

DiCarlo van geboeid in beleefd geïnteresseerd. Ze liet hem de zitting met het Log Cabin-blok zien en vroeg aan Matt of die de schuilplaats wilde laten zien, in de hoop DiCarlo's belangstelling te wekken, maar het duurde niet lang voordat de deskundige zijn hoofd schudde.

'Ik heb geen verstand van quilten,' zei hij, 'maar ik kan jullie wel vertellen dat dit prieel niet door uw overgrootvader is gebouwd. Het is van veel recenter datum.'

'Van wanneer dan?' wilde Sylvia weten.

Langzaam, alsof hij haar liever niet wilde teleurstellen, wees hij haar op de elementen die hem hielpen het prieel te dateren, van de goede toestand van het houtwerk en het soort beton waarvan de fundering was gemaakt tot aan de schroeven waarmee het bankje was vastgezet. 'Volgens mij is dit prieel pas in de twintigste eeuw gebouwd.'

'Het is gerestaureerd,' zei Sylvia, die hem niet wilde geloven. 'Matthew, vertel eens wat je allemaal hebt gedaan, dan weet hij wat origineel is en wat niet.'

Matthew deed wat ze vroeg, maar terwijl hij opsomde wat hij had gerepareerd, besefte Sylvia dat DiCarlo dat zelf al had gezien en die kennis had meegewogen in zijn oordeel.

'Ik snap het niet,' zei Sarah. 'Als het verhaal over het prieel niet waar is, dan...' Ze viel stil toen ze de waarschuwende blik van Matthew zag.

'Nee, ga maar verder, je kunt het net zo goed zeggen.' Sylvia liet zich moeizaam op het dichtstbijzijnde bankje zakken. 'Als het verhaal niet waar is, kunnen we dan nog wel enige waarde hechten aan wat oudtante Lucinda me heeft verteld?'

'Ze heeft de dekenkist perfect beschreven en je de sleutel gegeven,' zei Andrew.

'Ja, dat is waar. Jammer, nu kan ik haar niet als een dwangmatig leugenaarster bestempelen,' zei Sylvia droogjes. 'Anders zou ik zeker hebben geweten dat alles wat ze me heeft verteld niet waar is, maar nu dwingt ze me elk verhaal afzonderlijk te toetsen, in de hoop dat ik een onderscheid kan maken tussen waarheid en verdichtsels.'

'Ik denk niet dat ze met opzet tegen je heeft gelogen. Zo gemeen kan ze niet zijn geweest,' zei Sarah. 'Waarschijnlijk dacht ze zelf dat het verhaal over het prieel waar was.'

'Ja, vast wel.' Sylvia slaakte een zucht en stond op. 'Maar dat betekent dat iemand tegen haar heeft gelogen.'

'Of haar de waarheid heeft verteld, die ze verkeerd heeft begrepen,' merkte Andrew op.

Ondanks haar teleurstelling moest Sylvia lachen. Ze stak haar hand uit en streek Andrew even over zijn wang. Toen keek ze haar vrienden glimlachend aan. 'Jullie doen allemaal jullie best om me op te monteren, hè? Ik vind het fijn dat jullie aan de kant van mijn voorouders staan, maar jullie hoeven ze echt niet met man en macht te verdedigen.' Haar blik kruiste die van Andrew. 'Ik heb al aanvaard dat zelfs de Bergstroms ook maar gewone stervelingen waren.'

En een van hen had een prieel met een schuilplaats gebouwd, die werd aangegeven door een Log Cabin-blok met een zwart vierkantje. Maar wie had dat gedaan? En nu bleek dat de schuilplaats nooit voor gevluchte slaven was bedoeld, rees er een vraag die nog geheimzinniger was: waarom?

Na het avondeten, dat minder vrolijk was dan de avond ervoor, haalden DiCarlo en zijn studenten hun spullen uit hun kamers en brachten alles naar de auto. Voor zijn vertrek vertelde DiCarlo Sylvia hoe ze de vindplaats het beste kon beschermen. 'Als jullie zin hebben, kunnen jullie zelf verder zoeken,' voegde hij eraan toe. 'Wie weet vinden jullie iets wat wij hebben gemist.'

'Zoals een vuilnisbelt?' merkte Sylvia plagend op. 'Het is een mooie gedachte, maar als u en uw studenten er niet in zijn geslaagd, is de kans klein dat amateurs nog iets zullen vinden.'

'Ik begrijp dat u teleurgesteld bent, maar vergeet niet dat we de hut inderdaad hebben aangetroffen op de plek die in dat dagboek is genoemd.'

Toen DiCarlo en zijn hulpjes wegreden, voelde ze weer iets van de oude trots over hun vondst opwellen. Hij had gelijk. Het deed er niet toe hoeveel ze van de hut hadden gevonden, belangrijk was

dat het inderdaad de resten van de blokhut waren, en niet een willekeurige stapel hout of een omgevallen boom. Ze had Gerda's
eerste huis in Amerika gevonden, het eerste onderkomen op het
land van Bergstrom, en dat was genoeg.

## Het einde van de herfst tot december 1858
### – waarin ik bittere vruchten oogst

De eerste frisse herfstavonden vertelden ons dat het weldra oogsttijd zou zijn, en door alle voorbereidingen op de winter gonsde
Elm Creek Farm van de bedrijvigheid. Anneke bood aan weer een
japon voor het jaarlijkse Oogstbal voor me te naaien, en deze keer
zei ik meteen ja, vastbesloten zo lieftallig te ogen als een vrouw
maar kon zijn. Jonathan en ik kenden elkaar nu twee jaar, en hoewel we er nooit over spraken, was het duidelijk dat zijn genegenheid voor mij was gegroeid, net zoals de mijne voor hem. Ik
verwachtte dat hij me elk moment zou vragen zijn vrouw te worden, en wanneer hij dat zou doen, zou ik met heel mijn hart toe-
stemmen. De dagen waarin ik om het verlies van E. had getreurd,
leken o zo ver weg.

Anneke naaide een japon van prachtige lavendelkleurige zijde-
brokaat voor me, en toen ik die voor de eerste keer paste, was Anneke van haar stuk gebracht door de verandering in me. Ik voelde
dat ik bloosde als een jong meisje bij de gedachte aan de blik die in
Jonathans ogen zou verschijnen wanneer hij me zo zou zien. Vlak
voordat ik 's avonds in slaap viel, stelde ik me voor dat hij me naar
de dansvloer leidde, zijn hand lichtjes rustend op mijn rug, en me
dicht tegen zich aan zou houden. Ik hoopte dat het niet lang zou
duren voordat ik hem mijn echtgenoot zou mogen noemen.

Een week voor het Oogstbal, toen ik Anneke voor de ingang
van het naaiatelier van mevrouw Engle trof, leek mijn schoonzuster echter door zorgen geplaagd. 'Gerda,' zei ze, toen ze naast me
op de bok van onze wagen klom, 'ik heb erg slecht nieuws voor je.'

'Mevrouw Engle en meneer Pearson verhuizen eindelijk naar
het Zuiden?'

'Het is niet om te lachen.'

Pas toen viel me op hoe bleek ze was geworden en met hoeveel aarzeling ze sprak. 'Zeg het me,' zei ik. 'Wat het ook is, zo erg kan het niet zijn.'

Anneke haalde een paar keer diep adem en legde even haar hand op haar buik voordat ze het woord nam. 'Charlotte Claverton is vandaag een japon komen passen.'

'O ja?' Ik was het mooie donkerharige meisje dat tijdens het vorige Oogstbal vaker met Jonathan had gedanst dan me lief was geweest beslist niet vergeten, maar Jonathan en ik waren zulke dierbare vrienden geworden dat ik haar niet langer als een rivale beschouwde. 'Ze wil waarschijnlijk op haar mooist zijn tijdens het Oogstbal, net zoals wij allemaal.' Misschien voelde ik toch nog een lichte jaloezie. 'Ik neem aan dat je voor de verandering niet bereid bent een paar lelijke naden te naaien?'

'Gerda. Het was geen baljapon. Het was haar trouwjurk.'

'Gaat ze trouwen? Wat heerlijk voor haar.'

'Ze gaat met Jonathan trouwen.'

Het suisde in mijn oren, en toch hoorde ik nog het klop-klop-klop van de paardenhoeven op de weg. Ik hoorde de wind ruisen door de bomen die we passeerden, ik hoorde het water stromen in de Elm Creek.

'Gerda, hoorde je wat ik zei?'

'Je vergist je vast.' Mijn stem klonk hoog en iel, gemaakt opgewekt. 'Ze kan niet met Jonathan trouwen. Niet met...' Met mijn Jonathan, zei ik bijna.

'Dat doet ze wel. Ik hoorde het haar tegen mevrouw Engle zeggen. De bruiloft is met Kerstmis.'

'Je hebt het vast verkeerd gehoord.' Het kostte me al mijn kracht die woorden uit te spreken. 'Dan zou Jonathan het me wel hebben gezegd. En anders Dorothea wel.'

'Gerda...'

'Het kan niet waar zijn.' Ik nam de leidsels ter hand en vuurde de paarden aan, in de ban van een plotseling verlangen zo snel mogelijk naar huis terug te keren. 'Ik weiger naar dergelijke nonsens te luisteren.'

Anneke zei niets meer, maar ik merkte dat ze vocht tegen haar tranen. Zelf werd ik verblind door verwarring en bezorgdheid. Anneke geloofde in wat ze me had verteld, daar twijfelde ik niet aan. Natuurlijk kon ze het mis hebben, maar dat leek me onwaarschijnlijk. Wat kon het passen van een bruidsjapon anders betekenen?

Thuis begon ik zonder een woord tegen Anneke of mijn broer te zeggen met het bereiden van de avondmaaltijd. Anneke had Hans ongetwijfeld verteld wat er aan de hand was toen ik buiten in de moestuin was, want hij sprak de hele avond vriendelijk tegen me en plaagde me niet zoals hij gewoonlijk deed. Ik ging vroeg naar bed, maar voelde me te ellendig om de slaap te kunnen vatten. Ik had zo vaak met Jonathan gesproken, maar hij had nimmer gezinspeeld op een huwelijk met Charlotte Claverton. Toch moest ik tevens toegeven dat hij ook nooit had aangegeven dat hij mij zou willen huwen.

Tijdens die nacht nam mijn ongerustheid steeds verder toe en onderwierp ik mijn herinneringen aan een meedogenloos onderzoek. Had ik te veel in Jonathans aandacht gezien? Had ik liefde waargenomen waar slechts vriendschap bestond? Maar hoe ik ook over die afgelopen twee jaar nadacht, het kostte me moeite te geloven dat zijn genegenheid jegens mij minder was dan de mijne jegens hem. Zijn woorden, zijn daden, de glimlach die zijn hele gezicht deed stralen wanneer we elkaar groetten – nee, zei ik tegen mezelf, ik had mezelf niets in het hoofd gehaald. Het was onwaarschijnlijk dat Anneke Charlotte Claverton verkeerd had begrepen, maar het was even onwaarschijnlijk dat Jonathan liefde voor een ander dan voor mij had opgevat.

Ik klampte me aan die vage hoop vast en wist ten slotte in slaap te vallen. Een paar uur later ontwaakte ik, met een pijn in het hart die was afgezakt tot een dof zeuren, en herinnerde me dat het vandaag zondag was. Jonathan zou halverwege de ochtend naar ons toe komen en we zouden tot aan het middagmaal samen langs de Elm Creek wandelen, zoals we al maanden elke zondag deden. Gewoonlijk spraken we over boeken of politiek of het geloof, maar vandaag zou ik geen andere keuze hebben dan hem onomwonden naar zijn plannen voor ons te vragen.

Maar de morgen verstreek, en de middag eveneens, en hij kwam niet. Bij elk uur dat verstreek, werd de misselijkmakende knoop in mijn maag dichter aangetrokken. Zijn afwezigheid maakte Annekes nieuws des te geloofwaardiger. Ik verrichtte al mijn taken voor die dag, en nog was hij niet verschenen. Ten slotte nam ik mijn Churn Dash-quilt ter handen en probeerde mijn zorgen te vergeten door de regelmaat van de steekjes. Telkens weer zei ik tegen mezelf dat hij zou aankloppen voordat ik mijn blok had kunnen voltooien.

Er lagen twee voltooide blokken bij de andere in mijn naaimandje toen ik eindelijk een paard hoorde naderen, gevolgd door het stemgeluid van Jonathan die mijn broer groette terwijl hij langs de schuur reed. Ik wachtte totdat hij had aangeklopt voordat ik mijn naaiwerk neerlegde en opstond.

Ik deed de deur open. Zodra ik Jonathans gezicht zag, kon ik niets anders doen dan alle hoop laten varen.

'Het spijt me dat ik zo laat ben,' zei hij. Zijn gelaat was bleek, zijn blik berouwvol. 'De jongen van Watson is van zijn paard gevallen en heeft zijn arm gebroken.'

'Komt het weer goed met hem?'

'Ja... Ja, hij zal volledig genezen.' Hij zweeg even. 'Gerda, mag ik binnenkomen?'

Ik knikte, wetend dat ik geen woord zou kunnen uitbrengen. Mijn benen voelden zo krachteloos dat ik snel terugliep naar mijn stoel. Ik pakte wederom mijn naaiwerkje en hoopte mijn verdriet te kunnen verbergen door zo gewoon mogelijk te doen, maar mijn handen trilden zo hevig dat ik weinig anders kon doen dat mijn blok in mijn schoot leggen en er ingespannen naar staren. Ik wist niet wat ik moest doen. Ik wist dat, zodra Jonathan het woord zou nemen, al mijn hoop dat ik ooit zijn vrouw zou worden voor altijd in rook zou opgaan.

'Ik heb begrepen...' Hij ondernam opnieuw een poging. 'Ik heb begrepen dat je gisteren in de winkel van mevrouw Engle bent geweest.'

'Min of meer. Ik heb voor de deur op Anneke gewacht. Ik ben niet naar binnen gegaan.'

Hij knikte en oogde afwezig. 'Maar Anneke... heeft je verteld wie er binnen was?'

Ik kon het niet langer verdragen, zijn omzichtige aftasten naar hoeveel ik wist. 'Ze noemde één klant bij naam. Charlotte Claverton. Ik meen dat jullie elkaar goed kennen.'

'Gerda, geef me de gelegenheid het uit te leggen.'

'Zeg me eerst of het waar is.'

'Gerda...' Hij liep naar de haard en weer terug. 'Ja. Het is waar. Charlotte Claverton en ik zullen over zes weken in het huwelijk treden.'

Het leek een eeuwigheid te duren voordat ik kon uitbrengen: 'Ik begrijp het.'

Een tel later knielde hij naast mijn stoel en nam mijn handen in de zijne. 'Gerda, ik heb nooit gewild dat je het zo zou horen. Ik had het je zelf willen zeggen. Ik heb het talloze malen geprobeerd, maar...'

'Maar?'

'Ik merkte dat ik het niet kon.'

Ik onderdrukte een lachje. 'Tijdens al die gesprekken die we met elkaar hebben gevoerd heb je nimmer de gelegenheid gevonden me te vertellen dat je gaat trouwen?'

'Ik kon niet...' Hij viel stil en leek naar woorden te zoeken. 'Ik heb het niet gedaan omdat ik wist dat het het einde van onze vriendschap zou betekenen, en dat kon ik niet verdragen.'

'Je bent blijkbaar geen echte vriend voor me geweest,' sprak ik kil.

'Dat weet ik.' Hij stond op en haalde zijn hand door zijn haar. 'Ik heb er meer spijt van dan je kunt vermoeden. Maar Gerda, probeer het te begrijpen. Charlotte en ik kennen elkaar al sinds onze kinderjaren. De boerderijen van onze ouders grenzen aan elkaar. We werden al aan elkaar beloofd voordat we wisten wat dat betekende. Het is altijd al bekend geweest dat we vroeg of laat zouden trouwen.'

Ik kon mijn oren niet geloven. 'Je gaat trouwen omdat je ouders het zo willen? Jij, die altijd zulke moderne ideeën hebt, stemt in met een gearrangeerd huwelijk?'

'Zo eenvoudig is het niet. Toen ik volwassen werd, heb ik om haar hand gevraagd en de belofte van mijn ouders tot de mijne gemaakt. Het werd van me verwacht, en ik wist niet...'

'Wat wist je niet?'

'Dat ik op een dag jou zou leren kennen.'

Ik keek hem lang genoeg aan om in zijn blik te zien dat hij werd verscheurd door wroeging en spijt. 'Verbreek de verloving,' hoorde ik mezelf zeggen.

'Daar is het te laat voor.'

'Nee.' Ik schudde mijn hoofd en schoot overeind van mijn stoel, ik snelde naar hem toe en pakte zijn handen. 'Je hebt je jawoord nog niet gegeven, het is nog niet te laat. Haar japon is nog niet voltooid en de belofte is lang geleden gedaan. Ja, het zal beschamend ongemak veroorzaken, maar dat zal snel weer zijn vergeten.'

'Ze denkt dat ze van me houdt.'

'Ze is een jonge vrouw. Ze zal weer iemand anders vinden. Als ze om je geeft, zal ze je je geluk gunnen.'

'Gerda, ik trouw met Charlotte.' Hij streelde mijn wang met de rug van zijn hand. 'Ik heb het haar beloofd. Ik ben een man van mijn woord, ik kom nimmer op mijn beloften terug.'

Ik slikte mijn tranen in. 'Is je eer belangrijker dan je geluk?'

'Ik dacht dat je me kende,' sprak hij zacht, verwijtend. 'Als ik me niet aan mijn belofte houd, kwets ik een onschuldige jonge vrouw. Je kunt niet van me verlangen dat ik dat doe om uitsluitend mijn eigen verlangens te bevredigen.'

En mijn verlangens dan, wilde ik roepen, maar ik wist dat hij daardoor niet te beïnvloeden zou zijn. 'Zeg dat je niet van me houdt en dat je Charlotte liefhebt. Zeg me dat, dan zal ik voor altijd hierover zwijgen.'

Hij keek me lange tijd aan, zonder iets te zeggen. 'Dat kan ik niet.'

'Waarom niet?'

'Omdat het een leugen zou zijn. Je weet dat ik van je hou.'

Mijn hart welde op van verdriet. Eindelijk had hij me verteld wat ik wilde horen, maar zijn woorden betekenden nu niets meer. 'Dan bewijs je Charlotte geen dienst door met haar te trouwen. Ze verdient een man die van haar houdt. Als ze de waarheid zou kennen, zou ze niet van je verlangen dat je je aan je belofte houdt.'

Hij schudde zijn hoofd. 'Ze vermoedt dat ik genegenheid voor je voel, maar ze wil toch met me trouwen. Als zij van me verlangt dat ik me aan mijn belofte houd, zal ik dat doen. En zo lang ik leef, zal ik een goede echtgenoot voor haar zijn. Als ik haar nooit zal liefhebben zoals het een echtgenoot betaamt, zal ze dat nimmer hoeven merken.'

Met een heftige beweging schudde ik mijn hoofd, niet in staat mijn oren te geloven. Ik wilde hem zeggen dat ze beiden dwazen waren, maar ik was bang dat ik in tranen zou uitbarsten zodra ik zou spreken. En ik was te trots om hem te tonen hoeveel verdriet dit me deed.

'Gerda, het laatste wat ik wens, is dat jij verachting voor me voelt. Zeg me dat je ons je zegen geeft.'

De smekende, pijnlijke toon van zijn stem deed mijn laatste restje verzet verdwijnen. 'Ik wens jou en Charlotte veel geluk,' wist ik uit te brengen. Daarna rende ik de kamer uit.

Ik hoorde Jonathan niet vertrekken, maar het duurde niet lang voordat Anneke me kwam troosten. Ik liet me echter niet troosten. Ik treurde niet alleen om het verlies van Jonathan, maar worstelde ook met mijn woede en schaamte, met het besef dat ik wederom was vernederd door een man die beweerde van me te houden. Ik had mijn thuis in Duitsland verlaten om aan die schande te ontkomen, maar deze keer kon ik mijn verdriet niet achter me laten. Ik zou tot het einde van mijn dagen in Creek's Crossing blijven, waar de aanblik van Jonathan en Charlotte telkens weer de wond in mijn hart zou openrijten.

Later die avond nam Hans me terzijde en vroeg me op ernstige toon of Jonathan me ooit een belofte aangaande een huwelijk had gedaan. Ik schudde mijn hoofd, waarop Hans opgelucht knikte. 'Als was gebleken dat hij je had misleid,' zei hij, 'zou ik niet hebben toegestaan dat hij ooit nog een voet op ons erf had gezet.'

'Ik heb mezelf misleid.' Op dat moment beloofde ik mezelf dat dat nooit meer zou gebeuren.

Natuurlijk bezocht Jonathan ons daarna niet langer op Elm Creek Farm en kon ik het evenmin opbrengen bij de Nelsons langs te gaan. Ik miste ons naaigroepje en verlangde hevig naar het gezelschap van Dorothea, maar tegelijkertijd kon ik een gevoel van smeulende woede jegens haar, mijn beste vriendin, niet onderdrukken. Ze moest van de verloving van haar broer hebben geweten, maar had desalniettemin gezwegen, ook al was ze getuige geweest van de groeiende genegenheid tussen Jonathan en mij. Ik begreep haar zwijgen niet en voelde om die reden afkeer jegens haar.

Er verstreek een week. De dag van het Oogstbal brak aan. Ik was niet van zins te gaan, maar Anneke droeg me op het toch te doen. 'Je moet niet laten blijken dat je gekwetst bent,' zei ze. 'Je zult de lavendelkleurige zijde dragen en je zult er prachtig uitzien, en je zult met opgeheven hoofd lopen. Blijf niet thuis in een hoekje zitten alsof jij degene bent die zich zou moeten schamen.'

Haar bitterheid verbaasde me, en pas toen drong tot me door dat ze de naam van Jonathan al de hele week niet had genoemd. 'Hij heeft nooit tegen me gelogen.' Ik vond dat hij een dergelijke kritiek niet verdiende.

'Nee, maar hij heeft de waarheid voor je verzwegen. Dat is even erg.'

Ik was het niet gewend Anneke zo kwaad te zien en besloot het bal bij te wonen teneinde een ruzie te voorkomen. Het kostte me moeite, maar ik deed wat ze vroeg. Ik danste met andere mannen alsof ik niet naar Jonathans armen verlangde. Ik toonde mijn vreugde toen het nieuws over de verloving zich onder de aanwezigen verspreidde en vroeg me net als alle anderen hardop af hoe ze erin waren geslaagd het zo lang geheim te houden. Toen Anneke en ik het pad van Jonathan en Charlotte kruisten toen die net de dansvloer verlieten, feliciteerde ik hen en wenste hen veel geluk, me hevig bewust van al die ogen die naar me keken.

Alleen tegenover Dorothea kon ik mijn gevoelens niet verborgen houden. Dat wist ik zodra ik haar aan de arm van Thomas zag binnenkomen. Ze riep me, maar ik deed alsof ik haar niet hoorde, en gedurende de rest van de avond vermeed ik haar.

Het had me deugd gedaan indien ik Cyrus Pearson eveneens had kunnen vermijden, maar tot mijn ongenoegen kwam hij juist naar me toe. Drie keer wist ik een andere partner te kiezen voordat hij me ten dans kon vragen, maar de vierde keer duwde hij de ander zonder pardon opzij en greep me bij mijn hand. 'Kijk eens wie we daar hebben, de lieftallige juffrouw Bergstrom,' sprak hij. 'Eindelijk heb ik de eer u naar de dansvloer te kunnen begeleiden.'

'De eer is geheel aan mij, meneer Pearson,' antwoordde ik. Iedereen die ons kon horen, moet hebben gedacht dat het een vriendelijk gesprek was, maar wij wisten wel beter.

'Hebt u het heuglijke nieuws al vernomen?' vroeg hij toen we aan onze dans begonnen.

'Welk nieuws bedoelt u?'

'Het voorgenomen huwelijk van dokter Granger en juffrouw Claverton.' Hij trok een quasi-bedroefd gezicht. 'O, u beschouwt dat natuurlijk als allerminst goed nieuws.'

'Natuurlijk wel. Ik ben dolblij voor hen.'

'Sommigen beweren dat u aan uw klasse probeerde te ontstijgen en een doktersvrouw had willen worden.'

'Aan mijn klasse probeerde te ontstijgen?' Ik keek hem vol geveinsde verbazing aan. 'Hemel, is dit niet Amerika, waar allen gelijk zijn? Ben ik zonder het te beseffen teruggekeerd naar Europa?'

Rond zijn mond verscheen een afkeurende trek, maar hij hield vol: 'Mijn moeder vertelde me dat Anneke redelijk van streek was toen ze van de verloving hoorde. En aangezien u zulke goede vriendinnen bent met de zuster van dokter Granger is het niet verwonderlijk dat wordt aangenomen –'

Boos merkte ik op: 'Als het aan uw aannames en de koppelpogingen van mijn schoonzusje had gelegen, zou ik allang al zijn getrouwd.'

'Inderdaad, juffrouw Bergstrom,' zei hij, 'het is opmerkelijk dat een schoonheid als u, met zulke aangename manieren, nog steeds ongehuwd is.'

Hij leidde ons ondertussen naar de rand van de dansvloer, en na die laatste woorden boog hij, liet mijn hand los en liet me daar achter. Met een gezicht dat brandde van woede draaide ik me om en liep terug naar de quilt waar Anneke en Hans zaten. Met zachte stem vroeg ik of we alsjeblieft weg konden gaan, maar Anneke vond dat ik moest blijven en moest doen alsof er niets aan de hand was. Toen Hans haar bijviel, gaf ik met tegenzin toe, maar pas nadat ze me hadden beloofd Cyrus Pearson uit mijn buurt te houden. Anneke fronste, zoals ze altijd deed wanneer ze eraan werd herinnerd hoe slecht ik kon opschieten met de oudste zoon van haar werkgeefster, maar ze stemden toe. Het bleek al snel dat het niet nodig was: nu Cyrus Pearson was geslaagd in zijn opzet mij te kwetsen, keurde hij me de rest van de avond amper een blik waardig.

In de twee weken die volgden, woonden Anneke en ik geen van beiden de bijeenkomsten van ons naaigroepje bij. Zij was niet van mening dat ik me goed hoefde te houden ten overstaan van Dorothea, die ze mede verantwoordelijk hield voor mijn teleurstelling. Ik had aangenomen dat ik zou moeten leren leven zonder de vriendschap van Dorothea, net zoals ik het zonder de liefde van Jonathan moest stellen, maar Dorothea was niet van zins onze vriendschap op te offeren vanwege de dwaasheden van haar broer.

In die tijd leerden jonge vrouwen bij wijze van voorbereiding op het huwelijk onder andere hoe ze een quilt dienden te maken. Bij sommige families in onze streek was het de gewoonte dat een jonge vrouw twaalf *tops* had voltooid tegen de tijd dat ze de huwbare leeftijd had bereikt. De dertiende quilt diende haar meesterwerk te zijn, een teken dat ze de naaldkunst beheerste waaraan ze als echtgenote en moeder zoveel zou hebben, en zulke quilts onderscheidden zich vaak door ingewikkelde appliqués, borduurwerk en een bepaalde techniek die trapunto werd genoemd. Wanneer een jonge vrouw zich verloofde, kwamen alle vriendinnen en familieleden van de bruid bijeen om de dertiende quilt gezamenlijk door te pitten. Dat waren feestelijke gelegenheden, vol vreugde en gelukwensen voor de aanstaande bruid, en ik had sinds mijn aankomst in Creek's Crossing al enkele van zulke bijeenkomsten mogen bijwonen. Als zuster van de bruidegom diende Dorothea natuurlijk ook een dergelijke *bee* voor Charlotte Claverton te organiseren, en aangezien de familie van Charlotte het nodige aanzien in onze gemeenschap genoot en Jonathan als enige arts in het dorp een vooraanstaande positie had, zagen de vrouwen van het stadje de bijeenkomst natuurlijk als de belangrijkste sociale gebeurtenis van het jaar, zelfs nog belangrijker dan het Oogstbal.

Toen Anneke en ik allebei zo'n felbegeerde uitnodiging ontvingen, was mijn eerste opwelling die in het haardvuur te werpen, maar Anneke hield me tegen. 'Als we niet gaan, voeden we slechts de geruchten dat je een hekel aan Charlotte hebt en haar aanstaande voor jezelf begeert.'

Ik had een hekel aan Charlotte en begeerde Jonathan natuurlijk voor mezelf, maar aangezien ik hem niet kon krijgen, kon ik het niet verdragen dat het hele stadje dat zou weten.

Hans vond dat voor mij voldoende reden om niet te gaan. 'Er zal naar jou net zoveel worden gekeken als naar de bruid,' zei hij. 'Je hebt je gevoelens nooit goed kunnen verbergen. Iedereen zal kunnen zien hoe je je voelt.'

Het leek er niet toe te doen wat ik deed, daar de bewoners van Creek's Crossing toch wel een schandaal zouden zien, simpelweg omdat ze dat wilden. Nu bleek dat ik toch niet kon winnen, besloot ik Hans' waarschuwing als een uitdaging te beschouwen en toch te gaan.

Anneke, wier onvolmaakte Engels een bron van schaamte voor haar bleef, vroeg me op de uitnodiging te antwoorden, en dat deed ik, bij elke pennenstreek gekweld door een mengeling van gretigheid en angst. Ik miste mijn vriendinnen, zelfs Dorothea, die me met haar zwijgen had verraden, en ik verlangde naar de warmte van hun gezelschap. Wanneer ik me voorstelde dat ik een dag lang ten overstaan van al die roddelaarsters de schijn zou moeten ophouden, zonk de moed me in de schoenen, maar ik overtuigde mezelf ervan dat na die dag de hele droevige aangelegenheid tot het verleden zou behoren. En hoewel talloze vrouwen in mijn positie hun rivale liever niet op het moment van haar triomf zouden willen zien, wilde ik niets liever. Ik had haar slechts een keer kort gezien, tijdens het Oogstbal, en wilde nu dolgraag weten wat voor persoon ze was. Ik was ervan overtuigd dat alle kennis die ik over haar zou vergaren alleen maar zou bevestigen dat ze een zelfzuchtig kind was, volkomen ongeschikt voor Jonathan, en dat hij met mij veel gelukkiger zou zijn geweest. Dat moest ik bevestigd zien – en ik wilde dat Charlotte Claverton mij zou leren kennen en niet anders kon doen dan tot dezelfde gevolgtrekking komen.

Eindelijk was de dag van de *bee* aangebroken en reden Anneke en ik, gekleed in schone schorten en gewapend met onze vingerhoeden, naalden en klosjes garen, naar het huis van de Nelsons. Ik vroeg me af hoe Dorothea tegen me zou spreken; of ze zou doen alsof er niets aan de hand was, net zoals ik moest doen alsof haar broer niets voor me betekende. Thomas begroette ons bij aankomst en ontfermde zich over de paarden terwijl wij ons binnen bij de dames voegden. Pas op dat moment besefte ik hoe hevig ik ernaar had verlangd om Dorothea, gedreven door de drang zich te verontschuldigen, voor de deur op ons te zien wachten, of beter nog, naar ons toe te zien rennen.

Binnen werden Anneke en ik hartelijk omhelsd door de leden van de Naaisters en Suffragettes en vriendelijk begroet door wat alle vrouwen uit een straal van dertig kilometer rondom Creek's Crossing leken te zijn. Het was echt iets voor Dorothea, vond ik, om liever zovelen uit te nodigen dat het huis bijna uit zijn voegen barstte dan iemand buiten te sluiten. Al snel ontdekte ik hoeveel vrouwen Dorothea had uitgenodigd: niet alleen was mevrouw

Engle aanwezig, maar ook mevrouw Constance Wright, een kleurlinge wier familie een boerderij op twintig kilometer ten zuidoosten van de onze bezat, alsmede een aantal andere kleurlinges die ik niet kende. Even vergat ik mijn eigen gevoelens bij het vooruitzicht met hen te kunnen kennismaken – maar ik moet eerlijk bekennen dat ik me niet zozeer afvroeg hoe ik hen op hun gemak zou kunnen stellen in aanwezigheid van vrouwen van wie sommige niet eens met hen in één huis wilden zijn, maar me eerder verheugde op het ongemak dat mevrouw Engle tentoon zou spreiden nu ze gedwongen was in hun nabijheid te verkeren.

Gelukkig was Dorothea zo vriendelijk en warm tegen hen dat de tekortkomingen van mijn karakter ruimschoots werden goedgemaakt.

De twee voorste kamers in huize Nelson waren ter beschikking van het gezelschap gesteld, en in beide was een groot quiltraam neergezet, omringd door stoelen. 'We lijken veel meer handen te hebben dan nodig zijn,' mompelde ik tegen Anneke, maar diep in mijn hart was ik blij dat mij nu de ondraaglijke taak om Charlotte Claverton met haar bruidsquilts te helpen mogelijk bespaard zou blijven.

'We kunnen om beurten werken,' antwoordde Anneke, die wist wat ik dacht. 'En jij zult heus je steentje bijdragen.'

Ik fronste en keek naar de gezichten om me heen, tevergeefs zoekend naar Dorothea en Charlotte. Het was rumoerig, maar toch hoorde ik gelach uit de keuken komen, en ik wist meteen dat ik Dorothea daar zou kunnen aantreffen. Op dat moment kwam mevrouw Engle naar ons toe, breeduit glimlachend naar mijn schoonzusje. Nu ik de keuze had tussen Dorothea aanspreken of gedwongen beleefd te zijn tegen de moeder van Cyrus Pearson besloot ik de keuken te trotseren.

Dorothea zag me binnenkomen. Ze brak meteen haar gesprek af, veegde haar handen af aan haar schort en liep naar me toe. 'Ik vind het zo vervelend voor je, Gerda,' zei ze, zo zacht dat niemand ons zou horen.

'Je had het me kunnen vertellen,' zei ik, kortaf, want ik voelde nog steeds een lichte woede jegens haar. 'Dat had me heel veel pijn kunnen besparen.'

'Het was niet aan mij het te vertellen.' Ze legde een hand op mijn arm. Haar ogen stonden vol tranen. 'Gerda, ik heb hem zo vaak gevraagd de waarheid te vertellen. Ik heb hem meerdere malen gezegd dat hij goed moest nadenken of hij wel met haar verloofd wilde blijven. Hij is een dwaas omdat hij met haar trouwt terwijl zijn hart jou toebehoort. Dat zei ik hem ook, maar hij wilde niet luisteren.'

Haar woorden en het oprechte verdriet dat ik in haar stem hoorde verzachtten mijn hart. Ik had Jonathan verloren, maar ik zou mijn dierbaarste vriendschap er niet onder laten lijden.

Op de een of andere manier wist ik die dag door te komen. Ondanks de vele gretige handen was er veel werk te doen, en hoewel de vaardigste naaisters onder ons een veel hoger tempo bezigden dan ik gewend was, was ik vastbesloten hen bij te houden. Ik wilde met elke steek die ik zou maken laten zien dat ik Charlotte Clavertons aanstaande niet begeerde.

En hoewel mijn bitterheid was afgezakt nu Dorothea zich had verontschuldigd, kon ik tijdens het werken aan al die dertien prachtige quilts niets anders doen dan nauwlettend gadeslaan wat Charlotte deed of zei. Het leed geen twijfel dat ze veel mooier was dan ik; in dat opzicht vormde ik geen enkele bedreiging voor haar. Ze was charmant en leek aardig, en iedereen, van Dorothea tot mevrouw Engle, was op haar gesteld, al had de goedkeuring van mevrouw Engle in mijn ogen natuurlijk weinig te betekenen. Charlotte was, godzijdank, een abolitionist in geest, al kwam haar gedrag dichter in de buurt van Hans' afzijdigheid dan van Dorothea's activisme. Ze beschikte echter over weinig kennis en durfde amper een mening te uiten die afweek van die van degene met wie ze op dat moment sprak. Met hulp van Jonathan zou ze veel kunnen leren, indien ze daartoe bereid zou zijn en zich in zou zetten, maar haar aarzeling om haar mening te geven zou minder gemakkelijk te overwinnen zijn. Ik dacht aan al die gesprekken, en soms zowaar verhitte debatten, die er tussen Jonathan en mij hadden plaatsgevonden, en wanneer ik me voorstelde dat hij een eendere intellectuele bezieling aan Charlotte trachtte te ontlokken, voelde ik twijfel in me opwellen. Tegen het einde van de avond kon ik niet anders dan tot de gevolgtrekking komen dat Jonathan en ik inderdaad verwante geesten waren en veel beter bij elkaar zouden hebben gepast. Ik had verwacht dat een dergelijk besef me bevrediging zou geven, mogelijk zelfs rust, maar eerlijkheid gebiedt me te zeggen dat ik me alleen maar verdrietiger voelde.

In de periode tussen de *bee* en de bruiloft bad ik dat de verloving zou worden verbroken, dat Jonathan zijn eer zou opofferen voor mijn geluk, of dat Charlotte hem zou ontslaan van zijn onfortuinlijke belofte. Ik wenste geen van hen beiden iets naars toe, maar soms kon ik niet anders dan bidden dat een van hen zou sterven voordat ze elkaar het jawoord konden geven, want ik was er zeker van dat ik dat niet zou overleven.

Dat gebeurde natuurlijk niet. Een dergelijk onheil vindt alleen in romans of liederen plaats.

Jonathan en Charlotte trouwden op de dag voor Kerstmis, ten overstaan van al hun blije vrienden en een onopvallende vrouw uit Duitsland die haar verdriet meedroeg in haar hart en trachtte blij te zijn met het lot waarvoor haar geliefde had gekozen. Dat was ze echter niet, ze hoopte – ik hoopte – dat hij zijn beslissing zou gaan betreuren en dat hij in zijn huwelijk even ongelukkig zou worden als hij mij in mijn ongetrouwde staat had gemaakt. Nu schaam ik me voor zulke bittere gedachten, maar op zijn trouwdag, die de onze had moeten zijn, kon ik niets anders voelen.

Jonathan trok met zijn bruid bij zijn ouders in, en nadat hun beider ouders waren overleden, vormden de erfenissen van dokter en mevrouw Granger bij elkaar genomen de grootste boerderij van de streek, precies zoals hun ouders hadden gewenst. Het paar leidde een voorspoedig bestaan, ze kregen vier kinderen en vele kleinkinderen, al weet ik niet meer precies hoeveel. Er is geen reden waarom ik me dat zou moeten herinneren, daar het mij niet betrof.

Misschien vraagt u zich af, lezer, waarom ik me moeite getroost deze feiten hier op te tekenen. Daar ik niet met Jonathan trouwde en hij geen lid van de familie Bergstrom werd, zou zijn bestaan weinig invloed op ons geslacht moeten hebben. Ik verzeker u dat ik die pijnlijke momenten niet uit mijn geheugen heb opgerakeld omdat ik er genoegen aan beleef, maar omdat u dient te weten wat voor soort man hij was. Anneke maakte de keuze die ons noodlottig zou worden, maar met hulp van Jonathan bewerkstelligde ze naar wat ik hoop onze verlossing zal zijn.

Sylvia bleef in gedachten verzonken zitten, met de memoires open op haar schoot. Ze wou dat ze op de een of andere manier terug kon keren naar het verleden om Gerda te troosten. Ze begreep de pijn van de andere vrouw maar al te goed. Natuurlijk waren de omstandigheden niet te vergelijken, maar zowel zij als Gerda waren allebei gescheiden van de man van wie ze hielden. Bij Sylvia was het de dood geweest, bij Gerda een huwelijk.

Nu Sylvia aan haar eigen man dacht, voelde ze een hevige verontwaardiging jegens Jonathan opwellen. Gerda had de afstammelingen van de familie Bergstrom duidelijk willen maken wat voor soort man hij was geweest, en Sylvia wist dat maar al te goed: een egoïstische dwaas zonder ruggengraat. Hoe kwaad Gerda ook was, ze leek zijn gedrag toch nog te willen goedpraten, maar Sylvia trapte er niet in. Zodra Jonathan merkte dat hij meer voor Gerda ging voelen, had hij haar over Charlotte moeten vertellen. En wat een onzin, trouwen omdat de ouders zo graag wilden dat de boerderijen zouden worden samengevoegd! Gerda was beter af zonder zulke schoonouders, en zeker beter af in haar eentje dan aan de zijde van zo'n leugenachtige dwaas. Sylvia begreep niet waarom Gerda het belangrijk vond dat toekomstige Bergstroms zouden weten wat voor man Jonathan was, tenzij ze de jongedames uit de familie wilde vertellen dat ze op hun hoede moesten zijn voor jongemannen met mooie praatjes.

Ze keek naar de laatste bladzijde die ze had gelezen en fronste bij het zien van de laatste zin van de alinea. Het was wederom een zinspeling op iets vreselijks dat Anneke blijkbaar had gedaan. De vraag wat haar overgrootmoeder in vredesnaam had moeten doen om het slachtoffer van zo'n hard oordeel te worden, hield Sylvia voortdurend bezig.

'Blader dan gewoon door naar de bladzijde waarop ze dat uitlegt,' zei Sarah later die week. De Elm Creek Quilters zaten bij elkaar in de salon voor de wekelijkse vergadering die ze altijd op woensdagavond hielden, na de activiteiten van het quiltkamp, en zodra de officiële zaken waren besproken, gingen ze zoals elke week verder met hun persoonlijke nieuwtjes.

'Ze wil de spanning er nog even inhouden,' zei Gwen.

'Anders is het net alsof je al voor Kerstmis kijkt welke cadeautjes je krijgt,' voegde Agnes er glimlachend aan toe.

'Dat is het niet,' zei Sylvia. 'Ik ben ook op zoek naar informatie over die quilts, naar iets wat Gerda misschien alleen maar terloops vermeldt, of iets wat alleen maar uit de context is op te maken. Ik ben bang dat ik iets belangrijks mis als ik niet heel nauwkeurig lees.'

'Je kunt het altijd later nog eens aandachtiger lezen,' stelde Sarah voor. 'Heb je geen zin om snel door te bladeren, alleen maar om te kijken of Gerda en Jonathan elkaar nog krijgen?'

'Ja, doe dat,' zei Diane aanmoedigend. 'Was de plechtigheid op de een of andere manier ongeldig? Is Charlotte op een gegeven moment gestorven?'

Sylvia keek hen aandachtig aan. 'Waarom denken jullie dat Gerda en Jonathan toch nog met elkaar getrouwd zijn?'

Ze keken elkaar aan. 'Dat weet ik niet,' zei Sarah. 'Dat nam ik gewoon aan.'

'Nou, het is duidelijk dat dat niet zo is.' Opeens stond Sylvia op. 'Toe nou, Sarah, dit waren echte mensen, dit was hun leven. Het zijn geen personages uit een verhaaltje. Reken niet op "Ze leefden nog lang en gelukkig".'

Zonder nog iets te zeggen liep ze de kamer uit, de anderen uiterst verbaasd achterlatend. Sylvia was al bijna op haar slaapkamer toen ze een hevige spijt voelde omdat ze zich zo had laten gaan. Ze vroeg zich af of ze haar excuses moest aanbieden, maar ze wist dat ze een rothumeur had en dat alles wat ze nu zei het alleen maar erger zou maken. Gelukkig waren haar vriendinnen niet het soort mensen die haar dit kwalijk zouden nemen. Ze hadden haar al veel erger dingen vergeven.

En de volgende ochtend deed Sarah tijdens het ontbijt inderdaad alsof er helemaal niets was gebeurd. Sylvia was blij dat haar vriendin niet vroeg wat de reden voor haar uitbarsting was geweest, want dat wist ze zelf eigenlijk ook niet. Ze was boos op Jonathan en vond het vervelend dat ze niets kon doen om Gerda te helpen – en ze had het idee dat ze zich aanstelde omdat ze zich zo druk maakte om mensen die er allang niet meer waren.

Later die middag ging ze terug naar haar zitkamer, vastbesloten verder te lezen met een even objectieve blik als waarmee DiCarlo waarschijnlijk een vindplaats zou benaderen. Ze had het boek nog maar net gepakt en zich in haar lievelingsfauteuil genesteld toen Summer aarzelend tegen het kozijn van de open deur klopte. 'Kan ik zonder gevaar voor eigen leven binnenkomen?'

'Natuurlijk, lieverd. Ik heb beloofd me vandaag niet als een monster op te stellen.'

Summer grinnikte. 'Gelukkig maar. Ik heb mijn monsterafweergeschut thuis laten liggen.' Ze nam plaats op de poef en zette haar rugzak voor zich op de grond. 'Ik ben vandaag nog even langs de bieb gegaan.'

'En wat heb je gevonden?'

Bij wijze van antwoord haalde Summer een kartonnen map uit haar rugzak en gaf die aan Sylvia. Er zat een document in, een soort akte, die van een microfiche was uitgeprint. Snel zette Sylvia haar bril op en liet haar blik over het vel glijden. 'O, hemeltje.'

'Het is hun huwelijksakte, hè?' vroeg Summer gretig. 'Zij moeten het wel zijn.'

'Ik zou niet weten wie het anders zouden moeten zijn.' Sylvia liet haar vinger langs de regels glijden en las ondertussen hardop: 'Dokter Jonathan Granger en juffrouw Charlotte Claverton... De datum klopt ook. 24 december.' Sylvia legde de map neer en keek

Summer stralend aan. 'Lieve kind, je bent een waar mirakel.'

'Dat zeg je zonder te kijken wat er verder nog in die map zit.'

Snel pakte Sylvia het eerste vel op en zag een tweede liggen. 'Meneer Hans Bergstrom, juffrouw Anneke Stahl...' Ze hapte naar adem. 'De huwelijksakte van mijn overgrootouders!'

'Toen ik die van Jonathan eenmaal had gevonden en wist hoe het systeem werkte, was het een makkie.' Summer grinnikte. 'Maar noem me gerust nog een keer een mirakel, als je wilt.'

'Dat ben je zeker, en ik kan nog heel veel andere prachtige namen voor je bedenken.' Sylvia keek naar het vel papier en hapte toen nogmaals naar adem. 'Anneke Stahl... O, nu weet ik wat haar meisjesnaam was. Zelfs mijn moeder heeft dat nooit geweten.'

'Nu kun je die in de familiebijbel zetten.'

Sylvia knikte, alsof dat al die tijd al haar bedoeling was geweest, maar eigenlijk was ze verbaasd door Summers voorstel. Het was nooit bij haar opgekomen om af te maken waaraan haar moeder ooit was begonnen, al kon ze niet uitleggen waarom niet. Had het feit dat ze de bijbel als kind niet had mogen pakken nog steeds invloed, of was het een onbewust verlangen het boek precies zo te laten als haar moeder het had achtergelaten? Sylvia had geen kinderen die het haar kwalijk zouden nemen dat ze de open plekken in de familiegeschiedenis niet had opgevuld, maar toch leek het verkeerd om het niet te doen.

'Ik denk dat mijn moeder dat zou hebben gewild,' zei Sylvia langzaam. Ja, daar was ze zeker van.

'Sylvia...' Summer zweeg even. 'Vanwege wat Sarah en Diane zeiden, ben ik ook nog op zoek gegaan naar een huwelijksakte van Gerda en Jonathan. Ik heb niets kunnen vinden.'

'Natuurlijk niet, lieverd. Het zou me hebben verbaasd als dat wel het geval was geweest.'

'Maar dat ik niets heb gevonden, betekent nog niet dat ze nooit zijn getrouwd,' voegde Summer er haastig aan toe. 'Misschien zijn ze wel veel later getrouwd en heb ik niet bij die jaren gekeken, of misschien in een ander stadje dan Creek's Crossing, of misschien is de akte verloren gegaan –'

'Summer, lieverd, je hoeft omwille van mij niet zo hoopvol te zijn.' Sylvia deed de map dicht en legde die op het tafeltje naast haar stoel. 'Jonathan is met Charlotte getrouwd, en daarmee uit. Gerda heeft uitdrukkelijk vermeld dat ze niet met Jonathan is getrouwd en dat hij geen lid van de familie Bergstrom is geworden. Ik snap niet waarom Sarah en Diane dat niet willen aannemen.'

'Omdat ze waarschijnlijk niet willen dat het waar is. Dat wilde ik ook niet.' Weer zweeg Summer even. 'Ik moet je nog iets vertellen. Ik heb ook gezocht naar een huwelijksakte van Gerda en Cyrus Pearson.'

'Wat?' Sylvia staarde haar aan. 'Waarom in vredesnaam? Ze hadden een hekel aan elkaar.'

'In 1858 wel, ja.'

'Hoe bedoel je? Wat heb je gevonden?'

'Niets,' zei Summer snel. 'Er is geen akte van hen.'

'Hemeltje.' Sylvia probeerde kalm te blijven. 'Lieve kind, had dat nu meteen gezegd.'

'Ik bedoelde alleen maar dat een mens van gedachten kan veranderen.' Summer keek alsof ze zich voorzichtig wilde uitdrukken om te voorkomen dat Sylvia weer zou schrikken. 'Zou het zo raar zijn geweest als ze verliefd op elkaar waren geworden? Hij heeft haar al eens geprobeerd het hof te maken. Nu Jonathan haar in de steek heeft gelaten, is ze eenzaam, en je moet toegeven dat Cyrus en zij tamelijk intense gevoelens voor elkaar koesteren.'

'Intense gevoelens van afkeer, ja. Weet je niet meer wat meneer Pearson in zijn brief aan de krant schreef? Hoe zou een voorstander van afschaffing van de slavernij met zo'n man kunnen trouwen?'

Summer haalde haar schouders op, duidelijk niet op haar gemak. 'Vergeet niet dat Jonathan en Dorothea degenen zijn geweest die Gerda hebben laten kennismaken met de beweging rond de abolitionisten. Ze zijn oneerlijk tegen haar geweest. Wie weet heeft ze zich uit woede tegen alles gekeerd waarin zij geloofden.'

'Dat kan ik niet geloven.' Sylvia schudde fronsend haar hoofd.

'Vergeet niet dat ze dit in 1895 schreef en dus wist wat er in de tussentijd allemaal is gebeurd, terwijl wij dat nog niet weten. Dan hadden we dat al eerder in haar woorden gelezen.'

'Ja, dat is zo. Het was maar een idee. Maar goed, dat bleek dus nergens toe te leiden, want ik heb niets kunnen vinden.'

'En daar ben ik erg blij om,' verklaarde Sylvia ferm, alsof de kous daarmee voor haar af was.

Diep in haar hart wist ze echter dat dat helemaal niet het geval was. Sylvia's moeder had in haar bijbel 'getrouwd met?' achter Gerda's naam gezet. Dat kon betekenen dat ze niet wist of Gerda eigenlijk wel getrouwd was, of, indien dat wel zo was, dat ze niet wist met wie. Cyrus Pearson en zijn moeder hadden blijkbaar aangegeven niet onwillig tegenover een verhuizing naar het Zuiden te staan. Als ze waren vertrokken, en als Gerda Elm Creek Farm had verlaten om met Cyrus te trouwen, dan had ze de quilt misschien gemaakt als aandenken aan haar oude huis en haar familie...

Nee. Sylvia bande het hele idee snel uit haar gedachten. Hoe teleurgesteld Gerda ook was geweest, ze zou bij haar principes zijn gebleven. Sylvia weigerde anders te geloven, ook al zou een huwelijk tussen Gerda en Cyrus heel wat ongerijmdheden en vragen verklaren.

Sylvia deed het boekje dicht en stopte het weg in de la van haar bureau. Als Gerda inderdaad voor Cyrus had gekozen, wilde ze dat liever niet weten.

Als Sylvia's vriendinnen al hadden gemerkt dat ze Gerda's memoires de rest van de dag ongemoeid had gelaten, dan zeiden ze er niets over. Andrew was de enige die iets over het boekje zei toen hij Sylvia eraan herinnerde dat ze het moest meenemen tijdens hun lange weekend naar Door County in Wisconsin. Ze waren al halverwege Ohio toen hij haar vroeg of ze er tijdens de rit uit wilde voorlezen. Toen Sylvia zei dat ze het thuis had laten liggen, knikte hij alleen maar en zette de radio aan. Sylvia zei niet dat ze het met opzet had achtergelaten, maar ze vermoedde dat hij dat wel kon raden.

Ze brachten twee dagen door in Sturgeon Bay, waar ze te gast waren bij een van Andrews oude vrienden uit het leger en diens vrouw. Daar visten ze in Lake Michigan en genoten daarna van een maal met hun zelfgevangen vis, en na het bezoek reden ze verder naar een camping met uitzicht over Green Bay, niet ver van de aparte winkeltjes en gezellige restaurants in Egg Harbor en Fish Creek. Andrew wist Sylvia over te halen om samen met hem op een tandem een ritje door het Pensinsula State Park te maken. Sylvia vreesde dat ze zich op moest maken voor een hobbelende rit die haar gebit zou laten rammelen, maar Andrew wist dankzij zijn vorige bezoeken precies waar de goede fietspaden waren en maakte haar alleen aan het schrikken door af en toe net te doen alsof hij tegen een boom reed.

Op dinsdagmorgen werden ze wakker van het geluid van de regen op het dak van de camper, maar omdat ze toch al van plan waren geweest die dag aan de terugreis te beginnen, maakten ze zich er niet echt druk over. Pas toen ze de grens met Illinois overstaken, voelde Sylvia een zekere melancholie opwellen. Het weer was heet en klam, echt zomerweer, maar in de bossen van Noord-Wisconsin die ze net achter zich hadden gelaten, had ze al de eerste kleuren van de herfst kunnen zien, en ze vond het niet fijn eraan te worden herinnerd dat de zomer over een paar weken voorgoed voorbij zou zijn. Daarmee zou ook het seizoen van het quiltkamp op Elm Creek Manor worden afgesloten. Hoewel Sylvia tegenwoordig minder betrokken was bij de dagelijkse gang van zaken dan vroeger, zou ze de aanwezigheid missen van al die cursisten, die elke dag weer haar huis vulden met hun vrolijkheid en energie.

Andrew had de reis terug naar Waterford over drie dagen uitgesmeerd, zodat ze meer dan voldoende tijd hadden voor de bezienswaardigheden die ze onderweg tegenkwamen. Op donderdagavond kwamen ze thuis, net op tijd voor het eten. Ter ere van hun terugkeer hadden alle Elm Creek Quilters besloten om te blijven eten, zodat het bijna weer als vroeger voelde, toen ze net waren begonnen met de quiltkampen en elke dag weer nieuwe uitdagingen bracht. Soms hadden ze zich afgevraagd of ze de week wel zonder kleerscheuren zouden doorkomen. Toentertijd hadden ze elkaar er keer op keer van verzekerd dat het vroeg of laat allemaal routine zou zijn, maar nu het zover was, verlangde Sylvia af en toe terug naar zo'n onverwacht voorval van vroeger. Vaak hadden ze niet meer gehad dan hun optimisme en improvisatietalent, maar ze hadden altijd een oplossing gevonden.

Na het eten stemde ze ermee in de bonte avond voor de cursisten te leiden. Dat was het deel van het avondprogramma dat ze het leukste vond omdat de cursisten daarmee konden laten zien waarnaar hun interesses nog meer uitgingen, afgezien van quilten. Zulke avonden waren altijd hoogst vermakelijk, vol liedjes, sketches en andere optredens die niet zomaar in een hokje te plaatsen waren. De hoeveelheid talent en vakmanschap varieerde enorm: nieuwelingen waren gedwongen tot improviseren, maar vaste gasten bereidden hun optreden vaak al maanden eerder voor. Vier leden van een quiltgroepje uit DesMoines speelden een scène uit *Onder moeders vleugels* na, terwijl drie vaste gasten, die een jaar eerder hadden ontdekt dat ze alle drie accordeon speelden, delen van cantates van Bach ten gehore brachten. Het mooiste optreden was dat van een nieuwe cursiste die over zoveel talent beschikte dat iedereen dubbel lag door haar imitaties van gasten met een herkenbare persoonlijkheid. De bonte avond was het mooiste welkomstcadeau dat Sylvia zich maar kon wensen.

Toen ze haar vriendinnen welterusten had gewenst, Andrew een nachtzoen had gegeven en terug op haar eigen kamer was, zag ze haar post in een keurig stapeltje op haar nachtkastje liggen. Ze kroop in bed, behaaglijk weggedoken onder haar LeMoyne Star in blauw en goud, en bladerde door het stapeltje. Haar blik viel op een retouradres in South Carolina, en met een schok besefte ze dat de afzender Margaret Alden moest zijn.

Vol verwachting legde ze de andere brieven opzij en scheurde de envelop open.

13 augustus 2001

Lieve Sylvia,

Hoe gaat het met jou, en met je vriend Andrew? Ik hoop goed. Je lezing voor het Silver Lake Quilters' Guild heeft lovende kritieken geoogst, en ik hoop dat je nog eens terug wilt komen om ons nog meer van je prachtige quilts te laten zien.
Sinds ons gesprek van die avond heb ik nog meer mijn best gedaan om iets te weten te komen over de Elm Creek Quilt. Ik weet nog steeds niet zeker wie hem heeft gemaakt, maar ik heb wel wat meer over de geschiedenis ontdekt. Ik denk dat jou dat ook wel zal interesseren.
Mijn tante Mary, de jongere zus van mijn moeder, denkt dat de quilt kort voor het begin van de Secessieoorlog moet zijn voltooid. Dat zou overeenkomen met wat mijn moeder me heeft

verteld: tijdens de oorlog zelf maakten de vrouwen eigenlijk geen nieuwe quilts en moesten ze het doen met wat ze hadden. Ze konden niet langer aan stoffen uit het Noorden komen, en omdat de katoenspinnerijen en textielfabrieken in het Zuiden als militaire doelen golden en dus regelmatig onder vuur werden genomen, was draad vaak schaars. Ten slotte restte hun weinig anders dan zelf te gaan spinnen en hun draad alleen te gebruiken voor het hoogstnoodzakelijke, zoals dekens, verband en andere voorzieningen voor de soldaten.

Volgens mijn tante is het een wonder dat de quilt überhaupt de oorlog heeft overleefd. De plantage werd regelmatig bestormd door troepen van beide zijden, afhankelijk van wie op dat moment welk gebied in bezit had, en de soldaten plunderden de huizen van mensen die toch al niet veel hadden, zoekend naar eten en andere nuttige zaken. Soms gaven de troepen een kwitantie voor wat ze meenamen, maar meestal gebeurde dat niet. Bovendien was de kans klein dat er zou worden betaald.

Om te voorkomen dat waardevolle bezittingen zouden worden meegenomen, verstopte de oma van mijn oma het familiezilver en andere erfstukken onder het matras van haar dochter. Wanneer de familie soldaten hoorde naderen, rende de dochter naar boven, kroop in bed en trok de Birds in the Air-quilt over haar hoofd. Dan ging ze liggen kreunen en steunen, alsof ze iets vreselijks onder de leden had, en deed haar moeder net alsof ze haar verzorgde. Wanneer de soldaten binnenkwamen, kregen ze te horen dat ze aan tyfus leed, wat voor hen reden genoeg was om niet haar kamer binnen te gaan. Mijn betovergrootmoeder zorgde ervoor dat er elders in huis minder waardevolle zaken te vinden waren, zodat de soldaten niet zouden vermoeden dat er een schuilplaats was of alles boos kapot zouden slaan omdat ze niets konden vinden.

Dankzij dit plan wisten ze nagenoeg gedurende de hele oorlog hun bezittingen te behouden, maar toen hun streek ten slotte toch in handen van de federale troepen kwam, was mijn familie gedwongen te vluchten. Ze namen zoveel mee als ze konden en wikkelden de rest in de Birds in the Air-quilt, die ze ergens op de plantage begroeven. Bij eerdere pogingen om hun bezit te verbergen hadden ze al gemerkt dat de soldaten erop letten of ze ergens pas omgewoelde aarde zagen, en dus bedacht mijn betovergrootmoeder weer een list. Ze legde de quilt onder in een diepe kuil, gooide er minstens een halve meter aarde op en legde toen het lijk van haar geliefde hond, die een paar dagen eerder door een plunderaar was doodgeschoten, in de kuil. Nadat ze de kuil had dichtgegooid, zei ze tegen de rest van de familie dat hij zelfs in de dood nog over hen en het hunne zou waken.

Toen ze maanden later eindelijk terug konden keren naar de plantage lag het huis grotendeels in puin. De plek van de kuil was omgewoeld, maar hun bezittingen lagen er nog. Degene die er had gegraven, moest op de resten van de hond zijn gestuit en hebben geconcludeerd dat het simpelweg een graf betrof.

Ik denk dat dit grotendeels de slechte toestand van de quilt verklaart, denk je ook niet? Het verklaart in elk geval de watervlekken in het midden van de bovenste rij blokken.

Toen ik tegen mijn tante zei dat het zonde was dat ze de quilt hadden begraven, zei ze dat hij anders niet meer in de familie zou zijn geweest. Toen ze hun huis ontvluchtten, namen ze wel hun mooiere dekens mee, zoals een bruidsquilt in *broderie perse* en een quilt uit één stuk met trapunto die ze alleen als sprei voor gasten gebruikten. Tijdens hun vlucht zijn ze onderweg beroofd, en de dieven namen alles mee, ook de quilts. De Elm Creek Quilt heeft de oorlog dus alleen maar kunnen overleven omdat hij als nuttig in plaats van deftig werd beschouwd – en als je het mij vraagt, zouden die duurdere een verblijf in de kuil lang niet zo goed hebben doorstaan als de Birds in the Air, met zijn stevige vijfschacht en mousseline. Ik vraag me alleen af of die twee gestolen quilts nu tot de erfstukken van een andere familie behoren, al is de kans groter dan ze zijn gebruikt als paardendeken, of dat ze in stukken zijn gesneden om schoenen te lappen. Ik denk niet dat een dief veel waardering heeft gehad voor de tijd, moeite en liefde die in de quilts is gestoken.

Ik hoop dat deze nieuwe informatie meer licht kan werpen op de geschiedenis van de Elm Creek Quilt, al mogen we niet vergeten dat mijn tante Mary zich het zo herinnert, aan de hand van oude familieverhalen. Waarom hebben niet meer vrouwen hun naam op een quilt geborduurd, of er een etiketje op genaaid? Ik denk dat ze nooit hadden kunnen denken dat hun werk nu nazaten voor zoveel vragen zou stellen.

Houd me alsjeblieft op de hoogte van jouw bevindingen. Ik kijk uit naar nieuws, of het goed is of niet, en ik wil het ook graag weten als je niets hebt ontdekt.

Hartelijke groeten,
Margaret Alden

Sylvia las de brief nogmaals, vouwde hem toen zorgvuldig op en stopte hem terug in de envelop. Inderdaad, waarom hadden vrouwen niet wat meer informatie over hun quilts nagelaten? Uit het verhaal van de familie Alden bleek maar weer dat het soms juist de alledaagse exemplaren waren die voor het nageslacht bewaard bleven, en niet de dure.

Maar natuurlijk hadden de meeste quilters nooit gedacht dat het de moeite waard zou zijn hun werk beter te documenteren. Sylvia was van mening dat ze zichzelf, en het werk dat uit hun handen kwam, niet als belangrijk genoeg beschouwden. Als een quilt de draad waard was waarmee de lagen bijeen worden gehouden, dan moest er ook een eenvoudig appliqueerd etiketje vanaf kunnen waarop de maakster aangaf wie ze was, waar ze woonde en wanneer de quilt was voltooid. Nog meer zou natuurlijk beter zijn, maar van die gegevens zou Sylvia al heel blij worden.

Ze legde Margarets brief op het stapeltje en legde dat boven op haar kast, deed toen het licht uit en ging liggen. Ze deed haar ogen dicht en probeerde nergens aan te denken, maar beelden van de hachelijke lotgevallen die de Birds in the Air in de loop van zijn bestaan waren overkomen, bleven door haar hoofd spoken.

Opeens schoot haar een woord uit de brief te binnen. Snel tastte ze naar de schakelaar van de lamp, griste de brief van haar kastje en zette haar bril op. Haar blik schoot over de regels, totdat ze dat bekende woord zag staan. Vijfschacht. Grace had het daar jaren geleden in een van haar lezingen over gehad. Sylvia wist niet meer precies in welk verband, maar wel dat het belangrijk was.

Ze keek op de klok en voelde even een vlaag van ongenoegen, maar toen besefte ze dat het tijdsverschil tussen Pennsylvania en Californië drie uur was. Ze gooide de quilt van zich af, trok haar ochtendjas en pantoffels aan en liep snel over de overloop, met de brief in haar hand. Ze had geen telefoon op haar kamer omdat haar middagdutjes al door te veel verkooppraatjes waren verpest, en de dichtstbijzijnde telefoon stond in de bibliotheek.

Grace nam al op nadat de telefoon twee keer was overgegaan en Sylvia gaf haar vriendin amper de kans om hallo te zeggen. Zonder aarzelen vatte ze samen wat Margaret haar had geschreven. 'Vijfschacht,' besloot Sylvia. 'Toen ik die quilt zag, dacht ik dat het gewoon wol met mousseline was. Ik heb er niet aan gedacht te vragen of het soms andere stof was.'

'Als je niet weet waar je op moet letten, kun je je er gemakkelijk in vergissen,' zei Grace. 'Vijfschacht werd doorgaans geweven met een linnen inslag en een wollen schering, maar soms, zeker in het Zuiden, werd er ook katoen in plaats van linnen gebruikt. Het was ruw en ongerieflijk, maar ook goedkoop en duurzaam.'

'Dat dacht ik al!' riep Sylvia triomfantelijk uit. 'Dat is het bewijs dat deze zogenaamde Elm Creek Quilt niets te maken heeft met de quilts die hier op zolder lagen. Daar zit geen stukje van zulke stof in. Die zijn gemaakt van zijde, katoen, sits – allesbehalve wol met een linnen of katoenen inslag. Anneke heeft de restjes gebruikt die ze na het naaien van kleren over had, weet je nog? En een groot deel van die stoffen waren kostbaar, die hadden Hans' ouders als huwelijkscadeau naar haar toegestuurd.'

'Sylvia,' zei Grace, 'de aanwezigheid van een bepaalde stof in alle drie de quilts kan op een verband duiden, maar de afwezigheid hoeft niet te betekenen dat er geen verband is. Hebben al jouw quilts een bepaald stofje gemeen?'

'Wat een idiote vraag.' Maar toen zweeg Sylvia even en gaf toe: 'Nee. Natuurlijk niet.'

'De maakster kan haar toevlucht hebben genomen tot vijf-schacht omdat haar betere lapjes op waren. Tijdens de Burgeroorlog gebruikten veel families uit het Zuiden zelfgeweven stoffen omdat ze moeilijk aan andere soorten konden komen. Aan de andere kant...'

'Ja?' drong Sylvia aan.

'Zelfgeweven stoffen werden vooral voor de kleren van slaven gebruikt.'

Sylvia kon geen woord uitbrengen.

'Het spijt me, Sylvia, ik weet dat je dat liever niet wilt horen, maar aangezien Margaret Alden denkt dat die quilt al voor de oorlog is voltooid...'

'Moet iemand die zelfgeweven stof hebben gedragen, en het was vast niet de vrouwe des huizes.' Sylvia haalde diep adem. 'Goed, dus je denkt dat mijn voorouders slaven hielden?'

'Niet per se jouw ouders. De voorouders van Margaret Alden wel, maar dat wisten we al. We weten niet of een van jouw voorouders haar quilt heeft gemaakt. We weten nog niet eens zeker of er een verband tussen de families Bergstrom en Alden is. Dat er in die quilt zulke stof is gebruikt, zegt helemaal niets.'

'Ik kan me Gerda gewoon niet als vrouw des huizes op een plantage voorstellen, die mooie zijde draagt en mensen bevelen geeft.' Toen kreeg ze plotseling een inval en moest bijna hardop lachen van opluchting. 'En dat is niet het enige wat ze nooit zou doen.'

'Hoe bedoel je?'

'Gerda had een hekel aan quilten. Ze had een hekel aan alles wat met naaien te maken had, maar ze herkende wel een goede stof wanneer ze er eentje zag. Ze zou nooit zoveel energie en tijd hebben gestoken in het doorpitten van een quilt waarvan de top van zulke zelfgeweven stof was gemaakt. Zeker niet met zulke ingewikkelde patronen als die afbeeldingen van Elm Creek Manor.'

'Dat zou voor iedere quiltster een vreemde keuze zijn,' zei Grace nadenkend. 'Voor iedere quiltster die aan betere stof kon komen, bedoel ik.'

Sylvia hoorde haar amper omdat ze zo blij was met deze nieuwe conclusie. 'Bedankt, Grace, je hebt me helemaal gerustgesteld.'

Grace lachte. 'Graag gedaan, al geloof ik niet dat ik nu zoveel heb gedaan.'

Sylvia lachte ook, helemaal opgelucht. Gerda kon de quilt van Margaret Alden niet hebben gemaakt. En Anneke evenmin, want volgens de familieverhalen was ze voor de oorlog geweest waar ze hoorde, op Elm Creek Farm. Hans kon om dezelfde reden worden uitgesloten, en bovendien had hij waarschijnlijk nooit van zijn leven een naald in zijn hand gehad.

Wie de quilt van de familie Alden ook had gemaakt, het kon geen Bergstrom zijn geweest.

Toen Sylvia de volgende dag opnieuw Gerda's memoires ter hand nam, voelde ze een hernieuwd vertrouwen dat haar voorouders inderdaad hun reputatie van moedig en goed zouden waarmaken.

### Januari 1859 – wat het nieuwe jaar bracht

In de eerste dagen van januari kon Anneke niet langer verborgen houden wat ik al had vermoed: Hans en zij verwachtten een kind.

Nu mijn aanhoudende gevraag eindelijk het gehoopte antwoord had opgeleverd, kon ik haar vol vreugde omhelzen. Ik werd overweldigd door een grote blijdschap bij de gedachte dat de familie zou worden uitgebreid met een klein jongetje of meisje, al moet ik bekennen dat het idee dat Anneke de pijnen van het kraambed zou moeten doorstaan me met medelijden vervulde. Ik prees mezelf gelukkig omdat ik daarvoor gespaard zou blijven.

Als Jonathan met mij was getrouwd, had ik er ongetwijfeld anders over gedacht.

Nu de winterse sneeuw neerdwarrelde op ons huis maakte Hans een wiegje van het hout van de bomen die hij op ons eigen land had geveld en maakte Anneke kleine quiltjes van de zachte stoffen die mijn vader vanuit Duitsland had gestuurd. Misschien hoef ik niet uit te leggen dat Annekes blijde nieuws mijn gedachten afleidde van mijn eigen verdriet. De belofte van nieuw leven gaf me hoop, en ik wist dat ik genoegen zou vinden in het harde werk dat me te wachten zou staan wanneer Anneke haar krachten zou moeten sparen voor de geboorte van mijn neefje of nichtje.

Het voelde alsof niets onze vreugde teniet zou kunnen doen, maar er wachtten ons zware tijden.

Zo was Anneke tot haar ongenoegen gedwongen haar werk voor mevrouw Engle te staken, waarmee ze niet alleen een bron van inkomsten verloor, maar ook werkzaamheden waarvan ze genoot en die haar nieuwe vriendinnen brachten. Ze was er zeker van dat mevrouw Engle haar zou vragen te vertrekken zodra haar toestand zichtbaar zou zijn. Ze stelde het zo lang mogelijk uit, maar toen ze eindelijk de moed vatte om het haar te vertellen, vroeg ze me of ik met haar mee wilde gaan.

Slechts omwille van Anneke, en mijn aanstaande neefje of nichtje, besloot ik me aan de aanwezigheid van die vrouw te onderwerpen. Ik beloofde zelfs beleefd te zijn. Maar we hadden het naaiatelier nog niet eens betreden, of ik wist al dat ik me niet aan mijn belofte zou kunnen houden.

Want aan de deur was een vlugschrift gespijkerd dat ik heb bewaard, want natuurlijk trok ik het los, en ik voeg het hier bij.

Sylvia sloeg de bladzijde om en zag dat er een stukje broos, vergeeld papier tussen de pagina's was gestoken. Het was aan één rand duidelijk afgescheurd en zag er zo kwetsbaar uit dat Sylvia het amper open durfde te vouwen, maar haar nieuwsgierigheid was te groot. Zo voorzichtig als ze kon legde ze het op haar bureau en vouwde het langzaam open.

Voor het vangen en terugbrengen van een negervrouw, die twee dagen na Kerstmis is weggelopen of gestolen. Ze is van gemiddelde lengte en bouw; ze zal mogelijk pogen door te gaan voor blank of vrij, maar ze is te herkennen aan de afdruk van een strijkijzer, die ik op haar rechterwang heb aangebracht. Ze is bijzonder vaardig met naald en draad en is mogelijk in het bezit van een zilveren vingerhoed en naaldenkoker, die tot de bezittingen van mijn overleden moeder behoorden en die de negervrouw heeft gestolen. De bovengenoemde beloning van twintig dollar zal worden verleend indien de negerin aan mij of mijn helpers wordt overhandigd, en daarbij zal tevens tien dollar worden betaald voor teruggave van mijn gestolen goederen. Josiah Chester, Wentworth County, Virginia, 29 december 1858.

Er liep een rilling over Sylvia's rug. Ze legde het velletje opzij en las snel verder.

Terwijl ik die weerzinwekkende mededeling tot mij nam, veranderde mijn verontwaardiging in een kokende woede. Wat bezielde mevrouw Engle om zoiets aan haar deur te hangen?

'Mijn hemel.' Naast me stond Anneke geschokt en geboeid tegelijk naar het vel papier te staren. 'De afdruk van een strijkijzer op haar wang. Dat kun je je toch niet voorstellen?'

Dat kon ik me maar al te goed. 'Als ik het gezicht van een vrouw met een strijkijzer zou verbranden, zou ik er niet over opscheppen.' Ik trok het vel van de spijker, verfrommelde het en stak het in mijn zak.

Anneke keek om zich heen, bang dat iemand had gezien wat ik deed. 'Dat kun je niet doen.'

'O jawel, en ik heb het zelfs net gedaan,' zei ik. 'Twintig dollar voor een vrouw. Tien voor een vingerhoed en een naaldenkoker.'

'Van zilver,' merkte mijn schoonzus op.

Ik was zo kwaad dat ik niets kon zeggen en ging weer op de bok zitten. Het was koud, maar ik zou buiten wel op Anneke blijven wachten. Ze ging naar binnen, en nadat ik een half uur kou had zitten lijden, kwam ze met een bundeltje naaiwerk weer naar buiten.

'Ze zei dat ik voor haar mag blijven werken zolang mijn toestand niet nadelig is voor onze klanten,' zei Anneke op bedeesde toon toen we wegreden. 'Nadat het kind is geboren, mag ik, als ik dat wil, mijn werk hervatten.'

Ik knikte slechts. De kokende woede was wat minder hevig, maar bleef gestaag in me branden, onophoudelijk. Hoe kon Anneke zelfs maar overwegen voor mevrouw Engle te blijven werken? Ik was ervan overtuigd dat de fatsoenlijke bewoners van Creek's Crossing indien nodig een ontsnapte slaaf of slavin zouden helpen, maar er woonden in ons stadje ook lieden met een zwakker karakter, die in de verleiding zouden worden gebracht voor de beloofde beloning een ongelukkige vrouw te verraden. Als ze vanwege dat vlugschrift aan haar eigenaar zou worden overhandigd, zou alle blaam mevrouw Engle treffen.

Ik wilde er dolgraag met Jonathan over praten omdat ik wist dat hij mijn woede zou begrijpen, maar in plaats daarvan moest ik Dorothea in vertrouwen nemen, wier mededogen met iedereen, zelfs haar vijanden, me teleurstelde. In plaats zich net zo verontwaardigd op te te stellen als ik drong ze erop aan dat ik de kwestie aan God zou overlaten en moest bidden dat mevrouw Engle tot inzicht zou komen, en dat ik de Heer moest vragen Zich over de voortvluchtige vrouw te ontfermen, waar ze ook was.

Tot God bidden lag in mijn vermogen, maar wat betreft mevrouw Engle wilde ik van geen wijken weten. 'Ik kan niet toestaan dat dergelijke geschriften onze straten bevuilen.'

'Ik evenmin,' sprak Dorothea, 'maar ik vrees dat we eraan zullen moeten wennen.'

'Hoe bedoel je?'

'Wie door Pennsylvania naar het noorden wil reizen, zal door de Appalachen moeten. Er zijn maar een paar passen in die bergen, en die worden door slavenjagers nauwlettend in de gaten gehouden. De doorgangen ten westen en oosten van ons zijn zo bekend bij de jagers dat de slaven gedwongen zijn voor een gevaarlijker route te kiezen, over passen die veel gevaarlijker zijn. Ten zuiden van Creek's Crossing ligt een nog tamelijk onbekende pas.'

Toen ik dat hoorde, voelde ik een zekere nervositeit. 'Die zal dan snel bekend worden nu de slavenhouders hier hun oproepen verspreiden.'

'Ik vrees van wel.' Dorothea legde haar naaiwerkje neer en keek uit het raam. 'Deze vrouw weet al een paar weken aan haar achtervolgers te ontsnappen. Het is mogelijk dat ze weldra Canada zal bereiken, als ze daar al niet is. We moeten bidden om mooi weer.'

Maar ik keek net als zij uit het raam en zag in het zuidwesten een donkere wolk opdoemen. Nog voor het vallen van de avond zouden we sneeuw krijgen.

Ik haastte me naar huis en was nog maar net binnen toen de eerste vlokken vielen. De sneeuwstorm hield twee dagen en nachten aan, en in die uren moest ik veelvuldig denken aan de vrouw die in het vlugschrift was genoemd. Ik vroeg me af waarom ze nu, in de winter, was gevlucht, en welk lot er zo vreselijk was dat ze niet eens de lente had willen afwachten. Toen herinnerde ik me de verschrikkingen waarover in de boeken van Jonathan werd gesproken en waarover ik Dorothea's gasten had horen vertellen, en toen meende ik het te begrijpen, voor zover iemand die nooit in slavernij had geleefd het kon begrijpen.

Eindelijk ging de wind liggen en werd het weer even mild als in het voorjaar. De dooi van januari was gekomen. Een van de opvallende kenmerken van het klimaat in onze streek was dat we elk jaar in januari van een paar dagen met een hogere temperatuur en goed weer konden genieten, maar daarna sloeg de winter immer opnieuw met volle kracht toe.

Anneke en ik gooiden de ramen open, aangemoedigd door de zeldzame zonneschijn, en besloten een voorlopige voorjaarsschoonmaak te houden. Anneke boende de vloeren en klopte

onze paar kleden uit, terwijl ik onze quilts waste en die buiten op-
hing zoals Anneke het me had geleerd: de kleuren in de schaduw
en de witte stoffen in de zon.

Hoewel het lente leek, waren de dagen niet veel langer, en tegen
etenstijd schemerde het al. Hans, Anneke en ik gingen vrolijk aan
tafel, onze stemming verlicht door het fraaie weer van die dag. We
zaten zo luid te praten en te lachen dat we, toen we de klop op de
deur hoorden, er niet zeker van konden zijn of onze onbekende
bezoeker al eerder had aangeklopt.

Anneke stond op en liep naar de deur. Toen ze terugkwam, zag
ze er vreemd en bleek uit. 'Het is een vrouw,' zei ze. 'Ik begrijp niet
wat ze wil. Ik kan haar Engels niet verstaan.'

'Waarom heb je haar niet binnengelaten?' vroeg Hans.

Anneke keek over haar schouder en klemde haar handen ineen. 'Ik geloof... ik denk dat het een negervrouw is.'

Wetend dat ze een van onze buren nooit buiten zou hebben laten staan, vroeg ik op scherpe toon: 'Waarom heb je haar niet gevraagd binnen te komen?'

Afwezig streek Anneke met haar vingers over haar rechterwang. 'Ze heeft een brandwond. In de vorm van een strijkijzer.'

Hans en ik hadden nog tijd een snelle blik te wisselen voordat
we overeind sprongen en naar de deur renden. Vlak voor de
drempel, maar daar waar de schaduwen haar aan het zicht onttrokken, stond een vrouw. In het zwakke licht had ik haar voor
een blanke vrouw kunnen aanzien, ware het niet dat haar kleding,
gemaakt van grove en vuile stof, en de gekwelde blik in haar ogen,
die me als een bijna lichamelijke klap trof, me lieten zien dat ze
dat in geen geval was. Haar schouders hingen van vermoeidheid
naar beneden, en hoewel ze op haar hoede leek, klaar om weg te
rennen, toonde de vastberaden trek rond haar kaken aan dat ze,
indien nodig, zou blijven staan teneinde zich te weren.

En op haar wang was een brandplek in de vorm van een strijkijzer te zien, als een rode, opzwollen blaar. De aanblik maakte me
onpasselijk.

Ik kon het niet verklaren, maar ik voelde dat de vrouw op een geheel andere ontvangst had gerekend. Net toen ze zich om wilde draaien en weg wilde rennen, roep ik: 'Wacht. Kom binnen. Je bent hier veilig.'

Ze leek even over mijn woorden na te denken, maar knikte toen en kwam binnen.

Ik deed de deur achter haar dicht en voelde mijn hart bonzen. 'Sluit de gordijnen,' zei ik, maar Hans was er al mee bezig. Ik wees de vrouw een stoel naast de haard en ging snel een stuk verband voor haar gewonde wang zoeken.

Anneke drentelde achter me aan. 'We moeten haar wegsturen.'

'Dat doen we ook. Zodra ze is uitgerust en iets heeft gegeten, en zodra ik haar wond heb verzorgd. Daarna zullen we haar vertellen hoe ze het beste naar het noorden kan reizen.'

Anneke greep me bij mijn arm. 'Nee, ik bedoel dat we dat nu moeten doen.'

'Nu ze hongerig en vermoeid is, en geen idee hoe ze naar het noorden moet gaan?' Ik schudde Annekes hand van me af en pakte een stuk schoon linnengoed dat ik als verband kon gebruiken. 'Stel dat ze bij de familie Engle had aangeklopt?'

'Die zouden haar aan de autoriteiten hebben overgedragen.'

'Inderdaad. En wat denk je dan dat er van haar zou zijn geworden?'

Anneke keek alsof die gedachte haar onpasselijk maakte, maar toen schudde ze haar hoofd. 'Het zint mij evenmin, maar zo luidt de wet. Als we haar niet wegsturen, kunnen we zelf worden vervolgd als iemand hierachter komt.'

'Niemand heeft haar zien aankloppen.'

'Weet je dat zeker?'

Dat wist ik niet, maar dat wilde ik niet toegeven. 'Natuurlijk weet ik dat zeker. Vanaf de grote weg kan niemand ons huis zien omdat we worden omringd door bos, en als iemand haar naar ons huis zou zijn gevolgd, zou hij nu beslist al hebben aangeklopt.'

De woorden rolden als vanzelf over mijn lippen, maar mijn knieën knikten van angst toen ik snel terug naar de haard liep. Ik kookte wat water en maakte de wond van de vrouw snel schoon, zonder iets te zeggen, me amper bewust van de bewegingen die ik maakte. De wond was behoorlijk ontstoken en haar huid gloeide van de koorts. Anneke haalde iets te eten voor haar, en de vrouw schrokte het brood en de kaas en het vlees meteen op, zonder iets te zeggen en amper de tijd nemend om adem te halen.

Nog voordat ze klaar was met eten, pakte Hans zijn geweer en ging buiten kijken of iemand haar kon hebben gezien. Wij vrouwen zeiden geen van allen iets, en nu mijn broer buiten was, leek er een angstaanjagende stilte over het huis te zijn neergedaald. Ik warmde nog wat water op, zodat de vrouw zich kon wassen, en pakte toen wat van mijn eigen kleren voor haar, de dikste en warmste die ik bezat. Ze was een stuk kleiner dan ik, maar nog altijd veel langer dan Anneke, wat betekende dat ze het met mijn kleren zou moeten doen.

Ze bedankte me toen ik haar de kleding gaf en zette haar lege bord neer. Ik wendde mijn blik af toen ze haar toilet maakte, maar ik was niet snel genoeg en zag de sporen van zweepslagen op haar rug. Ik slikte moeizaam en kon er niet opnieuw naar kijken, maar Anneke staarde vol geboeide ontzetting naar haar.

'Je bent een slavin,' zei ze beschuldigend. 'Je bent die slavin van Josiah Chester uit Virginia, die is ontsnapt.'

De vrouw keek haar met een harde blik aan. 'Dit is Pennsylvania,' zei ze. Ze trok mijn jurk langzaam over haar hoofd, alsof al haar spieren pijn deden. 'Ik ben nu niemand z'n slaaf meer.'

'Dit is weliswaar Pennsylvania, maar je bent hier niet veilig,' zei ik. 'Je moet verder naar het noorden, naar Canada.'

'Dat weet ik.' Ze sprak op nuchtere toon, maar in haar woorden schemerde zo'n uitputting door dat ik bijna in huilen uitbarstte bij de gedachte aan hoever ze nog zou moeten reizen.

Ik zei: 'Je kunt hier blijven totdat je bent uitgerust.'

'Ik ga morgen weer verder, als het donker wordt,' zei ze, me bedankend met een knikje. 'Maar waar moet ik dan heen? Waar is het volgende station?'

Ik keek haar niet-begrijpend aan. 'Station?'

Ze keek terug, en langzaam zag ik de blik in haar ogen veranderen van opgelucht in verward en toen in angstig. Ze keek even snel naar Anneke en toen weer naar mij. 'Heer sta me bij,' fluisterde ze. Ze krabbelde overeind en probeerde weg te lopen, maar vlak voor de deur zakte ze ineen.

Een tel later was ik aan haar zijde en trachtte haar te helpen, maar ze duwde me weg. 'Rustig maar,' zei ik, van mijn stuk gebracht door haar plotselinge wanhoop, die me bang maakte. 'We willen je alleen maar helpen.'

Als ze me al had gehoord, liet ze dat niet merken. 'Maar ik heb hem gezien,' zei ze keer op keer, als in een koortsdroom. 'Ik heb hem zelf gezien.'

Ik probeerde haar te troosten en haar ervan te verzekeren dat haar niets zou overkomen, maar haar uitbarsting had haar van haar laatste krachten beroofd, en ze verloor het bewustzijn.

'We moeten haar in bed stoppen,' zei ik, en Anneke kwam me zonder woord van protest helpen.

De ontstoken wond had zijn gif door het bloed van de vrouw verspreid, en we geloofden geen van allen dat ze de volgende dag zou halen. Ik dacht aan meneer Wilbur, die ondanks al Jonathans pogingen langzaam was gestorven. Ik verlangde hevig naar de vaardige handen van Jonathan, naar zijn aanwezigheid, maar we konden hem niet ontbieden. Dan zouden we hem dwingen net als wij de wet te trotseren.

Twee nachten en een dag lang lag de vrouw bijna de hele tijd te slapen in het bed dat we voor haar in Annekes naaikamer hadden opgemaakt. Soms mompelde ze iets, soms schreeuwde ze het uit, gekweld door koorts. Ik bleef bij haar bed zitten en deed wat ik kon om haar te helpen, al was het niet veel, doodsbang dat ze zou sterven. Annekes eerdere bezwaren waren vergeten: mijn schoonzus verschoonde het bed wanneer de lakens doorweekt waren van het zweet en zorgde ook voor mij, zodat ik mijn krachten niet zou verliezen. En hoewel Hans geen spoor van achtervolgers had gevonden, verwachtten we dat de slavenjagers elk moment konden aankloppen.

Toen, eindelijk, op de tweede dag, zakte de koorts. De vrouw slaagde erin korte tijd rechtop te zitten en een kom bouillon te drinken. Daarna viel ze weer in slaap, maar die werd deze keer door niets verstoord.

Nu de grootste dreiging van haar ziekte leek te zijn geweken, kwamen er andere zorgen bij me op. We moesten haar zien te verbergen totdat ze haar reis naar het noorden zou kunnen hervatten. Ze leek te denken dat wij wisten waar ze verderop een schuilplaats zou kunnen vinden, en ik wilde haar niet teleurstellen, maar ik had geen flauw vermoeden waar ze heen moest gaan. En ik kon me niet voorstellen hoe Anneke, wier gezicht immer een open boek was, zou moeten voorkomen dat de argwaan van mevrouw Engle zou worden gewekt.

Ik bleef waken aan de zijde van de vrouw, piekerend, wensend dat ze bij een ander had aangeklopt, en mezelf toen vervloekend omdat ik dat durfde te denken. In de korte tijd dat ze bij ons was, had ik iets over mezelf geleerd, iets wat me niet zinde: ik was fel tegen de slavernij wanneer slaven niet tastbaar waren, ver van mijn eigen huis en haard, maar zodra een ontsnapte slaaf een bedreiging leek te vormen voor mijn eigen veiligheid en vrijheid, bleef er van die felheid weinig over.

Ik wist dat elke dag die ze langer bij ons zou verblijven het gevaar voor ons allen zou vergroten, en toen ik haar een onderkomen voor de nacht had aangeboden, had ik niet kunnen denken dat ze zo lang zou blijven. Ik had het Hans en Anneke nog niet verteld, maar tijdens het verzorgen van de vrouw had ik ontdekt dat haar nog meer plaagde dan slechts vermoeidheid en koorts.

Hoewel mijn jurk wijd rond haar schouders en ledematen viel, sloot de stof strak om haar romp. De voortvluchtige slavin droeg een kind onder haar hart, en voor zover ik kon bepalen, was ze ongeveer even ver heen als Anneke.

De komende maanden zou ze niet verder kunnen gaan, en nu ik dat wist, kon ik mezelf er niet toe zetten haar weg te sturen.

De regel eindigde onverwacht, gevolgd door een die met zoveel kracht was doorgestreept dat de woorden die Gerda aanvankelijk had geschreven nagenoeg onleesbaar waren. Sylvia tuurde ingespannen naar de bladzijde en probeerde te lezen wat er stond, maar ze kon maar een paar woorden onderscheiden. In vergelijking tot het elegante handschrift dat ze inmiddels van Gerda kende, was dit gekrabbel.

Het was de enige passage in het boekje die was doorgekrast, waardoor Sylvia des te vastberadener was om te ontdekken wat er stond.

Ze liep snel naar haar slaapkamer om haar vergrootglas te pakken, maar toen ze daar niets aan bleek te hebben, ging ze op zoek naar Sarah. Ze trof haar vriendin aan achter de computer in de bibliotheek, waar ze de boekhouding zat te doen.

'Ik kan er gewoon niet tegen dat ik niet weet wat ze heeft geschreven,' zei Sylvia terwijl Sarah het boek onder de felle lamp hield. 'Er zijn genoeg andere dingen die ze ook had kunnen doorstrepen – niet alles wat ze schrijft is even vleiend – dus ik kan me niet voorstellen wat er zo vreselijk kan zijn dat ze het later heeft geprobeerd onleesbaar te maken. Nee, dat kan ik me wel voorstellen, dat is misschien nog wel het ergste. Stel dat ze heeft geschreven: "kon ik mezelf er niet toe zetten haar weg te sturen, maar ik deed het wel." Of "deed Hans het voor me"?'

Sarah glimlachte, met haar blik nog steeds op het boek gericht. 'Dat lijkt me sterk.'

'Nou, dat weten we dus niet, hè?' zei Sylvia ontstemd. 'Kun je er iets van ontcijferen?'

'Ik weet het niet.'

'Hier.' Sylvia gaf haar het vergrootglas aan. 'Ik denk dat het laatste stukje misschien over de gemengde gevoelens van Gerda gaat. 'Verloren', denk je dat dat er staat? Dat ze een innerlijke strijd heeft verloren en de vrouw toch heeft weggestuurd?' Het idee dat Gerda dat had gedaan, was ondraaglijk.

'"Verloren"? Waar zie je dat staan?'

'Hier.' Sylvia wees naar de bladzijde.

'Nee, dat ziet er niet uit als een v. Eerder als een letter met een staart, zoals een g of een p.'

'Maar is dat niet de laatste letter van het vorige woord?'

'Misschien...' Sarah sloeg de bladzijde om en hield die onder de lamp, zodat ze de doorgekraste regel vanaf de andere kant kon zien. 'Nee, ik zie een kleine spatie voor die letter, niet erna. De inkt is daar wat lichter, alsof ze niets heeft hoeven doorstrepen.' Ze keek weer naar de vorige pagina. 'En volgens mij staat er "geboren", niet "verloren".' Jij kent de context, zou dat kunnen?'

'Zowel Anneke als de slavin was in verwachting.'

'Misschien staat er "niet voordat haar kind was geboren".'

Sylvia pakte het boekje aan en keek aandachtig naar de regel. Ze zag niet meer dan voorheen, maar het voorstel van Sarah leek overeen te komen met de bewegingen die de pen had gemaakt, zij het niet helemaal. 'Of misschien heeft ze in plaats van "haar kind" een naam genoteerd.'

'Dat zou heel goed kunnen.'

'Maar dat leidt tot de vraag waarom Gerda het nodig vond zo'n onschuldige notitie volkomen onleesbaar te maken.'

Sarah fronste onzeker. 'Misschien omdat ze toen nog niet wist hoe het kindje zou gaan heten. Dat wist ze natuurlijk wel toen ze het schreef, in 1895, maar nog niet op het moment dat dit plaatsvond, maanden voor de geboorte. Misschien heeft ze het doorgestreept om te voorkomen dat lezers in de war zouden raken van de verkeerde volgorde.'

Sylvia schudde haar hoofd. 'Nee, dat zou nergens op slaan. Op andere punten vertelt ze juist over wat er veel later gaat gebeuren. Zo weten we bijvoorbeeld al dat Jonathan en Charlotte vier kinderen hebben gekregen. Als het Gerda op andere plekken wel onthult wat er gaat gebeuren, waarom hier dan niet?'

Aan de uitdrukking op het gezicht van haar vriendin kon ze zien dat die ook geen logische verklaring kon bedenken.

Februari tot maart 1859 – waarin Elm Creek Farm
een station wordt

Tegen de tijd dat onze gaste voldoende was hersteld om rechtop
in bed te kunnen zitten en een gesprek te kunnen voeren, was de
januaridooi verdwenen, opgevolgd door onheilspellende luchten
en de bittere koude van februari.

'Hoe lang ben ik hier al?' was haar eerste vraag aan mij. Haar
blik dwaalde door het vertrek, dat door het noodweer buiten ongewoon donker was.

'Zes dagen.'

Ze sloeg de deken van zich af. 'Ik moet gaan.'

'Je kunt nu niet weg.' Ik trok de quilt weer over haar heen. 'Je
bent niet sterk genoeg, en er komt storm.'

'Als ik niet ga, komen de slavenjagers achter me aan.'

'Door de storm zullen ze niet ver kunnen komen. Maar mocht
er iemand komen, dan zullen we je verbergen. Hier ben je veiliger
dan buiten.'

Tot mijn opluchting luisterde ze naar me en liet zich achterover
in de kussens zakken. Ik bood haar een glas water aan, dat ze dor-
stig leegdronk, maar haar donkere blik bleef onafgebroken op het
venster gericht. 'De vorige storm was erger dan deze,' zei ze. 'Ik
verdwaalde, ik kon het pad niet meer vinden. Ik weet niet wat ik
had gedaan als ik het sein niet had gezien.'

Ik knikte, alsof ik het begreep, bang dat ik haar anders weer net als op die eerste avond aan het schrikken zou maken. 'Kon je het gemakkelijk vinden?'

"Tuurlijk. Hij hing aan de waslijn, dat hadden ze me in het vorige huis al gezegd. Die mevrouw daar had een plattegrond van de Underground Railroad voor me in het zand getekend, liet me zien hoe de stukken aan elkaar zitten. Ik heb op de plantage ook quilts gemaakt, maar dat patroon kende ik niet. Mevrouw houdt van mooie dingen.' Ze keek even naar de quilt die over haar heen lag – mijn eerste schamele poging tot quilten – en ik zag dat ze haar lachen probeerde in te houden. 'Deze hier, dat is een Shoo-Fly. Warm genoeg, maar mevrouw zou 'm niet deftig genoeg vinden.'

'Niemand zal mijn werk ooit voor iets deftigs aanzien,' merkte ik droogjes op. 'Hij houdt een mens warm, meer niet.'

'Da's genoeg. Zelfs mevrouw zou daar blij mee wezen als ze het ooit zo koud had gehad als ik.'

Het was het mooiste compliment dat iemand me ooit had gegeven, op Dorothea na, en ondanks mijn afgrijzen jegens handwerk, ook dat van mezelf, en met name jegens deze quilt met zijn blok van nederigheid, was ik aangenaam verrast. 'Ik heet Gerda,' zei ik. 'Gerda Bergstrom.'

Zij heette Joanna, en toen ik haar die dag verzorgde, kreeg ik te horen hoe toeval en onbegrip haar naar onze voordeur hadden gevoerd. Nadat ze haar laatste schuilplaats had verlaten, was ze verdwaald tijdens de sneeuwstorm die een week geleden had gewoed, een dag nadat ik het vlugschrift op de deur van mevrouw Engle had aangetroffen. Toen de januaridooi mooi weer had gebracht, had ze tevergeefs geprobeerd haar oude spoor terug te vinden en was ze tijdens haar dwalingen op de Elm Creek gestuit. Ze had de beek gevolgd omdat ze wist dat ze een stroom moest oversteken om de honden van zich af te schudden, en aan de overzijde had ze een verlaten hut naast een schuur zien staan. Omdat ze te moe was geweest om verder te gaan, was ze daar gaan liggen. Ze had de hele nacht geslapen, en de dag erna ook. Bij zonsondergang was ze weer op pad gegaan, vastberaden haar reis voort te zetten, hoewel ze zich steeds zieker voelde. Toen had ze aan de andere kant van de beek een huis zien staan. Aan de waslijn hingen een paar quilts, waaronder eentje in het Underground Railroad-patroon. Dat was het sein dat dit het volgende station was langs de route naar het noorden, zo hadden haar weldoeners in de vorige schuilplaats het uitgelegd.

Ik probeerde mijn verbazing zo goed mogelijk te verbergen en begreep al snel hoe het zat: de quilt die Joanne bedoelde, was de quilt die Anneke had gemaakt, van al die vierkantjes en driehoekjes die ze in verticale stroken aan elkaar had genaaid. Door het patroon van Dorothea te gebruiken, had Anneke onbedoeld een echo van de boodschap in haar werk vastgelegd. Nu begreep ik waarom Dorothea niets had gezegd toen Anneke haar had gevraagd hoe het patroon heette – en ook wat de eigenlijke bestemming van Joanna was geweest.

De boerderij van Nelson was een station aan de Underground Railroad. Die onthulling verbaasde me niet, want ik wist dat ze felle tegenstanders van de slavernij waren, maar ik was wel verbaasd dat Dorothea dit zo goed verborgen had weten te houden. Ook moet ik eerlijk bekennen dat ik me een tikje gekwetst voelde omdat ze me niet in vertrouwen had willen nemen. Bij nader inzien bedacht ik echter dat ze zelfs haar beste vriendin niet de waarheid had kunnen vertellen omdat dat gevaar voor zowel de vluchteling als de stationschef zou hebben betekend. Hoe minder anderen wisten, des te kleiner de kans was dat ze per ongeluk of onder druk gezet iets zouden onthullen. Zelfs meneer Frederick Douglass had verschillende stationschefs berispt omdat ze hun werkzaamheden zo slecht verborgen hadden gehouden, waardoor slavenhouders en slavenjagers inzicht in de methoden hadden gekregen en het verfoeilijke instituut dat men trachtte te ondermijnen juist in stand werd gehouden. Dorothea en Thomas zouden nooit een dergelijke vergissing begaan.

De ene gevolgtrekking leidde al snel tot een andere: Dorothea zou weten wat de volgende bestemming van Joanna op weg naar het noorden was. Tegen de tijd dat Joanna weer in staat tot reizen zou zijn, wilde ik die informatie aan mijn vriendin trachten te ontlokken, zonder te verraden waarom ik dat wenste te weten, daar ik me net als de Nelsons aan de plicht tot geheimhouding wilde houden.

De dagen verstreken, en terwijl Joanna steeds verder herstelde, zakte onze angst dat de slavenjagers elk moment konden aankloppen steeds verder af. Of wellicht gold dat alleen voor Hans en mij; Anneke leek onverminderd nerveus. Ze putte weinig troost uit de wetenschap dat Hans een vernuftige schuilplaats in haar naaikamer had gemaakt, en al evenmin uit zijn herhaalde verzekering dat onze familie geen onheil zou treffen.

'Hans wil ons niet bang maken, maar ik weet wel beter,' bekende Anneke toen we alleen waren. 'Meneer Pearson zegt dat degenen die gevluchte slaven helpen worden vervolgd. We kunnen een boete krijgen, of zelfs gevangenisstraf.'

'We zullen nergens voor worden gestraft,' zei ik, 'omdat niemand hier iets van zal weten.'

Anneke keek weifelend, en ik voelde een zekere onrust toen ik me afvroeg hoe dit onderwerp in een gesprek met de heer Pearson ter sprake had kunnen komen.

Ik nam de zorg voor Joanna bijna geheel op me; Anneke had het druk met haar werkzaamheden voor mevrouw Engle en leed aan vermoeidheid vanwege haar toestand. Maar zelfs wanneer ze me hielp, bleef ze op afstand van Joanna. Ze keek haar niet recht aan en richtte uitsluitend via mij het woord tot haar. Ik weet niet waarom Anneke zich niet op haar gemak voelde; wellicht kwam het doordat ze zo weinig kleurlingen kende, misschien was het het gevaar waarin we allen verkeerden, of mogelijk kwam het door Joanna's tongval, die ik hier niet bepaald correct heb weergegeven en die Anneke maar moeilijk kon verstaan.

'Ze wil me weg hebben,' zei Joanna op een dag onverwacht tegen me, nadat Anneke was binnengekomen om iets in de kamer te leggen en meteen weer was weggelopen. Ze had amper een woord tegen ons gezegd.

'Ze wil dat je veilig het noorden bereikt,' was alles wat ik kon zeggen. 'Dat willen we allemaal.' En toen, om Anneke gunstiger af te schilderen en te laten merken dat de vrouwen in een vergelijkbare positie verkeerden, voegde ik eraan toe: 'Ook zij verwacht een kind. Je weet hoeveel zorgen een aanstaande moeder zich kan maken.'

'Ik zou het niet weten.'

'Natuurlijk wel,' zei ik, van mijn stuk gebracht. 'Of vergis ik me? Ben je niet... in verwachting?'

Toen ik de ontzetting en heftige gevoelens in haar blik zag, dacht ik eerst dat ze niet had vermoed wat er met haar aan de hand was, maar toen wist ik dat ze het wel had vermoed, maar het eenvoudigweg niet had willen geloven.

'Je moet inmiddels in de vijfde maand zijn,' zei ik zacht.

Haar stem klonk dof. 'Eerder de zesde.'

Ik knikte, zonder iets te zeggen, want hoewel Anneke slechts een paar weken verder was, was haar toestand veel duidelijker zichtbaar, daar zij nooit gebrek aan voedsel had gehad. 'Je kind zal in een vrije staat worden geboren, en je zult het in vrijheid kunnen opvoeden.' Ik had gedacht dat die gedachte haar zou opvrolijken, maar dat was niet zo, en ik meende te begrijpen waarom niet. 'De vader verblijft zeker nog in het zuiden?'

Ze snoof. 'Ja, ik zou niet weten waar ie anders zou zitten.'

Ik legde mijn hand op de hare en sprak troostend: 'Wanhoop niet. Misschien zal je echtgenoot op een dag ook het noorden weten te bereiken.'

Ze trok haar hand terug. 'Ik heb geen echtgenoot.'

'Nou...' Ik aarzelde even. 'De man met wie je leeft, bedoel ik.'

'Het is niet mijn vent die me dit heeft gegeven.' Haar stem droop van minachting. Ze draaide zich om en ging met haar rug naar me toe liggen. 'Het kan me niet schelen of dat kind leeft of niet, als ik maar vrij ben.'

Ik was zo geschokt dat ik eerst alleen maar verbijsterd naar haar rug kon kijken. 'Hoe het ook zij,' sprak ik toen ik eindelijk weer een woord kon uitbrengen, 'je kunt bij ons blijven totdat het kind en jij sterk genoeg zijn om verder te reizen. Niet alleen om jouw bestwil, maar ook vanwege je kind.'

Ze zei niets, en omdat ik ook niets meer te zeggen had, liep ik de kamer uit.

Nu Joanna langzaam aan kracht won, werd ze steeds rustelozer. Ze was nog steeds te zwak om iets anders te kunnen doen dan langzaam door de kamer lopen, maar ze kon in elk geval rechtop in bed zitten. Toen ze me toevertrouwde dat ze graag iets om handen zou willen hebben dat haar van haar zorgen kon afleiden, bood ik haar bijzonder onnadenkend een van mijn boeken aan.

'Ik kan niet lezen,' zei Joanna. 'Mag niet van mijn meester.'

Ik bloosde hevig en boog me snel over de sok die ik aan het stoppen was. 'O. Natuurlijk.'

'Het geeft niet.'

Het geeft wel, zei ik bijna, maar in plaats daarvan merkte ik op: 'Ik zou je kunnen voorlezen.'

Ze haalde weifelend haar schouders op, maar zei toch: 'Dat zou fijn wezen.'

Ik legde mijn verstelwerk opzij, liep naar de kamer en keek naar de titels in de kast die Hans voor me had gemaakt. Mijn blik viel op een boek en ik trok het uit de kast. 'Hier heb ik een mooi boek,' zei ik toen ik weer naast Joanna's bed ging zitten. 'Het is geschreven door een man die zelf ooit een slaaf is geweest, maar de vrijheid heeft gevonden en daarna heeft geprobeerd voor anderen hetzelfde te doen.'

Daardoor werd haar interesse gewekt, en ik begon aan het levensverhaal van Frederick Douglass.

Ik was bijna klaar met het voorwoord van William Lloyd Garrison toen Anneke binnenkwam. Haar nieuwsgierigheid was gewekt toen ze mij had horen spreken. Ik legde het boek snel opzij, maar niet snel genoeg, en pakte mijn verstelwerk op, daar ik Anneke had beloofd haar te helpen en ik die taak reeds lang genoeg had uitgesteld. Toen Anneke op licht plagende toon opmerkte dat ze op één ding steevast kon rekenen, namelijk dat ik mijn plichten in huis zou proberen te ontlopen, merkte Joanna opeens op: 'Ik wil de sokken wel stoppen.'

Anneke en ik keken elkaar geschrokken aan. 'Anneke plaagt me alleen maar,' zei ik. 'Je bent onze gaste. We verwachten echt niet dat je voor ons gaat werken.'

'Dat is niet voor u, het is voor mij,' zei Joanna. 'Ik kan niks anders doen dan dag en nacht in bed liggen, de hele tijd doodsbang dat ik de honden van de slavenjagers zal horen. U kunt lezen, dan ga ik verstellen.'

Ze bleef volhouden, en dus stemde ik aarzelend toe, al vond ik het bijzonder verontrustend dat deze vrouw, die op de rand van de dood had gezweefd en tot voor kort nog gedwongen was geweest voor blanken te werken, nu onze sokken zat te stoppen. Ik kan niet goed zeggen waarom dat me niet beviel; het voelde gewoon onjuist. Maar daar ik niet in staat was mijn bezwaren onder woorden te brengen, reikte ik haar eenvoudigweg het verstelwerk aan.

Joanna vroeg om haar spulletjes, en Anneke, die er het dichtste bij zat, pakte het bundeltje uit de hoek, waarbij ze niet geheel in staat was haar afkeer te verbergen. Joanna opende de opgerolde lap van zelfgeweven stof, waarop iedere stap van haar reis een spoor in de vorm van zweet en vuil had nagelaten, en haalde twee glanzende voorwerpen tevoorschijn. Anneke hapte naar adem, en ik bijna ook, zo groot was de tegenstelling tussen de sierlijke zilveren naaldenkoker en vingerhoed en de stof waarin die voorwerpen verborgen hadden gezeten.

'Je bent toch die vrouw van het vlugschrift!' riep Anneke uit. 'Dit heb je van Josiah Chester gestolen.'

Er verscheen een gevaarlijke glans in Joanna's blik. 'Ik heb niks gepakt wat niet van mij was.'

'Rustig maar, Anneke,' haastte ik me te zeggen. 'Dat schamele beetje zilver is amper voldoende compensatie voor een leven vol leed.'

'Ik heb niks willen stelen,' zei Joanna. 'Ik werkte op de naaikamer, ik was een huisslaaf. Van mevrouw moest ik de was doen en naaien en quilten. Meester Chester kwam naar me toe als ik daar alleen zat. Hij zat altijd achter me aan, maar deze keer... Ik kon het gewoon niet. Ik had de schaar in mijn hand omdat ik net zijde zat te knippen, en toen hij me vastpakte, liet ik hem die schaar zien en zei dat ie me met rust moest laten, anders zou ik aan mevrouw zeggen dat ie naar mijn hutje kwam als ie tegen haar zei dat ie ging rijden. Hij sloeg me tegen mijn hand en ik liet de schaar vallen, en toen pakte hij me vast en hield zijn hand voor mijn mond en duwde me tegen de muur. Ik probeerde me los te maken, en toen raakte mijn hand iets... Ik weet niet wat het was, maar het was hard en ik pakte het vast en sloeg hem ermee. Ik raakte zijn gezicht, de bovenkant van zijn hoofd, en hij begon te bloeden. Het bloed liep over zijn gezicht, in zijn mond, dus toen ie tegen me begon te schreeuwen kreeg ik allemaal bloed en spuug in mijn gezicht. Ik probeerde weg te kruipen, maar hij pakte het strijkijzer van de kachel en toen deed ie dit.'

Haar hand ging naar haar wang.

'Ik had zo'n pijn dat ik me niet meer kon verzetten. Ik weet niet meer wanneer hij klaar was en wegging. Ik kon gewoon niet meer nadenken, en toen dat wel weer ging, was hij al weg en lag ik op de grond. Ik dacht er niet eens over na, ik was het niet van plan geweest, maar ik stond gewoon op en liep weg. Het was nog dag, en ik had geen idee waar ik heen moest. Ik liep langs de andere slaven op het land, ik kwam onderweg zelfs juffrouw Lizabeth tegen, de dochter van mevrouw, maar niemand hield me tegen. Ze dachten allemaal dat ik een boodschap voor mevrouw deed. Ze stuurde me altijd overal heen, met naaiwerk voor d'r vriendinnen.

Ik was de hele dag onderweg. Pas toen het avond werd en het te donker was om verder te gaan, bleef ik staan. Pas toen snapte ik wat ik had gedaan, dat ik was weggelopen, en dat het te laat was om terug te gaan, want dan zouden ze me helemaal tot moes slaan. En dus verstopte ik me in een hooiberg.'

Ze keek naar de glanzende zilveren voorwerpen in haar hand. 'Voordat ik in slaap viel, deed ik mijn hand open en zag dat ik de naaldenkoker van mevrouw Chester vasthield. Er zat een beetje bloed op. Dus die had ik gepakt zonder na te denken, daarmee had ik hem geslagen.' Ze keek Anneke bijna uitdagend aan. 'Dus ik heb niks gestolen, snapt u. Het ging vanzelf.'

Anneke, die lijkbleek zag, gaf geen antwoord. Joanna liet kalm de vingerhoed om haar vinger glijden en begon een van Hans' sokken te stoppen. Anneke keek haar even aan, draaide zich toen met een ruk om en liep de kamer uit.

Ik wilde dolgraag mijn verontschuldigingen voor mijn schoonzusje aanbieden, of minstens uitleggen waarom ze zo dacht, maar ik schaamde me voor haar omdat ze Joanna van diefstal had beschuldigd, en voor het feit dat ze niet ontzet op het vlugschrift van mevrouw Engle had gereageerd. En dus schraapte ik mijn keel en ging verder met het voorlezen van het verhaal van Douglass.

Ik weet niet of het uit woede jegens mij was, of uit angst dat ze ons geheim zou verraden, maar Anneke woonde in elk geval niet de volgende bijeenkomst van de Naaisters en Suffragettes bij. In de winter kwamen we minder regelmatig bijeen omdat het weer slechter was, en daarom had ik twee weken lang vol ongeduld en nervositeit moeten doorbrengen voordat ik weer de kans kreeg met Dorothea te spreken.

Ik was de eerste die bij het huis van Nelson arriveerde, daar ik wist dat ik weinig kans op een gesprek met alleen Dorothea zou hebben wanneer de anderen zich zouden melden. Terwijl we het quiltraam neerzetten, vertelde ze me het laatste nieuws over haar huishouden, en ik wachtte tot het juiste moment waarop ik schijnbaar achteloos het vlugschrift ter sprake kon brengen. Ze glimlachte en zei: 'Mijn beste Gerda, je bent toch niet van zins wraak te nemen op mevrouw Engle?'

'Zeer zeker niet,' zei ik, 'al ben ik minder vergevingsgezind dan jij. Ik vraag me alleen af hoe die onfortuinlijke gevluchte slavin het maakt. Het noodweer heeft haar vast van de gebaande paden verjaagd, of misschien was ze gedwongen een andere weg te kiezen toen de slavenjagers naar ons stadje kwamen. Die zijn hier vast geweest, denk je ook niet?'

'Waarschijnlijk wel,' zei Dorothea, 'al was het maar om hun

plakkaten rond te delen. We kunnen alleen maar bidden dat ze aan hen wist te ontkomen.'

Aan de uitdrukking op haar gezicht en de toon van haar stem kon ik meer opmaken dan ze me wilde vertellen: nadat Dorothea het vlugschrift had gelezen, had ze verwacht dat de vluchteling zich bij haar zou melden, en toen dat niet was gebeurd, had ze aangenomen dat er iets mis was gegaan. Misschien dacht ze dat Joanna zo lang door de wildernis van Pennsylvania had gedwaald dat ze was doodgevroren, of wellicht nam ze aan dat de vrouw was gevangen of dat een even gruwelijk lot haar had getroffen. Misschien gaf Dorothea zichzelf ten onrechte de schuld.

Ik stelde me voor hoe zij zich moest voelen en had hevig met haar te doen. 'Ik ben er zeker van dat ze aan hen is ontkomen,' zei ik, even de noodzaak tot geheimhouding vergetend. 'Misschien dwongen de omstandigheden haar elders een schuilplaats te zoeken.'

Dorothea's blik kruiste de mijne. 'Ik denk dat daartoe een noodzaak bestond.'

Ik deed net alsof ik druk bezig was de achterkant van een nieuwe quilt in het rek glad te strijken en merkte zo achteloos mogelijk op: 'Ik hoop echter dat dat niet het geval is.'

'Waarom niet?'

'Omdat degenen bij wie ze dan bescherming heeft gezocht vast niet weten waar ze verder beschutting zal kunnen vinden. Natuurlijk kunnen ze naar het noorden wijzen en zeggen "Ga maar die kant op en pas op dat je niet op slavenjagers stuit", maar echt behulpzaam is dat niet.'

Dorothea keek me van opzij lange tijd aan en zei ten slotte: 'Dat is waar. Ze zouden niet weten wie er verder nog gevluchte slaven kunnen helpen. Het zijn er velen, al is er altijd behoefte aan meer.'

En toen, in woorden die eerder op iets zinspeelden dan werkelijk iets zeiden, vertelde Dorothea waaraan Joanna haar volgende schuilplaats op weg naar het noorden kon herkennen. Ons gesprek was opvallend ingehouden voor twee vriendinnen die elkaar zo goed kenden, maar het was noodzaak, daar we geen van beiden konden weten of we ooit gedwongen zouden zijn onder ede iets over de ander te zeggen.

Lezer, vergeef me dat ik deze woorden hier niet letterlijk weergeef. De rol van die familie in de Underground Railroad is hun verhaal, niet het mijne, en het is aan hen of ze die geschiedenis wel of niet met hun nazaten wensen te delen.

Ik vertelde Hans noch Anneke wat Dorothea had onthuld en zei slechts dat ik wist waar Joanna heen moest gaan wanneer ze Elm Creek Farm zou verlaten. Ze drongen niet aan op meer; Hans was zich er waarschijnlijk van bewust dat het beter was indien zo min mogelijk mensen de waarheid kenden, en Anneke was wellicht blij niet met nog meer geheimen te worden opgezadeld.

Haar opluchting zou echter van korte duur zijn, daar ik de woorden van Dorothea nog vers in het geheugen had. 'Het zijn er velen, al is er altijd behoefte aan meer.' Eén vluchteling had al de weg naar ons huis gevonden. Als er meer zouden aankloppen, zou ik hen niet durven weigeren.

Natuurlijk kon ik niets ondernemen zonder toestemming van Hans, want hoewel ik de oudste was, was hij heer en meester van Elm Creek Farm. Het kostte de nodige bezielde overreding van mijn kant, een smeekbede aan de meelevende kant van zijn karakter, maar uiteindelijk stemde hij toe. Dat deed hij niet omdat hij door de kennismaking met Joanna van gedachten was veranderd betreffende het geschil tussen de Noordelijke en Zuidelijke staten; hij bleef bij de mening dat hij daaraan geen deel had en zich er dus ook niet het hoofd over hoefde te breken. Hij gaf wel toe dat we, als voorstanders van de Amerikaanse belofte van vrijheid en kansen voor allen, niets anders konden doen dan degenen helpen die onvoorstelbare gevaren moesten trotseren en hun leven op het spel zetten in de strijd de vrijheid te verkrijgen die voor ons vanzelfsprekend was.

Toen hij een besluit had genomen, stelde hij Anneke hiervan op de hoogte. Ze keek me even beschuldigend aan en richtte haar aandacht toen weer op haar echtgenoot. Zonder iets te zeggen knikte ze. Ik wou dat hij haar om haar medewerking had gevraagd en haar niet uitsluitend had medegedeeld wat hij had besloten, maar gedane zaken nemen geen keer, en ik hoopte dat het uiteindelijke resultaat eender zou zijn.

Vanaf die dag hingen we, wanneer we geen bezoek verwachtten en het winterse weer zo gunstig was dat het uithangen van de was geen argwaan zou wekken, Annekes Underground Railroad-quilt aan de lijn en wachtte we 's avonds totdat er zou worden aangeklopt.

Joanna was al een maand bij ons toen de lang verwachte klop op de deur eindelijk klonk.

Het was kort voor zonsopgang. Ik schrok op van het geluid en was meteen klaarwakker. Met bonzend hart stapte ik mijn bed uit, trok mijn ochtendjas aan en rende naar beneden. Onderweg klopte ik snel op Joanna's deur en droeg haar op zich te verstoppen. Hans had zich nog maar net bij me gevoegd toen ik de buitendeur opende en twee gestalten in de kou zag staan huiveren.

We gebaarden dat ze binnen mochten komen, en terwijl ik de haard opstookte en iets te eten voor hen klaarmaakte, pakte Hans zijn geweer en ging buiten kijken of iemand ze was gevolgd. Tegen de tijd dat hij terugkeerde, was Anneke naar beneden gekomen om me te helpen, en Joanna, die door het gebrek aan tumult had begrepen dat ze niets hoefde te vrezen, had haar schuilplaats verlaten en zich bij ons gevoegd. Ze ging echter niet bij de anderen naast de haard zitten, maar begon me te helpen bij het koken, zonder een woord te zeggen, op een manier alsof ze het al jaren deed.

Het waren twee mannen die waren ontsnapt van een tabaksplantage in South Carolina. Toen ze wat waren opgewarmd en iets hadden gegeten, vertelden ze ons het een en ander over hun leven in gevangenschap, en hoewel ik vermoed dat de ergste details ons gespaard zijn gebleven, was hun korte relaas voldoende om me ervan te overtuigen dat we alles op alles moesten zetten om mensen als deze te helpen, hoe groot het risico misschien ook was. Annekes geschrokken zwijgen, en de hoffelijke manier waarop ze hen aansprak, zo anders dan het schrikachtige gedrag dat ze aanvankelijk ten overstaan van Joanna tentoon had gespreid, vertelde me dat ze er ook zo over dacht.

Maar Anneke had iets anders aan haar hoofd. 'Ze denken dat ze blank is,' mompelde ze tegen me toen niemand ons kon horen. Ze knikte even in de richting van de twee mannen en toen naar Joanna, die mijn japon droeg en met ons meewerkte.

Dat bracht me van mijn stuk. Ik keek de mannen aandachtig aan en kon niet anders dan instemmen met Annekes waarneming. Misschien kwam het doordat haar huid inderdaad vrij licht was, of wellicht leidde het vreselijke litteken op haar wang de aandacht van haar trekken af, maar nieuwkomers leken in Joanna geen lotgenoot te zien. Misschien keken ze haar niet lang genoeg aan om haar ware afkomst te kunnen herkennen; toen ze de kamer had betreden, had de ene man een snelle blik op haar litteken geworpen en daarna snel de andere kant opgekeken, alsof hij niet onbeleefd wilde zijn. Zodra Joanna echter het woord nam en haar taalgebruik haar verraadde, was er sprake van een amper waarneembare verandering bij de mannen: een milde verrassing, die ze goed wisten te verbergen, gevolgd door een nieuwe warmte, een vertrouwdheid, die aan hun stemmen ontbrak wanneer ze het woord tot Anneke of mij richtten.

De rest van de dag, terwijl de mannen lagen te slapen in de bedden die we in de kinderkamer voor hen hadden opgemaakt, piekerde ik over het feit dat Joanna voor een blanke kon doorgaan. Ik vroeg me af of we dat op de een of andere manier zouden kunnen gebruiken wanneer ze haar reis naar het noorden zou hervatten.

De mannen vertrokken kort na zonsondergang, gekleed in Hans' dikste winterkleren en met voldoende brood en kaas om het tot aan het volgende station vol te houden. Joanna keek hen na. Aan haar gezicht was te zien hoe graag ze zich bij hen had willen voegen. Toen gleed haar hand zonder nadenken naar haar opbollende buik, en snel wendde ze zich van het venster af.

Amper een week later werden we 's nachts opnieuw gewekt door een klop op de deur. Twee dagen nadat deze vluchteling was vertrokken, nam een ander zijn plaats in. Telkens wanneer een ontsnapte slaaf bij ons onderdak vond, groeide ons zelfvertrouwen, en de Underground Railroad-quilt wapperde steeds vaker bij ons aan de waslijn.

We waren zeker van onze zaak – wellicht iets te zeker. Want op een avond laat, toen een man en een jongen van een jaar of acht als bezetenen op onze deur bonsden, werden we op ruwe wijze wakker geschud. Toen we hen binnenlieten, vertelde de man ons moeizaam hijgend dat de slavenjagers hen op de hielen zaten.

Ik bleef even als verstijfd staan, maar Anneke was degene die meteen iets ondernam. 'Hierheen,' zei ze snel, en ze leidde hen naar boven. Ik keek snel om me heen of Joanna hier beneden was en liep toen achter hen aan de trap op. Anneke en ik wezen de vluchtelingen op de schuilplaats en gingen toen terug naar onze kamers, waar we net deden alsof we sliepen.

Nog geen half uur later hoorden we honden blaffen en werd de stilte van de nacht opnieuw verbroken door een gebons op de deur. Ik bad tot God dat Hij me vaardig zou laten liegen en volgde Hans en Anneke naar beneden. Mijn broer trok de deur open, en tot mijn verbazing en ongenoegen stonden we oog in oog met dezelfde twee slavenjagers die ons tijdens onze eerste herfst op Elm Creek Farm hadden gestoord. Deze keer hielden ze ieder een jankende bloedhond bij de halsband vast.

Zonder te wachten totdat wij zouden vragen waarom ze hadden aangeklopt, gaf een van hen te kennen dat hij binnen wilde komen. 'We zijn op zoek naar twee weggelopen n——s, een man en een jongen,' zei hij. 'We weten dat ze hierheen zijn gegaan.'

Verontwaardigd zei Hans: 'En daarom maakt u mijn gezin wakker, in het holst van de nacht? Ik dacht dat de duivel zelf u op de hielen zat.'

'Verd——, laat ons erin,' snauwde de tweede. De honden blaften en hijgden en zouden langs Hans naar binnen zijn gestormd indien de mannen ze niet hadden vastgehouden.

'Hebt u al in de schuur gekeken?' vroeg Anneke, die grote, onschuldige ogen opzette. 'De laatste keer zei u dat ontsnapte slaven zich vaak in schuren verstoppen.' Ze wendde zich tot Hans en streek ondertussen over haar buik, alsof ze het kindje in haar gerust wilde stellen. 'Die ontsnapte slaven zullen ons toch niets doen, hè Hans?'

Hans sloeg beschermend een arm om haar heen. 'Maak je maar geen zorgen, liefste.' Toen keek hij de beide mannen boos aan, alsof ze zich moesten schamen omdat ze zo'n onschuldige vrouw bang hadden gemaakt.

Maar ze lieten zich geen rad voor ogen draaien. 'Ja, we hebben in de schuur gekeken, en ook in de hut van L.,' zei de eerste man. 'En daar hebben we dit gevonden.'

Hij hield een versleten omslagdoek van vijfschacht omhoog, die vies en gerafeld was.

'Die is van mij.' Ik trok de slavenstof uit zijn handen. 'Mijn hemel, wanneer ik bedenk hoe lang en vaak ik hiernaar heb gezocht...'

'We hebben ook voetafdrukken gevonden,' viel de tweede man me in de rede.

'Ja, natuurlijk,' zei Hans bijna verontwaardigd. 'We hebben daar eerst gewoond.'

'En we hebben daar natuurlijk van alles achtergelaten,' zei ik.

De eerste man richtte zich tot Hans. 'Als je ons niet binnenlaat, komen we straks terug met de politie, en die zullen je dwingen ons binnen te laten.'

'O nee, niet met die vieze beesten erbij,' verklaarde ik. 'Ik wil die modderpoten niet op mijn schone vloer hebben.'

'Ze willen de honden toch niet mee naar binnen nemen?' Anneke deinsde terug en kroop half weg achter Hans. 'Hans, toe, zeg dat dat niet zo is.'

'Zoals u ziet, is mijn vrouw even bang voor honden als mijn zuster voor een vieze vloer is,' sprak Hans droogjes. 'Als het de enige manier is om van u af te komen, zal ik u binnenlaten, maar die honden blijven buiten.'

De tweede man leek te koken van woede. 'Zie je wel?' zei hij tegen zijn metgezel. 'Ze zijn bang. Ze weten dat die honden wat zullen vinden.'

'O toe,' zei ik, 'wees toch redelijk. Zou uw vrouw die modderpoten in huis willen hebben? En bovendien is ons huis niet groot genoeg om iemand verborgen te houden voor twee ervaren slavenjagers, of ze nu honden hebben of niet.'

Ik weet niet of mijn vinnige opmerking hen kwetste in hun trots of dat ze aan hun eigen vrouwen dachten en veronderstelden dat mijn opmerking kenmerkend was voor het zwakke geslacht, maar ze bonden de honden vast aan een paal, ondertussen zo luid mopperend en vloekend dat we het wel moesten horen. Hans deed de deur verder open en gebaarde dat de mannen binnen mochten komen, en ze begonnen meteen met het doorzoeken van de begane grond. Ondertussen zaten wij in de voorkamer en deden net alsof we niet meer te verliezen hadden dan een paar uur slaap. 'Maak de kinderkamer niet vies,' riep Anneke de mannen achterna toen ze naar boven liepen. Toen vielen we allemaal stil.

We hoorden hun laarzen stampen op de planken vloeren boven onze hoofden toen ze van de ene kamer naar de andere liepen. We wisten precies wanneer ze de naaikamer betraden. Ik kon amper adem halen en vroeg de vluchtelingen zwijgend zich muisstil te houden. De hele tijd wachtte ik op de triomfantelijke kreet die hun ondergang zou betekenen.

Maar die kreet werd niet geslaakt.

We hoorden de voetstappen een tweede keer van de ene naar de andere kamer gaan, en toen, na wat een eeuwigheid leek, hoorden we de mannen langzaam, met tegenzin, naar beneden komen. Hans keek hen schouderophalend aan, alsof hij wilde zeggen dat hij had geprobeerd te voorkomen dat ze hun tijd zouden verspillen, maar de twee lieten zich niet kalmeren. De woede van de een was zo groot dat hij amper de belofte over zijn lippen kreeg dat hij ons in de gaten zou houden en ons op een dag zou betrappen bij het helpen van slaven. En dan zou hij ervoor zorgen dat we aan de galg zouden eindigen.

'Als jullie mijn familie nogmaals bedreigen, dan dood ik jullie,' zei Hans.

Hij sprak bijna luchtig, alsof hij niets anders deed dan mannen doden. De twee slavenjagers fronsten, maar leken niet onder de indruk van zijn dreigement. Toch verlieten ze ons huis gehaast, en al snel verdween het geluid van roffelende paardenhoeven in de verte.

'Dwazen,' zei Hans. 'Wie een slaaf helpt, eindigt niet aan de galg.'

Anneke keek me aan met een blik die zei dat ze dat niet bepaald als een troost beschouwde en liet zich toen moeizaam in de dichtstbijzijnde stoel zakken.

'Joanna,' zei ik. Opeens herinnerde ik me haar toestand, en dat de drie vluchtelingen opeengepakt waren in een schuilplaats die voor één persoon was bestemd.

Ik rende de trap op, naar de naaikamer, en trof daar een chaos aan, alsof de slavenjagers uit woede met stoffen en quilts hadden gegooid omdat ze niemand hadden kunnen vinden. Ik baande me een weg tussen de rommel door naar Annekes naaimachine en trok die van de wand vandaan. In het verse pleisterwerk was een bijna onzichtbare scheur te zien, en ik haakte mijn nagels erin en trok, zodat de nepdeur openging. 'Ze zijn weg,' zei ik. 'De kust is veilig.'

Joanna kwam als eerste tevoorschijn, met een bleek gezicht. Ik hielp haar terug in bed en hoorde de man naar buiten komen, maar toen ik terugkwam, zat hij naast de geheime nis met de namaakdeur en probeerde de jongen tevoorschijn te lokken. Het kind weigerde, maar dat kon ik hem niet kwalijk nemen. Uiteindelijk besloten we dat hij mocht blijven zitten zo lang hij maar wilde; we bedekten de nis niet, maar lieten het stuk pleisterwerk ernaast liggen, zodat we het gat indien nodig snel konden sluiten.

'Het spijt me dat jullie daar zo krap zaten,' zei ik toen ik naast het gat een bed op de grond opmaakte voor de man. Hij wilde graag daar liggen, zodat hij de jongen gerust kon stellen. 'Die ruimte is vroeger een kast geweest, maar zelfs toen was er niet veel plaats. Hans heeft de deur erg goed gepleisterd, maar hij kon de nis niet groter maken.'

'We hebben ons wel op erger plekken verstopt,' zei hij. 'In een varkensstal, en een keer in een buitenplee. Slavenjagers zijn het laagste van het laagste, maar zelfs zij hebben een hekel aan die stank.'

'Wie had dat kunnen denken,' merkte ik droogjes op. 'Het lijkt me juist de volmaakte plek voor hen. Hun zielen wasemen immers de verderfelijke geur van hun beroep uit.'

Hij grinnikte grimmig en instemmend, en ik voelde dat mijn angst plaatsmaakte voor een opluchting die zo allesomvattend was dat ik me licht in het hoofd voelde. Onze geheime nis had de eerste beproeving doorstaan, en nu was ik er zeker van dat degenen die bij ons zouden aankloppen beschutting tussen onze muren konden vinden.

Toen ik in slaap viel, dacht ik aan de jongen, die zo bang was geweest dat hij de schuilplaats niet had durven verlaten. Als het lot niet zo wreed was geweest, als God anders had besloten, dan zou hij in het Noorden zijn geboren, in vrijheid. Hij had het kind van Anneke kunnen zijn, net zoals het kind van Anneke in slavernij geboren had kunnen worden.

Nu ik deze regels lees, lijken het niet meer dan willekeurige gedachten, al vond ik toentertijd dat ik tot een diep inzicht was gekomen. Ik kan niet meer nagaan welk pad mijn gedachten die nacht volgden, maar door mijn angst en vermoeidheid zag ik heel helder wat ons allen in dat vreselijke lot verbond, zo sterk dat ik me tegelijkertijd hoedster en vluchtelinge, slaaf en vrijgeborene, voelde. De slavernij maakte ons allen tot slaaf, bedacht ik, slavernij ketende hen met een donkere huid vast in de boeien der onrechtvaardigheid en degenen die slaven hielden in de ketenen der zonde, en degenen die hun vrijheid genoten, droegen de plicht onze geboeide broeders te helpen als een juk op de schouders.

De gebeurtenissen van die avond sterkten mij in mijn overtuigingen en inzichten, maar ze brachten Anneke slechts een grotere angst.

Ik ontdekte pas veel later hoe ze zich toen moest hebben gevoeld. Als ik al iets ongewoons in haar gedrag waarnam – een aarzeling de vluchtelingen te helpen, een verlangen de Underground Railroad-quilt deze keer niet aan de lijn te hangen – dan heb ik dat aan haar toestand geweten. Als ze vreesde voor onze veiligheid, dan moet ik hebben gedacht dat dergelijk gedrag passend was voor een vrouw die weldra moeder zou worden. Onze taken hielden ons nagenoeg dag en nacht bezig, zo sterk dat ik me niet kan herinneren wat ik toen dacht, en evenmin of Anneke iets van haar groeiende ongerustheid liet blijken.

Eén bepaald voorval staat me nog wel helder voor de geest: toen ik Anneke op een middag bij het naaiatelier van mevrouw Engle kwam ophalen, groette ze me vrij afwezig en beantwoordde mijn pogingen tot conversatie met korte woordjes en schouderophalen. Ik schreef haar gedrag toe aan teleurstelling, daar mevrouw Engle Anneke de laatste tijd aanmoedigde rustig thuis te blijven in plaats van bij haar te komen naaien, maar toen merkte Anneke opeens op: 'Stoort het je niet dat we de wet overtreden?'

'Het is verkeerd aan een wet te gehoorzamen die niet rechtvaardig is,' antwoordde ik. 'Soms betekent gehoorzamen aan Gods wetten dat we de wetten van de mens dienen te schenden.'

'Ja, dat weet ik, maar...' Ze zweeg even. 'Is het niet mogelijk dat slavernij de wil van God is?'

'Anneke!' zei ik, geschokt.

'Ik weet wat Dorothea en jij ervan vinden, maar zeg nu zelf, het is niet onmogelijk. In de Bijbel wordt veelvuldig over slaven gesproken –'

'Ook over zonde, en over het kwaad, maar dat betekent niet dat wij moeten zondigen of kwaad mogen doen.'

'Maar er wordt verteld hoe men slaven dient te behandelen. Zulke dingen zouden toch alleen maar in de Schrift worden vermeld indien ze een hoger doel dienen? Meneer Pearson zegt dat de Afrikaanse rassen de afstammelingen van Cham zijn, die door Noach werd veroordeeld een knecht der knechten voor zijn broeders te zijn. Als dat zo is –'

'Dat is niet zo. Dat zijn baarlijke nonsens.' Ik wist amper wat ik moest zeggen, zo verontrust was ik door de vraagtekens die Anneke bij een overduidelijke waarheid durfde te zetten. 'Ik denk niet dat het verstandig is dergelijke kwesties met meneer Pearson te bespreken. Je weet wat zijn standpunten zijn. Hij is een onbuigzame, blinde ja-knikker die het verstand noch het beoordelingsvermogen heeft om zijn eigen mening te bepalen. Hij zou nog zijn eigen moeder aangeven indien hij vermoedde dat ze een wet had overtreden.'

'Misschien wel,' antwoordde Anneke, 'als hij dacht dat het voor haar eigen bestwil zou zijn. Hoe dan ook, je hoeft je geen zorgen te maken over de vraag of ik meneer Pearson nog zal spreken, want mevrouw Engle heeft me vandaag in niet mis te verstane bewoordingen te kennen gegeven dat ik niet meer terug hoef te komen als het kindje er eenmaal is.'

En daarmee, nam ik aan, werd de ware reden voor haar zwijgzaamheid onthuld. Ik liet onze twist voor wat die was en probeerde haar te troosten, ik verzekerde haar ervan dat ze spoedig weer de naald ter hand zou kunnen nemen, en ik dreef de spot met mevrouw Engle die blijkbaar vond dat een bolle buik dermate afzichtelijk was dat een vrouw in die toestand zich beter niet buiten kon wagen opdat niemand zou worden beledigd. Doorgaans sprong Anneke meteen voor haar werkgeefster in de bres, maar op die dag stemde ze met mijn kritiek in, en tot mijn grote genoegen maakte ze zelf ook een paar scherpe opmerkingen.

Als Anneke net zo vaak als ik met Joanna had gesproken, had ze het bespottelijke idee dat God had gewild dat een van Zijn kinderen de ander zou bezitten al meteen laten varen. De gruwelen waarover Joanna vertelde, gingen mijn voorstellingsvermogen te boven, en ik vond het bewonderenswaardig dat zij, en velen met haar, zulke verschrikkingen hadden weten te doorstaan. Ik wilde dolgraag aan meneer Pearson vragen of hij zulke wreedheden in gedachten had wanneer hij zei dat God slavernij goedkeurde.

Nu de band tussen ons hechter was geworden, onthulde Joanna dat haar meester de vader van haar ongeboren kind was, zoals ik al had gedacht. Geen wonder, dacht ik, dat ze er zo onverschillig tegenover staat. Joanna kon zich niet eens meer herinneren hoe vaak hij zich aan haar had vergrepen; talloze keren, voor het eerst toen ze nog maar een jong meisje was. Haar omstandigheden waren zo anders dan die van Anneke, die een kind droeg dat in liefde was verwekt en naar wie we vol vreugde uitkeken, dat ik het Joanna niet kwalijk kon nemen dat ze zich zo voelde.

En toch begon ik in de loop der tijd te merken dat haar stemming veranderde, bijna ongemerkt. Ze gaf antwoord wanneer Anneke aarzelend begon over de toestand waarin ze beiden verkeerden, en ze vroeg om lapjes voor de quilt voor haar kindje, die ik haar maar al te graag gaf. En wanneer ze zat te naaien, als ik mijn taken had verricht of verlangde naar een kort respijt, dan las ik haar voor.

Ik wist dat haar gevoelens jegens haar kind waren veranderd toen ze me vroeg nogmaals een fragment uit het levensverhaal van Douglass voor te lezen, dat we een paar weken eerder hadden voltooid. In dat fragment beschreef de heer Douglass dat hij als klein kind al van zijn moeder werd gescheiden en haar tot aan haar dood slechts een paar keer had gezien, en dat slavenhouders hun uiterste best deden de natuurlijke band tussen moeder en kind te vernietigen.

Nadat ik klaar was met lezen, bleef ze zwijgend zitten. Haar zilveren naald schoot op en neer door de stukjes stof die ze in haar handen hield. 'Als ik niet was weggelopen, zouden ze mijn kindje van me hebben afgepakt,' zei ze. 'Het aan een ander hebben verkocht, verder naar het zuiden. Mevrouw zag niet graag de kinderen die haar man bij andere vrouwen had.'

'Daarvan kan men moeilijk de vrouwen de schuld geven,' zei ik verontwaardigd.

Joanna keek me even geamuseerd aan. 'Hebt u dan helemaal

niet begrepen wat ik u allemaal over die plantage heb verteld? Dacht u dat het er iets toe deed of we het wilden of niet? Het is veel gemakkelijker om ons de schuld te geven. Ze kan niet van haar man af, maar ze kan ons wel verkopen en zo van het probleem af komen. Totdat de meester weer een nieuwe vrouw vindt.'

'Daar hoef jij niet bang voor te zijn,' zei ik. 'Aan dat lot ben jij ontsnapt. Je kind zal je kennen en liefhebben, en jouw liefde zal het doen opbloeien.'

'Dat zal de vrijheid doen,' verbeterde Joanna, maar ze glimlachte toch.

Toen vroeg ze me of ik een langere passage verderop in het boek wilde voorlezen, waarin meneer Douglass vertelde hoe hij had leren lezen en schrijven. Terwijl ik de woorden hardop uitsprak, wierp ik af en toe een steelse blik op Joanna. Eerst hield ze op met naaien, toen verscheen er een afwezige blik in haar ogen. Toen ik klaar was, pakte ze snel haar lapjes weer op. 'Die Frederick Douglass is een slimme man.'

'Een verstandig man,' zei ik. 'Misschien wel de krachtigste stem in de strijd tegen de slavernij.'

'Misschien is het waar wat-ie zegt, dat een slaaf wordt verpest als je die leert lezen omdat het hem ontevreden en ongelukkig zal maken,' zei ze, 'maar ik ben toch al ontevreden en ongelukkig, en ik kan niet lezen.'

'Dat kun je leren. Ik kan het je leren.'

'Een huisslaaf hoeft misschien niet te kunnen lezen, maar een vrije vrouw in Canada wel.' Ze legde een hand op haar buik. 'Ik wil mijn kindje kunnen voorlezen, ik wil kunnen voorlezen uit de Bijbel en uit het boek van meneer Douglass, zodat het weet waar het vandaan komt, en wat het kan bereiken.'

Ik voelde bewondering en genegenheid in mijn binnenste opwellen, en nog diezelfde dag begonnen we met onze lessen.

En zo ruimde de winter het veld voor de lente en werd er 's nachts vaker aan de deur van Elm Creek Farm geklopt. We keken vol verwachting uit naar de twee kinderen die weldra ter wereld zouden komen, maar er was ook gevaar, dat altijd langs de grenzen van onze gedachten sloop.

Pas veel later besefte ik dat het grootste gevaar al veel dichterbij was, dat het over de drempel was gestapt en zich opgerold bij de haard had genesteld, waar het ons ongezien gadesloeg en wachtte totdat het kon toeslaan.

**10**

Het gevoel van triomf dat Sylvia had ervaren toen ze had gelezen dat Elm Creek Manor inderdaad een schuilplaats voor slaven was geweest, werd enigszins getemperd door de wetenschap dat haar voorouders die rol niet uit eigen beweging op zich hadden genomen.

'Maar ze deden het wel,' zei Sarah. 'Daar gaat het om. Toen Joanna bij hen aanklopte, lieten ze haar binnen. Ze hadden haar net zo goed kunnen wegsturen.'

'Ja, dat is waar,' moest Sylvia toegeven. En ook al hadden ze het gevoel gehad dat ze weinig anders konden doen dan Joanna binnen te laten, ze hadden in elk geval later wel actief de gevluchte slaven geholpen. Sylvia wist dat ze daar blij om zou moeten zijn. Deze laatste onthulling was in elk geval niet in tegenspraak met verhalen die al jaren in haar familie de ronde hadden gedaan. Volgens die verhalen was Elm Creek Manor een station aan de Underground Railroad geweest; er was nooit verteld hoe dat zo was gekomen.

'Zelfs na de komst van die slavenjagers gingen ze ermee door,' zei Sarah.

'Dat klopt. Ze waren erg goed in improviseren, vind je ook niet? Zelfs Anneke. Dat doet me deugd. Ik was even bang dat ze haar zelfbeheersing zou verliezen en tegenover die twee zou verklappen waar de slaven zich hadden verstopt. Dat zou beter hebben gepast bij de beschrijving die Gerda van haar gaf.'

Sarah lachte even, maar zei toen: 'We mogen niet vergeten dat we alleen lezen hoe Gerda over Anneke dacht, niet hoe ze echt was.'

Sylvia sloeg haar ogen ten hemel. 'Onze Gwen, de universitair docente, heeft me ook al een hele lezing over "betrouwbare vertellers" gegeven. Nou, ik denk dat Gerda betrouwbaar is, en ik twijfel er niet aan dat het beeld dat ze van Anneke schetst juist is.' Ze zweeg even. 'Zo juist als het maar zijn kan.'

'Ik vraag me af,' zei Sarah nadenkend, 'waar die schuilplaats was waar ze het over heeft.'

'Ik zou het niet weten.' Sylvia had geen idee welke kamer Anneke als naaikamer had gebruikt. Gerda had niet eens uitgelegd welke kamer de hare was geweest.

'Misschien had ze verwacht dat degene die haar relaas zou lezen een minder verre nazaat zou zijn, die nog wist welke kamer van wie was geweest.'

Sylvia haalde haar schouders op. 'Dat is mogelijk.' Maar als ze op Gerda's voorwoord af moest gaan, had ze gedacht dat haar memoires pas zouden worden gelezen wanneer de hoofdrolspelers allang waren overleden.

Sarah stak haar hand naar Sylvia uit. 'Kom, laten we gaan zoeken.'

'Nu?' Sylvia liet zich overeind trekken. 'Denk je niet dat onze gasten het vervelend zullen vinden als we zomaar hun kamers binnen stormen?'

'Natuurlijk niet. Ze zullen het alleen maar spannend vinden dat ze kunnen helpen een raadsel op te lossen.'

Daar zat iets in, moest Sylvia toegeven, en ze liep achter Sarah aan naar de eerste verdieping. Te veel hoop moest ze niet koesteren: sinds Gerda's tijd was het huis al ettelijke keren verbouwd. De zuidvleugel was aangebouwd, er hadden ingrijpende veranderingen plaatsgevonden nadat er in de tijd van haar vader brand had gewoed, en haar zus Claudia had een generatie later de nodige moderniseringen doorgevoerd. Annekes naaikamer was waarschijnlijk onherkenbaar, of misschien wel helemaal verdwenen, opgenomen in de overloop die het oude huis met de nieuwere vleugel verbond.

Ze begonnen in de kamers die niet bezet waren, en aangezien het al eind augustus was, waren er minder cursisten dan eerder die zomer. De kasten in de eerste vier kamers waren weliswaar niet groter, zeker niet naar moderne maatstaven gemeten, maar ze waren nog altijd groter dan de nis waarover Gerda had gerept, die amper groot genoeg voor één persoon was.

'Ze kunnen de kasten bij een verbouwing hebben vergroot,' opperde Sarah.

Daar kon Sylvia het alleen maar mee eens zijn. Het voelde alsof hun kans op succes steeds kleiner werd.

Ze aarzelde voordat ze de laatste lege kamer betrad. Alleen tijdens hun drukste weken gebruikte ze deze kamer voor gasten, en zelfs dan vroeg ze nog liever aan cursisten of ze een kamer wilden delen dan dat ze deze aan hen toewees. Aan de wand hing een Grape Basket-quilt in roze, wit en geel, op precies dezelfde plek waar Sylvia die na haar terugkeer naar Elm Creek Manor had aangetroffen, maar Sarah en zij hadden de roze met witte Flying Geese die ooit op het tweepersoonsbed had gelegen vervangen door een Trip Around The World van aan elkaar gestikte stroken stof. Hoe Sylvia ook van haar zuster vervreemd was geweest, ze kon de gedachte niet verdragen dat iemand anders, ook al was dat een vriendelijke quiltster, onder de deken zou slapen die Claudia zelf had gebruikt.

Sylvia tuitte haar lippen en deed de deur open. 'Deze kast is in elk geval groot genoeg,' zei ze snel, waarmee ze de schroom probeerde te verbergen die ze altijd voelde wanneer ze de kamer van haar zus binnenliep. 'Claudia had nooit genoegen genomen met een kleintje. Het verbaast me dat haar kamer in de westvleugel lag. Die in de zuidvleugel zijn veel groter en comfortabeler.'

Sarah liep naar de aangrenzende badkamer. 'Het verbaast me dat er in de westvleugel sowieso zulke kamers als deze zijn.'

'Van oorsprong was dat niet zo, hoor. Mijn vader heeft deuren in verschillende wanden laten maken om de slaapkamers van aangrenzende badkamers te kunnen voorzien.' Ze keek om zich heen. 'Nou, ik zie hier geen kast die in aanmerking komt, groot of klein. Ik vrees dat we onze gasten toch zullen moeten storen.'

'Wacht even.' Sarah legde een hand op Sylvia's arm om te voorkomen dat ze weg zou lopen. 'Hoe zit het met dat bankje?'

Sylvia keek even naar de gebloemde kussens in petit point. 'Wat is daarmee?'

'Dat is een vast bankje, in een nis gebouwd. Zie je dat niet?' Sarah liep erheen en mat de breedte van de zitting met haar handen. 'Ik schat dat het zo'n halve meter diep is.'

'Dat is geen kast,' merkte Sylvia op. 'In de kamer hiernaast staan twee kasten, daar en daar.' Ze wees op de twee hoeken van de terugspringende wand. 'Die knibbelen ruimte in deze kamer af.'

'Des te meer reden om aan te nemen dat er aan deze kant ook ooit een kast is geweest. Deze wand maakte deel uit van het huis dat Hans heeft gebouwd, of niet soms?'

'Ik weet het niet zeker...' Sylvia zweeg even. 'Ik denk het wel. Mijn vader had de neiging kamers te vergroten, niet om ze kleiner te maken.'

'Gerda zei dat de schuilplaats niet groot was, zelfs niet voor een kast.'

'Dat is zo.' Sylvia kwam naast Sarah staan en keek aandachtig naar de wand. Sarahs schatting van de diepte was aan de ruime kant, maar de nis kon niet dieper dan zestig centimeter en langer dan anderhalve meter zijn geweest, en dat zonder de valse wand die Hans ervoor had geplaatst. Het was moeilijk voor te stellen dat iemand zich lang in zo'n krappe, donkere ruimte kon verstoppen, slechts van zijn achtervolger gescheiden door een dun bepleisterd wandje waarachter de geluiden van de jagers maar al te goed te horen waren. 'Dat het zo krap is, maakt het waarschijnlijk alleen maar een betere schuilplaats.'

'En moeilijker te ontdekken door iemand die in de kamer hiernaast aan het zoeken is. Als de nis groter was geweest, was het eerder opgevallen dat deze kamer kleiner is dan hij zou moeten zijn.'

Sylvia liet haar vingertoppen over de wand glijden en trok toen het gevlochten voddentapijt op de vloer weg, maar als Hans' nepwand hier ooit had gestaan, dan was daar nu geen spoor meer van te vinden. 'Ik wil eerst de andere kamers zien voordat ik een conclusie trek.'

Ze verzamelden een enthousiast groepje helpers en gingen van de ene kamer naar de andere, telkens weer uitleggend wat ze hoopten te ontdekken. Nadat ze de laatste kamer hadden bekeken, moesten ze echter vaststellen dat de kamer van Claudia het meest voor de hand leek te liggen.

'Dat betekent niet dat de schuilplaats ook echt daar was,' zei Sarah waarschuwend toen Sylvia en zij weer met hun tweetjes waren. 'Gerda schrijft nergens dat Annekes naaikamer de enige kamer in huis was waar zo'n nisje was. Misschien waren er nog meer.'

'Die later zijn verdwenen toen het huis werd verbouwd of de nieuwe vleugel is verrezen.' Geërgerd schudde Sylvia haar hoofd. 'Elke keer wanneer ik denk dat ik iets heb gevonden, een tastbaar bewijs dat Gerda's verhaal kan bevestigen, eindigen we weer met zoveel slagen om de arm dat het voelt dat we beter af waren voordat we op zoek gingen.'

'Ja, zo voelt het wel, hè?' zei Sarah lachend. 'Dan zul je mijn volgende vraag wel niet willen horen.'

Sylvia slaakte een vermoeide zucht. 'Stel hem toch maar.'

'Volgens de verhalen in je familie was de Log Cabin-quilt met het zwarte vierkantje het sein, maar nu blijkt dat de Underground Railroad-quilt dat was,' zei Sarah. 'Hoe past de Log Cabin die je in Gerda's dekenkist hebt gevonden dan in het verhaal?'

## April 1859 – waarin een einde aan ons wachten komt

Bij het aanbreken van de lente waren de oplopende spanningen tussen het Noorden en het Zuiden een telkens terugkerend onderwerp van gesprek in Creek's Crossing, waarover net zoveel werd gepraat als over het weer en de gewassen. Kansas, ons oorspronkelijke reisdoel, was het toneel geworden van bloedvergieten tussen moedige bewoners van de Noordelijke staten en vijandige plunderaars uit Missouri, en het is pijnlijk te moeten toegeven dat ook de abolitionisten hun deel aan de gewelddadigheden hadden. Meer dan eens dankte ik God omdat Hij ons drie jaar eerder naar Elm Creek Farm had gezonden en ons dus had behoed voor dat geweld. Ik beschouwde het weinige wat we voor de gevluchte slaven konden doen als onze manier om Hem voor Zijn voorzienigheid te bedanken.

Nu het weer beter werd, nam ook het aantal vluchtelingen toe dat bij ons aanklopte, maar dat gold helaas tevens voor het aantal slavenjagers. Veel te vaak was ik gedwongen de Underground Railroad-quilt weer van de waslijn te halen omdat eerder die dag een patrouille over ons land was gekomen of zelfs de brutaliteit had gehad om aan te kloppen en te vragen of we soms verdachte negers hadden zien rondlopen, slaven die trachtten door te gaan voor vrije mannen. Ik zei steevast kortaf nee en stuurde hen weer weg, maar hun vragen zetten me aan het nadenken over de situatie waarin de vrije kleurlingen rondom ons stadje verkeerden. Ik had de indruk dat ze meer dan ooit op afstand bleven, en ik kan hen hun argwaan niet kwalijk nemen. Dorothea had me verteld over onbetrouwbare slavenjagers die niet in staat waren geweest hun prooi te vangen en daarom maar hadden getracht een onfortuinlijke vrije voor de weggelopen slaaf te laten doorgaan. Wanneer een dergelijke arme drommel eenmaal naar het Zuiden was gevoerd, wist hij dat niemand zijn beschuldigingen jegens de blanke jagers zou geloven en dat hij opnieuw als slaaf zou worden verkocht. Familie en vrienden zouden niets van zijn lot weten, en ook al zou dat wel zo zijn, dan nog konden ze niets uitrichten.

Soms noemden de slavenjagers de naam van de heer L. en namen aan dat we op goede voet met hem hadden gestaan daar hij ons (zo geloofden ze) de boerderij had verkocht, en tevens namen ze aan dat we een vergelijkbare gastvrijheid zouden bieden. Hans bood zo weinig als hij kon, zo hoffelijk als hij kon. Hij wilde geen vijanden maken of argwaan wekken, maar hij wilde evenmin bezoeken aanmoedigen uit angst dat onze geheime bezigheden zouden worden ontdekt.

Toen werd ik op een nacht niet gewekt door een klop op de

deur, maar door een gekreun van pijn in een van de kamers naast me. Mijn eerste gedachte was dat het voor Joanna zover was, maar toen verscheen Hans met een lamp in zijn hand in de deuropening en vroeg me mee te komen. Ik had de kreten van Anneke gehoord, al moest haar kindje pas over een maand komen.

Eerst dacht ik dat het vals alarm was en dat de weeën binnen een uurtje weer zouden afzakken. Dat had ik vaker meegemaakt, zeker wanneer het een eerste kind was. Maar de weeën werden pijnlijker en volgden elkaar steeds sneller op, zodat we beseften dat het kind zich weldra zou aandienen.

Hans rende naar buiten om Jonathan te halen, want ik was niet zo zeker van mijn kennis dat ik het zonder zijn ervaring durfde te stellen, zeker nu het kind veel te vroeg was. Ik had mijn moeder vaak geholpen wanneer die vrouwen in het kraambed bijstond, maar ik had het nooit alleen hoeven doen of anderen met meer ervaringen hoeven leiden. Ik deed wat ik kon om Anneke te kalmeren; ik bette haar voorhoofd, sprak over de vreugde die ze weldra zou ervaren wanneer ze haar kindje in de armen zou houden, maar niets wat ik zei, kon haar langer dan even geruststellen. Ze huilde van angst en pijn, zei keer op keer dat het te vroeg was, dat het moest ophouden en dat ik haar moest helpen. Dat wilde ik zo graag dat de tranen van machteloosheid in mijn ogen sprongen.

Joanna voegde zich al snel bij ons, gewekt door Annekes kreten. Toen Anneke riep dat ze een stekende pijn in haar onderrug voelde, zei Joanna dat ze op handen en knieën naast het bed moest gaan zitten. Tot mijn grote verbazing leek dit de pijn enigszins te verminderen, maar toen ik Joanna complimenteerde met haar remedie schudde ze met een grimmig gezicht haar hoofd. 'Dat betekent dat het hoofdje van het kind verkeerd om ligt,' zei ze zo zacht mogelijk. 'Ze zal hard moeten persen, heel hard.'

Angst welde in me op, en ik bad dat Hans en Jonathan op tijd zouden komen. Toen ze arriveerden, was dat zo plotseling dat Joanna zich niet tijdig in de geheime nis kon verstoppen. Met een snelheid die in tegenspraak leek met haar bolle buik kroop ze weg onder Annekes bed. Ik trok net een quilt over haar heen toen de voetstappen van de mannen op de trap klonken.

Joanna bleef de hele nacht doodstil liggen. Het eerste licht van de dag kleurde de horizon roze toen Annekes kreten zwakker werden, schor als ze was van het schreeuwen. Joanna had het bij het rechte eind gehad: het hoofdje van het kindje lag verkeerd om, wat betekende dat Anneke urenlang uit alle macht moest persen. Maar God zij geprezen, tegen de tijd dat het zonlicht naar binnen viel, had ze het leven geschonken aan een beeldschone zoon.

Jonathan onderzocht het kind en zei dat het ondanks zijn vroege komst een kerngezonde knaap was. Ik huilde van vreugde toen Jonathan hem aan me gaf, zodat ik hem kon wassen en in een dekentje kon wikkelen. Daarna gaf ik hem een zoen op zijn hoofdje en gaf hem aan Anneke, wier armen zo beefden van vermoeidheid dat ze haar zoontje niet kon aanpakken. Hans sloeg zijn armen om haar heen en ondersteunde haar, zodat ze samen het kostbare bundeltje konden vasthouden.

Toen Jonathan mij aansprak en vroeg of ik wilde helpen Anneke te verzorgen, voelden zijn woorden als een klap. Tot dat moment was hij voor mij slechts de dokter geweest, en niet de Jonathan die ooit mijn Jonathan was geweest. Ik deed mijn best zijn blik te vermijden toen we ons over de jonge moeder en haar kind ontfermden, maar ik was me uiterst pijnlijk bewust van zijn aanwezigheid. Toen onze blikken elkaar per ongeluk kruisten, wist ik meteen wat hij dacht, namelijk hetzelfde als ik: dat wij samen nooit het geluk zouden ervaren dat Hans en Anneke nu deelden.

Maar toen nam een kilte bezit van mijn hart. We hadden met elkaar gelukkig kunnen zijn als hij niet zo koppig was geweest, geleid door een misplaatst plichtsgevoel. Hoogstwaarschijnlijk zou hij dankzij Charlotte de genoegens van het vaderschap mogen beleven, terwijl ik nooit zou weten hoe het was om moeder te zijn. Jonathan had me tot zijn vrouw kunnen maken, als hij moedig genoeg was geweest, als hij dat echt had gewild. In dat opzicht was hij niet anders en niet veel beter dan E.

Jonathan bleef nog even bij Anneke, maar zodra hij afscheid had genomen, hielp ik Joanna onder het bed vandaan. Ze oogde moe, en dat was geen wonder, maar toen ik haar vroeg hoe ze het maakte, verzekerde ze me dat alles in orde was. Pas nadat ik haar in haar eigen bed had geholpen, bekende ze me dat ze nog nooit een bevalling had meegemaakt die zo zwaar was geweest als deze. 'Ik hoop dat het mij gemakkelijker zal vergaan,' zei ze zwakjes. 'Ik weet niet of ik wel kan doen wat zij allemaal heeft gedaan.'

'Je hebt al veel meer verdragen dan ik voor een vrouw mogelijk had gehouden, of zelfs voor een man.' Ik streek haar over haar voorhoofd. 'Je bent veel sterker dan je denkt. Het komt allemaal goed.'

Mijn woorden leken haar tot rust te brengen, en ze viel in slaap. Ik verbaasde me over het feit dat een vrouw die zulke littekens op haar rug en in haar hart droeg nog twijfelde over de vraag of ze een bevalling zou kunnen verdragen.

Summer hield haar hoofd scheef, zodat ze de titels op de ruggen van de boeken kon lezen. Als ze had geweten dat de bibliotheek van Waterford College zoveel werken over patronen van blokken en de geschiedenis van het quilten in de collectie had, was ze al veel eerder op deze afdeling gaan kijken. Hoewel ze geen gebrek aan informatie had: ze kon bij Oma's Zoldertje boeken met korting kopen omdat ze er werkte, de Elm Creek Quilters leenden elkaar voortdurend boeken uit hun eigen verzameling, en Sylvia was een lopende encyclopedie wanneer het ging om zaken die met quilten te maken hadden.

Haar vriendinnen hadden echter geen onuitputtelijke voorraad naslagwerken, en dat was de reden dat ze nu de bibliotheek doorzocht. Ze had al veel boeken over quilts uit de tijd van de Burgeroorlog gevonden, maar titels over de jaren daarvoor waren bijzonder schaars. In de drie die ze wel had gevonden, schitterden de Underground Railroad en quilts die als seinen waren gebruikt in de index door afwezigheid, maar ze had besloten de boeken toch te lenen in de hoop dat er iets in zou staan, of dat ze haar op het spoor van andere titels konden zetten.

Ze was klaar met de onderste plank en liep naar de bovenste rij boeken in de kast ernaast, waarin meer titels over de geschiedenis van textiel stonden. De meeste van deze boeken waren ouder en zaten onder een laagje stof dat duidelijk maakte dat ze zelden werden uitgeleend. Haar blik viel op een veelbelovende titel, en ze ging net op haar tenen staan om het boek te pakken toen een mannenstem opeens zei: 'Wacht maar, ik pak het wel voor je.'

'Het gaat wel...' begon Summer, maar de man reikte voor haar langs en pakte het boek zo snel van de plank dat haar vingertoppen de rug van zijn hand raakten. 'Bedankt.' Geloof ik, voegde ze er in gedachten aan toe. Zonder zijn hulp had ze het ook wel gered.

'Graag gedaan.' De man keek haar zo vrolijk aan dat ze het hem niet langer kwalijk kon nemen dat hij haar ongevraagd had geholpen. Hij was ongeveer net zo oud als zij en had donker, warrig haar en een bril met een metalen montuur. Onder zijn ene arm hield hij een stapel boeken, in zijn andere hand het boek dat hij voor Summer had gepakt.

Summer onderdrukte een glimlach en stak haar hand uit. 'Wil je het eerst lezen, of...'

'O.' Snel gaf hij haar het boek aan. 'Sorry.'

'Het geeft niet.' Ze draaide zich om naar de kast en sloeg het boek bij de index open.'

'Heeft dit iets te maken met je onderzoek naar de plaatselijke geschiedenis, of ben je met iets nieuws bezig?'

Verwonderd keek ze op. 'Hoe weet jij dat?'

Ze kon zich vergissen, maar ze dacht heel even iets van teleurstelling op zijn gezicht te zien. 'Ik heb je al de hele zomer minstens twee keer per week in het archief van het historisch genootschap zien zitten.'

Pas toen herkende Summer hem. 'O, ja. Jij hebt me toen geholpen met het zoeken naar de verslagen van de rechtbank. Meestal zit je in een hoekje over je boeken gebogen en merk je niets van de wereld om je heen.'

Hij grinnikte, maar zei: 'Ik merk nog wel iets, hoor.' Hij rekte zijn nek uit, zodat hij de titel van haar boek kon lezen. 'Over de vervaardiging van quilts in het Pennsylvania van voor de Burger-oorlog. Klinkt interessant.'

Summer keek hem goedkeurend aan, maar vroeg of hij het meende. 'Dat is het ook,' zei ze, nadat ze had geconcludeerd dat hij haar niet voor de gek leek te houden. 'Het heeft te maken met dat historische onderzoek van me.'

'Wil je daar meer over vertellen, of...' Hij keek even over zijn schouder, alsof hij er zeker van wilde zijn dat niemand hen kon horen, 'ben je bang dat iemand je onderwerp steelt en met de eer van het onderzoek gaat strijken?'

Summer kon haar lachen niet inhouden. 'Nee, dat zeker niet.' Ze legde uit waarom ze zo vaak in het archief zat. Aanvankelijk ging ze niet te veel op de details in, maar toen ze zag dat hij echt geïnteresseerd was, begon ze enthousiast uit te weiden. Ze besloot met de reden waarom ze vandaag juist hier was: om te kijken of er misschien een boek bestond dat iets meer vertelde over het ge-bruik van quilts als seinen langs de Underground Railroad.

'Veel heb ik niet kunnen vinden,' gaf ze toe. 'En de boeken die ik heb aangetroffen, melden alleen maar zijdelings iets over quilts als signalen, alsof het algemeen bekend is welke patronen werden gebruikt om stations of een bepaalde richting aan te duiden. In geen enkel boek of artikel is een foto te vinden, nergens wordt een concreet bewijs voor het daadwerkelijke bestaan van zulke quilts gegeven. Het lijkt wel alsof auteurs het vooral van horen zeggen hebben, via via.'

'Dat lijkt me erg frustrerend.'

'Ja, dat is nog zacht uitgedrukt.'

Hij lachte even, maar keek toen weer ernstig. 'Weet je, het is kenmerkend voor geheime signalen dat er geen schriftelijke spo-ren van te vinden zijn, of zelfs weinig mondeling overgedragen informatie. Dan zouden ze namelijk niet meer geheim zijn.'

'Ja, dat weet ik, maar ik hoopte dat er inmiddels dagboeken of andere familiestukken te vinden zouden zijn. De Burgeroorlog is al zo lang geleden dat het geen kwaad kan er nu openlijk over te schrijven.'

Hij haalde zijn schouders op. 'Meer dan zestig jaar geleden hebben mijn opa en mijn ouders dankzij de hulp van het verzet uit nazi-Duitsland naar Zwitserland kunnen vluchten. Mijn vader heeft me verteld dat zijn ouders zelfs decennia later, toen ze al jaren in Amerika woonden, weinig wilden loslaten over de signalen en communicatiemiddelen waarvan ze tijdens hun vlucht gebruik hadden gemaakt.'

'Waarom niet?'

'Ze zeiden dat ze het risico niet konden nemen, omdat niemand zeker kon weten of die signalen op een dag opnieuw nodig zouden zijn.'

### April tot mei 1859 – waarin we verdenkingen uitlokken en trachten te verdrijven

Het goede nieuws over het kindje van Anneke en Hans verspreidde zich als een lopend vuurtje door ons stadje, zodat Elm Creek Farm al snel werd belaagd door buren vol goede bedoelingen die eten en babydekentjes kwamen aanbieden en allemaal hoopten een glimp van het kereltje te kunnen opvangen. Anneke genoot van de aandacht die haar zoon te beurt viel en ik was dankbaar voor het eten omdat ik het zo druk had met de verzorging van moeder en kind dat ik amper tijd had om adem te halen, laat staan een maaltijd voor de kersverse ouders, mezelf en Joanna te bereiden. Hans en ik waren het erover eens dat we in deze omstandigheden de Underground Railroad-quilt niet konden ophangen, en ik werd geplaagd door gedachten aan vluchtelingen die op een steenworp afstand van ons huis buiten de nacht moesten doorbrengen, zonder voedsel, kleding of een woord van troost.

Joanna hielp me zo goed als ze kon, maar nu er op alle uren van de dag onverwacht bezoekers aanklopten, was ze gedwongen zo vaak naar haar schuilplaats te rennen dat ze uiteindelijk besloot dat het beter was daar de gehele dag door te brengen. Ik vond het een vreselijke gedachte dat ze daar al die tijd opgesloten zat en wilde niets liever dan dat de stroom bezoekers langzaam zou opdrogen.

Een van de bezoekster die zich het vaakst meldde, was de vrouw die het vreselijk zou hebben gevonden te weten dat haar komst Joanna tot een verblijf in de verborgen nis veroordeelde: mijn lieve vriendin Dorothea, die bijna elke avond na het voltooien van haar eigen bezigheden mij kwam helpen met mijn taken. Iedere vrouw zou gezegend moeten zijn met een vriendin die zo'n groot hart heeft en zo vrijgevig is! Tijdens die uitputtende dagen, toen ik geneigd was staande in slaap te vallen of onder de dekens weg te kruipen en een quilt in mijn oren te stoppen om maar niet te hoeven horen hoe Anneke haar jammerende zuigeling troostte, wisten Dorothea's onuitputtelijke kalmte en bedaarde zelfverzekerdheid me op te vrolijken, en dankzij haar wist ik de kracht te verzamelen die ik nodig had om de opgeruimde tante van de familie te kunnen zijn.

Twee bezoekers waren in mijn ogen het minst welkom. Twee weken nadat mijn neefje ter wereld was gekomen, kwamen meneer Pearson en mevrouw Engle de jonge moeder feliciteren. Ze kwamen rond etenstijd, toen Hans net hongerig terugkeerde van de akkers, zodat ik gedwongen was hen met meer egards te ontvangen dan ik anders zou hebben gedaan. Terwijl Anneke en mevrouw Engle plaatsnamen in de voorkamer, waar mevrouw Engle het kindje in haar armen hield en het kirrend toesprak, onder toeziend oog van Anneke, zette ik enkele van de schotels op tafel die de buren me hadden gebracht, hopend dat meneer Pearson zich niet geroepen zou voelen me te helpen. Dat was blijkbaar niet het geval, want toen hij de eetkamer binnenkwam, bleef hij eenvoudigweg staan, met een zelfvoldaan gezicht, alsof ik dankbaar moest zijn dat hij me gezelschap wilde houden.

'Anneke ziet er gezond uit,' merkte hij op. Tegen het deurkozijn geleund keek hij toe hoe ik de tafel dekte.

Ik maakte een instemmend geluid, maar verkoos verder geen aandacht aan hem te schenken.

Terwijl ik met schotels tussen de keuken en eetkamer heen en weer liep, volgde hij me met ontspannen tred. 'Ze mag zich gelukkig prijzen dat ze de zegen van het moederschap mag ervaren,' zei hij. 'Dat is toch het hoogste doel waarnaar een vrouw kan streven, vindt u ook niet?'

Talloze vinnige antwoorden kwamen bij me op, maar ik beet op mijn tong. Als hij verwachtte ook maar een vonkje jaloezie jegens mijn schoonzusje bij me te kunnen opwekken, dan verspilde hij zowel zijn eigen tijd als de mijne. 'Anneke is inderdaad gezegend, en ik ben heel erg blij voor haar,' zei ik, uit de grond van mijn hart.

Hij leek teleurgesteld omdat het gif in mijn stem ontbrak en wendde zijn blik af – naar de Underground Railroad-quilt, die opgevouwen en vergeten op het dressoir lag. 'Wat is dit?' vroeg hij. Hij vouwde hem open.

'Een quilt.'

'Ja, dat zie ik,' snauwde hij, maar toen fronste hij. 'Ik heb dit patroon al eens eerder gezien.'

'Misschien heeft uw moeder een vergelijkbare quilt gemaakt.'

'Nee, dat is het niet.'

Hij bestuurde de quilt zo aandachtig dat ik me niet langer kon inhouden. 'O, meneer Pearson, u wilt toch niet beweren dat u zo'n kenner van patchwork bent dat u zich elk blok kunt herinneren dat uw moeder heeft gemaakt?'

Hij keek op van de quilt, zijn wenkbrauwen opgetrokken in een lichtelijk verbaasde uitdrukking. 'Ik geef toe dat dat haar zou behagen, maar helaas, ik doe alleen alsof ik luister wanneer ze over haar verrichtingen met naald en draad vertelt.' Hij vouwde de deken op en legde hem terug op het dressoir. 'Als u me wilt verontschuldigen, juffrouw Bergstrom.' Met de gebruikelijke zelfvoldane grijns op zijn gezicht liep hij terug naar de voorkamer.

Ik gaf mezelf een standje omdat ik mijn zenuwen niet de baas leek te kunnen blijven en besloot mijn gevoelens voortaan zo goed te verbergen dat ik me qua kalmte met Dorothea zou kunnen meten. De wetenschap dat meneer Pearson onmogelijk kon weten hoe belangrijk de quilt was, sterkte me in mijn vertrouwen.

Daar hij me ten overstaan van de anderen niet durfde te beledigen, konden we in alle rust van het avondeten genieten.

Al snel vergat ik het voorval omdat ik zoveel andere dingen aan mijn hoofd had. Er verstreek nog een week, en toen het weer veilig leek, waagde ik het de Underground Railroad-quilt aan de waslijn te hangen en me voor te bereiden op de komst van nieuwe vluchtelingen.

Er was heel veel te doen, er moesten zoveel zaken worden geregeld die we nog niet hadden geweten toen Joanna voor het eerst op onze deur klopte. De dringendste behoeften waren eten en rust, maar de voortvluchtigen hadden ook vaak nieuwe kleren nodig, met name schoenen, voor de mannen, en handschoenen en hoeden voor de vrouwen, zodat ze beter door konden gaan voor vrije kleurlingen. Ze hadden tevens papieren nodig waarin vermeld stond dat ze vrije burgers waren, hoewel ik me soms afvroeg wat ze daaraan zouden hebben als de slavenjagers hen te pakken zouden krijgen. Toch, als zo'n document ook maar één van hen zou weten te redden, dan was het beslist al het papier en de inkt en de uren die ik erin stak meer dan waard. Ik moet bekennen dat ik een vrij bedreven vervalser werd. Hans merkte een keer op dat hij nog wel lieden uit zijn wilde jonge jaren kende die me konden helpen aardig aan mijn vaardigheden te verdienen, maar Anneke vond die opmerking allerminst vermakelijk. Ze zei dat we op Elm Creek Farm al vaak genoeg de wet overtraden en het niet nodig was grappen te maken over een dergelijke lucratieve, maar illegale bezigheid. Het moederschap had van Anneke, die dag en nacht over het wiegje gebogen kon staan om uit te roepen hoe beeldschoon haar zoon was, een vrouw met weinig gevoel voor humor gemaakt.

De vluchtelingen hadden naast kleding en vervalste papieren ook proviand voor onderweg nodig. Ik leerde beschuit te bakken dat ik hen kon meegeven, samen met gedroogde appels en harde kaas die niet snel zou bederven. Ze moesten weten waar de stations waren die verder naar het noorden lagen; Hans bepaalde aan de hand van geruchten over activiteiten van slavenjagers wat de veiligste routes waren. Onze gasten hadden echter vooral behoefte aan hoop, en dus moedigden we hen onverminderd aan.

Soms brachten onze bezoekers nieuws mee uit de streken die ze waren ontvlucht, en hun verhalen bevestigden wat we ook in de kranten konden lezen: naarmate het Noorden zich steeds nadrukkelijker uitsprak tegen de slavernij, nam de vijandigheid in het Zuiden jegens het Noorden steeds verder toe. Zelfs Zuiderlingen die geen slaven hielden voelden minachting voor het Noorden omdat dat zich zo vooringenomen met de Zuidelijke kwestie bemoeide en vreesden dat deze inmenging schadelijk zou blijken voor de Zuidelijke economie. 'Abolitionist' was een woord dat door de Zuiderlingen vol afkeer werd uitgesproken, en slaven wisten maar al te goed dat ze er maar beter niet over konden spreken en zelfs niet in alle onschuld moesten vragen wat het betekende.

De meeste ontsnapte slaven die langs ons station kwamen, waren zo uitgeput en op hun hoede dat ze weinig over de slavernij wilden zeggen. Ze spaarden hun krachten voor de moeilijke tocht naar Canada, en hun gedachten waren vooral bij de familieleden en vrienden die ze hadden achtergelaten en waarschijnlijk nooit meer zouden terugzien.

Vier weken na de geboorte van Annekes zoon wapperde de quilt voor het eerst weer aan de waslijn; daarna verstreken nog eens vijf dagen waarin er niet 's nachts aan de deur werd geklopt. Tot er op een morgen, kort na zonsopgang, toen Hans al op de akkers aan het werk was en ik het huishouden deed, twee keer kort achter elkaar werd aangeklopt.

Ik deed de deur open en zag een kleurling staan die in de kleren van een boer was gehuld. Hij had zijn hoed ver over zijn ogen getrokken en droeg de Underground Railroad-quilt gevouwen over zijn arm. Ik werd overvallen door zo'n vlaag van paniek – begreep hij niet dat hij zichzelf en ons in gevaar bracht door bij daglicht naar ons huis te komen, met het sein in zijn hand? – dat ik aanvankelijk niet zag dat het meneer Abel Wright was, de eigenaar van een boerderij die ongeveer twintig kilometer ten zuidoosten van de onze lag, buiten de grenzen van Creek's Crossing, en wiens echtgenote ik op de *bee* voor Charlotte Claverton had ontmoet.

Ik wist stamelend een groet te uiten en vroeg hem binnen te komen, maar hij weigerde en zei dat zijn akker op hem wachtte. Toen stak hij me de quilt toe en zei: 'Ik kwam u alleen maar vertellen dat u deze maar beter niet meer kunt gebruiken.' Toen ik zei dat ik niet begreep wat hij bedoelde, wendde hij zijn blik af, zweeg even en zei toen: 'Te veel mensen weten ervan. Iemand heeft zijn mond voorbij gepraat. Iemand verderop langs de lijn, iemand die is gepakt... Ik kan echt niet zeggen wie. Maar u kunt hem niet meer gebruiken.' Toen keek hij me recht aan en vroeg: 'Begrijpt u wat ik bedoel?'

Dat begreep ik maar al te goed, maar ik vroeg me af waarom ik niet eerder had beseft dat vrije negers in het Noorden ook stationschef konden zijn. Zelfs nu schaam ik me nog omdat ik tot dan toe had gedacht dat de Underground Railroad uitsluitend het werk was van welwillende blanken. Hoewel ik mezelf als verlicht beschouwde, had ik nooit kunnen vermoeden dat negers even goed in staat en bereid waren hun broeders te helpen, zonder inmenging van een blanke. Ik durf bijna niet te denken aan wat dit zei over mij, ondanks al mijn idealen en gezwollen woorden.

Ik bedankte meneer Wright en ging snel op zoek naar Anneke. Ze zat in de kinderkamer en wiegde haar zoontje tevreden in haar armen, maar toen ik haar vertelde wat er was gebeurd, werden haar ogen groot van angst, alsof ze de paarden van de slavenjagers al met roffelende hoeven kon horen naderen. Ik moest mijn best doen om niets te laten merken, want hoewel ik het verband niet kon onthullen, wist ik dat de waarschuwing van onze buurman op de een of andere manier iets te maken had met de vreemde opmerkingen die meneer Pearson over het patroon van de Underground Railroad-quilt had gemaakt. Die vreselijke man zou ons nog in moeilijkheden kunnen brengen. Nog was dat niet gebeurd, dus ik had geen reden zulke intense gevoelens te koesteren, maar ik twijfelde er niet aan dat hij ons kwaad wilde doen.

'We zullen een nieuw sein moeten bedenken,' merkte ik op.

Anneke wist dat ze precies wist wat we nodig hadden: een patroon dat zo algemeen was dat het niet de aandacht zou trekken en zo eenvoudig dat ook ik het zou kunnen maken. Het heette Birds in the Air, en daar het patroon uit diverse driehoeken bestond, konden we, door de quilt op een bepaalde manier aan de waslijn te hangen, aanwijzen in welke richting de slaven dienden te lopen.

Aanvankelijk twijfelde ik nog; ik zag meer in een stapel brandhout met een bepaalde vorm, of in een rij emmers die we in een bepaalde volgorde naast de put zouden plaatsen. Alles was goed, als het maar niet te veel leek op het sein dat we nu niet langer konden gebruiken. Anneke merkte echter op dat de slavenjagers mannen waren en dat een man nooit lette op wat er aan een waslijn hing. En zelfs al zou een quilt hem opvallen, dan nog zou hij zoeken naar een ander patroon, het patroon waarvan bekend was dat de abolitionisten het gebruikten. 'Ze zullen nooit geloven dat we de ene quilt voor de andere hebben verruild,' zei Anneke. 'Dat zou te veel voor de hand liggen, en daarom is het een volmaakt sein.'

En zo wist ze me over te halen, en begonnen we aan onze tweede seinquilt.

Nu Anneke bijna dag en nacht bezig was met de verzorging van haar kind kwam de taak de quilt te naaien neer op mij, de minst bedreven naaister van de hele streek. Anneke stelde voor dat ik een quilt zou maken die groot genoeg was voor een wiegje, omdat dat niet alleen sneller zou gaan, maar ook des te geloofwaardiger was: niemand zou het vreemd vinden het dekentje van een klein kind zo vaak aan de waslijn te zien hangen. Ik had namelijk sinds kort geleerd dat zuigelingen er zelden in slaagden iets langer dan een dag schoon te houden. Bovendien stemde ik er eindelijk mee in Annekes naaimachine te gebruiken, iets waarop ze al sinds onze komst naar Elm Creek Farm had aangedrongen. In vergelijking met het eentonige werk dat naaien met de hand was, stelde het stikken met de naaimachine weinig voor. Ik stak elk vrij moment in het voltooien van de quilt en werkte snel en koortsachtig, en de blokken voor Birds in the Air vormden een snel groeiend stapeltje naast de naaimachine. Nu Joanna zich niet langer voortdurend in de nis verborgen hoefde te houden, leerde ik ook haar hoe ze met de naaimachine moest werken, en zij voltooide evenveel blokken als ik.

Samen naaiden Joanna en ik de blokken in rijen aan elkaar, daarna stikten we de ene rij aan de andere, en ten slotte spanden we de top, de katoenen vulling en een voering van mousseline in het quiltraam van Anneke en pitten de quilt door. We besteedden de hele nacht, van zonsondergang tot zonsopgang, aan het maken van die kleine steekjes, en toen Anneke de volgende ochtend met het kind in haar armen naar beneden kwam, was ze net op tijd om ons de laatste steken van de rand te zien maken.

Met ons drietjes keken we naar de quilt. 'Hij kan ermee door,' zei Joanna nuchter.

Ik knikte, te moe om nog een woord te kunnen uitbrengen, maar Anneke pakte de quilt en wikkelde haar zoontje erin. 'Hij is prachtig.' Ze hield het kind in haar armen en kuste hem op zijn voorhoofd.

Een gevoel van trots vervulde me. Wie had kunnen horen dat deze quilt, zo haastig in elkaar gezet van allerlei lapjes en volgens zo'n eenvoudig patroon doorgepit, zo'n lof ten deel viel, zou verbaasd hebben moeten lachen, maar ik begreep wat mijn schoonzus bedoelde. De quilt was prachtig; niet van zichzelf, maar vanwege alles waar hij het symbool van was en vanwege het doel waarvoor hij was gemaakt.

Iets mooiers hadden mijn handen nog nooit gemaakt, en dat hebben ze sindsdien ook niet meer gedaan.

We stuurden berichten naar de stations ten zuiden van ons – ook nu zal ik niet onthullen hoe we dat precies deden – zodat de slaven zouden weten waarop ze moesten letten. Nog geen paar dagen na de voltooiing wist de quilt een ontsnapte slaaf uit Virginia de weg naar ons huis te wijzen. Station Elm Creek Farm aan de Underground Railroad was wederom geopend.

11

Toen de bibliothecaresse voor de tweede keer langskwam om Summer eraan te herinneren dat het archief van het historisch genootschap op vrijdag eerder zijn deuren sloot, knikte Summer afwezig en keek op haar horloge. Ze had nog vijf minuten voordat ze naar buiten zou worden gestuurd en de deur op slot zou gaan, maar waarschijnlijk zouden vijf minuten meer of minder op een dag als deze niet veel uitmaken. Tot nu toe had ze erg weinig geluk gehad.

Zuchtend zette ze de computer uit en moest bekennen dat de kans groot was dat ze haar tijd verspilde. De laatste tijd had ze niets meer kunnen vinden over de familie Bergstrom of over Elm Creek Farm, en ze had Sylvia er niet eens meer over verteld. Ze wilde liever dat Sylvia zou denken dat ze druk aan het speuren was dan dat alle hoop van de oude vrouw de bodem zou worden ingeslagen.

'Zo, dat was een flinke zucht. Weet je niet dat je in een bibliotheek stil hoort te zijn?'

Summer keek over haar schouder en zag de donkerharige man die haar eerder had geholpen het boek van de plank te pakken. Vanaf zijn gebruikelijke plekje in de hoek keek hij haar glimlachend aan. 'Het spijt me,' zei Summer. 'Gaan ze nu mijn pasje afpakken?'

'Nee, volgens mij krijg je eerst een waarschuwing.' Hij stond op, liep naar haar toe en knikte naar de computer. 'Kun je het niet vinden?'

'Praat me er niet van. Ik zit hier al twee uur en raak alleen maar gefrustreerder.' Summer lachte schamper. 'Dat zou ik op zich niet erg vinden, als ik maar iets kon vinden, hoe onbeduidend ook.'

'Misschien kan ik je helpen. Waar ben je naar op zoek?'

'Geboortebewijzen, overlijdensaktes, huwelijksaktes, documenten over een familie die voor de Burgeroorlog vanuit het buitenland hierheen is gekomen. Ik heb de papieren archieven al doorgekeken, maar toen ik daar niet vond wat ik zocht, besloot ik in de database te kijken. Helaas vind ik daar nog minder.'

'Heb je al in oude plaatselijke kranten gekeken? Het historisch genootschap heeft die allemaal op microfiche staan, en het archief gaat terug tot de negentiende eeuw.'

'Ja, dat weet ik, maar de jaren die ik moet hebben, zitten er niet bij.'

'Heb je het al op de redactie van de krant gevraagd?'

Summer knikte. 'Ze zeiden dat ze misschien nog oude nummers hadden, maar ze wisten het niet zeker en hadden niet genoeg personeel dat me kon helpen met zoeken.'

'Wat onbeleefd. Ik ga uit protest mijn abonnement opzeggen.'

'O, dat hoef je voor mij niet te doen, hoor. Zij kunnen er niets aan doen.' Summer keek weer op haar horloge en zag dat het archief elk moment kon sluiten. Ze pakte haar boeken en aantekeningen bij elkaar. 'Het enige aanknopingspunt dat ik heb, is een achternaam en een paar jaartallen. Als ik iets specifieker kon zijn, zouden ze me vast beter kunnen helpen.'

De man pakte zijn stapeltje boeken op en liep met haar mee naar de deur, waar de bibliothecaresse met een sleutel in haar hand stond te wachten. 'Heb je al in het telefoonboek gekeken?'

Summer keek hem met opgetrokken wenkbrauwen aan. 'Ze hadden toen nog geen telefoon, dus ook geen telefoonboeken.'

'Nee, ik bedoel het telefoonboek van nu. De familie naar wie je op zoek bent, woonde toch in deze streek? Misschien zijn er nazaten die je meer kunnen vertellen. Ze hebben misschien niet precies wat je zoekt, maar kunnen je mogelijk op het goede spoor zetten. Ze kunnen je meer namen geven om naar op zoek te gaan, andere takken van de familie.'

'O, maar ik ken de nazaten al,' zei Summer. Nou ja, eentje dan, maar als Sylvia dat soort dingen zou weten, zou Summer er niet naar hoeven zoeken. En wat meer namen betreft...

'Ik heb het!' riep Summer uit. Ze moest naar huis, meteen, en in het telefoonboek kijken. 'Heel erg bedankt, eh...'

'Jeremy. En jij heet?'

'Summer. Dank je, Jeremy, dankzij jou heb ik een geweldig idee gekregen.' Ze liep het archief uit en beende vlug naar de trap. Jeremy liep haar achterna. 'Ik had je eerder om hulp moeten vragen. Ik ben zo blij dat je nu toevallig dienst had.'

'Dienst?'

'Ja, dat je moest werken. Je werkt hier toch?'

'Eh, nee. Niet voor de bieb, en ook niet voor het historisch genootschap.'

Summer bleef plotseling staan en keek hem met een sceptisch lachje aan. 'Maar je zei dát je me wel wilde helpen met zoeken.'

Hij haalde zijn schouders op. 'Ik doe graag iets voor de medemens.' Toen Summer moest lachen, voegde hij er schaapachtig aan toe: 'Ik ben afgestudeerd in geschiedenis en werk nu aan mijn promotieonderzoek. Meestal zit ik op de kamer van het historisch genootschap omdat het daar zo lekker stil is. Er komt nooit iemand, behalve jij dan. Niet dat ik daar op let of zo.'

Hij keek zo beschaamd dat Summer de neiging tot plagen niet kon onderdrukken. 'Nou, als ik meer hulp nodig heb, zal ik het je meteen laten weten.'

Hij lachte, vergenoegd. 'Je weet waar je me kunt vinden.'

### Mei 1859 – waarin we een donkere periode beleven

Onze nieuwe seinquilt bleek zo succesvol dat ik mezelf toestond te denken dat we aan de gevaren waren ontsnapt waarvan meneer Pearsons toespelingen op het patroon van de Underground Railroad-quilt en de waarschuwingen van onze buurman een voorbode leken te zijn geweest. Ik was een dwaas. Ik had waakzamer moeten zijn, maar zelfs achteraf gezien kan ik niet zeggen hoe ik had moeten weten van welke zijde het gevaar zou komen.

Het mooie weer bracht een stroom voortvluchtige slaven met zich mee; ze volgden de beek in noordelijke richting, naar ons huis, met de slavenjagers doorgaans op hun hielen. Elm Creek Farm, dat in de winter nog zo afgelegen had geleken, kon nu bijna elke tweede dag een bezoeker verwelkomen – en voor iedere drie vrienden die we snel binnenlieten, troffen we minstens één onvriendelijke vreemdeling, vol vragen en achterdocht. En wederom kwamen de twee slavenjagers die ons huis in maart hadden doorzocht ruzie met ons zoeken.

Ze kwamen tijdens een heftige onweersbui, zo'n plotselinge, onstuimige bui waardoor we in onze streek elk voorjaar wel een keer werden getroffen, maar waarover we ons elke keer weer verbaasden. De eerste waarschuwing dat de mannen naderden, was tussen twee donderslagen door te horen: het hoge, schrille gehinnik van een paard, zo dichtbij en plotseling dat we opschrokken. Nog geen hartslag later werd er gehaast op de deur gebonkt.

Natuurlijk kwamen onze gebruikelijke nachtelijke bezoekers nooit te paard. Joanna haastte zich zo snel als ze kon van haar plaats naast de haard naar boven, en terwijl ik haar hielp in de geheime nis te kruipen, voelde ik mijn hart tekeergaan van schrik. Ik vroeg me af wie er buiten stond, en of Joanna door het venster was gezien.

Toen ik weer beneden kwam, zag ik de twee bekende en ongewenste gestalten druipend van de regen in onze hal staan. Het voelde alsof er een steen in mijn maag lag, en dat gevoel verdween niet toen ik besefte dat ze Joanna niet hadden gezien, want was dat zo geweest, dan zouden ze haar nu al uit haar schuilplaats hebben getrokken. Ik wilde hen dolgraag mijn huis uit sturen, maar we konden hen niet zomaar de deur wijzen, dat zou argwaan wekken. Daarom nam Hans hen mee naar de schuur, waar ze hun honden konden achterlaten en hun paarden konden verzorgen, en ging ik iets te eten klaarmaken.

Opeens greep Anneke dodelijk geschrokken mijn arm vast. 'Gerda,' zei ze. Ze knikte naar buiten, naar de waslijn.

Ik rende naar buiten om de Birds in the Air van de lijn te halen. Doorweekt snelde ik weer naar binnen, de trap op, en wrong de quilt uit boven mijn waskom en verstopte hem onder mijn bed. Ik had nog net genoeg tijd om schone kleren aan te trekken voordat de mannen weer binnenkwamen.

Mijn maag draaide zich om van angst, en ik durfde amper iets te zeggen toen ik hen hun avondeten serveerde, bang dat ze zouden merken hoe ik me voelde. Anneke hield zich met haar kindje bezig, alsof ze zo afgeleid was dat ze de mannen amper zag. Tot mijn grote opluchting spraken ze met Hans alsof ze niets ongewoons hadden waargenomen; of mogelijk hadden ze dat wel, maar waren ze gewend geraakt aan het vreemde gedrag van de familie Bergstrom, daar we ons nooit op ons gemak voelen met die twee in de buurt. Ik bad dat ze snel zouden vertrekken, maar naarmate de avond voortkroop en de storm maar niet ging liggen, werd duidelijk dat we niets anders konden doen dan hen vragen bij ons de nacht door te brengen.

Ik maakte een bed voor hen op naast de haard, en toen ik naar boven liep, dacht ik aan Joanna, die in het donker zat weggedoken, bijna recht boven de hoofden van haar vijanden. Boven bleef ik net lang genoeg voor de geheime nis staan om een waarschuwing tegen Joanna te mompelen, en daarna liep ik naar mijn eigen kamer, maar ik was zo gespannen dat ik de slaap niet kon vatten. Als Joanna het tijdens haar slaap zou uitschreeuwen – indien slapen in een dergelijk krappe ruimte al mogelijk was – als ze niet doodstil en zwijgend bleef zitten, dan zouden de mannen haar horen. We zouden hen er misschien nog van kunnen overtuigen dat Anneke en ik een geluid hadden gemaakt, maar stel dat – en dit was mijn grootste angst – het kindje van Joanna zou besluiten juist vannacht ter wereld te komen?

Ten slotte kwam het geluid van gesnurk langs de trap omhoog, zodat ik wist dat de slavenjagers rustig lagen te slapen, maar ze waren de enigen in het huishouden die sliepen. Zelfs het kindje, dat twee keer wakker werd voor een voeding, wist hen met zijn gehuil niet te wekken. Ik hoorde Anneke en Hans tegen elkaar fluisteren, maar uit de naaikamer kwam geen enkel geluid. Zelf bleek ik doodstil liggen, met mijn quilt tussen mijn handen geklemd, en bad dat we voor een tweede keer aan ontdekking zouden ontkomen.

Toen de ochtendzon eindelijk de hemel roze kleurde, kleedde ik me aan en liep naar beneden om het ontbijt te bereiden. Ik deed niet mijn best om rustig te zijn, daar ik onze ongenode gasten niet langer wilde laten slapen dan strikt noodzakelijk was. Ik hoorde de twee in de andere kamer bewegen en op zachte toon met elkaar spreken. Daarna verliet een van hen, of misschien wel beiden, heel even het huis om kort erna weer terug te keren. Tegen de tijd dat ik iedereen aan de ontbijttafel riep, was ik weer vol vertrouwen. De mannen hadden niet geëist dat ze het huis konden doorzoeken, en mogelijk had onze gastvrijheid hen er voor eens en altijd van overtuigd dat we niets te verbergen hadden.

We wensten zo graag dat er een einde aan de maaltijd zou komen dat we alle drie ons ontbijt naar binnen schrokten en we konden amper onze opluchting verbergen toen een van de mannen opmerkte dat ze meteen zouden vertrekken teneinde de verloren tijd in te halen. Toen keek hij me recht aan en zei: 'Juffrouw Bergstrom, ik wil u geen ongerief bezorgen, maar ik zou u bijzonder erkentelijk zijn indien u ons wat van dat brood zou willen meegeven.' Hij glimlachte. 'We kunnen nooit weten wanneer we weer een huishouden treffen dat zo gastvrij is als dit.'

'Natuurlijk kunt u iets meenemen.' Ik haastte me naar de keuken en pakte zo snel als ik kon wat proviand in. Toen ik me met een ruk omdraaide en terug wilde lopen naar de eetkamer, botste ik bijkans tegen een van de slavenjagers aan. Ik hapte geschrokken naar adem en deed een stap naar achteren. 'Pardon.' Ik probeerde te lachen. 'Ik wist niet dat u me was gevolgd.'

Hij deed een stap in mijn richting. 'Waarom bent u zo zenuwachtig, juffrouw Bergstrom?'

'O, dat ben ik helemaal niet.' Ik duwde het bundeltje tegen zijn borst en dwong hem zo naar achteren te stappen. 'Alstublieft. Uw brood.'

Hij pakte me bij mijn arm. 'Toen we hier gisteren aankwamen, droeg u een blauwe jurk.' Met zijn andere hand streek hij over de stof. 'Toen we terugkwamen uit de schuur droeg u een bruine.'

'U hebt het mis.' Ik trok me los uit zijn greep. 'U haalt Anneke en mij door elkaar. Ik droeg bruin, zij blauw.'

'Juffrouw Bergstrom, is het uw gewoonte de was op te hangen wanneer het onweert en regent?' Hij keek me recht aan. 'Of laat u soms de regen de was doen?'

Ik deed net alsof ik me hevig schaamde. 'O, hemel, u hebt me betrapt. En ik hoopte nog zo dat niemand het had gezien. Zegt u alstublieft niet tegen Anneke dat ik het dekentje buiten heb laten hangen. Dat zou ze namelijk niet leuk vinden.'

Hij trok een boos gezicht, maar voordat hij nog iets kon zeggen, kwam Hans de keuken in en bood de mannen aan met de paarden te helpen. De slavenjager knikte, mij nog steeds aankijkend, maar toen draaide hij zich opeens om en sprak mijn broer aan: 'Wat wilt u met de hut van L. gaan doen?'

Hans haalde zijn schouders op. 'Dat weet ik nog niet.'

'Ik vind het merkwaardig dat zo'n goed en stevig gebouw niet wordt gebruikt,' zei hij. 'Of misschien wordt het wel gebruikt. Misschien maalt u er niet om wanneer een voorbijganger er overnacht, als u in uw grote huis maar niet wordt gestoord.'

'De hut staat op mijn land. Wie daar slaapt, of zoekt naar iemand die er slaapt, is in overtreding.'

'Dat is goed om te weten. U wilt zwervers natuurlijk niet aanmoedigen.' De slavenjager hing zijn bundeltje over zijn schouder. 'Maar natuurlijk is het ook mogelijk dat iemand daar overnacht zonder dat u het weet.'

'O, maar dat zou ik wel weten.' Hans' stem klonk ijzig. 'Nu wordt het tijd om te gaan, vindt u ook niet?'

De man kon weinig anders doen dan gehoorzamen, tenzij hij Hans tegen de haren in wilde strijken, en samen met zijn metgezel vertrok hij. Bang en geschrokken keek ik hen na. Ik had zo mijn best gedaan geen argwaan te wekken, maar daardoor had ik hen alleen maar meer reden gegeven ons in de gaten te houden. Telkens wanneer hun speurtocht hen in de buurt van Creek's Crossing zou brengen, zouden ze bij ons aankloppen. Daar twijfelde ik niet aan.

Zodra ik de paarden in het bos hoorde verdwijnen, haastte ik me naar boven om Joanna uit haar nis te bevrijden. Ze was zwak en hongerig en vroeg me of ik haar in bed wilde helpen. Ik gaf haar wat water, dat ze snel opdronk, en haalde iets te eten voor haar, maar dat leek ze niet te kunnen verdragen. Ze bleef maar over haar buik wrijven, kreunend van pijn, maar toen ik haar vroeg of ze dacht dat het kindje zich aandiende, schudde ze haar hoofd. Ze had nu al een paar dagen pijn, zei ze, maar die zakte altijd weer af nadat ze even had uitgerust.

Ik verzekerde haar ervan dat de slavenjagers waren vertrokken en dat ze nu waarschijnlijk wel rustig zou kunnen slapen. Ze knikte afwezig, en ik hoopte hevig dat ik gelijk zou krijgen.

Gelukkig dienden zich daarna drie dagen en twee nachten lang geen bezoekers meer aan, vriendelijk noch onvriendelijk. Maar tijdens de derde nacht werd ik op eendere wijze als een maand geleden uit mijn sluimer gewekt: niet door een klop op de deur, maar door een kreet van pijn, geslaakt door een vrouw.

Anneke hoorde die ook; ze kwam op hetzelfde moment bij Joanna's kamer aan als ik. We liepen naar binnen en zagen Joanna naast het bed staan, nat van het zweet, met een hand op haar rug. Met de andere greep ze de tafel vast, zoekend naar steun. 'Het kindje komt,' sprak ze hijgend. 'Het gaat al de hele nacht zo.'

'Je had ons eerder moeten wekken,' zei ik. Ik wilde haar terug in bed helpen, maar ze duwde me weg en zei dat ze liever wilde blijven staan. Anneke en ik pakten haar vast en liepen met haar tussen ons in door de kamer en bleven af en toe even staan wanneer de pijn zo hevig was dat Joanna op adem moest komen. Na verloop van tijd bleef ze steeds vaker staan, en na een uur of twee trilden haar benen zo hevig van vermoeidheid dat ze amper overeind kon blijven.

We hielpen haar in bed en maakten ons op voor de geboorte van het kind, en ik bad zwijgend dat ik me voldoende zou herinneren van wat Jonathan bij Anneke had gedaan, zodat we ons zonder hem zouden redden. Aanvankelijk verliep ook bij Joanna alles zoals we op grond van de ervaringen met Anneke hadden verwacht, maar net toen Anneke Joanna ervan verzekerde dat ze het ergste bijna achter de rug had, gilde Joanna van pijn. 'Het komt,' zei ze hijgend. 'Het komt.'

Ik keek even naar het verbaasde gezicht van Anneke, dat even ontzet moest zijn als het mijne, en richtte me toen weer op Joanna. Tot mijn grote ontzetting was het niet het hoofdje dat een weg naar buiten zocht, maar een piepklein voetje.

Weer slaakte Joanna een kreet, en Anneke, die nu ook zag wat ik had gezien, hapte naar adem. 'Niet persen,' zei ik tegen Joanna. Ik wist niet wat ik anders moest zeggen. We hadden meer tijd nodig, tijd waarin ik kon bedenken wat we moesten doen.

'Dokter Granger moet komen,' zei Anneke zacht.

'Dat gaat niet,' zei ik. De vrijheid van Joanna, onze eigen veiligheid en de veiligheid van toekomstige vluchtelingen; dat alles konden we niet riskeren.

'Hij moet komen, en snel ook.' Anneke liep naar het bed, pakte Joanna's hand en bette haar voorhoofd. Joanna keek van haar naar mij, en ik zag dat ze wist dat er iets mis was. 'Wat is er?' vroeg ze, maar toen hapte ze naar adem en krijste het uit van pijn.

Meer aansporing had ik niet nodig. Ik rende weg om mijn broer te waarschuwen, en een paar tellen later was hij al op weg naar Jonathan. 'Wat moet ik zeggen?' had hij gevraagd voordat hij op pad ging. 'Hoe moet ik Joanna's aanwezigheid verklaren?'

'Je hoeft alleen maar te zeggen dat er sprake is van een barende vrouw in nood,' zei ik. Meer hoefde hij niet te weten, hij zou ons komen helpen. Later zou ik me wel druk maken over de gevolgen van het onthullen van ons geheim.

Het wachten leek eindeloos te duren, maar er verstreek niet meer dan een uur voordat Jonathan zich aandiende. Hij snelde meteen naar de patiënte en sprak alleen tegen Anneke en mij wanneer hij hulp nodig had.

Ik had Jonathan één keer eerder een leven zien redden, maar ik meen dat ik hem er die nacht twee zag redden. Het kind kwam met de voeten naar voren ter wereld, gewikkeld in de streng die hem al die maanden in de buik in leven had gehouden, en toen hij geen geluid maakte toen de kille lucht zijn huid raakte, vreesde ik het ergste. Maar Jonathan wreef hem warm en legde hem op de boezem van zijn moeder, en toen Joanna haar armen om haar zoon sloeg, zag ik de kleine ledematen bewegen en de borstkas op en neer gaan. Toen hij ten slotte een boos, verontwaardigd gejammer liet horen, vulden dankbare tranen mijn ogen en prevelde ik een gebed van dank.

Jonathan onderbrak het verzorgen van Joanna even om naar me te kunnen opkijken. 'Anneke kan me wel verder helpen,' zei hij. 'Waarschijnlijk heeft Hans je buiten nodig.'

'Hoezo? Wat is er aan de hand?'

'De blokhut staat in brand.'

Pas toen merkte ik dat de geur van brandend hout uit Jonathans kleren opsteeg. Ik staarde hem aan, even niet in staat helder te denken, en rende toen de trap af, naar buiten.

Zodra ik het huis verliet, raakte de stank me als een klap in het gezicht. De as dreef als sneeuw door de lucht, en tussen de bomen aan de andere kant van de Elm Creek zag ik een rode gloed. Ik rende erheen, en nog voordat ik de brug bereikte, zag ik wolken rook opstijgen en hoorde ik het bulderen van de vlammen die ons voormalige huis verslonden. De gestalte van mijn broer, roerloos, tekende zich zwart af tegen het flakkerende licht.

Ik merkte pas dat ik tijdens het rennen liep te schreeuwen toen Hans zich met een ruk omdraaide en me bij mijn middel greep. 'Gerda, blijf staan. Blijf hier.'

'Waarom ben je niet aan het blussen?' riep ik, maar mijn stem kwam amper boven de herrie uit.

'Dat heb ik geprobeerd.' Zijn stem klonk laag in mijn oor. 'Het is al te laat. Ik kan de hut nu alleen maar laten branden en proberen te voorkomen dat het overslaat naar de schuur en het huis.'

Ik zag hem naar de vonken kijken die boven de bomen dansten, feller dan de sterren aan de nachtelijke hemel. Het vuur knapte en siste, en een heldere regen van vonken schoot omhoog, waardoor een stuk gras een paar meter verderop vlam vatte. Hans rende er meteen heen en sloeg de vlammen uit met een jutezak die hij in water had gedrenkt.

Toen zag ik de emmers her en der verspreid staan, waarvan er nog slechts eentje met water was gevuld, en zag ik de rokende zakken liggen. Zonder verder iets te zeggen pakte ik ook een zak en voegde me bij Hans. We hielden de hele nacht en een groot deel van de volgende ochtend de wacht; soms moesten we even alleen blijven waken omdat de ander de emmers bij de beek ging vullen. Soms renden we allebei driftig heen en weer omdat de wind het vuur her en der aanwakkerde. Halverwege de ochtend restte er van ons voormalige onderkomen niets anders dan een rokende ruïne, maar de schuur en het nieuwe huis waren ongeschonden gebleven.

Hans liep om de resten van de hut heen. Een paard, mogelijk twee, had diepe hoefafdrukken achtergelaten in de modder rond de smeulende balken. 'De slavenjagers?' vroeg ik met een blik op de sporen.

'Dat is mogelijk, maar ze hebben deze sporen niet achtergelaten toen ze bij ons sliepen. Ik heb hen toen zien vertrekken, en ze zijn niet hierlangs gekomen. Als ze hier waren geweest voordat ze naar het huis kwamen, dan zouden de sporen door de regen zijn uitgewist.'

Hij liep tussen de resten door en schopte met zijn zware laarzen wat stukjes hout opzij. Opeens bukte hij zich en raapte iets op wat half onder de rommel verborgen had gelegen. 'Zuster, zou je het hebben geweten als we een vaatje petroleum hadden achtergelaten toen we naar het nieuwe huis verhuisden?'

'Ik weet zeker dat we dat niet hebben gedaan.'

'Dan moet iemand anders dit vaatje hier hebben achtergelaten.'

Ondanks de warmte die uit de resten opsteeg, moest ik huiveren. 'Wie dan?'

'Ik zou het niet weten.'

'Ik denk niet dat het een van de vluchtelingen is geweest.'

'Nee, daar durf ik mijn beste paard onder te verwedden.' Hans bleef staan en keek me ernstig aan. 'Weet je, de hut stond nog niet in brand toen ik Jonathan ging halen.'

Ik knikte, terwijl de betekenis van zijn woorden tot me doordrong. Niet alleen had iemand de hut in brand gestoken, degene had het ook nog eens gedaan toen Joanna in hoge nood verkeerde. Op die afstand zou hij – of zouden ze – gemakkelijk haar kreten hebben kunnen horen. De slavenjagers, meneer Pearson en zijn makkers... Iedereen die ons bang had willen maken omdat we sympathieën voor de abolitionisten koesterden, wist dat Anneke al een kindje had gekregen en dat ik geen moeder zou worden.

Ontnuchterd keerden we naar het huis terug. Anneke was in de keuken en stond met haar zoontje op de arm het ontbijt te bereiden. Hans nam het kind van haar over en legde haar uit wat er was gebeurd, en ik liep naar boven. Toen ik bij de kamer van Joanna naar binnen keek, zag ik dat Jonathan bezig was zijn spullen bijeen te zoeken. Joanna lag in bed haar kind te voeden, dat was gewikkeld in de quilt die ze had gemaakt.

Jonathan keek op, zag me staan en wendde toen snel zijn blik af. 'Ze heeft een gezonde zoon,' zei hij tegen me.

'En Joanna?'

'Ze moest rusten, en iets eten.' Hij liep terug naar het bed en sprak even kort met haar, daarna pakte hij zijn tas en voegde zich bij me op de overloop. 'Ze mag minstens een week niet reizen. Omwille van het kind kan ze beter een maand wachten. Als ze zich dat kan permitteren, als het veilig is.'

'Ik begrijp het.'

'Ik kom morgen nogmaals bij hen kijken, maar laat me onmiddellijk komen indien het met een van de twee niet goed gaat.' Hij wilde me nog steeds niet aankijken. 'Je had me eerder moeten ontbieden.'

Het verwijt, hoe mild het ook was, deed pijn, misschien omdat ik mezelf een eender verwijt had gemaakt. 'Je weet dat dat niet ging.'

'Ja, dat weet ik.'

Zwijgend liepen we naar beneden, en ik ging hem voor naar de deur. Toen draaide ik me om en keek hem uitdagend aan. 'Ga je me niet vragen wie ze is en wat ze hier doet?'

Eindelijk keek hij me aan. 'Ik heb vele vragen, die ik op een dag, wanneer je wel kunt antwoorden, zal stellen.'

We stonden daar naast elkaar in de deuropening, zo dicht bij elkaar dat we de ander bijna konden aanraken, en heel even dacht ik dat hij me zou kussen, maar toen rukte hij zijn blik los en beende naar buiten. Ik gooide de deur achter hem dicht, hard, en draaide die mijn rug toe.

Hans kwam binnen en liet zich uitgeput naast een stoel bij de haard vallen. Anneke kwam achter hem aan binnen; ze gaf me haar zoontje en begon het schoeisel van haar man los te maken en veegde zijn beroete gezicht schoon met een vochtige doek. Pas toen merkte ik hoe moe ik zelf was, en welk een aanblik ik bood. Ik kan het niet uitleggen, maar ondanks alle vreselijke dingen die er die dag waren gebeurd, kon ik maar aan één ding denken: hoe ik er in de ogen van Jonathan moet hebben uitgezien in vergelijking met de sierlijke lieftalligheid van Charlotte Claverton Granger, en ik voelde me ongepolijst en beschaamd.

Maar die gedachten lieten me al snel weer los, want Anneke keek me aan, haar mond vertrokken tot een harde, barse streep. 'Deze keer was het de hut,' sprak ze. 'Volgende keer is het misschien dit huis.'

Ik wilde antwoorden, maar moest hoesten. Mijn ogen prikten van de rook, mijn longen voelden opzet en rauw, mijn keel deed pijn. 'Dat zou niemand durven.'

'Hoe weet je dat zo zeker?' wilde Anneke weten. 'Zijn het zulke meelevende mannen dat ze ons alleen in onze slaap zullen storen, en geen poging zullen doen ons te doden?'

Met een vermoeid gebaar hief Hans zijn hand op. 'Anneke, je loopt beslist geen gevaar.'

'Spreek niet tegen me alsof ik een klein kind ben.' Anneke stond op, beende naar me toe en griste haar zoontje uit mijn armen. 'Dat mogen jullie geen van beiden doen. Ik laat niet de spot met me drijven.'

Ik was stomverbaasd, maar Hans zei: 'Goed dan. Je hebt gelijk, Anneke. We lopen allemaal gevaar, zelfs het kind. Zolang Joanna onder ons dak woont, kunnen we elk moment worden betrapt en vervolgd. Elke keer wanneer we die quilt aan de waslijn hangen, zetten we onze vrijheid en ons leven op het spel. Wil je dat soms?'

Anneke begon te huilen. 'Ik kan dit niet langer verdragen. Die voortdurende angst, die aanhoudende zorgen... We hebben ons deel gedaan. Nu moeten we aan onze zoon denken.'

'Als we nu ophouden,' sprak ik, 'hoeveel voortvluchtigen zullen er dan sterven of worden gepakt?'

'Als we nu niet ophouden, welk lot zal mijn kind dan treffen?'

'Hoe kun je slechts aan je eigen kind denken terwijl Joanna boven met het hare ligt? Wil je haar weer terug in de ketenen zien? Wil je dat haar hulpeloze zuigeling van haar borst wordt getrokken en als een varken aan de hoogste bieder wordt verkocht? Hoe zou jij het vinden als je je zoon nooit meer zou zien?'

'Liever zij dan wij!' riep Anneke uit.

Mijn woorden bleven steken in mijn keel. Ik staarde haar met open mond aan, te geschokt om iets te kunnen zeggen.

Anneke keek uitdagend terug. 'Als we worden betrapt, eindigen we in de gevangenis, en dan zal mijn zoon me worden afgenomen, net als bij Joanna zou zijn gebeurd indien ze een slavin was gebleven.'

Ik wist uit te brengen: 'Dat kun je niet menen.'

'Meneer Pearson zegt dat het zo in de wet staat.'

'Meneer Pearson,' herhaalde ik, vol verachting, 'wat weet hij nu van de wet?'

'Sterker nog,' voegde Hans eraan toe, 'wat weet hij van wat wij hier doen?'

Zijn stem klonk onverzettelijk, en Anneke keek hem knipperend met haar ogen aan. 'Niets.'

Hans bleef haar aankijken, met een indringende blik. 'Dat weet je zeker.'

'Zo zeker als ik kan zijn,' zei Anneke stamelend. 'Dacht je... dacht je dat ik tegen hem zou zeggen dat we deel uitmaken van de Underground Railroad?'

'Heb je dat gedaan?'

'Natuurlijk niet!' Anneke werd vuurrood. 'Hoe durf je te zeggen dat ik je zou verraden? Heb ik ooit tegen je gelogen? Heb ik je ooit bedrogen?'

'Anneke, lieverd.' Met moeite stond Hans op uit zijn stoel en sloeg zijn armen om zijn vrouw heen. 'Ik wilde er niet mee zeggen dat je het hem met opzet zou vertellen, maar misschien heb je, in de greep van de angst, per ongeluk iets gezegd wat...'

Anneke maakte zich van hem los. 'Zo dom of onoplettend ben ik niet.'

Ik wist dat mijn broer geen prijs stelde op haar toon, die was gespeend van elke vorm van respect, maar het was te laat om haar te waarschuwen.

'Hoe dan ook,' zei mijn broer ernstig, 'we kunnen niets op het spel zetten. Zolang Elm Creek Farm een station langs de Underground Railroad is, verbied ik je met meneer Pearson te praten.'

Anneke staarde hem aan. 'Dat kun je niet menen.'

'Dat meen ik wel.' Hans liep terug naar zijn stoel, zijn rug naar ons toe gekeerd.

'Hoe kan ik dat voorkomen wanneer ik weer voor mevrouw Engle ga werken? Hij is haar zoon, weet je nog, en af en toe bezoekt hij zijn moeder in haar naaiatelier.'

'Dan zul je niet langer voor haar werken,' zei Hans op vermoeide toon. 'Daar heb je toch geen tijd meer voor, nu het kind er is.'

Annekes mond viel open, maar toen sloot ze hem weer, zonder iets te zeggen, alsof ze dolgraag wilde redetwisten maar te verbaasd was om een vinnig antwoord te bedenken.

Hans had geen oog voor haar woede. 'Wanneer we niet langer voortvluchtigen hoeven te helpen, zullen we de draad van ons oude leven weer oppakken. Dan kun je weer voor mevrouw Engle gaan werken, indien je dat wenst, zonder dat je ergens bang voor hoeft te zijn.'

'En wanneer zal dat zijn?'

'Dat weet ik niet. Als het ergste voorbij is. Als niemand ons nog nodig heeft.'

Zonder een woord te zeggen liep Anneke de kamer uit, met het kind in haar armen. Ik hoorde haar lichte voetstappen op de trap en op de overloop toen ze naar de kamer liep die ze met Hans deelde. 'Je hebt haar veel kwader gemaakt dan je beseft,' zei ik tegen hem. 'Vond je het echt nodig om haar te verbieden nog langer te werken?'

'Ik dacht dat jij de eerste zou zijn die een dergelijk besluit zou steunen,' zei Hans verbaasd. 'Denk je echt dat het verstandig zou zijn de omgang met meneer Pearson en mevrouw Engle aan te moedigen?'

Dat vond ik zeer zeker niet, en ik kan niet ontkennen dat ik het een geruststellende gedachte vond dat Anneke niet langer in hun bijzijn zou verkeren. Toch voelde ik me niet op mijn gemak omdat Hans het haar op deze wijze min of meer had opgedragen. Hij had haar niet als een gelijke behandeld, maar als een minderwaardig schepsel dat moest buigen voor zijn wil. Ik twijfel er niet aan dat hij haar liefhad, en hij was een man met een goed hart, maar hij oefende zijn macht als hoofd van het huishouden uit op een manier die me deed afvragen wat er zou gebeuren indien Anneke of ik hem zou tegenspreken. In tegenstelling tot Anneke zou ik me niet bij zijn oordeel neerleggen indien dat in zou gaan tegen mijn geweten of gezond verstand.

Ik verontschuldigde me, bezorgd, en ging, nadat ik me had gewassen en verkleed, bij Joanna kijken. Ze lag te slapen, onder de Shoo-Fly die ik had gemaakt, met naast haar haar zoontje, gewikkeld in zijn eigen quilt. Ze had me verteld dat het patroon Feathered Star heette en dat ze het had gekozen omdat ze tijdens haar tocht vanuit het Zuiden vaak de Poolster als gids had gekozen. 'Wanneer hij oud genoeg is om het te begrijpen,' zei ze, 'zal ik hem deze quilt laten zien en hem vertellen hoe zijn mama hem naar de vrijheid in het Noorden heeft geleid.'

Ik dacht aan de trots en liefde waarmee Joanna over hem had gesproken toen ze hem nog onder haar hart had gedragen en stak mijn hand uit om hem over zijn bolletje te aaien. Zijn gezichtje was zo volmaakt; ik raakte zijn handje aan en voelde vreugde opwellen toen hij zijn vingertjes om mijn vingertop sloot. Dit prachtige kindje was een kostbaar schepsel Gods, maar als Josiah Chester uit Wentworth County, Virginia, hem zou kunnen zien, zou hij slechts kunnen denken aan de prijs die zo'n kind zou opbrengen op een veiling. Als hij zou kunnen voelen hoe stevig de greep van het handje nu al was, zou hij slechts voldaan vaststellen dat het een arbeider zou worden die op de akker zijn prijs dubbel en dwars waard zou zijn.

Joanna bewoog in haar slaap, en ik legde mijn vrije hand op haar voorhoofd; ik streek haar troostend over haar haar en keek naar haar kalme gezicht. Het litteken van het strijkijzer zou het voor altijd ontsieren, maar de schoonheid van haar geest kon door niets worden gebroken. Ze had meer moed getoond dan haar beschermers; ze was niet alleen aan haar wrede meester ontsnapt, maar had tevens de kracht gevonden om gevaren, angst en ziekte te doorstaan, zoekend naar de vrijheid waarop ze recht had, en ze had de kracht gevonden om van een kind te houden dat ze niet had gewild, een kind dat niet alleen deel van haarzelf was, maar ook van haar grootste vijand.

Joanna kon nu vredig slapen, in de beschutting van Elm Creek Farm, in de wetenschap dat niemand het kind uit haar armen zou trekken, vol vertrouwen dat ze weldra haar reis naar Canada en de vrijheid zou kunnen voortzetten. Nu ik zo naar hen keek, wist ik dat ik nooit het goede werk zou kunnen staken waarmee we waren begonnen toen Joanna bij ons had aangeklopt. Niet alleen vanwege Joanna en haar kind, maar vanwege iedere vrouw die was verkracht door de man die zich haar eigenaar durfde te noemen, voor iedere moeder die bittere tranen had geweend toen haar kind haar was ontnomen, voor iedere zoon die niet had kunnen vechten voor zijn moeder en zusters en vrienden die het uitschreeuwden van pijn en verdriet – omwille van hen allemaal moesten we doorgaan, hoeveel gevaar we ook liepen. Wat was dat gevaar in vergelijking met hun vreselijke lot? De slavenjagers mochten ons verdenken en uitdagen, de lafaards mochten onze hut in het holst van de nacht in brand steken, maar ik zou niet zwichten voor hen, ik zou blijven vechten voor vrijheid en gelijkheid voor allen in dit nieuwe land, hoe klein mijn rol in die strijd ook was.

Ik had de rangen en standen van de Oude Wereld verruild voor een Nieuwe Wereld die evenzeer in klassen was verdeeld. Dit was niet het Amerika dat ik tijdens mijn oversteek voor ogen had gehad, dit was niet het Amerika waarvoor ik een liefde had opgevat toen we gezamenlijk aan ons nieuwe huis hadden gebouwd. Dat Amerika had niet op ons liggen wachten, en dus moesten we het zelf opbouwen, met het zweet op onze voorhoofden en het werk van onze harten, net zoals we Elm Creek Farm hadden opgebouwd.

'Waarom wil je niet zeggen waar we heen gaan?' vroeg Sylvia. Ze legde haar tasje op haar schoot en hoopte maar dat ze niet te chic was gekleed in haar beige pakje met streepjes.

Summer hield haar ogen op het wegdek gericht. 'Dat is een verrassing.'

'Hm. Het zal een hele verrassing voor onze vriendinnen zijn als we hierdoor te laat voor de vergadering komen.' Ze zag nog net dat Summer een glimlach probeerde te onderdrukken en voelde haar ergernis een tikje afzakken, maar niet helemaal. Sinds ze eerder die dag de memoires van Gerda had neergelegd, was ze in de greep van een onheilspellend gevoel, en de agenda voor de komende vergadering van Elm Creek Quilts maakte het alleen maar erger. Ze vond het nooit prettig weer een seizoen te moeten afsluiten, maar meestal genoot ze van de voorbereidingen op het feest waarmee ze elk jaar de zomer besloten en waar alle personeelsleden en hun gezinnen vierden dat ze weer een goed seizoen achter de rug hadden. Dit jaar was ze echter zo somber gestemd dat ze liever helemaal niet wilde gaan, uit angst de pret voor een ander te bederven, maar ze kon als gastvrouw onmogelijk haar verantwoordelijkheden uit de weg gaan.

Argwanend keek ze naar Summer. Misschien hadden haar vriendinnen door wat haar plaagde en hadden ze Summer de opdracht gegeven haar in de gaten te houden. 'Ik was heus niet van plan niet naar de vergadering te gaan,' zei ze vastberaden, voor de zekerheid.

Summer lachte alleen maar en zei dat ze die geen van beiden zouden missen omdat ze ruim op tijd weer terug zouden zijn.

Ze reden door een woonwijk in de buurt van het centrum, waar vooral docenten en personeelsleden van Waterford College woonden. 'Gaan we naar Diane?' vroeg Sylvia hoopvol. Ondanks haar sombere stemming keek ze vol bewondering naar de eiken en esdoorns die getooid met herfstkleuren de straten omzoomden.

'Nee.' Summer reed de oprit van een keurig wit houten huis met zwarte luiken op. Ze zette de motor af en keek haar passagier aan. 'We zijn er.'

'Waar zijn we?' wilde Sylvia weten, maar Summer was al uitgestapt en liep om de auto heen, zodat ze Sylvia kon helpen uit te stappen. Sylvia liep binnensmonds te mopperen toen ze over het tuinpad naar de voordeur liepen, maar ze moest bekennen dat Summer haar nieuwsgierigheid had weten te wekken. Nadat haar jonge vriendin had aangebeld, wachtte ze nieuwsgierig totdat de deur zou worden geopend.

Een vrouw van middelbare leeftijd deed open. 'Ja?'

'Kathleen Barrett?' zei Summer. 'Ik ben Summer Sullivan, en dit is mijn vriendin Sylvia Compson.'

Kathleen glimlachte. 'O ja, u komt voor moeder.' Ze deed de deur verder open en liet hen binnen. 'Sinds uw telefoontje kijkt ze hier al naar uit. Ze krijgt niet vaak bezoek. Vandaag is ze een beetje moe, maar toen ik haar vroeg of ze de afspraak wilde verzetten, wilde ze er niets van weten.'

'We zullen haar niet al te lang aan de praat houden,' beloofde Summer.

Kathleen knikte en ging hen voor naar de woonkamer, waar een vrouw die zeker tegen de negentig liep in een leunstoel zat, met op haar schoot een oude Dove in the Window-quilt die was gemaakt van lapjes in indigoblauw en meekraprood. Haar dochter stelde haar voor als Rosemary Cullen en liep de kamer uit.

'Wat een prachtige quilt!' riep Sylvia uit. Ze ging naast Rosemary zitten. 'Mag ik even kijken?'

Stralend stak Rosemary haar de quilt toe. Terwijl Sylvia en Summer het handwerk bewonderden, kwam Kathleen binnen met een blad met thee en koekjes. Nadat de vrouwen een kop thee hadden gekregen, vertelde Summer eindelijk waarom ze hier waren. 'Sylvia, Rosemary is de achterkleindochter van Dorothea Nelson.'

Sylvia hapte naar adem. 'Het is niet waar!' Ze keek van Summer naar Rosemary en Kathleen en zag hen allemaal glimlachend knikken. Sylvia pakte Rosemary's hand vast. 'Mijn hemel, lieverd, ik heb het gevoel dat we elkaar al heel goed kennen.'

'Dat is helemaal niet zo vreemd,' zei Rosemary. 'Als je jonge vriendin hier gelijk heeft, dan waren mijn overgrootmoeder en de zus van jouw overgrootvader dikke vriendinnen.'

'Dat waren ze zeker,' bevestigde Sylvia. 'Gerda heeft veelvuldig over Dorothea in haar dagboek geschreven. Dorothea heeft Gerda leren quilten, al was Gerda geen modelleerlinge.' Opeens hapte ze weer naar adem en sloeg haar handen ineen. 'O hemel, dat betekent dat Dorothea en Thomas kinderen hebben gekregen. Dat was nog niet zo toen Gerda haar relaas opschreef.'

'Mijn oma is kort na het uitbreken van de Burgeroorlog geboren.' Rosemary gebaarde naar een foto in sepiatinten die boven de haard hing. 'Daar is ze nog een baby, zittend op de schoot van haar moeder. Die man is mijn overgrootvader.'

Sylvia gaf Rosemary de quilt terug en stond op om het portret beter te kunnen bekijken. 'Dat is Dorothea?' De vrouw zag er vriendelijk uit, maar heel gewoontjes. Op grond van Gerda's beschrijving had ze een schoonheid verwacht, een vrouw die een serene kalmte en innerlijke goedheid uitstraalde, maar opeens besefte ze dat die veronderstelling nergens op gebaseerd was. Gerda had nooit over Dorothea's uiterlijk gesproken, slechts over haar karakter.

Sylvia keek naar de man, een magere, geleerd uitziende man die desalniettemin een krachtige, evenwichtige indruk maakte. 'Thomas is precies zoals ik me hem had voorgesteld.'

'We prijzen ons gelukkig dat we nog een foto van hen hebben' legde Kathleen uit. 'Foto's waren in die tijd niet zo algemeen, en een paar jaar nadat deze is genomen, is Thomas overleden.'

'Hij streed met het negenenveertigste van Pennsylvania in de Burgeroorlog,' vulde haar moeder aan. 'Hij is tijdens de Spotsylvania-campagne van mei 1864 gesneuveld.'

'O, hemeltje.' Sylvia voelde een steek van verdriet, alsof ze zoeven had gehoord dat een dierbare vriend was overleden. 'Het is al zo lang geleden, en toch heb ik met Dorothea te doen. Uit Gerda's woorden heb ik kunnen opmaken dat het een erg gelukkig huwelijk was.'

'Dat was het zeker.' Rosemary streek voorzichtig en liefdevol over de quilt op haar schoot. De blik in haar ogen werd afwezig. 'Dit is een van de quilts die Dorothea als pasgetrouwde vrouw heeft gemaakt. Ze gaf hem haar man mee toen die ten strijde trok. Na zijn dood zat de deken niet tussen de bezittingen die naar de familie werden gestuurd, zodat Dorothea veronderstelde dat hij verloren was gegaan.'

'Maar dat was dus niet zo?' vroeg Summer toen de stem van de oude vrouw leek weg te sterven.

Rosemary schrok op. 'Nee, beslist niet. Hij was gestolen. Of misschien is "gevonden" een beter woord. Thomas was de quilt op de een of andere manier kwijtgeraakt; tijdens de chaos die bij de terugtrekking ontstond, of misschien werd de deken na zijn dood afgepakt... Er kan van alles zijn gebeurd. Maar de quilt eindigde in handen van een Zuidelijke soldaat.' Ze haalde haar schouders op. 'Ik kan hem niet kwalijk nemen dat hij hem heeft gehouden. Het is een schitterend exemplaar en moet voor een vermoeide soldaat tijdens een koude nacht een godsgeschenk zijn geweest.

Toch moet zijn geweten hem hebben geplaagd, want een paar jaar na het einde van de oorlog heeft hij de quilt teruggestuurd naar Dorothea, met een briefje erbij. Hij schreef dat zijn vrouw ook quilts maakte en dat hij dus wist hoeveel liefde er in elke steek kon schuilen. Daardoor zou hij geen rust vinden totdat deze quilt was teruggekeerd bij de rechtmatige eigenares.'

'Zijn vrouw moet hem die woorden hebben ingefluisterd,' merkte Kathleen op.

Rosemary glimlachte. 'Hoe dan ook, Dorothea kreeg de quilt van haar man weer terug, en sindsdien is hij in de familie gebleven.'

Summer keek geboeid. 'Maar hoe wist die soldaat waar hij die quilt heen moest sturen?'

'Dat zal ik je laten zien.' Rosemary sloeg de quilt voorzichtig om, zodat het borduurwerk aan de onderkant zichtbaar werd. 'Hier heeft Dorothea haar naam vermeld.'

'Gemaakt door Dorothea Granger Nelson, voor haar geliefde echtgenoot Thomas Nelson, in het zesde jaar van ons huwelijk, 1858. Two Bears Farm, Creek's Crossing, Pennsylvania.' Tevreden leunde Sylvia achterover. 'Eindelijk iemand die wist hoe je een quilt hoort te signeren.'

'Jammer genoeg heeft ze verzuimd dit Gerda en Anneke te leren,' zei Summer.

Sylvia wilde daar net iets over zeggen toen ze zag dat er in Rosemary's ogen weer een afwezige blik was verschenen. 'Mijn overgrootouders waren werkelijk dol op elkaar. Hij heeft haar vanaf het front vaak geschreven, bijzonder liefdevolle brieven, en die heeft ze allemaal bewaard.' Ze schudde haar hoofd. 'De arme drommel. Hij was niet als soldaat geboren. Hij was te vriendelijk, te veel een goed mens, om een ander te kunnen doden. Maar hij stond vierkant achter de goede zaak van het Noorden en was vastbesloten voor zijn overtuiging te strijden. Dat blijkt wel uit zijn brieven.'

'Die zou ik graag eens willen lezen,' zei Sylvia in een opwelling, maar toen voegde ze er snel aan toe: 'Tenzij jullie ze natuurlijk in de familie willen houden.'

Rosemary keek weifelend. 'Nou, ik wil ze niet graag aan iemand meegeven. Ze zijn nogal kwetsbaar, snap je. Maar ik wil ze je wel laten lezen, op voorwaarde dat ik een blik mag werpen op dat dagboek van je oudtante.'

Sylvia aarzelde ook, onwillig Gerda's geheimen te openbaren voordat ze zelf wist wat die behelsden. Voordat de andere vrouwen haar twijfel konden opmerken, kwam Summer snel tussenbeide: 'Hoe zit het met de broer van Dorothea, Jonathan Granger? Weten jullie wat er van hem is geworden?'

'O ja. Jonathan.' Nadenkend kneep Rosemary haar lippen opeen. 'Ik weet niet zeker of hij de oorlog heeft overleefd. Thomas zat bij een andere eenheid en kon dus geen nieuws over hem doorgeven. In zijn brieven vraagt hij Dorothea slechts of zij nog iets van hem heeft gehoord en zegt hij dat hij voor Jonathan zal bidden.'

'Is Jonathan ook soldaat geworden?' vroeg Summer vol ongeloof.

'Hij is bij het leger gegaan om als hospik te kunnen dienen, niet als soldaat,' legde Kathleen uit. 'Uit Thomas' woorden is op te maken dat Jonathan net zo heilig in de goede zaak geloofde als hij, maar zijn reden om dienst te nemen had met zijn medische achtergrond te maken. Er was een schrijnende behoefte aan legerartsen.'

'Ik heb begrepen dat Jonathan en zijn vrouw ook kinderen hadden,' zei Sylvia.

'O ja,' zei Rosemary. 'Vier of vijf, meen ik. Altijd wanneer ik de naam Granger hoor, vraag ik me af of het verre familie is.'

Sylvia knikte. Ze kon de oude vrouw onmogelijk verwijten dat die geen contact met mogelijke verre familieleden had aangeknoopt; zelf had ze vijftig jaar lang niet eens met haar eigen zus gesproken.

In plaats daarvan haalde ze diep adem. 'Heeft Thomas het in zijn brieven ooit over een familie Bergstrom gehad?' Ze bereidde zich voor op een ontkenning.

'Ik kan me het niet meteen herinneren,' zei Rosemary verontschuldigend. 'Dan zou ik ze nog eens moeten lezen. Hij heeft het af en toe over vrienden en buren, maar omdat die namen me niets zeiden, heb ik dat allemaal niet onthouden.'

'Dorothea zou degene zijn geweest die nieuws over de Bergstroms had,' zei Summer tegen Sylvia. 'We zouden veel meer aan Dorothea's brieven aan Thomas hebben dan aan de zijne.'

Kathleen schudde droevig haar hoofd. 'Ik vrees dat we jullie daar niet aan kunnen helpen. Dorothea moet hem even vaak hebben geschreven als hij haar, maar zijn brieven zijn bewaard gebleven omdat ze die veilig thuis kon opbergen. Die van haar aan hem zijn waarschijnlijk zoekgeraakt tijdens de strijd op het slagveld.'

Sylvia trok een somber gezicht toen ze aan al die verhalen dacht die voor altijd verloren waren geraakt. 'We mogen denk ik blij zijn dat we nog iets van onze voorouders hebben. Mijn dagboek en jullie brieven zijn veel kwetsbaarder dan de meeste andere herinneringen aan het verleden. Nu zijn wij er verantwoordelijk voor en moeten we ervoor zorgen dat ze voor de volgende generatie behouden blijven.'

Rosemary en Kathleen keken elkaar even snel aan. 'Hoorde je dat, Kathleen?' vroeg Rosemary.

'Ja, dat heb ik gehoord,' zei Kathleen lachend. Voor haar bezoek voegde ze eraan toe: 'Dat is een klein twistpunt in onze familie.'

'Ik heb in mijn testament laten opnemen dat ik Kathleen de brieven en de Dove in the Window nalaat,' legde Rosemary uit, 'want zij is de oudste.' Ze klopte haar dochter op de hand. 'Het is zoals je zegt, Sylvia, ik wil dat deze schatten voor de generaties na ons behouden blijven en weet zeker dat Kathleen er goed op zal passen totdat zij ze aan de volgende nazaat kan overdragen.' Ze boog zich voorover en zei op vertrouwelijk toon: 'Kathleen vindt dat ik alles aan een museum moet schenken. Dat is toch niet te geloven? Het idee alleen al, om je familiebezit aan vreemden te geven.'

'Een museum zou weten hoe ze ervoor moeten zorgen,' zei Kathleen. 'Een nalatenschap beheren betekent ook dat je moet weten hoe iets behouden kan blijven. Dat papier wordt met de dag kwetsbaarder, moeder, en die quilt eveneens.'

Het leek Sylvia verstandig zich er niet mee te bemoeien, maar toen zei Summer: 'Ik weet zeker dat Waterford College er heel blij mee zou zijn.'

'Dat leek mij ook.' Kathleen keek haar moeder aan. 'Denk eens aan wat studenten allemaal van Thomas' brieven kunnen leren. Denk eens aan wat je overgrootouders kunnen bijdragen aan de geschiedenis, aan de strijd om de vrijheid. Verdient hun nagedachtenis het niet om bewaard te blijven, op een manier die vele anderen iets kan leren?'

'Je wilt gewoon opscheppen over je voorouders,' zei Rosemary verwijtend. 'Nou, ik denk dat Dorothea en Thomas de laatsten zijn die dat zouden hebben gewild.'

'Ik wil niet opscheppen, ik ben gewoon heel trots op hen.' Tegen Summer en Sylvia zei ze: 'Ze beheerden een station aan de Underground Railroad.'

'Ja, dat weet ik,' zei Sylvia, dolblij dat er wederom een detail uit Gerda's memoires werd bevestigd. 'Gerda en mijn overgrootouders beheerden er ook een, op Elm Creek Farm. De Nelsons en Bergstroms wisten dat van elkaar, maar spraken er nooit openlijk over.'

Rosemary keek verbaasd. 'Waarom niet? Ik dacht dat iedereen wist wat mijn overgrootouders deden.'

'Nou...' Sylvia aarzelde even. 'Dat denk ik niet. Gerda is er bij toeval achtergekomen, en ze meldt meerdere malen dat beide stations in het diepste geheim opereerden.'

'Maar hoe...' Rosemary keek haar dochter vragend aan. 'Hoe kon iedereen het dan weten?'

Kathleen haalde haar schouders op. 'Misschien kwam de waarheid na de oorlog aan het licht.'

'Nee, nee.' Rosemary schudde haar beslist haar hoofd. 'Zo is het niet gegaan. Ze zijn nog voor de oorlog opgehouden met het station. Dat weet ik zeker.'

Verbaasd keken Summer en Sylvia elkaar aan. 'Door de Emancipatieproclamatie en de oorlog veranderde de wijze waarop de

Underground Railroad werkte, maar die was toen nog wel hard nodig,' legde Summer uit. 'Je overgrootouders waren abolitionisten in hart en nieren. Waarom hielden ze dan voortijdig op met hun station?'

'Nou, ik... ik heb eerlijk gezegd geen idee.' Rosemary keek haar dochter vragend aan. 'Weet jij het nog, lieverd?'

'Hebben ze het station gesloten omdat iemand erachter is gekomen?' vroeg Sylvia.

'Ja... ik neem aan dat het zoiets moet zijn geweest,' zei Rosemary, verontrust. 'Zeker weten doe ik het niet. Ik weet dat ik er iets over heb gelezen of gehoord, mogelijk in die brieven. Of misschien heeft mijn grootmoeder het me verteld. Ik ben bang dat ik het niet meer weet.'

Sylvia zag dat Rosemary zorgelijk en nerveus oogde en was opgelucht toen Kathleen opstond en aangaf dat het gesprek wat haar betreft ten einde was. 'Het geeft niet, moeder. Misschien kun je je het later weer herinneren, maar het is niet erg als dat niet zo is.'

'Waar het ons om ging, was dat we even met u konden praten,' zei Summer, die ook opstond. Ze stak haar hand uit en pakte die van de oude vrouw vast. 'Ik heb van ons gesprek genoten. Bedankt dat u ons wilde ontvangen.'

'Ik vond het ook leuk, meid,' zei Rosemary, maar ze zag er moe uit.

Sylvia bedankte haar eveneens en liep samen met Summer naar buiten. Ze reden zwijgend terug naar Elm Creek Manor, beiden in gedachten verzonken vanwege de woorden van Rosemary. Sylvia vroeg zich af wat deze nieuwe onthullingen over de familie Nelson konden betekenen, en wat ze moest denken van Rosemary's uitspraak dat het station al voor de oorlog had opgehouden te bestaan. De oude vrouw was er vrij zeker van geweest, hoewel het overduidelijk was dat er toen nog een dringende behoefte aan een schuilplaats was geweest. Het was allemaal erg vreemd.

Opeens moest Sylvia denken aan iets anders wat Rosemary had verteld. 'Summer, wat denk jij? Zou de Elm Creek Quilt van Margaret Alden net zo'n verleden kunnen hebben als de Dove in the Window van Rosemary?'

'Wat bedoel je?'

'Misschien heeft Anneke hem voor Hans gemaakt toen die ten strijde trok, al weet ik niet eens of hij wel in de oorlog heeft gevochten. Laten we er even vanuit gaan dat het wel zo was. Misschien heeft ze die taferelen van Elm Creek Farm erop aangebracht om hem aan thuis te herinneren. Misschien is hij de quilt kwijtgeraakt of heeft hij hem geruild voor een stel schoenen, of iets anders wat hij nodig had, en is de quilt uiteindelijk in handen van een voorouder van Margaret Alden gevallen.'

Summer bleef lange tijd zwijgen. 'Tja, dat is een even logische verklaring als alle andere die we kunnen verzinnen.'

'Hm,' zei Sylvia. Summer bedoelde het goed, maar Sylvia herkende aarzelende lof wanneer die haar ten deel viel.

## Juni 1859 – waarin onze ondergang zich aandient

Er viel een kilte over ons huishouden, maar daar ik er zeker van was dat die weer zou optrekken, schonk ik er minder aandacht aan dan ik had moeten doen. Bovendien hadden we, met twee zuigelingen in huis, amper tijd om over elkanders buien en stemmingen na te denken. Soms had ik het gevoel dat ik de hele dag had lopen rennen, van de ene taak naar de andere, dat ik na het afvegen van een gezichtje een luier had kunnen verschonen, dat ik het ene kindje in slaap zong en Anneke het andere wiegde opdat Joanna eindelijk kon slapen. Op een keer, toen ik oververmoeid was en vooral medelijden met mezelf had, bedacht ik dat ik wel de nadelen van het moederschap mocht ervaren, maar niet de vreugde.

Ik wist dat Anneke het vreselijk vond dat Hans haar had verboden nog langer voor mevrouw Engle te werken, of in elk geval zolang we nog een station waren. Ik zag het aan de trek rond haar mond, merkte het aan haar afgemeten woorden, las het af van de manier waarop ze in haar stoel zat te mokken wanneer haar zoontje in haar armen in slaap was gevallen. De warmte die ze ten overstaan van Joanna had laten zien, was weer verdwenen, en dat verbaasde me, daar ik had gedacht dat hun gedeelde ervaringen hun band zouden verdiepen.

Ik wist ook dat Anneke boos was, maar ik wist pas hoe boos toen de stormwolken die zich aan de horizon hadden samengepakt eindelijk ons huis troffen, als een donderslag bij heldere hemel.

Ik weet nog dat een vrijdag was, daar ik voornemens was de volgende dag een *quilting bee* bij Dorothea thuis bij te wonen. Hoewel ik daar vol vreugde naar uitkeek, was mijn hart al de hele week vervuld geweest van droefheid, daar Joanna en ik haar verdere reis naar het noorden hadden uitgestippeld. Ze voelde zich voldoende hersteld om verder te gaan, en ook haar kindje oogde sterk en gezond. Hoewel hij bijna een maand jonger dan Annekes zoontje was, was hij bijna even groot en net zo levendig.

We kozen haar weg zorgvuldig, in de wetenschap dat ze een kostbaar vrachtje zou vervoeren en onderdak nodig had omdat ze nu minder gemakkelijk onder de sterren kon slapen. Om die reden – en omdat ze ons zo dierbaar was geworden, en omdat haar aanwezigheid ons vertelde dat ons plan kon slagen – bedachten we ongebruikelijke manieren waarop ze haar reis zou kunnen voortzetten.

Anneke gaf haar twee japonnen, een hoed en een stel handschoenen. Ik vervalste documenten waaruit bleek dat ze Caroline Smith heette en een weduwe uit Michigan was. Hans gaf haar het beste cadeau van allemaal: een koetsje met een Bergstrom-volbloed. Joanna en haar zoon zouden beslist in stijl reizen, en wanneer mensen haar zouden zien, zouden ze niet alleen denken dat ze een echte dame was, maar ook dat zij en haar kind blank waren.

Joanna was de enige die zich afvroeg of het haar wel zou lukken. 'Ik hoef mijn mond maar open te doen of ze horen wie ik ben.'

'Dan moet je doen alsof je iets aan je keel hebt,' stelde ik voor. 'Doe maar alsof hetzelfde ongeluk dat je gezicht heeft ontsierd ook je stem heeft aangetast, en dat je alleen kunt communiceren door te schrijven. Je kunt inmiddels schrijven.'

'Ja,' zei ze. 'Dat kan ik, dankzij u.'

Ik was zo geroerd door haar overduidelijke dankbaarheid dat ik haar innig omhelsde. Ik was dolblij dat Joanna de kans kreeg een nieuw leven voor haarzelf en haar kind op te bouwen, maar ik wist ook dat ik haar zou missen, daar we dankzij onze lessen en gezamenlijke werkzaamheden in huis nader tot elkaar waren gekomen. Ze beloofde te schrijven zodra ze een onderkomen had gevonden, maar ik vreesde nooit meer iets van haar te horen en me altijd af te vragen wat er van haar was geworden.

Die vrijdagmorgen speelden die zorgen door mijn achterhoofd toen Joanna en ik de spulletjes van haar zoon bij elkaar zochten en keken wat we voor het vertrek nog aan kleertjes voor hem moesten naaien. Ik hield de zuigeling in mijn armen, en we stonden net te lachen om iets, al kan ik me niet meer herinneren wat het was, toen ik de deur beneden met kracht open hoorde gaan. 'Het is goed mis!' riep Hans naar boven.

Zijn stem klonk zo anders dan gewoonlijk dat ik angst voelde opwellen. Zonder een moment te aarzelen kroop Joanna weg in de geheime nis, waarna ik de namaakdeur sloot en de naaimachine ervoor schoof. Toen draaide ik me om en zag tot mijn grote ontzetting dat het kind nog op het bed lag. Op hetzelfde moment klonk het geblaf van de honden, het geroffel van hoeven, en daarna het geluid van laarzen op onze veranda en een boos gebons op de deur.

'Bergstrom, doe open!' riep een man. Er klonk een donderend geraas dat aangaf dat hij niet had gewacht, maar de deur zelf had opengeduwd.

Zonder nadenken pakte ik het kindje op en vluchtte naar mijn kamer. Joanna's zoontje keek naar me op, plechtig en niet-begrijpend, toen ik hem in een quilt wikkelde en hem onder in mijn kast legde, biddend dat hij niet om zijn moeder zou huilen. Ik trok de japonnen van de hangertjes en legde die over hem heen, en daarna trok ik de quilt van mijn bed. Een paar tellen later oogde mijn kamer zo wanordelijk dat niemand argwaan zou krijgen van een stel quilts op de bodem van mijn kast. Beneden waren boze stemmen te horen, en daarna hoorde ik Anneke schreeuwen. Mijn hart bonsde hevig van paniek toen ik de deur van mijn kast sloot en mijn kamer verliet om haar en Hans te gaan helpen.

Ik kwam net tot aan de bovenste tree van de trap; vanaf daar zag ik Hans bewusteloos op de grond liggen. Anneke zat op haar knieën naast hem te huilen. De twee slavenjagers die ons al eerder hadden lastiggevallen, kwamen met hun honden de trap op, naar me toe, op de voet gevolgd door twee mannen uit het stadje die ik wel herkende, maar van wie ik de namen niet wist.

Ik probeerde hen de weg te versperren, maar ze duwden me moeiteloos opzij en renden over de overloop naar de naaikamer. Ik hoorde dat ze de naaimachine opzijschoven, daarna klonk het gekraak van het pleisterwerk, gevolgd door de triomfantelijke kreet: 'Jongens, we hebben een n——!'

Een felle woede leek mijn angst weg te branden. Ik dacht niet na, ik rende naar de naaikamer en zag die vreselijke mannen Jo-anna vastgrijpen, en ik haalde met alle kracht die ik bezat naar hen uit. Ik weet niet hoe ik het heb klaargespeeld, maar ik wist haar te bevrijden. 'Ren, Joanna,' riep ik, maar toen kwam er een vuist op me af die me midden in mijn gezicht raakte, en ik zonk ineen.

Duizelig zag ik dat de mannen Joanna de kamer uit sleepten. Zelfs nu, wanneer ik mijn ogen sluit om de tranen tegen te houden, hoor ik nog haar lage, wanhopige gejammer en wordt de oude wond weer opengereten, altijd op dezelfde plek, waar zich nimmer een litteken zal vormen.

Ik kreunde van pijn toen een laars me in mijn zij raakte. 'Heb je hier nog meer n——?' wilde de tweede slavenjager weten. Ik zei niets en probeerde van hem weg te rollen. 'Geef antwoord als ik je wat vraag, t——!' Hij gaf me weer een trap, deze keer nog harder, en ik hoorde een rib breken.

Ik zag dat hij haastig de kamer doorzocht en daarna naar buiten stormde. Daarna keek hij in de lege kamer ernaast, en tegen de tijd dat ik overeind was gekrabbeld en de overloop had bereikt, was hij naar de kamer van Hans en Anneke gelopen. Mijn eerste opwelling was Joanna's kindje uit zijn schuilplaats halen en naar het bos te vluchten, maar ik wist dat ik dat nooit zou halen. Daarom liep ik, hijgend van pijn, de trap af en bad in gedachten dat het kereltje geen vin zou verroeren. De enige hoop die ik had, ontleende ik aan de wetenschap dat hun speurhonden de geur van de zuigeling niet kenden.

Achter me liep de slavenjager met zijn hond aan de lijn mijn kamer in, maar ik weigerde toe te zien, uit angst dat dat zijn argwaan zou wekken en hij grondiger zou zoeken. Ik dwong mezelf naar beneden te lopen, tree voor pijnlijke tree, totdat ik beneden was aangekomen. Als verdwaasd zag ik Anneke zitten, met Hans' hoofd in haar schoot. De voordeur stond open. Ik zag de andere slavenjager Joanna's polsen aan elkaar binden en daarna het andere uiteinde van het touw rond zijn zadelknop vastmaken.

Hij steeg op en duwde zijn hakken in de flanken van zijn paard, en terwijl hij Joanna dwong mee te rennen, werd haar hoofd met een ruk achterover getrokken en kruiste haar blik de mijne. Een wanhopige, zwijgende smeekbede ging van haar naar mij, en toen was ze verdwenen, uit het zicht gesleept door een dravend paard.

Hans kwam kreunend overeind, en de twee mannen uit het stadje trokken hem onmiddellik overeind. Op dat moment kwam de tweede slavenjager vloekend de trap af. 'Dat is de enige die we nu konden vinden, maar ik weet zeker dat ze er hier meer hebben gehad,' zei hij tegen zijn metgezellen.

'Eentje is genoeg om de wet te overtreden,' zei een van de stadsbewoners. En na die woorden meldde hij dat hij mijn broer hierbij arresteerde. Toen hij Hans bij de arm pakte en hem wegvoerde, pakte de ander mij vast.

Anneke liep achter ons aan naar buiten toen mijn broer en ik in hechtenis werden genomen. 'U wordt geacht alleen de gevluchte slaaf mee te nemen,' zei ze huilend. 'Meneer Pearson heeft me beloofd dat hen niets zou overkomen.'

Mijn bedwinger maakte de opmerking dat Anneke blij mocht zijn dat ze haar vrijheid behield, en als ze niet zo'n groot hart hadden gehad en hadden geweten dat ze een zoontje had, dan zou ook zij zijn meegevoerd.

Anneke had ons verraden.

Hans staarde met een lege blik voor zich uit toen we in de wagen van de mannen werden gedreven en werden weggevoerd.

Ze brachten ons naar de rechtbank in de stad, waar tot mijn grote verbazing Dorothea en Thomas al in de cel zaten. Dorothea zag lijkbleek en Thomas' gezicht zat onder de blauwe plekken en bloedende wonden. Een tweede ploeg slavenjagers en plaatselijke gezagsdragers was op hetzelfde moment dat wij werden bezocht naar hun huis gegaan; in hun kelder waren twee voortvluchtigen aangetroffen, een echtpaar. Niet lang na onze aankomst kwam een derde wagen aangereden waarin zich onze buurman, meneer Abel Wright – de kleurling die ons had gewaarschuwd dat we de Underground Railroad-quilt niet langer konden gebruiken – zijn vrouw Constance en hun beider zonen bevonden. De jongste hield zijn arm tegen zijn lijf gedrukt en knarsetandde van pijn. Later hoorden we dat de arm op twee plaatsen was gebroken.

Ze lieten ons urenlang in een cel zitten, zonder water of voedsel, en zonder te vertellen hoe de aanklacht tegen ons luidde. Wellicht achtten ze onze misdaad zo overduidelijk dat de gebruikelijke rechtsgang niet hoefde te worden gevolgd. Op gedempte toon bespraken we wat we zouden doen wanneer ze ons eindelijk zouden voorgeleiden, en daarna ging Dorothea ons voor in gebed. We konden niets anders doen dan afwachten.

We trachtten op de koude stenen vloer te slapen en werden nog voor zonsopgang gewekt door een agent die ons water en brood bracht. Later die ochtend kwam het hoofd der politie, dat pas had gehoord dat we waren aangehouden toen hij die morgen op zijn werk was verschenen, hevig verontwaardigd aangelopen. Hij liet ons een fatsoenlijke maaltijd brengen en scheidde Dorothea, Constance en mij van de mannen in de veronderstelling dat we dit als een daad van vriendelijkheid zouden beschouwen, maar om eerlijk te zijn maalden we niet veel om fatsoen en waren we liever bij elkaar gebleven.

Van middag werd het avond. Dorothea deed haar best ons moed in te spreken. Haar vrienden onder de abolitionisten zouden de beste advocaten voor ons kunnen regelen, en geen enkele jury zou een hard oordeel vellen omdat we het hadden gewaagd de wet te negeren die in de Noordelijke staten op zoveel hoon en afschuw kon rekenen. 'Het ergste was ze ons kunnen aandoen, is ons onze moed afnemen,' sprak ze, 'en dat zullen we nimmer toestaan.'

Ik knikte, al had ik toen reeds het gevoel dat de moed me was ontnomen. In gedachten zag ik Joanna voor me, met haar handen geboeid, voorgetrokken door het paard van de slavenjager. Ik dacht de gedempte kreten van haar kindje te horen dat verborgen lag in mijn kast, onder een stapel japonnen en quilts. Anneke moest hem ondertussen hebben gevonden, ze wist dat hij niet samen met zijn moeder was weggevoerd – maar wat zou ze met hem hebben gedaan? Anneke, die haar eigen echtgenoot had verraden – wat zou ze met het kind van Joanna doen?

Wat, vroeg ik me af, zou er nu van Joanna worden?

Ik was vervuld van wanhoop, hoewel Dorothea zo haar best deed me te troosten.

Die avond kreeg Jonathan eindelijk toestemming ons te bezoeken. Nog nooit had ik hem zo woedend gezien, al leek hij uiterlijk kalm en beloofde hij ons dat al het mogelijke werd gedaan om ons vrij te krijgen. Jonathan was degene die ons vertelde dat meneer Pearson de invallen in onze huizen had beraamd en dat hij hulp had gekregen van vrienden in het plaatselijke justitiële apparaat die niet onvriendelijk tegenover de Zuidelijke zaak stonden. Maar die waren in de minderheid, zo verzekerde Jonathan ons; het grootste deel van de inwoners van Creek's Crossing stond aan onze zijde, onder wie ook het hoofd der politie en de rechter die uitspraak in onze zaak zou doen, mocht het ooit tot een zaak komen. Op ditzelfde moment eiste de advocaat van de familie Nelson, een oude studievriend van Jonathan, onze vrijlating indien er geen aanklacht zou worden ingediend, en hij had beloofd dat degenen die onze rechten hadden geschonden zich voor de wet zouden moeten verantwoorden.

Dorothea leek hierdoor bijzonder gerustgesteld en vroeg naar de mannen. Jonathan aarzelde even voordat hij antwoord gaf. Thomas maakte het goed, al was hij kwaad en maakte hij zich zorgen over zijn vrouw. Jonathan had de gebroken arm van de jongste Wright gezet en het hoofd der politie over weten te halen de jongen tijdelijk vrij te laten, zodat Jonathan op hem kon letten en de genezing zou worden bespoedigd, al was een terugkeer naar de cel niet geheel uit te sluiten. Jonathan zweeg even en keek zijn zuster aan, die hem onmiddellijk begreep en troostend een arm rond de schouders van Constance sloeg.

Pas toen vertelde Jonathan het ergste nieuws dat we ons konden voorstellen: dat een van de slavenjagers had beweerd dat de mannen van de familie Wright ontsnapte slaven waren die kort geleden van de plantage van hun meester waren weggelopen.

'Maar Abel is al zijn gehele leven vrij man,' zei Constance huilend. 'En allebei mijn zonen zijn hier in Pennsylvania geboren.'

Natuurlijk wisten we allemaal dat de waarheid het onderspit delfde tegenover de wet betreffende gevluchte slaven. Wanneer een slavenjager onder ede zou verklaren dat de mannen slaven waren, zou dat voldoende zijn om het drietal te veroordelen, en zodra de opdrachtgever van de slavenjagers het verhaal zou bevestigen, zouden de mannen tot een bestaan in slavernij zijn veroordeeld.

'We mogen niet toestaan dat Abel en zijn zonen worden geketend,' sprak Dorothea. 'Dat mag niet.'

'Dat zullen we ook niet toestaan,' sprak Jonathan. 'Ze mogen niet voor zichzelf getuigen, maar er zijn meer dan genoeg bewoners van ons stadje die namens hen kunnen spreken.'

'Meer dan genoeg?' sprak Constance bitter. 'Wie dan? Mijn mensen? Sinds wanneer luistert de wet naar ons soort mensen? Of bedoel je blanken? Welke blanken zijn dat dan? Welke blanken in dit stadje zullen het durven op te nemen voor mijn gezin?'

Dorothea en Jonathan keken elkaar even aan, en toen zei Dorothea: 'Je hebt vrienden, Constance. Zowel blanken als kleurlingen.'

'Je beschikt ook over schriftelijke bewijzen waartegen zelfs Cyrus Pearson niets kan inbrengen,' voegde Jonathan eraan toe. 'Nog voordat de week is verstreken, zal ik officiële geboortebewijzen in handen hebben, plus een getekende verklaring van de arts die je zonen ter wereld heeft geholpen. Vrees niet, Constance. Ze kunnen dreigen zoveel ze willen, maar hun leugen zal worden doorzien.'

Constance leek niet echt gerustgesteld door zijn woorden, wellicht omdat de geschiedenis haar had geleerd dat daden meer zeiden dan woorden, maar in haar ogen verscheen een vastberaden glans die me duidelijk maakte dat de slavenjagers de familie Wright er niet zomaar onder zouden krijgen.

We troostten Constance zo goed als we konden, en toen vroeg ik Jonathan hoe mijn broer het maakte. Hans had naar mij en Anneke gevraagd, zei Jonathan, maar voor het overige hield hij zich afzijdig van de anderen en zat hij vooral peinzend in de hoek, niet in staat zijn ongeloof en schrik te verbergen.

'Ik heb beloofd hem te laten weten hoe het met je gaat,' zei Jonathan tegen me. 'Wat zal ik zeggen?'

'Zeg maar dat het goed met me gaat.' Ik wilde Hans geen reden geven zich zorgen over me te maken; hij had al genoeg aan zijn hoofd nu bleek dat Anneke ons had verraden.

'Gerda zal zelf niet klagen, maar ze is gewond,' merkte Dorothea op.

Ik protesteerde, maar Jonathan wilde me beslist onderzoeken, ook al werden we door tralies van elkaar gescheiden. Hij stelde vast dat ik een rib had gebroken. Hij had al boos geleken toen hij binnenkwam, maar nu was hij werkelijk woedend. Hij stormde de gang in, in de richting waar hij vandaan was gekomen, en ik weet niet wat hij tegen het hoofd der politie heeft gezegd, maar een paar minuten later keerde hij terug met een agent die bedeesd de cel opende en tegen me zei dat ik vrij was om te gaan.

Ik wist niet goed wat ik ervan moest denken, maar toen Jonathan een arm om me heen sloeg en mijn gewonde zijde beschermde, liet ik me door hem naar buiten leiden. De agent sloeg de deur van de cel weer met een klap dicht, zodat het metaal rammelde – en Dorothea en Constance zaten nog immer opgesloten. Ik bleef staan. 'En mijn vriendinnen?'

'Het komt wel goed,' zei Constance beslist. 'We redden ons wel.'

'Kom mee, voordat ze van gedachten veranderen,' mompelde Jonathan.

'Nee.' Ik stak mijn hand tussen de tralies door en tastte naar Dorothea en Constance. 'Ik laat jullie hier niet alleen.'

'Ik mag alleen u laten gaan,' zei de agent. 'De anderen moeten blijven.'

'Dan blijf ik ook.' Ik maakte me van Jonathan los. 'Maak de cel open, of geef me de sleutel zodat ik het zelf kan doen.'

'Gerda, dit hoeft niet,' zei Dorothea.

'Ik zei dat ik blijf.' Ik was bijna in tranen. Dorothea, Constance en Jonathan smeekten me te gaan, maar ik was vastberaden. Joanna was nu gedwongen alleen een vreselijk lot onder ogen te zien. Ik kon niet ook Dorothea en Constance in de steek laten.

Voordat Jonathan vertrok, onderzocht hij me zo goed en kwaad als het ging, maar tot op de dag van vandaag voel ik de pijn van die kwetsuur. Als ik toen met hem mee was gegaan en me had laten behandelen, was het bot mogelijk wel fatsoenlijk genezen. Wanneer ik jaren later over stijfheid klaagde, wees Dorothea me er glimlachend op dat het mijn eigen schuld was.

De twee dagen erna voltrokken zich als in een waas: angst en verveling wisselden elkaar af, verdoofd ongeloof week voor wanhoop. Soms hoorden we buiten stemmen roepen, maar zo zwak dat we de woorden niet konden verstaan. Jonathan bezocht ons dagelijks, en de advocaat van Nelson kwam eveneens een keer langs, in gezelschap van een verslaggever van de krant. Met een grimmige vastberadenheid schreef hij alles op wat we zeiden en verzekerde ons ervan dat er zo'n publieke verontwaardiging zou ontstaan wanneer de mensen zouden lezen wat ons was overkomen dat degenen die ons hadden opgepakt er verstandig aan zouden doen naar het westen te verhuizen en van naam te veranderen.

Op de ochtend van de derde dag bracht Jonathan goed en slecht nieuws: de vrouwen waren vrij om te gaan, maar de mannen bleven in hechtenis. 'De bewoners van Creek's Crossing zijn buiten zinnen van woede omdat vrouwen zo lang worden vastgehouden, zonder dat er een aanklacht tegen hen is ingediend,' zei Jonathan.

'En dat is terecht; niet alleen omdat we vrouwen zijn, maar omdat we burgers met het recht op een eerlijk proces zijn,' zei Dorothea. 'En dat recht is ons nu schaamteloos ontzegd.'

Ik had grote bewondering voor haar kalmte en kracht. Zelf voelde ik me door deze beproeving uit het lood geslagen, maar zij was bezield geraakt, en hoewel ik niets liever wilde dan terugkeren naar de beslotenheid van Elm Creek Farm leek Dorothea bereid te zijn het tegen elke tegenstander op te nemen. Haar moed gaf me kracht, en ik nam me voor niets meer te vrezen. Wat er ook van ons zou worden, ik schaamde me niet voor ons zogenaamde misdrijf en zou de gevolgen met opgeheven hoofd aanvaarden.

Toen de agent ons van de cellen naar de algemene ruimte bracht, konden we het koor van stemmen dat we eerst amper hadden kunnen verstaan duidelijker horen. De ruimte waarin we ons bevonden, had ramen die uitkeken op de hoofdstraat van Creek's Crossing, en daar zagen we een grote menigte, mannen en vrouwen, die stonden te schreeuwen en borden met leuzen droegen. De beambte die de formulieren voor onze vrijlating invulde, zei dat dit niet betekende dat we niet voor de rechter zouden hoeven te verschijnen en dat we het district niet mochten verlaten. Het lawaai buiten leek hem te storen, en hij merkte op dat hij ons terstond zou vrijlaten indien dat zou betekenen dat de mensen buiten zich stil zouden houden.

Dorothea en ik keken elkaar even aan en beseften toen pas voor het eerst dat die menigte daar omwille van ons stond.

Toen we naar buiten liepen, barstte er een oorverdovend gejuich los, dat me met zoveel kracht trof dat ik zou zijn gestruikeld indien Jonathan me niet had ondersteund. Er leken meer mensen op straat te zijn dan er in heel het stadje woonden.

'Ze staan hier al dagen, en het worden er steeds meer naarmate het nieuws zich verder verspreidt,' legde Jonathan uit. 'Er zijn ook tientallen bewoners van andere plaatsjes bij.'

Dorothea hapte naar adem en pakte mijn schouder vast. 'Zie je dat?' vroeg ze, knikkend naar een spandoek dat midden in de menigte omhoog werd gehouden.

Het had me niet kunnen ontgaan. Daar stond, in letters van wel dertig centimeter hoog: LAAT DE ACHT VAN CREEK'S CROSSING VRIJ!

'Mijn hemel.' Ik voelde me zwak worden.

'De strijd is blijkbaar geopend,' merkte Jonathan droogjes tegen zijn zuster op.

'Dan zullen we strijden,' verklaarde Dorothea. Ze zwaaide naar de mensen, met beide armen hoog boven haar hoofd. Bij wijze van antwoord klonk er een instemmend gebrul.

'Laat je daardoor niet misleiden,' zei Jonathan waarschuwend. 'De medestanders van Pearson doen hun werk op de achtergrond, maar ze zijn met velen, en ze hebben machtige vrienden. We zullen de strijd moeten aangaan, en jullie hebben de wet overtreden.'

'Dat zou ik zonder aarzelen nogmaals doen,' hoorde ik mezelf zeggen, en ik dacht aan Joanna. Dorothea gaf me een kneepje in mijn hand, en haar ogen glommen van trots en medeleven; Constance knikte plechtig, maar keek toch even weifelend over haar schouder naar het gerechtsgebouw, alsof ze haar man en oudste zoon niet kon achterlaten.

Jonathan was die ochtend te paard gekomen omdat hij niet had kunnen weten dat we zouden worden vrijgelaten. Voor ons had hij paard en wagen bij de stalhouderij gehuurd, en geen minuut te vroeg werden we weggevoerd van de menigte, terug naar Elm Creek Farm.

Dorothea bood aan bij me te blijven totdat Hans zou worden vrijgelaten en mijn verwonding geen pijn meer zou doen, maar ik zei haar dat dat niet nodig was. Anneke is er ook nog, zei ik bijna, maar toen voelde ik dat mijn hart beefde. Ik zou haar aanblik niet kunnen verdragen. Ik dacht aan hoe ze me mogelijk zou begroeten, met tranen van spijt, uitdagend, een verantwoording zoekend voor haar verraad, en ik wenste met heel mijn hart dat ik het huis leeg zou aantreffen, zonder haar, en dat ze de kinderen veilig bij de buren zou hebben achtergelaten.

We hadden drie jaar huis en haard gedeeld, ik was van haar gaan houden als van een zuster, en toch kende ik haar in het geheel niet. Ik begreep niet waarom ze het had gedaan. Wilde ze ons een hak zetten? Was het niet meer dan dat? Ik had haar gedwongen de gevluchte slaven onderdak te bieden door telkens weer de quilt aan de lijn te hangen, week na week; Hans had haar verboden nog langer het werk te doen waarvan ze zo hield. Had ze daarom aan meneer Pearson verteld wat er gaande was, uit wraakzucht?

Dorothea, Jonathan en Constance bespraken onderweg hoe we ons het beste zouden kunnen verdedigen, maar ik dacht na over het raadsel dat Anneke was. Ze had ons verraden, maar men zou net zo goed kunnen zeggen dat Hans en ik haar telkens weer hadden verraden, sinds onze toevallige ontmoeting in New York. Hans had gelogen over wat ons in Pennsylvania wachtte; ik had haar huis gedeeld en haar nooit de kans gegeven alleen met haar echtgenoot te zijn; we hadden haar allebei wijsgemaakt dat niemand zou ontdekken wat onze geheime activiteiten behelsden en dat ze zich onnodig zorgen maakte. Maar het was ontdekt, en dat was door haar toedoen.

Ik voelde woede in me opwellen en vervloekte in gedachten die dag waarop we haar uit de klauwen van de ambtenaren van de immigratiedienst hadden gered. Het zou voor ons allen beter zijn geweest als we haar daar gewoon hadden achtergelaten, alleen. We werden niet bepaald beloond voor onze goede bedoelingen.

'Gerda?'

De zachte stem van Dorothea onderbrak mijn gedachten, en ik zag dat de koets voor de voordeur van mijn huis tot stilstand was gekomen. Mijn metgezellen keken me nieuwsgierig aan, en Dorothea vroeg wederom of ik wenste dat ze zou blijven. Weer zei ik nee. Ik zou Anneke uiteindelijk onder ogen moeten komen, tenzij ze vol schaamte de benen had genomen, en uitstel zou het allerminst gemakkelijker maken.

Ik had echter geen haast. Ik bleef buiten staan en keek de koets na. Pas toen die over de brug over de beek was verdwenen, wist ik waarom het paard me zo bekend voorkwam. Het was Castor, of misschien wel Pollux – ik had die twee nooit uit elkaar kunnen houden. Nu was hij ouder, en minder fel dan toen Hans hem van meneer L. had gewonnen, maar hij was nog immer een trots en sierlijk schepsel. En ik, ik voelde me ook een geheel andere vrouw dan het meisje dat hij jaren geleden hierheen had meegenomen. Die vrouw had geen enkel vermoeden gehad van wat haar hier allemaal te wachten zou staan.

Achter me vloog een deur open. 'Gerda!'

Ik bleef als verstijfd staan, mijn ogen gesloten om te voorkomen dat ik zou gaan huilen; ik kon me niet eens omdraaien. Opeens lag Anneke op de grond aan mijn voeten en greep mijn rok vast. 'Het spijt me zo,' zei ze huilend en snikkend. 'Dit is nooit mijn bedoeling geweest.'

Mijn stem klonk kil. Ik kon haar niet eens aankijken. 'Waar zijn de kinderen?'

'Binnen.'

Ik liep het huis in. Anneke had de wieg in de voorkamer gezet, naast haar stoel; David en Stephen lagen naast elkaar te slapen. Ik kan onmogelijk in woorden vatten hoe opgelucht ik was toen ik zag dat hen niets mankeerde. Hoewel ik het niet erg zou hebben gevonden als Anneke de benen had genomen, was ik al die tijd bang geweest dat ze de kinderen had meegenomen, of, erger nog, dat ze haar eigen kind had meegenomen en de zoon van Joanna aan zijn lot had overgelaten.

Anneke was achter me aan gelopen. 'Waar is Hans?' Haar stem klonk verstikt van de ingehouden tranen.

Ik zei het haar, kortaf. Ze vroeg me of Hans weldra zou worden vrijgelaten en ik antwoordde dat ik dat niet wist. Toen werd Stephen wakker en begon te huilen; ik stak mijn handen naar hem uit, maar Anneke was me voor en tilde hem uit de wieg. Ik zag dat ze hem troostte. Haar gezicht stond somber. 'Toe, Gerda, geef me de kans het uit te leggen.'

Ik wilde mijn oren dichtstoppen, zodat ik die stem niet zou hoeven horen, maar haar verraad had me zo geschokt dat ik wilde weten waarom ze het had gedaan, en dus luisterde ik. Ze vertelde dat meneer Pearson haar de stuipen op het lijf had gejaagd met gruwelverhalen over de straffen die overtreders van de wet hier in Amerika konden verwachten; hij had haar verteld onder welke verschrikkingen de abolitionisten in Kansas hadden geleden. Telkens wanneer ze in het atelier van mevrouw Engle aan het werk was, vulde hij haar met nieuwe zorgen, speelde hij de rol van bezorgde vriend die wist dat zij abolitionisten tot haar kennissen en vrienden rekende. Na de geboorte van het kind spande hij zich nog meer in; ze had hem niets over onze heimelijke activiteiten verteld, maar hij had zijn vermoedens. Omdat Anneke zelden naar het stadje kwam, bezocht hij haar op Elm Creek Farm wanneer hij wist dat Hans en ik afwezig waren en zei haar keer op keer dat het onwettige gedrag van slechts één familielid de ondergang van ons allemaal zou worden. Anneke kon maar beter de waarheid opbiechten, omwille van haar eigen veiligheid, omwille van die van haar zoontje. De brand in de hut was al een teken dat men ons verdacht, en indien buren ons op dergelijke angstaanjagende wijze hun afkeuring zouden blijven tonen, konden we maar beter de wet aan onze zijde hebben. Als Anneke zou bekennen, zou zij niet worden gestraft en zouden Hans en ik op een redelijke behandeling kunnen rekenen, of in elk geval veel beter worden behandeld dan wanneer we bij toeval zouden worden betrapt. En meneer Pearson leek er zeker van te zijn dat dat vroeg of laat zou gebeuren.

En dus vertelde ze het hem. Ze had de familie Nelson niet willen noemen, noch de familie Wright, maar toen het geheim eenmaal was verraden, kostte het Pearson weinig moeite haar de rest te laten opbiechten. Zijn gedrag was volledig veranderd; aanvankelijk had ze nog gedacht dat hij het beste met haar voor had, maar nu was ze bang voor hem geworden. Ze had hem gesmeekt het aan niemand te vertellen en te vergeten wat ze had gezegd, maar hij beweerde dat hij het onmogelijk kon negeren, daar hij dan schuldig zou zijn aan samenzwering. Het enige wat hij haar wilde beloven, was dat de Bergstroms niet gevangen zouden worden genomen indien men op ons land voortvluchtige slaven zou aantreffen.

Terwijl Anneke haar relaas deed, voelde ik dat mijn hart, dat eerst zo ijzig was geweest, begon te ontdooien. Voor de onwetende Anneke was haar gezin het belangrijkste ter wereld, en dat wist meneer Pearson, daarvan had hij schaamteloos misbruik gemaakt. Eenieder die aan zulke angsten werd onderworpen, die zulke dreigementen moest aanhoren, zou vroeg of laat zijn bezweken; als ik meneer Pearson niet zo had geminacht en bij elk woord van hem vraagtekens had gezet, had dat zelfs mij kunnen overkomen.

Maar net toen ik haar dat wilde zeggen, voegde Anneke eraan toe: 'Ze hadden Hans en jou niet mogen aanhouden. Al zou ik het mijn leven lang herhalen, dan nog zou ik niet kunnen zeggen hoeveel spijt ik heb. Zul je het me ooit kunnen vergeven?'

Ik koos mijn woorden met zorg, daar ik haar duidelijk wilde maken dat ik haar begreep. 'Je hebt er spijt van dat je ons hebt verraden?'

'Met heel mijn hart.'

'Omdat Hans en ik in de cel zijn beland.'

'Ja,' zei Anneke vol geestdrift, terwijl ze mijn arm vastpakte. 'Het was de bedoeling dat ze alleen Joanna zouden meenemen.'

Weer werd mijn hart zo hard en koud als ijs. 'Ik kan je niet vergeven wat je Joanna hebt aangedaan. Ik kan je niet vergeven wat je haar zoon hebt aangedaan.' Ik trok mijn arm los. 'En wat ons betreft; indien Hans het je kan vergeven, zal ik dat ook doen. Maar niet eerder.'

En dus, zo nam ik aan, zou ik het haar nimmer hoeven te vergeven.

De volgende morgen ging ik naar Dorothea om te bespreken hoe we de mannen vrij konden krijgen. Bij elke stap die het paard zette, voelde ik de pijn in mijn zij, en mijn gedachten waren een wervelstorm van woede en verdriet. Tegen de tijd dat ik het huis van Nelson bereikte, had ik een plan bedacht: ik zou Josiah Chester schrijven en Joanna vinden. Als hij haar aan iemand dieper in het Zuiden zou hebben verkocht, wat altijd haar grootste angst was geweest, dan zou ik hem dwingen te zeggen aan wie. Dan zou ik haar vrij kopen. Al zou het elke cent kosten die ik had, al zou het me Elm Creek Farm kosten: ik zou niet rusten eer zij opnieuw vrij zou zijn, vrij en herenigd met haar zoontje.

Binnen waren Dorothea, haar ouders en hun advocaat verwikkeld in een levendige discussie over juridische fijnzinnigheden. Ademloos vertelde ik Dorothea wat ik me had voorgenomen; ze zei me niet hoe moeilijk dat zou zijn, maar liet me geloven dat ik het kon klaarspelen – zodra dringender kwesties zouden zijn opgelost. Ik stemde in en ging zitten, zodat het gesprek kon worden vervolgd, maar terwijl de anderen overlegden en plannen smeedden, kon ik alleen maar denken aan mijn voorgenomen zoektocht naar Joanna. In gedachten was ik bezig een brief aan meneer Chester op te stellen, die ik nog dezelfde dag wilde versturen.

Tegen de tijd dat ik weer naar huis terugkeerde, deden mijn ribben zo'n pijn dat ik onderweg mijn kaken opeen moest klemmen om te voorkomen dat ik zou kreunen van pijn. Ik zette het paard op stal en liep strompelend naar binnen, waar Anneke terstond zag dat me iets scheelde. Ik bekende dat ik een rib had gebroken, en hoewel ik me te trots voelde om haar hulp te aanvaarden, had ik zoveel pijn dat ik niet kon weigeren.

De volgende dag was ik amper in staat mijn bed te verlaten; Anneke bracht de kinderen naar me toe, zodat ik gezelschap zou hebben, en ik was zo blij de twee te zien dat ik ze bijna niet los wilde laten en Anneke amper de kans gaf hen te voeden en te verschonen. Langzaam begon ik tegenover Anneke te ontdooien; ze was als een zuster voor me geworden en ik was te veel van streek om haar hartgrondig te kunnen haten, hoewel ik dat wel had verwacht.

De volgende morgen liep ik naar de voorkamer beneden, waar ik een brief aan meneer Chester schreef en Anneke de belofte ontlokte dat ze die nog dezelfde dag zou posten. Nu ik me wat meer op mijn gemak voelde, speelde ik met de jongens terwijl Anneke in de moestuin werkte. Toen hoorde ik buiten opeens een paard, en Anneke slaakte een kreet. Ik haastte me naar het raam en zag tot mijn grote verbazing en blijdschap dat de ruiter niemand minder dan Hans was.

Anneke was naar hem toe gerend; ik kon niet horen wat ze tegen elkaar zeiden, maar er was duidelijk te zien dat ze hem om vergiffenis smeekte. Mijn broer antwoordde kortaf, onaangedaan en niet geroerd door Annekes tranen. Zo ging het een hele tijd door; Hans zat trots en kwaad op zijn paard, en Anneke greep berouwvol en beschaamd zijn been en de teugels vast, alsof ze vreesde dat hij elk moment kon wegrijden. De jongens werden rusteloos en kregen honger, maar ik stond als verstijfd voor het raam, met mijn hart in mijn keel, en vroeg me af hoe dit zou aflopen, of dit het einde van onze familie zou zijn.

Toen liet Hans zich van zijn paard glijden en omhelsde zijn vrouw.

Ik draaide me om en nam beide zuigelingen in mijn armen, niet goed wetend of ik blij of teleurgesteld moest zijn. Ik hield van Anneke, maar telkens wanneer ik aan Joanna dacht, voelde ik dat ik verkilde, en ik wist dat een leven vol verontschuldigingen nooit het leed zou kunnen verzachten dat Anneke haar had aangedaan.

Samen kwamen Hans en Anneke binnen. Ze zeiden niet waarover ze buiten hadden gesproken, maar ik wist dat de kloof tussen hen zich uiteindelijk zou sluiten.

We vroegen Hans hoe men erin was geslaagd hem vrij te krijgen, daar de advocaat van de familie Nelson ons een dag eerder nog had voorbereid op een lange, moeizame strijd.

Al maanden was de stemming in en rond het stadje hard en onbuigzaam geweest, als droog gras in de zomerse hitte, en het nieuws dat wij waren aangehouden, was als de lont van een kruitvat geweest. Buren die ondanks een verschillende kijk op de slavernij altijd vreedzaam naast elkaar hadden geleefd, maakten nu openlijk ruzie, en iedereen was gedwongen een standpunt in te nemen. Toen het nieuws over de onenigheid zich verder verspreidde, waren de ambtenaren die ons uit onze huizen hadden gehaald in een Noordelijke krant, en daarna in andere openbare publicaties, aan de schandpaal genageld. Het huis van een van hen was tot aan de grond toe afgebrand, de tweede man was zwaar gewond geraakt toen een discussie op een vechtpartij was uitgelopen. De ene gewelddaad lokte de andere uit, en naarmate de twisten zich steeds verder verspreidden, werd één ding steeds duidelijker: degenen die vóór de arrestatie van de Acht van Creek's Crossing waren, werden steeds meer in de verdediging gedwongen, waardoor de indruk werd gewekt dat ze achter de wet aangaande de ontsnapte slaven stonden, die door iedere fatsoenlijke bewoner van Pennsylvania hartgrondig werd verafschuwd.

'Nu heeft Creek's Crossing de naam gekregen dat hier aanhangers van de Zuidelijke zaak wonen,' zei Hans. 'En daar worden Pearson en zijn makkers steeds nerveuzer van.'

Het leek mijn broer oprecht deugd te doen dat het zo was gelopen, maar zijn gezicht was bleek van vermoeidheid en inspanning, en zijn stem klonk hees. Anneke droeg hem op meteen naar bed te gaan, en toen hij tegenwierp dat hij zich over de paarden en de akkers moest ontfermen, viel ik haar bij en had hij geen andere keuze dan te gehoorzamen.

De volgende dag leek hij nagenoeg geheel hersteld van zijn lichamelijke beproevingen, al was er tussen hem en Anneke een zekere beleefde afstandelijkheid waar te nemen. Het was duidelijk dat hij het haar had vergeven, maar als Anneke nog wist dat ik mijn vergiffenis aan de zijne zou verbinden, dan verkoos ze hierover te zwijgen. Ik wilde haar het echt vergeven, maar ik bleef het gezicht van Joanna voor me zien, en elke keer wanneer ik haar zoontje in mijn armen hield, dacht ik aan de moeder die dat niet langer kon doen. Mijn vastberadenheid haar te vinden, nam alleen maar toe, en daar ik niet langer op een antwoord wilde wachten, stuurde ik nogmaals een brief aan Josiah Chester.

Twee dagen na de thuiskomst van Hans, die op dat moment op de akker aan het werk was, kwamen er twee mannen naar het huis gereden. Ik zag meteen dat dit het tweetal was dat ons had gearresteerd. Als ze verontrust waren door de twisten waarover Hans had verteld – ik kon maar moeilijk geloven dat het in het stadje echt zo onrustig was, mede doordat onze boerderij een en al rust en kalmte was – dan lieten ze daarvan niets merken toen ze toegang tot het huis eisten teneinde naar bewijsmateriaal te kunnen zoeken.

Ik wist niet of ik verplicht was het tweetal binnen te laten, maar ik zag geen reden me vol schaamte te verstoppen. Ze hadden in ons midden een voortvluchtige aangetroffen; beter bewijs zouden ze beslist niet vinden.

Ik liep achter hen aan toen ze de voorkamer, de keuken, de eetkamer en daarna de kelder doorzochten, en ik deed geen moeite mijn ongeduld te verbergen. Ze schonken geen aandacht aan me en spraken slechts met elkaar; ze gingen onzorgvuldig met onze spullen om en spraken over 'n——rvriendjes'. Ik dacht aan wat Hans had gezegd, dat ze wat hun mening betreft in de minderheid waren, en ik hield me in. Ik zou niets doen wat onze positie kon schaden, al geloofde ik niet dat die nog veel slechter kon worden.

Hun zoektocht voerde hen naar boven, naar de kamer van Hans, en daarna naar de mijne; ze brachten slechts een paar tellen in beide kamers door en bleven het langste in de naaikamer, waar ze de geheime nis van alle kanten bekeken en elkaar veelbetekenende blikken toewierpen, onderwijl opmerkend dat dit bewijs ons tijdens het proces beslist de das zou omdoen. En daarna zeiden ze op vastberaden toon, alsof ze konden raden wat ik dacht, dat ik er niet over moest peinzen dit bewijs te vernietigen. Dat zou me zeker geen goeddoen, niet nu ze het beiden met eigen ogen hadden gezien.

Daarna liepen ze naar de kinderkamer. Angst welde in me op toen ik besefte dat Anneke daar met de kinderen zat.

Voordat ik kon bedenken hoe ik hen zou kunnen tegenhouden, waren de twee mannen naar binnen gelopen. Achter hen zag ik dat Anneke zich verbaasd omdraaide. Ze hield David in haar armen en had Stephen blijkbaar net in de wieg gelegd. Annekes blik schoot naar me toe, en ik zag haar ogen groot worden van verbazing, maar haar stem klonk kalm toen ze op kille toon zei: 'Ik kan me niet voorstellen wat u hier komt doen.' Ze draaide de mannen haar rug toe en tilde Stephen uit de wieg, zodat ze op beide armen een kindje had.

De twee mannen staarden haar aan en keken toen verbaasd naar elkaar. De eerste sprak: 'Ik kan me niet herinneren dat hier vorige keer ook twee kinderen waren.'

Anneke lachte schril en keek het tweetal toen bestraffend aan. 'Ik kan me herinneren dat u het te druk had met andere zaken.'

'Hoe toepasselijk dat Creek's Crossing ons haar scherpzinnigste burgers zendt om onderzoek naar ons te doen,' voegde ik er vol verachting aan toe. Mijn hart bonsde van angst en ik onderdrukte, net als eerder, de neiging om Joanna's zoontje te pakken en weg te rennen. 'Was u soms ook op zoek naar kinderen? Verbiedt de wet nu soms ook ouders hun kindjes te beschermen?'

Een van de twee mannen kneep zijn ogen tot spleetjes en liep naar Anneke toe. 'Van wie zijn die kinderen?'

Haar greep verstevigde. 'Van mij, natuurlijk.'

'Allebei?'

'Ja.'

'Ze lijken even oud.'

'Het is een tweeling,' zei Anneke, alsof dat overduidelijk was.

De tweede man keek weifelend. 'Vorige keer zag ik maar één kind.' Hij wees naar het kind van Joanna. 'Dit kind hier. U hield hem vast en hij huilde.'

Annekes ogen schoten vuur. 'Natuurlijk huilde hij, want u maakte hem doodsbang. U zou u moeten schamen. Het duurde uren voordat hij weer was gekalmeerd.'

'Zijn broertje lag in de wieg,' zei ik. 'Een van u moet hem hebben gezien, omdat u zijn quilt van hem af had getrokken en op de grond had gegooid. De deken was op twee plaatsen gescheurd.'

Annekes stem klonk ijzig. 'Dacht u soms dat hij een voortvluchtige slaaf bij hem in zijn wiegje verborgen hield?'

'Laat maar,' zei de eerste man tegen zijn metgezel. 'Iedereen kan zien dat dat wurm blank is.'

'En iedereen kan zien dat hij naar zijn moeder wil,' zei Anneke snuivend. Ze gaf haar eigen kind aan mij. 'Gerda, wil je me even helpen?'

Ik was zo verdwaasd dat ik slechts kon knikken. Anneke ging in haar schommelstoel zitten en begon, vol verachting voor de beide mannen die naar haar keken, Joanna's zoontje te voeden.

De mannen waren zo beschaamd door deze aanblik dat ze snel de kamer verlieten. Ik legde mijn neefje terug in de wieg en liep achter hen aan. Snel keken ze in de laatste kamer en verlieten daarna ons huis met de allerminst aangename mededeling dat ze indien nodig nog een keer zouden terugkomen.

Langzaam liep ik terug naar de kinderkamer. Vanuit de deuropening zag ik Anneke Joanna's zoontje voeden. Daarna legde ze hem terug in de wieg, pakte haar eigen kind en voedde dat ook. 'Anneke...' Mijn stem liet me in de steek. Ik wilde haar zeggen dat ze het jongetje had gered, maar ik was te overweldigd door emoties.

Anneke keek naar me op. 'Hoeveel mensen weten dat ik slechts één kind heb gekregen?'

'Al onze vrienden,' zei ik. 'En iedereen die zij het kunnen hebben verteld.'

'Dat zijn dus vrij veel mensen.' Haar blik werd afwezig, nadenkend. 'We moeten Joanna's zoon in veiligheid zien te brengen voordat iemand de waarheid vertelt.'

'Ik kan hem naar het volgende station brengen,' zei ik. 'Dan kunnen zij hem naar de volgende brengen, en zo verder, totdat hij bij een gezin van vrije negers in Canada kan worden geplaatst.'

Anneke keek naar het onschuldige kind dat in het wiegje in slaap was gevallen. 'Dat is een gevaarlijke reis, en hij is helemaal alleen op de wereld.'

Ik voelde dat de tranen in mijn ogen sprongen. Dan breng ik hem zelf wel naar Canada, zei ik bijna, maar toen dacht ik aan Joanna en besloot dat we hem zo lang mogelijk bij ons zouden houden. Misschien zou ik Joanna vinden en haar vrij kunnen kopen voordat iemand de waarheid over haar zoon zou ontdekken.

Ik dacht dat ik nog weken de tijd zou hebben, mogelijk langer, maar de eerste vraag werd al een paar dagen later gesteld.

Toen we meneer Pearson ons huis zagen naderen, waren Anneke en ik zo verbaasd dat we aanvankelijk weinig anders konden doen dan vanuit het raam van de kinderkamer naar hem staren. Bijna had ik mezelf wijsgemaakt dat ik me vergiste in de identiteit van paard en ruiter. Anneke was de eerste die zich afwendde. 'Ik wil hem niet spreken,' zei ze, op bittere toon. Ik voelde een zelfs nog grotere aarzeling hem te begroeten, maar ik verbaasde me zo over zijn lef en wilde zo graag weten wat hem naar ons huis voerde dat ik naar beneden liep.

Ik opende de deur zodra hij had aangeklopt, maar begroette hem niet en vroeg hem evenmin binnen te komen.

'Dag, juffrouw Bergstrom,' zei hij.

'Wat moet u hier?' vroeg ik botweg, niet langer in staat de schijn van beleefdheid op te houden.

Hij wond er geen doekjes om. 'Ik heb begrepen dat mevrouw Bergstrom onverwacht de moeder van twee kinderen is.'

Ik trok mijn wenkbrauwen op. '"Onverwacht"? Er was niets onverwachts aan. De tweeling is bijna twee maanden oud. De zwangerschap had de gebruikelijke lengte, slechts de bevalling duurde langer dan normaal.'

'Uw schoonzus heeft geen tweeling gekregen,' zei meneer Pearson op scherpe toon.

'Dat heeft ze zeer zeker wel.'

'Je vergeet dat mijn moeder en ik kort na de geboorte op bezoek zijn gekomen. Toen had Anneke slechts één kind.'

'Meneer Pearson, ik geloof dat uw geheugen u in de steek laat,' zei ik. Ik deed net alsof ik verbaasd was. 'Misschien moet u het maar aan dokter Granger vragen.'

'Doet u nu niet alsof ik dom ben, juffrouw Bergstrom,' snauwde hij. 'Als ik het aan dokter Granger vraag, zal hij slechts bevestigen wat ik al weet. Hij was bij de geboorte aanwezig en weet hoeveel kinderen hij die nacht op de wereld heeft geholpen. Hoewel hij naar abolitionisme neigt, is hij een integer man. Hij verafschuwt leugens en zal niet van zijn principes afwijken om u een plezier te doen. Hij zou nooit een geboortebewijs vervalsen en hij zou zeker nooit zijn eigen veiligheid en die van zijn gezin opofferen om u te helpen bedrog te plegen.'

Net toen ik een vlaag angst voelde opwellen, besefte ik dat meneer Pearson het geheel bij het verkeerde eind had. Jonathan was een integer man met principes, maar dat hield niet in dat hij geen leugentje om bestwil zou vertellen of de waarheid zou verzwijgen als daar een hoger doel mee was gediend, ook al wist hij dat het ooit zou worden ontdekt. Als het fiasco met Charlotte Claverton me iets had geleerd, was dat het wel.

Dus ik keek meneer Pearson recht aan en zei: 'Vraag hem wat u wilt. Ik vrees zijn antwoord niet.'

'Hij is niet de enige die naar de waarheid zal worden gevraagd.'

'O, maar ik denk dat u zult ontdekken dat veel mensen zullen bevestigen dat Anneke een tweeling heeft gekregen.'

Hij kneep zijn lippen opeen, en zijn ogen vonkten van haat. 'Ik weet niet wiens kind dat is, maar het is niet van Anneke.'

'En als hij dat niet is,' zei ik uitdagend, 'zou hij dan de enige zijn die zijn tante moeder noemt?'

Die woorden maakten een onverwacht en beslissend einde aan zijn dreigementen.

Zijn trekken veranderden, woede maakte plaats voor begrip. 'Nou, juffrouw Bergstrom,' zei hij. Het bekende minachtende lachje speelde weer rond zijn lippen. 'Ik wist dat u geen dame was, maar ik had geen idee dat u een lichtekooi was.'

Ik zei niets.

Meneer Pearson lachte wraakzuchtig en leek zich te verkneukelen. 'Ik vraag me af of dokter Granger hiervan op de hoogte is. Waarschijnlijk wel, neem ik aan. Tenzij er nog een ander is?' Hij keek me vragend aan, maar ik staarde stoïcijns terug, met een gezicht waarvan niets af te lezen viel. 'Natuurlijk niet. Ik moet zeggen dat dit een heel ander licht werpt op de nauwkeurigheid van zijn administratie.'

'Ik neem aan dat het weinig zin heeft u te vragen hier met niemand over te spreken.'

'Dat heeft het zeker niet, juffrouw Bergstrom.'

Ik heb nimmer een man zo vergenoegd gezien als de heer Pearson toen die die middag wegreed, in de veronderstelling dat hij een groot schandaal als de waarheid zou onthullen, terwijl hij in werkelijkheid niets anders aan zijn verhoor had overgehouden dan een leugen die een andere leugen moest verhullen.

# 13

Juni 1859 en daarna – waarin we de kunst van het liegen
door te zwijgen vervolmaken, of: hoe het afliep

Met de hulp van Dorothea kon ik Jonathan een bericht sturen
voordat meneer Pearson de kans kreeg met hem te spreken, dus
toen meneer Pearson Jonathan vroeg of Anneke daadwerkelijk
het leven aan een tweeling had geschonken, antwoordde Jonathan bevestigend. Hij toonde meneer Pearson zelfs papieren
waaruit dat bleek en waarin Hans Bergstrom als de vader van de
jongens stond vermeld.

Meneer Pearson wist dat dit niet waar was, maar zat wat de
waarheid betreft geheel op het verkeerde spoor. Mijn leugen vervulde hem van zoveel triomfantelijk leedvermaak dat hij niet
meer naar een andere verklaring zocht. Hij verspilde geen tijd en
deed het gehele stadje terstond kond van mijn vermeende schandalige gedrag, en daar zijn moeder een van de grootste roddeltan-
tes van haar generatie was, wist binnen veertien dagen het gehele
district wat er was voorgevallen. Mevrouw Engle liet niet na te
vermelden dat zij al ver voor de geboorte van het kind het vermoeden had gekoesterd dat ik over een losbandig karakter beschikte, aangezien ik meerdere malen had gepoogd haar zoon te
verleiden. Ze had niets dan lof voor Charlotte Claverton, de bedrogen echtgenote, en Anneke, de deugdzame vrouw die zonder
klagen mijn bastaard als haar kind had aangenomen, al stelde het
haar enigszins teleur dat deze twee vrouwen banden met abolitio-

292

nisten onderhielden. Ze voegde er wel aan toe dat het tweetal slechts door een huwelijk was verbonden met de Acht van Creek's Crossing en dus zelf niet schuldig kon worden geacht aan de schande die het stadje had getroffen.

De Acht van Creek's Crossing hebben zich echter nooit voor een rechtbank hoeven verantwoorden, en omstandigheden dwongen mevrouw Engle ten slotte haar kritiek op het groepje te matigen. De verslaggever met wie de Nelsons waren bevriend, hield zich aan zijn woord, en binnen een paar weken werden onze arrestatie en het wegvoeren van Joanna in elke Noordelijke krant die ik kende, en een aantal waarvan ik nog nooit had gehoord, in straffe bewoordingen bekritiseerd. Over Creek's Crossing deden al snel allerlei grappen de ronde, waarbij de ergste trekjes van de vreselijkste bewoners schandelijk werden overdreven, en het duurde niet lang voordat de naam van ons stadje synoniem werd aan onwetendheid en heerschappij van het gepeupel. De schaamte onder de leiders van ons stadje was zo groot dat ze snel alle aanklachten jegens ons nietig verklaarden, waardoor ook de familie Wright niet langer voor haar vrijheid hoefde te vrezen, en de bestuurders deden hun best het verleden zo snel mogelijk te vergeten. Het gewone volk beschikte echter over een uitstekend geheugen, en de goede naam van Creek's Crossing werd nimmer hersteld. Zelfs jaren later wilden ondernemers niets van ons weten en brachten voorspoed naar andere plaatsen; doorgaande wegen verbonden de dorpjes om ons heen maar lieten ons links liggen; ingenieurs die ervoor konden zorgen dat spoorlijnen zelfs de toppen van de Appalachen konden bedwingen, verklaarden onomwonden dat het dal van de Elm Creek ontoegankelijk was. Ten slotte had de gemeenteraad hier zo de buik van vol dat werd besloten het stadje om te dopen in Water's Ford. Hierin lag de oorspronkelijke betekenis van de naam nog steeds besloten, maar zonder de smetten die aan Creek's Crossing kleefden. Het moet nog blijken of dit voldoende zal zijn.

Ik moet bekennen dat ik de nodige voldoening ontleende aan het feit dat meneer Pearson en mevrouw Engle uiteindelijk tot hun eigen verbazing moesten vaststellen dat hun gedrag vooral nadelige gevolgen voor henzelf had. Ik twijfel er niet aan dat ik mijn vrienden moet bedanken voor de nieuwe geruchten die al snel de ronde deden en waaruit bleek dat meneer Pearson de onschuldige Anneke op slinkse wijze tot een bekentenis had overgehaald. Als hij dat niet had gedaan, zo werd gefluisterd, zou ons stadje een grote schande bespaard zijn gebleven. Opeens herinnerde iedereen zich weer de venijnige stukjes die moeder en zoon jarenlang naar de *Creek's Crossing Informer* hadden gestuurd, en meer was er niet nodig om van hen de meest verachte bewoners van ons stadje te maken. Nog geen jaar na de arrestatie van de Acht van Creek's Crossing verhuisden meneer Pearson en mevrouw Engle; volgens sommigen naar Virginia, maar anderen beweerden zelfs dat ze naar Florida waren vertrokken. Ik noch mijn vrienden hebben ooit nog iets van hen vernomen, maar het zal niemand verbazen dat mij dat allerminst stoorde.

Voordat meneer Pearson vertrok en ons stadje met zijn afwezigheid vereerde, zorgde hij ervoor dat mijn goede naam voor altijd was besmeurd. Ons naaikransje deed zijn uiterste best het tegendeel te bewijzen, en elk lid zou bereid zijn geweest zelfs voor de hoogste rechtbank te verklaren dat ze Anneke een paar uur na de geboorte twee jongetjes hadden zien knuffelen. De mens is echter eerder geneigd het schandalige in plaats van het goede te geloven, en zo verging het mij ook. De kansen dat ik, een niet bepaald beeldschone vrouw die niet meer de jongste was, ooit nog een echtgenoot zou vinden, waren nooit groot geweest, maar nu waren ze nihil. Ik denk dat ik me gelukkig mag prijzen dat ik nooit meer een man heb leren kennen voor wie ik zoveel genegenheid voelde als voor Jonathan en dat het me dus eigenlijk niet veel kon schelen.

Meneer Pearson, mevrouw Engle en hun kennissen waren echter niet de enigen die door de bewoners van het stadje met de nek werden aangekeken. Hoewel wij Bergstroms in het openbaar werden verdedigd en van alle blaam werden gezuiverd, waren de meesten toch geneigd ons over één kam te scheren met onze vijanden en werden we even verantwoordelijk gehouden voor het bezoedelen van het blazoen van Creek's Crossing. We werden nooit meer zo'n deel van de gemeenschap als we voor het voorval waren geweest, en na verloop van tijd konden we weinig anders doen dan aanvaarden dat velen ons altijd kil zouden blijven bejegenen. Langzaam zochten we steeds meer het gezelschap van onze eigen immer groeiende familie en bescheiden kring van beste vrienden op, onder wie de families Nelson en Wright en de leden van het naaigroepje. We bezochten niet langer feestelijke gelegenheden zoals het Oogstbal, en één keer ving ik toevallig op dat een bewoner op de vraag van een bezoeker naar 'het schandaal van jaren geleden' antwoordde dat Elm Creek Farm eigenlijk buiten de grenzen van het stadje lag en dat de bewoners dus niet als inwoners van Water's Ford konden worden beschouwd. Daar leden we echter niet onder: onze buren beperkten zich weliswaar tot de hoogst noodzakelijke beleefdheden, maar de reputatie van stoeterij Bergstrom verspreidde zich al snel tot ver buiten het dal, en daar plukten we de vruchten van. Als het schandaal rond de Acht van Creek's Crossing nooit was voorgevallen en mijn goede naam niet was besmeurd, zou deze voorspoed voor velen zeker aanleiding zijn geweest de banden met ons aan te halen, maar nu leken onze successen de vijandigheid alleen maar te vergroten.

Ik moet bekennen dat Jonathans goede naam veel minder onder het schandaal leed. Binnen een paar jaar stond hij weer even hoog aangeschreven bij zijn medeburgers als voorheen, terwijl er over mij nog zou worden gefluisterd wanneer ik oud en grijs zou zijn. Men zou kunnen stellen dat het Jonathan wel en mij niet werd vergeven omdat hij de arts van ons stadje was en ik slechts een ongetrouwde vrouw zonder noemenswaardige positie in de gemeenschap, maar ik weet wat de ware reden was: hij was een man, ik een vrouw. De vrouw dient immer de last van de zonde te dragen, terwijl de man vrij is te doen wat hij wil. Maar ik misgun hem dit niet, want hoewel ik nooit met hem heb overlegd voordat ik tegen meneer Pearson zei dat hij mijn geliefde was, heeft hij dit nooit openlijk ontkend, waardoor hij het mede mogelijk maakte dat de waarheid over de afkomst van Joanna's zoon zijn hele leven lang geheim bleef.

Want ik weet nu zeker dat u begrijpt waarom ik deze hele geschiedenis diende op te biechten: omdat de zoon van Joanna Canada nooit heeft bereikt en zelfs nooit met zijn moeder is herenigd. Vanaf het moment dat Anneke beweerde dat hij haar eigen kind was, is hij als lid van de familie Bergstrom door het leven gegaan, en dat is altijd zo gebleven.

Dat was nooit onze bedoeling. Nadat Joanna gevangen was genomen en ik alles in het werk stelde om haar te vinden, en toen Josiah Chester weigerde te antwoorden op de stapel brieven die ik hem stuurde, besloot ik zelf naar Wentworth County in Virginia te reizen, zodat ik hem persoonlijk kon spreken. Toen brak de oorlog uit, zoals we allen hadden gevreesd en verwacht, en was ik gedwongen mijn vertrek op te schorten en me bezig te houden met kwesties dichter bij huis. Onze familie was nu groter geworden, en ik moest voor de kinderen zorgen en diende de beproevingen die de oorlog ons bracht te verdragen. Ik zou zoveel kunnen vertellen over die duistere, meedogenloze tijden, maar ik wil nu niet dit verhaal staken om dat te doen, niet nu ik zo dicht bij het einde ben gekomen. Misschien zal ik die gebeurtenissen een andere keer optekenen, als ik mezelf ertoe kan zetten. Als ik nog lang genoeg leef.

Na de oorlog zette ik mijn zoektocht voort, maar telkens weer werden mijn pogingen gedwarsboomd. Hoewel ik steeds gefrustreerder werd, klampte ik me aan elke hoop vast, en vaak stelde ik me in gedachten een triomfantelijke en luisterrijke terugkeer van Joanna naar Elm Creek Farm en een hereniging met haar zoontje voor. Ik was er zo van overtuigd dat een dergelijke gebeurtenis zou plaatsvinden dat ik reeds aan een quilt begon, als welkomstgeschenk voor Joanna. Ik koos een patroon dat eenvoudig te naaien was, daar mijn vaardigheden tijdens de oorlog een slapend bestaan hadden geleid, maar het was wel een patroon met een bijzondere betekenis: de Log Cabin, genoemd naar het patroon van rechthoekige stroken die als de balken van een blokhut over elkaar vielen. Het ontwerp was, zo beweerde Dorothea althans, bedacht als eerbewijs aan de heer Abraham Lincoln, en aangezien hij verantwoordelijk was voor de bevrijding van de slaven leek dit me een passende keuze voor Joanna's quilt. Het vierkantje in het midden van het blok moest geel zijn, als symbool voor een lamp voor het venster van de hut, of rood, als symbool voor de haard, maar ik sneed mijn vierkantjes uit zwarte stof, als symbool voor een gevluchte slavin die ooit in onze eigen blokhut een schuilplaats had gevonden.

De tijd verstreek, en naarmate mijn Log Cabin de voltooiing naderde, kregen die zwarte vierkantjes een andere betekenis. Zwart was tevens de kleur van de rouw, en nu mijn zoektochten op niets uit leken te lopen, begon ik om mijn verdwenen vriendin te treuren, daar ik vreesde dat ze de quilt die ik voor haar had gemaakt nimmer zou mogen aanschouwen.

Mijn brieven bereikten ten slotte een dochter van Josiah Chester, die me schreef dat ze niet wist wat er van Joanna was geworden nadat die van hun plantage was ontsnapt. Ze vertelde dat haar vader doorgaans de slaven die waren opgepakt terug naar zijn plantage liet voeren, zodat hij hen ten overstaan van de andere slaven bij wijze van waarschuwing bruut kon straffen alvorens hij hen doorverkocht aan familie of kennissen in Georgia of North en South Carolina. Ze wist niet of dit Joanna ook was overkomen, maar ze kende Joanna niet goed en zou haar mogelijk, zo beweerde ze althans, niet eens hebben herkend.

Ik zou haar hebben geloofd indien Joanna me niet had verteld dat ze een huisslaaf was en al het naaiwerk voor de familie deed. De dochter van Josiah Chester moest haar zeker hebben ontmoet wanneer ze een nieuwe japon paste, en waarschijnlijk nog wel vaker.

Er gingen jaren voorbij. Joanna's zoon groeide op tot een lange, sterke jongen die zijn moeder nooit had gezien, en de hoop die ik zo lang had gekoesterd, werd langzaam maar zeker de bodem ingeslagen. Ik gaf het niet op omdat mijn genegenheid jegens Joanna minder was geworden; integendeel, die was alleen maar gegroeid nu ik kon zien welk een geweldige jongeman mijn neef was geworden, en omdat ik wist welke opofferingen Joanna zich had moeten getroosten om hem deel van onze levens te laten zijn. Nee, ik hield op met zoeken omdat ik aannam dat Joanna dood was. Als ze nog had geleefd, zou ze naar Elm Creek Farm zijn teruggekeerd voor haar kind. Ze had de weg hierheen eerder gevonden, als een vrouw op de vlucht, en als vrije vrouw zou ze die beslist weer hebben kunnen vinden, en ze zou zijn gekomen, in de wetenschap dat haar zoon op haar wachtte. Het enige wat had kunnen voorkomen dat ze ons een boodschap zou sturen, was haar dood. Daar twijfel ik niet aan.

Maar als u lid van de familie Bergstrom bent, lezer, dan weet u al dat haar zoon niet op haar terugkeer wachtte.

U vraagt zich waarschijnlijk af waarom we hem nooit de waarheid over zijn afkomst hebben verteld. U zet mogelijk vraagtekens bij ons besluit; ik weet dat ik dat in de loop der jaren veelvuldig heb gedaan, en zelfs nog meer nu ik mijn eigen dood voel naderen en ik weet dat het niet lang zal duren voordat ik tegenover mijn Schepper verantwoording zal moeten afleggen.

Aanvankelijk vertelden we hem niets omdat hij te jong was en het niet zou begrijpen. Daarna zwegen we uit angst dat hij ons geheim als een onschuldige opmerking aan vreemden zou verraden, zoals kinderen vaker doen. Later zeiden we niets omdat Joanna's terugkeer steeds onwaarschijnlijker leek en Anneke ons verbood het hem te vertellen. Ze wilde niet dat hij verdriet zou hebben om een moeder die hij nooit had gekend, en ze wilde niet dat hij het gevoel zou hebben dat hij minder geliefd was dan zijn broertjes en zusjes. Zelfs toen hij een man werd en heel goed in staat was de waarheid te aanvaarden en te verdragen, zwegen we nog, daar we hadden ontdekt dat iemand de vrijheid schenken niet gelijkstond aan hem gelijkwaardig behandelen, en we werden dagelijks herinnerd aan de wreedheid van onwetenden die nu nog van onze jongen hielden, maar hem zouden verafschuwen zodra ze zouden vernemen wie hij echt was. We konden het hem niet aandoen, of het nu juist was of niet.

Toen hij nog een kind was, liet Anneke me beloven dat ik haar zoon – want ze beschouwde hem als haar zoon, niet minder dan het kind dat ze zelf had gedragen – nooit over Joanna, over hemzelf, zou vertellen. Ik stemde toe, maar had mijn twijfels. Mijn hele leven lang heb ik me afgevraagd of we, juist door mijn neefje tegen vooroordelen en kwaadsprekerij te beschermen, niet ongewild hebben bijgedragen aan het voortbestaan van dergelijk kwaad. Misschien hadden we de waarheid van de daken moeten schreeuwen en iedereen moeten uitdagen hem niet anders dan een Bergstrom te behandelen – maar we hielden van hem, en moge God het ons vergeven indien we er verkeerd aan hebben gedaan, en we vonden zijn veiligheid belangrijker dan onze principes. Als verdediging kan ik opmerken dat het vertellen van de waarheid Joanna evenmin naar ons zou hebben teruggebracht.

Maar ik heb het beloofd, en dus heb ik mijn neefje nooit de waarheid verteld en zal ik dat ook nimmer doen. En daar ik het hem niet kan vertellen, vertel ik het aan u, niet alleen omdat dit deel vormt van uw erfenis, de erfenis die u toekomt, maar ook omdat ik het niet zou kunnen verdragen indien Joanna wordt vergeten.

Anneke is al vijftien jaar geleden heengegaan, maar toch hoor ik dat ze me verwijtend toespreekt omdat ik nu de geheimen onthul die we zo lang verborgen hebben gehouden. Misschien heeft ze gelijk, en degene die deze woorden leest, zal me ongetwijfeld verachten omdat ik me niet aan mijn belofte heb gehouden. Dat is een risico dat ik opzettelijk neem, daar ik, in tegenstelling tot Anneke, niet geloof dat de waarheid ons te gronde zal richten. Dit is het hoofdstuk dat in onze familiegeschiedenis ontbreekt, het deel dat ons compleet maakt en dat we onder ogen moeten zien indien we onszelf waarlijk willen kennen. Behoed deze erfenis zo goed als u kunt, en koester deze kennis in het diepst van uw hart.

Ik bied u deze woorden ter nagedachtenis aan Joanna, van wie ik hield, en ik bid dat ze in het Koninkrijk der Hemelen de rust, vrijheid en vreugde heeft gevonden die haar op aarde is ontzegd.

Elm Creek Manor, Pennsylvania

28 november 1895

Sylvia sloot het boekje en veegde haar tranen weg.

Andrew had haar linkerhand met beide handen vastgehouden toen ze de laatste pagina's van de memoires hardop had voorgelezen. Nu gaf hij haar hand een kneepje en bracht die naar zijn lippen. Het medeleven dat ze in zijn ogen zag, dreigde de tranenvloed nog heviger te maken.

Sylvia schraapte haar keel en ging rechtop in haar stoel zitten, om zichzelf een houding te geven. 'Nou, ik weet niet goed wat ik ervan moet denken.' En toen liet haar stem haar in de steek omdat haar gevoelens niet in woorden te vertalen waren. Ze had zo te doen met Joanna, die zowel haar kind als haar droom van de vrijheid had verloren. Ze voelde walging en schaamte omdat Anneke haar eigen familie had verraden en daardoor de levens en het geluk had verwoest van degenen die haar het dierbaarst waren. Maar ze was bovenal verbijsterd. Het voelde alsof de fundamenten van haar universum onder haar waren weggeslagen.

'Mijn familie,' zei ze langzaam, 'is heel anders dan ik altijd heb gedacht.'

Deze keer bedoelde ze niet alleen dat de werkelijkheid een minder rooskleurig beeld gaf dan de familielegenden.

'Weet je....' Ze zweeg een tijdlang, in gedachten verzonken. 'Ik weet dat David mijn grootvader was. En uit mijn moeders bijbel blijkt dat hij een tweelingbroer had.'

Andrew knikte, wachtend totdat ze verder zou gaan.

'Maar Gerda schrijft nergens of Anneke David of Stephen heeft gebaard.'

Andrew zei zacht: 'Dat was me ook al opgevallen.'

'Ze doet zelfs de grootste moeite om dat te vermijden.' Opeens herinnerde Sylvia zich de doorgestreepte regel die ze eerder in het boekje was tegengekomen, de zin die Sarah en zij tevergeefs hadden getracht te ontcijferen. Ze hadden gedacht dat Gerda daar de naam van Joanna's kind had opgeschreven, en nu begreep ze waarom Gerda die naam weer onleesbaar had willen maken. Dat was geen vergissing, maar een opzettelijke poging de waarheid te verhullen.

Sylvia's gedachten buitelden over elkaar heen. Het voelde alsof ze door een draaikolk werd meegezogen, steeds sneller, en elk moment van haar veilige wereld in een oceaan van onzekerheid kon vallen. 'Waarom?' vroeg ze met trillende stem. 'Waarom heeft ze zoveel bekend en dat laatste detail toch nog verzwegen?'

'Misschien wilde ze je beschermen. Jou, of degene die dit zou lezen.'

'Beschermen?'

'Ze kon niet weten wie dit zou lezen. Ze kon niet weten hoe sterk je bent. Het is nogal een klap, om opeens te ontdekken dat er je hele leven lang tegen je is gelogen.'

'Dat hoef je me niet te vertellen.' Sylvia voelde het begin van woede in haar opwellen. 'Maar waarom heeft ze het dan opgeschreven? Omdat ze zich beter zou voelen als ze het had opgebiecht?'

Andrew haalde zwijgend zijn schouders op.

'Ze vertrouwde me niet,' zei Sylvia op bittere toon. 'Ze durfde me niet de hele waarheid toe te vertrouwen, maar gaf me net genoeg om aan alles te twijfelen; aan mezelf, aan mijn hele identiteit.' Nu ze die woorden uitsprak, hoorde ze de takken van haar stamboom bijna knappen.

De hand van Andrew voelde warm en sterk rond de hare. 'Je identiteit bestaat uit meer dan alleen maar je afkomst. Je bent nog steeds Sylvia Bergstrom, een sterke vrouw die zich door niemand de les laat lezen. Een vrouw die quilt, die haar kennis op anderen overdraagt, die een goede vriendin is, degene van wie ik hou. Wat er in dat boekje staat, kan daar allemaal niets aan veranderen.'

'Maar het verandert wel bijna alle andere zaken.' Sylvia was haar hele leven lang al trots geweest op het feit dat ze een nazaat was van Hans en Anneke Bergstrom, moedige pioniers, gedreven abolitionisten, stichters van een dynastie die een fortuin hadden vergaard. Ze had al aanvaard dat haar voorouders niet de helden waren voor wie ze hen had aangezien, maar nu waren ze misschien helemaal haar voorouders niet.

Sylvia verbeterde zichzelf. Haar ouders waren nog steeds haar ouders, haar grootouders bleven haar grootouders. De verbinding tot Hans en Anneke was nu twijfelachtig geworden, maar verder niets. Maar dat was al veel.

'Zou het nu zo erg zijn om de achterkleindochter van Joanna te zijn?' vroeg Andrew vriendelijk.

'Nee.' Sylvia had zonder nadenken geantwoord, maar toen dwong ze zichzelf beter over de vraag na te denken. Onder al die overweldigende emoties die haar overspoelden, herkende ze verwondering, fascinatie en ontzag. 'Ik zou er trots op mogen zijn als ik een afstammelinge van die dappere vrouw zou zijn.' Toen besefte ze vol pijn van wie ze in dat geval nog meer familie zou zijn.

'Ik wilde niet geloven dat ik slaveneigenaren in de familie kon hebben.' Ze zweeg even en voelde dat ze een brok in haar keel kreeg. 'En nu ontdek ik dat ik mogelijk de achterkleindochter ben van een onmens dat niet alleen slaven bezat, maar ook nog verkrachtte en martelde.'

'Aan hem moet je niet denken,' zei Andrew. 'Dat deed Joanna ook niet wanneer ze haar kind in haar armen hield. Ze dacht alleen maar aan hoeveel ze van hem hield.'

'Ik zou Josiah Chester het liefste helemaal willen vergeten, maar als ik mijn afkomst onder ogen wil zien, kan ik hem niet negeren.'

'Vergeet niet dat we niet zeker weten wie je voorouders zijn. Misschien trekken we wel een beetje te snel onze conclusies. Anneke kan net zo goed de moeder van David zijn geweest, zoals je altijd hebt gedacht.'

Sylvia wilde opmerken dat Gerda in dat geval weinig reden tot zoveel geheimzinnigheid zou hebben gehad, maar toen viel haar iets in. Er waren meer takken in de familie behalve de hare – misschien wilde Gerda andere nazaten beschermen. En bovendien had Gerda per se het verhaal van Joanna willen vertellen, van de vrouw die door de belofte aan Anneke nagenoeg geheel in de vergetelheid was geraakt. Het was heel goed mogelijk, of zelfs bijzonder waarschijnlijk, dat Sylvia's afkomst precies zo was als ze altijd had gedacht.

Ze nam aan dat ze het nooit zeker zou weten.

Sylvia vroeg zich twee dagen lang af hoeveel ze anderen over Gerda's onthullingen zou vertellen en wie ze in vertrouwen zou nemen. Haar vriendinnen wisten slechts dat ze het boekje uit had en zagen dat ze werd geplaagd door iets wat ze had gelezen, maar gelukkig gaven ze haar tijd om na te denken en bestookten ze haar niet met vragen.

Ze probeerde aan Andrew uit te leggen dat haar gemengde gevoelens niet betekenden dat ze deze kennis over haar afkomst niet wilde aanvaarden, als die afkomst inderdaad anders was dan ze had gedacht. Het was de onzekerheid die aan haar vrat, de geheel nieuwe kijk op zichzelf die Gerda haar dwong in te nemen. 'Als ik dit boekje tientallen jaren geleden had ontdekt, zou ik me waarschijnlijk heel anders voelen,' zei Sylvia. 'Dan had ik deze verandering misschien toegejuicht. Maar om op mijn leeftijd nog te wennen aan het idee dat je misschien heel iemand anders bent dan je altijd dacht... Ik geloof niet dat ik dat kan.'

'Dat hoeft ook niet,' zei Andrew. 'Je bent en blijft dezelfde geweldige vrouw die je altijd al bent geweest, en het doet er niet toe of al die prachtige trekjes van je van Anneke of Hans of Joanna of Josiah Chester komen. Je ziel is hetzelfde gebleven. Je bent meer dan de optelsom van je ouders, hoor. Je bent alles wat je ooit hebt gedaan, elke wens die je hebt geuit, iedereen van wie je ooit hebt gehouden en die van jou heeft gehouden. Niemand kan je dat afnemen, ook Gerda niet. Wat die verdraaide memoires ook zeggen.'

Hij viel stil, beschaamd, en Sylvia staarde hem aan, zich verwonderend over het hele verhaal dat hij net had gehouden. Dat was helemaal niets voor hem. Zijn onwankelbare vertrouwen in haar deed haar meer dan hij ooit zou kunnen vermoeden, maar ze zei er niets over omdat ze wist dat hij zich dan nog meer zou schamen.

'Ik denk dat ik gewoon meer tijd nodig heb,' zei ze. Andrew was het met haar eens.

Een week later besefte Sylvia dat ze het mysterie waarvan Gerda haar deelgenoot had gemaakt had aanvaard. Ze kon alleen maar gissen naar de reden waarom dezelfde vrouw die zich gedwongen voelde de nazaten van de familie Bergstrom 'de erfgenamen van onze waarheden te maken, of die nu goed of slecht zijn', het belangrijkste geheim dat de familie ooit had gekend weigerde te onthullen, en ten slotte hield ze op met piekeren.

Ze besloot ook dat ze moest ophouden met tussen de regels door te lezen in de hoop dat ze zou kunnen raden wie van beide vrouwen haar grootvader had gebaard. In de ene zin leek een bepaalde woordkeuze op Anneke te duiden, maar twee alinea's later was ze er zeker van dat Joanna werd bedoeld. In een poging de waarheid te achterhalen had ze de memoires al zo vaak van voor naar achter gelezen dat ze er zeker van was dat ze het hele verhaal uit haar hoofd zou kunnen opschrijven. Toen ze merkte dat ze zich afvroeg of Gerda en Jonathan misschien haar overgrootouders waren geweest en het gehele boekje een poging van Gerda was om die waarheid uit schaamte over haar bastaard te verhullen, wist ze dat ze te ver was gegaan. Ze was niet bezig de draden van het weefsel van de geschiedenis te ontrafelen, maar trok er juist strakke knopen in.

En dus gaf ze het op. Of eigenlijk, zei ze tegen zichzelf, gaf ze zich over. Gerda had gewild dat ze maar een klein stukje van het verhaal zou kennen, en niet het hele verhaal. Dat was meer dan Sylvia had geweten voordat ze was begonnen met lezen, en ze besloot de gift te aanvaarden en niet langer vraagtekens bij de motieven van de geefster te zetten.

Ze zou hier vrede mee hebben gehad als niet het beeld dat ooit Gerda had achtervolgd nu haar eigen dromen binnensloop: het gezicht van Joanna, zwijgend en smekend, die door de slavenjager werd meegevoerd. 's Nachts schrok Sylvia wakker van dat beeld, en voordat ze weer in slaap viel, fluisterde een stem in haar gedachten: misschien is mijn overgrootmoeder wel ver van hier gestorven, alleen, als slaaf, vol wanhoop.

Ze deelde al haar gedachten, hoe kwellend sommige ook waren, met Andrew. Ze huilde meer dan eens in zijn armen, treurend om de zekerheden die ze had verloren en vervuld van woede jegens Gerda omdat die haar met zoveel vragen had opgezadeld. Als kind was Sylvia al trots op zichzelf, op haar familie geweest – te trots, zouden sommigen zeggen. Nu voelde ze zich niet eens meer een Bergstrom. Ze wist niet langer wat het betekende een Bergstrom te zijn.

Ze wist dat Gerda het recht had haar een onvoltooide familiegeschiedenis vol gaten na te laten, maar dat betekende nog niet dat ze er vrede mee hoefde te hebben. Het betekende evenmin dat ze de traditie van geheimen en zwijgzaamheid moest voortzetten.

Sarah was de eerste aan wie ze het vertelde. Sylvia zag haar als een dochter, en omdat Sarah ooit Elm Creek Manor zou erven, had ze het recht de waarheid te weten. Terwijl Sylvia haar vriendin het schokkende verhaal vertelde, voelde ze dat er een last van haar schouders viel. Nu ze het geheim kon delen, was het beter te verdragen.

Op de vraag of Sylvia nu nog wel een Bergstrom was, gaf Sarah een vastbesloten antwoord dat voor Sylvia verraste, maar ook troostte. 'Stel je niet zo aan,' zei Sarah. Uit haar gezichtsuitdrukking bleek duidelijk dat ze het niet zou pikken als haar vriendin zich over zou geven aan eindeloos gepieker of zelfmedelijden. Het was zelfs zo duidelijk dat Sylvia even zichzelf in haar zag.

'Ik vond niet dat ik me aanstelde.'

'Nou, dat deed je wel,' antwoordde Sarah. 'Ook al was Joanna je overgrootmoeder, dan nog hebben Hans en Anneke haar zoon als een eigen kind opgevoed. Horen geadopteerde kinderen soms minder bij een familie dan het eigen vlees en bloed?'

'Nee, natuurlijk niet.'

'Ik ben blij dat je dat zegt, want anders zou je een paar van je vriendinnen behoorlijk kwetsen. Diana is geadopteerd, wist je dat? En de stiefvader van Judy heeft haar geadopteerd nadat hij met haar moeder is getrouwd. Wil je soms beweren dat ze geen echte kinderen van hun ouders zijn?'

'Dat zou ik niet durven.'

'Dan moet je zulke dingen ook niet over Joanna's zoon zeggen,' verklaarde Sarah. 'Natuurlijk ben je een Bergstrom. Wat een vraag!'

Sylvia glimlachte aarzelend. 'Ja, ik neem aan van wel.'
Maar ze wist nog steeds niet goed wat het betekende.

Met een zekere roekeloosheid, alsof ze Gerda wilde straffen omdat die een deel van de waarheid achter de hand had gehouden, vertelde Sylvia haar beste vriendinnen wat er in de memoires stond. Gerda had gewild dat haar nazaten de waarheid in het diepst van hun hart zouden koesteren, maar nu was het ook Sylvia's verhaal, en ze vond dat ze ermee mocht doen wat ze wilde.

Nadat Sylvia met Sarah had gesproken, belde ze Grace Daniels. Tot haar grote verbazing zei Grace, nadat Sylvia haar de laatste cryptische bladzijden had voorgelezen, op geamuseerde toon: 'Dan wil ik je graag als eerste welkom heten in de familie.'

'Ik ben blij dat iemand dit nog vermakelijk vindt,' zei Sylvia droogjes.

'Ik heb me altijd afgevraagd waarom we het zo goed met elkaar kunnen vinden, maar nu weet ik het.'

'Grace, nu kwets je me. We kennen elkaar al vijftien jaar, en nu wil je zeggen dat –'

'Hé, ik plaag je alleen maar.'

'Ik jou ook,' merkte Sylvia gevat op. 'Al moet ik bekennen dat ik verbaasd ben dat ik er grapjes over kan maken. Ik ben zo in de war door het hele verhaal dat ik amper helder kan denken.'

'Je kunt het Anneke en Gerda niet kwalijk nemen dat ze dit geheim wilden houden,' zei Grace. 'Ik wil niet zeggen dat de huidige tijden perfect zijn – helemaal niet, zelfs – maar toen was het echt heel anders. Anneke dacht waarschijnlijk dat ze Joanna's zoon kon behoeden voor een ongelooflijk zwaar en gevaarlijk bestaan.'

'En was dat ook zo?'

Grace zweeg even. 'Dat is een vraag die ik niet zomaar kan beantwoorden.'

'Toe, Grace,' drong Sylvia aan. 'Ik wil de hele waarheid horen. Daar ontbreekt het de laatste tijd nogal aan.'

'Nou...' Grace zuchtte. 'Aan de ene kant heb ik bewondering voor hen omdat ze hem als hun eigen kind hebben aangenomen en als een lid van het gezin hebben opgevoed, maar aan de andere kant vind ik het onjuist dat zijn ware erfenis hem is onthouden. Maar ik weet niet of ik daar wel over mag oordelen, veilig en wel in de eenentwintigste eeuw. Slavernij zou het duidelijkste gevolg van die erfenis zijn geweest, en dat wens ik niemand toe. En als ze hem met de slavenjagers zouden hebben meegegeven, zou hij toch van Joanna zijn gescheiden en had ze hem nooit meer kunnen vinden.'

'Of misschien zouden ze hem zelfs hebben gedood. Het reizen met een zuigeling zou hun vast te lastig zijn geweest.'

'Dat denk ik niet,' zei Grace op scherpe toon. 'Vergeet niet dat hij een waardevol bezit moet zijn geweest. Josiah Chester had de slavenjagers mogelijk vorstelijk voor hem willen betalen.'

'Ja, dat is zo.' Sylvia zuchtte. 'Dus de familie Bergstrom heeft hem beschermd, in de hoop hem ooit met zijn moeder te kunnen herenigen, maar dat is nooit gebeurd. Maar toch hadden ze hem de waarheid kunnen vertellen toen hij eenmaal volwassen was.'

'Ja, en misschien hadden ze dat ook moeten doen. Maar omdat hij voor blank door kon gaan, leek het hun waarschijnlijk beter te zwijgen.'

'Dat vind ik vreselijk klinken, "voor blank door kon gaan",' zei Sylvia. 'Zo klinkt het alsof een soort proef was die de een wel met succes aflegde en de ander niet.'

'Maar zo was het ook,' zei Grace. 'En zelfs nu, in de eenentwintigste eeuw, nu de geschiedenis ons keer op keer heeft laten zien dat het verkeerd is om mensen in hokjes te stoppen, denken sommigen, in bepaalde delen van de wereld, nog steeds dat het een soort proef is. In de ogen van degenen die zo dom zijn dat ze denken een oordeel te mogen vellen, zak ik elke dag voor die proef. De domheid uit Gerda's tijd leeft niet alleen voort, maar tiert zelfs welig.'

Sylvia wist niet wat ze moest zeggen.

Grace vervolgde, op mildere toon: 'Je zei dat je niet langer weet wat het betekent om een Bergstrom te zijn. Denk je dat je weet wat het betekent om blank of zwart te zijn?'

Twee dagen later vertelde Sylvia de Elm Creek Quilters tot besluit van hun wekelijkse bijeenkomst hoe het verhaal van Gerda was geëindigd. Ze hoorden het nieuws verbaasd en geboeid aan, maar Diane beweerde dat ze dit al had zien aankomen zodra duidelijk was geworden dat Anneke en Joanna allebei in verwachting waren.

'Dat zag je niet,' merkte Gwen op. Ze gaf Diane zo'n harde por dat die bijna uit haar stoel viel.

Diane duwde terug. 'Wel waar. Ik lees heel veel detectives. Gerda's verhaal was veel minder ingewikkeld.'

'In dat geval,' zei Sylvia, 'kun je je speurdersgaven misschien voor mij aan het werk zetten en bepalen wie mijn echte overgrootmoeder was.'

Gwen keek Diane grijnzend aan. 'Hup Sherlock, aan de slag.'

'Mijn hemel,' merkte Sylvia hoofdschuddend op, 'ik vraag me af waarom jullie elke week toch weer naast elkaar gaan zitten. Als jullie zo met elkaar omgaan, kunnen we jullie beter uit elkaar halen.'

Gwen en Diane keken eerst elkaar aan en toen vol verbazing naar Sylvia. 'Ben je gek?' riep Diane uit. 'Ik kijk er de hele week naar uit om Gwen op de kast te kunnen jagen.'

Gwen trok een zelfvoldaan gezicht. 'O, maar ik krijg jou eerder op de kast dan jij mij. Ik hoef alleen maar een opmerking over je naaiwerk te maken.'

De Elm Creek Quilters barstten allemaal in lachen uit, en Sylvia merkte dat haar sombere stemming afzakte. Bijna vergat ze het gevoel van verlies dat haar plaagde. Had Gerda maar iets meer vertrouwen in haar gehad, dan had ze nu zekerheid over haar afkomst gehad. Hoe meer tijd er verstreek, des te meer Sylvia geloofde dat de waarheid, hoe die ook mocht luiden, te verkiezen was boven deze lege plek in hun geschiedenis.

Toen klonk de stem van Agnes boven het gelach uit: 'Nou, ik hoop dat Joanna je overgrootmoeder was.'

Alle blikken gingen naar haar. Sylvia keek haar schoonzus, de weduwe van haar kleine broertje, verbaasd aan. 'Waarom?'

'Omdat ze klinkt als een bijzondere vrouw. Sterk, moedig,

trots.' Agnes schonk Sylvia een glimlach vol genegenheid. 'Of ze nu je overgrootmoeder is of niet, ik zie heel veel van haar in jou.'

De volgende dag ging Summer opnieuw naar het archief van het geschiedkundig genootschap, al wist ze niet goed waarnaar ze moest zoeken. De hele zomer had ze over geschriften gebogen gezeten, en inmiddels had ze het idee dat er geen stukje papier in het archief zat dat ze niet in handen had gehad. Bovendien was het antwoord op de vraag die Sylvia het meeste bezighield hier toch niet te vinden. De drang om toch te gaan kijken, was echter zo sterk dat ze die niet kon negeren. Tijdens de vergadering had Sylvia het verhaal op de onomwonden wijze verteld die zo kenmerkend voor haar was, maar Summer wist dat er achter die dappere buitenkant de nodige pijn schuilging. Ze wilde haar vriendin helpen – dat wilden alle Elm Creek Quilters, en na het relaas hadden ze afgesproken allemaal te kijken wat ze konden doen – maar ze wist niet waar ze moest beginnen.

Ze zette haar rugzak tegen het tafeltje waar ze gewoonlijk zat en liep naar de planken. Hopelijk zou ze iets zien staan wat ze nog niet kende, maar tot nu toe oogden alle titels vertrouwd.

Opeens stak iemand een hand uit en pakte vlak voor haar een boek van de plank. 'Als je op zoek bent naar iets spannends, kan ik je dit van harte aanraden.'

Summer keek over haar schouder en zag een glimlachende Jeremy staan. Ze lachte naar hem en keek toen naar de titel. *Het relaas van de waterscheiding in de Elm Creek Valley.* Wauw, dat klinkt echt heel boeiend. Loopt het goed af?'

'De hoofdpersoon is eigenlijk een geest.'

Summer trok een beteuterd gezicht. 'Hè, nu heb je het voor me verpest.' Ze pakte het boek uit zijn handen en zette het terug op de plank.

'Ik kan het goedmaken,' zei Jeremy. 'De laatste keer dat ik je sprak, zei je dat je graag eens de oude plaatselijke kranten zou willen bekijken, de edities die in dit archief ontbreken. Wil je dat nog steeds?'

'Ja, natuurlijk. Liggen ze hier ergens? Heb ik iets over het hoofd gezien?'

'Nee, ze zijn niet hier, maar wel in het archief van de *Waterford Register*.'

'Maar daar zeiden ze dat ze niemand konden missen die me kon helpen zoeken.'

'Een van mijn studenten loopt daar stage en wil je na zijn dienst wel een handje helpen.'

'O, wat geweldig!' riep Summer uit. 'Wanneer kan ik beginnen?'

'Vanmiddag nog, als je tijd hebt.' Jeremy aarzelde even. 'Maar er is wel een voorwaarde aan verbonden.'

'Wat dan?'

'Niet schokkends. Ik heb hem moeten beloven dat hij een extra studiepunt krijgt. Maar er is nog iets anders.'

'Dan zijn het dus twee voorwaarden.'

'Klopt. Maar de tweede is veel belangrijker.'

Summer keek hem geamuseerd aan. 'Laat eens horen.'

'Je moet beloven dat je met me uit eten zult gaan.'

'Aha.' Ze onderdrukte een glimlach. 'Nou, als dat de enige manier is om toegang tot dat archief te krijgen...' Ze haalde haar schouders op. 'Goed dan. Maar alleen omdat deze vriendin heel erg belangrijk voor me is.'

Die avond ging Sylvia, volkomen onwetend van Summers plannen maar gesterkt door de hartverwarmende woorden van Agnes en de troostende verzekeringen van haar vriendinnen, naar bed met het vermoeden dat ze op een dag aan de memoires van Gerda zou kunnen denken zonder te betreuren dat haar oudtante zoveel had verzwegen. Maar voordat ze in bed kroop, liep ze naar bibliotheek en pakte pen en papier uit de bovenste lade van het grote eikenhouten bureau dat ooit van haar vader was geweest. Ze schreef een brief aan Rosemary, de achterkleindochter van Dorothea Nelson, waarin ze bevestigde dat haar overgrootouders hun station inderdaad nog voor het begin van de oorlog hadden gesloten en waarom ze dat hadden moeten doen. Daarna schreef ze een tweede, langere brief aan Margaret Alden, waarin ze uitlegde hoe het verhaal van Gerda was afgelopen en ze Margaret en haar moeder uitnodigde om te komen kijken naar de quilts die ze op de zolder van Elm Creek Manor had gevonden.

Misschien zouden ze dan kunnen ontdekken hoe, en of, de quilts van de familie Bergstrom met die van Margaret waren verbonden.

14

Op een middag halverwege september stond Sylvia Compson in de bibliotheek uit het raam boven de hoofdingang van het landhuis te kijken. Aan de andere kant van de ruit strekte het groene gazon zich uit tot aan de bomen langs de Elm Creek. De bladeren staken felrood, geel en oranje af tegen de onbewolkte herfsthemel, maar ze had er geen oog voor. Haar blik was op de weg gericht, omdat er dadelijk een auto uit het bos tevoorschijn zou komen die Margaret Alden en haar moeder Evelyn naar Elm Creek Manor bracht.

Sylvia droeg zichzelf op niet langer heen en weer te lopen als een kat die de zenuwen had. Margaret had het landgoed al eerder bezocht, als cursiste, en haar moeder was ongetwijfeld ook een aardige vrouw. Toch had Margaret in haar antwoord op Sylvia's brief duidelijk laten blijken dat ze teleurgesteld was nu bleek dat er geen verwantschap tussen beide families leek te zijn. Ze had met geen woord over Joanna gerept. Sylvia had gedacht dat Gerda's laatste onthulling wel een reactie moest uitlokken en wist niet goed wat ze van Margarets zwijgen moest denken.

'Sylvia, heb je even?'

Sylvia draaide zich om en zag Sarah in de deuropening staan. Vlak achter haar stond Summer, met een grote kartonnen envelop in haar hand. 'Voor jullie altijd,' zei Sylvia glimlachend. De twee jonge vrouwen hadden sinds ze de memoires had uitgelezen voortdurend pogingen gedaan om haar op te monteren, maar wat haar veel meer deed dan hun grapjes en afleidende gesprekken, was het feit dat ze die moeite voor haar wilden doen.

Sylvia liet het gordijn weer op zijn plaats vallen. Sarah en Summer kwamen naast haar staan. 'We weten dat je erg teleurgesteld bent,' zei Sarah, 'en we hadden je dolgraag de antwoorden willen geven waarnaar je zo hard op zoek bent. Dat kunnen we niet, maar we vonden dat we in elk geval wel konden proberen om zoveel mogelijk over Gerda te weten te komen.'

'En weer hebben al die uren in de bieb resultaten opgeleverd.' Summer gaf haar de envelop aan. 'Ik ben iemand tegengekomen die me de archieven van de *Waterford Register* in wist te loodsen. Ze hebben niet alle ontbrekende edities, maar wel een groot deel.'

Sylvia trok de envelop al open. 'O, lieverd, dit is geweldig.' Ze haalde een handvol printjes van microfiches uit de envelop en las de eerste koppen: '"Underground Railroad opgerold! Acht burgers aangehouden." Mijn hemel. "Gerechtigheid en genade zegevieren. Acht van Creek's Crossing vrijgelaten." "Creek's Crossing: vrijplaats voor aanhangers Zuiden? Een rechtvaardige natie twijfelt." Nou, overdrijven was toen wel in de mode, zeg.'

'Het staat er allemaal in,' legde Summer uit. 'Het hele verhaal, precies zoals Gerda het heeft opgeschreven.'

'Er zit zelfs een brief aan de redactie bij, van meneer Pearson,' zei Sarah. 'Blijkbaar had de krant het idee dat ze beide zijden moesten belichten.'

'Hm. Daar ben ik wel benieuwd naar,' zei Sylvia. 'Wat schrijft hij allemaal?'

'Precies wat je van hem zou verwachten.'

'En het mooiste is nog,' vulde Summer aan, 'dat de stagiair bij de krant zei dat ik altijd terug mag komen als ik nog meer wil opzoeken, dus als je ooit op zoek wilt gaan naar nieuws over je vader of je grootmoeder –'

'Of je oudtante Lucinda,' onderbrak Sarah haar, 'of Claudia, om te kijken wat die allemaal heeft uitgespookt toen je er niet was –'

'Je hoeft het alleen maar te zeggen, dan ga ik meteen op zoek.'

'Misschien doe ik dat binnenkort wel,' zei Sylvia. 'Heel hartelijk bedankt, dames.' Ze stopte de vellen terug in de envelop, zodat ze die later op haar gemak zou kunnen lezen, en zag toen dat Sarah en Summer elkaar veelbetekenend aankeken. 'Hé, ik ken die blik. Maar ik verwacht bezoek, dus wat jullie ook in je schild voeren, het zal moeten wachten.'

'Nou, het kan niet wachten,' zei Summer. 'Want... een paar van je gasten zijn er al.'

'Dat kan niet. Ik houd de oprijlaan al een hele tijd in de gaten.' Al een uur, had ze er bijna aan toegevoegd, maar ze wilde die twee niet laten merken hoe zenuwachtig ze was. Toen begreep ze het. 'O, wacht even, dit is jullie verrassing. Jullie hebben nog iemand uitgenodigd en die door de achterdeur naar binnen gesmokkeld. Nou, vertel eens wie het is, en waar hij of zij zich heeft verstopt.'

'Het zijn Rosemary Cullen en Kathleen Barrett,' zei Sarah. 'En ze hebben zich niet verstopt. Ze zitten in de zitkamer aan de koffie.'

'Waarom heb je dat niet eerder gezegd?' riep Sylvia uit. Ze liep zo snel de bibliotheek uit dat Sarah en Summer haar pas bij de deur inhaalden. 'Echt, wat is er met jullie?' zei ze mopperend toen ze naar beneden liepen. 'Zijn jullie dan helemaal niet opgevoed? Je kunt niet zomaar bezoek in de steek laten omdat je even met mij wilt babbelen.'

'Maar Andrew is bij hen,' zei Sarah.

'Gelukkig maar,' zei Sylvia, maar ze keek haar vriendinnen hoofdschuddend aan toen die over de marmeren vloer van de grote hal liepen, in de richting van de zitkamer in de westvleugel. Daar trof ze de twee vrouwen babbelend met Andrew aan. 'Rosemary, Kathleen, wat enig jullie weer te zien.'

'Dat vinden wij ook,' zei Rosemary. Ze schudde de hand die Sylvia naar haar uitstak en leek zich helemaal niet verwaarloosd te voelen. 'Ik moet eerlijk zeggen dat jouw brief het opwindendste is wat ons in jaren is overkomen. Het is zo fijn om te horen dat de verhalen over mijn overgrootouders inderdaad waar zijn. Ik heb het gevoel dat ik hen nu veel beter ken, dankzij Gerda en haar dagboek.'

'Dat gevoel ken ik,' zei Sylvia glimlachend. Al gold voor haar natuurlijk dat net zoveel verhalen niet waar bleken te zijn.

'Na jullie bezoek heb ik de brieven van Thomas aan Dorothea gelezen,' zei Kathleen. 'In minstens tien brieven heeft hij het over je familie.'

'Echt waar? Weet je zeker dat hij mijn familie bedoelt?'

'Heel zeker.' Rosemary klopte naast zich op de bank om aan te geven dat Sylvia tussen haar en Andrew moest komen zitten. 'Hij noemt de leden bij hun namen en heeft het zelfs over de kinderen.'

Sylvia voelde dat haar hart een slag oversloeg en ging veel sneller zitten dan haar bedoeling was geweest. Welke kinderen, vroeg ze zich af, en wat had Thomas over hen geschreven? Hij moest het hebben geweten. Zelfs wanneer de Bergstroms er niets over hadden gezegd, dan nog hadden de Nelsons zeker geweten dat Anneke maar één kind had gekregen, en ze hadden Gerda vaak genoeg gezien om zeker te weten dat die niet in verwachting was geweest. Ze hadden ook geweten dat de familie onderdak had geboden aan een ontsnapte slavin, en Jonathan had zelfs geholpen haar kind op de wereld te zetten.

'Ik zou die brieven graag eens willen lezen,' zei Sylvia tegen Rosemary.

'Gewoonlijk wil moeder niet dat die het huis verlaten,' zei Kathleen, maar ze pakte haar tas. 'Aan de hand van wat je over de memoires van Gerda hebt verteld, konden we vaststellen dat deze ene brief heel erg belangrijk voor je zou kunnen zijn, en dus besloot moeder een uitzondering te maken.'

Na die woorden stak Kathleen Sylvia een broos velletje papier toe.

'Mijn...' Sylvia's stem stierf weg, en met haar andere hand zette ze snel de leesbril op die aan een dun zilveren kettinkje rond haar nek hing. Ze keek even naar Summer en Sarah, om moed te vatten, en begon toen te lezen.

7 november 1863

Mijn liefste Dorothea,

Het begint te schemeren, en nu ik even niets om handen heb, besluit ik mijn tijd nuttig te besteden en je te schrijven. Vergeef me mijn beverige handschrift. We hebben vandaag hard gevochten, tegen een vijand die slinkser en gevaarlijker is dan ik ooit had kunnen vermoeden. Ze hebben zich voor de nacht ingegraven en wachten nu tot wij bij dageraad zullen aanvallen, maar als ik de geruchten die in het kamp de ronde doen mag geloven, trekken we al bij zonsondergang ten strijde. Daar ik niet weet of ik nog lang genoeg zal leven om de zon weer te zien rijzen, moet ik de heldere warmte van de dag, die ik altijd om me heen voel wanneer ik denk aan jouw glimlach en de tedere blik in je ogen, uit mijn geheugen opdiepen.

Ik mis jou en Abigail met heel mijn hart. Geef haar een zoen van me en zeg haar dat papa snel thuis zal komen. Ik zeg tegen mezelf dat de oorlog tegen Kerstmis voorbij zal zijn, maar dan word ik weer getroffen door twijfels en vrees ik je nooit meer te zullen weerzien. Maar zoals je vaak hebt gezegd, mijn liefste, mag ik niet te lang bij dergelijke gedachten stilstaan, maar dien ik te bidden om een snel en rechtvaardige einde van deze strijd. Daarom zal ik me voorstellen dat jij hier bij me bent, of eerder dat ik daar bij jou ben, want hoewel ik weet dat je een bijzonder daadkrachtige vrouw bent, wens ik dat je nooit zult hoeven aanschouwen wat ik hier om me heen zie.

Wanneer ik mijn ogen sluit en aan thuis denk, zie ik de lente en ruik ik de pas omgeploegde aarde. Het is avond, het werk van de dag is gedaan, en ik duw jou en de kleine Abby op de schommel die je broer voor ons aan de eik bij de weide heeft gehangen. De zon gaat onder, het kindje kirt van plezier, en jij kijkt me over je schouder aan en glimlacht, en dan weet ik dat ik nog leef.

Ik onderbreek mijn mijmeringen om je te vertellen dat ik, eindelijk, iets van Jonathan heb vernomen. Toen hij hoorde dat een van zijn patiënten zich na zijn herstel bij ons zou voegen, gaf hij hem een brief voor mij mee, waar ik bijzonder blij mee was. Hij meldt weinig over zijn werkzaamheden en zegt slechts dat geneeskunde op het slagveld iets heel anders is dan wat hij op de universiteit heeft geleerd. Wanneer ik denk aan de gewonden die we hebben gezien, kan ik me niet voorstellen dat er enige opleiding is die een mens daarop kan voorbereiden. Jonathan schreef dat hij je brieven had ontvangen en dat die hem met vreugde vervulden. Hij meldde tevens dat hij bericht had gekregen van onze vriendin Gerda Bergstrom. Blijkbaar heeft Gerda veel opgestoken van je breilessen, want ze heeft hem drie paar dikke wollen sokken gezonden, die hem erg goed van pas komen. Ze heeft hem ook een dichtbundel gestuurd, maar hij bekende die nog niet te hebben opengeslagen, daar hij aan het einde van elke dag zo moe is dat hij slechts nog zijn schoenen kan uittrekken alvorens in slaap te vallen.

Hij schreef niet dat hij iets van Charlotte had vernomen. Ik hoop dat hij het slechts is vergeten te zeggen, en niet dat dit betekent dat Charlottes toestand nu zodanig is verslechterd dat ze niet in staat tot schrijven is. Ik weet nog goed dat het haar bij de twee oudsten erg zwaar is gevallen. Ik vermoed, mijn lieve vrouw, dat je broer wel degelijk iets van haar heeft vernomen, maar dat zijn gedachten zo van Gerda waren vervuld dat er voor Charlotte geen plaats meer in zijn schrijven was.

Wanneer ik aan onze vrienden denk, voel ik medelijden met Jonathan en kan ik slechts bidden dat zijn hart rust mag vinden. Ik weet hoe het is om je grote liefde te vinden, en nu ik al zoveel jaren gelukkig getrouwd ben, kan ik me niet voorstellen dat ik ooit nog zonder je zou kunnen leven, of dit leven met een ander zou kunnen delen. Ik weet dat Jonathan achting en bewondering voor Charlotte voelt, en ik twijfel er niet aan dat hij een uitstekend echtgenoot voor haar is, maar het is erg onfortuinlijk dat hij zijn leven niet kan delen met de vrouw aan wie hij zijn hart heeft geschonken.

Ik hoef je niet te zeggen dat je deze uitspraken beter niet tegenover je broer of Gerda kunt herhalen. Het zijn niet meer dan de hersenspinsels van een vermoeid man, maar ik weet dat je me niet zult berispen voor mijn neiging tot praat voor de vaak. Sterker nog, elk woord dat ik over een dierbare zeg, hoe onbeduidend het ook moge lijken, wint des te meer aan gewicht nu ik me zo ver van de warmte van hun genegenheid bevindt.

Nu wordt me gezegd dat ik mijn licht dien te doven, dus ik moet mijn brief terstond beëindigen. Ik weet dat je me het zult vergeven dat ik de brief van Jonathan niet aan je doorstuur. Hij meldde dat hij je zelf zou schrijven, en de blije tijdingen van geliefde vrienden zijn in deze poel van ellende een grote troost voor me, en ik zou zijn woorden graag nog eens in alle rust herlezen.

Ik mis je, mijn dierbare echtgenote, en weer zweer ik dat ik, mocht het me gegeven zijn terug te keren naar onze behaaglijke boerderij in het dal, die plek nimmer zal verlaten.

Geef Abby een kus namens mij, en weet dat ik voortdurend aan je denk.


Je liefhebbende echtgenoot,
Thomas


Sylvia zette haar bril af, schraapte haar keel en knipperde haar tranen weg. 'Nou.' Met zorg vouwde ze de brief op en gaf die terug aan Kathleen. 'Ik ben blij dat Gerda en Jonathan vrienden zijn gebleven, al zou het me nog meer plezier hebben gedaan als was gebleken dat ze uiteindelijk toch nog gelukkig met elkaar waren geworden.' Ze had zo met hen te doen. Als het lot anders had beschikt, hadden ze net zo'n liefdevol en toegewijd paar als Thomas en Dorothea kunnen worden.

'En hoe zit het met die kinderen van Hans en Anneke?' vroeg Sarah. 'Kathleen, je zei al dat Thomas het ook over hen heeft gehad.'

'Dat heeft hij ook,' zei Kathleen. 'Maar vaak nogal terloops, vrees ik. Hij schrijft over bijeenkomsten op deze of gene boerderij, of over keren dat de kinderen met elkaar hebben gespeeld.'

Sylvia knikte. Ze zou dolgraag een brief willen lezen waarin haar voorouders werden genoemd, in hoe weinig woorden ook, maar daar had ze al twee keer om gevraagd, en beide keren had ze nul op rekest gekregen. Ze had het idee dat ze het niet nog eens kon vragen.

'Ik wil die brieven niet graag afgeven,' zei Rosemary. 'Ik weet zeker dat jij hetzelfde met de memoires hebt, Sylvia.'

Sylvia dwong zich te glimlachen, zodat niemand zou zien hoe teleurgesteld ze was. 'Ja, natuurlijk.'

'Dus ik denk dat we maar eens samen moeten gaan lezen. Dan kun je met de memoires naar mij toe komen, of ik kom met de brieven hierheen, en dan wisselen we ze uit. Wat vind je daarvan?'

'Dat lijkt me een prachtig plan.'

'Weet je zeker dat het niet lastig voor je zal zijn? Je hebt het vast erg druk, met je bedrijf en dergelijke. Misschien heb je wel helemaal geen tijd om op afspraak te lezen.'

Sylvia zag Kathleen even bezorgd fronsen en begreep dat het moeder en dochter niet alleen om de informatie in de memoires, maar ook om het sociale aspect ging. Gelukkig wilde Sylvia niets liever dan iets afspreken. 'Ik heb meer dan genoeg tijd en kan me geen betere besteding ervan voorstellen.'

Rosemary glimlachte verheugd, en al snel kwamen zij en Sylvia overeen dat ze elkaar elke woensdag om twaalf uur zouden treffen – de ene week bij Rosemary thuis, de week erna op Elm Creek Manor – en dan een uur lang zouden lezen.

Kathleen leek tevreden met die afspraak, maar voegde er toen aan toe: 'Ik zou zelf graag meer van Elm Creek Manor willen zien. Misschien geef ik me wel op voor een cursus.'

Rosemary keek haar verbaasd aan. 'Hoor ik dat nu goed? Wil mijn dochter na al die jaren eindelijk leren quilten?'

Kathleen keek zo beschaamd dat Sylvia even bang was dat ze ineen zou krimpen als een klein meisje dat op een ondeugende streek was betrapt. 'Het leek me wel leuk.'

Rosemary lachte en zei tegen de anderen: 'Jullie hebben geen idee hoe lang ik haar al aan het quilten probeer te krijgen. Ze zei altijd dat niets haar saaier leek dan de hele dag oude lapjes aan elkaar naaien.'

Iedereen moest lachen, op Kathleen na, maar ten slotte verscheen ook rond haar lippen een schaapachtige grijns. 'Ik ben van gedachten veranderd,' legde ze uit. 'Na het lezen van de brieven van Thomas heb ik veel meer waardering gekregen voor de Dove in the Window die Dorothea voor hem heeft gemaakt. Ik wil er eigenlijk zelf ook wel een maken, ter nagedachtenis aan hen.'

'Wat een mooi idee.' Sylvia dacht aan al de quilts die Gerda had genoemd, en vooral aan de allerbelangrijkste: de Log Cabin, de Birds in the Air en natuurlijk de Underground Railroad, maar ook de Shoo-Fly die Gerda vol tegenzin had gemaakt, en de Feathered Star die Joanna voor haar zoontje had genaaid. En Sylvia bleef maar denken aan de quilt van Margaret Alden die, voor zover Sylvia kon bepalen, Gerda nooit had gezien. Toch was die misschien nog wel de belangrijkste, omdat die, ondanks het feit dat de oorsprong nog steeds een raadsel was, Sylvia naar de zolder had gelokt waar ze het dagboek had gevonden.

'De volgende lessen beginnen aanstaande zondag,' zei Sarah tegen Kathleen. 'Als je wilt, kan ik je opgeven voor Patchwork voor Beginners.'

'En daarna is het seizoen eigenlijk alweer afgelopen,' zei Sylvia, 'maar indien je interesse hebt, kun je altijd lessen bij mij komen volgen.'

'Zeg maar ja,' raadde Sarah aan. 'Sylvia is een geweldige lerares.'

'Zeg maar ja,' herhaalde Rosemary, die tegen Sylvia zei: 'We moeten haar met het virus besmetten nu we de kans krijgen.'

'Dat heb ik wel gehoord,' zei Kathleen lachend, maar even later hadden Sylvia en zij al het nodige afgesproken en had Sylvia weer een nieuwe verplichting op haar agenda gezet. Misschien zou de komende winter zonder vaste cursisten toch niet zo eenzaam worden als gedacht.

Na het vertrek van Kathleen en Rosemary viel Sylvia stil. De woorden van Thomas bleven door haar hoofd spoken. Andrew sloeg een arm om haar heen en streelde haar afwezig over haar haar. Thomas wist wat het betekende om je grote liefde te vinden, had hij geschreven, en hij had zich niet kunnen voorstellen hoe het was om zonder haar te leven of met een ander getrouwd te zijn. Hij had medelijden met Jonathan gehad omdat hij had geweigerd zijn belofte aan Charlotte te verbreken, hoewel hij zijn hart aan Gerda had verpand. Jonathan had willen doen wat juist was, ook al deed het hem pijn, maar hij had Gerda minstens evenveel gekwetst als hemzelf, en daartoe had hij niet het recht gehad.

Sylvia wist niet of Andrew haar grote liefde was, of dat zij zijn grote liefde was, en er was zeker geen sprake van dat ze ooit met een ander zou trouwen, maar ze had van de ervaringen van haar voorouders geleerd en was niet van zins die te herhalen.

Ze stond op en pakte Andrew bij zijn hand. 'Kom eens mee.'

'Waarheen?'

Ongeduldig probeerde ze hem overeind te trekken. 'We gaan een stukje wandelen.'

Hij trok verbaasd zijn wenkbrauwen op. 'Nu?'

'Ja, nu. Kom mee.'

'En Margaret en Evelyn dan?' wilde Sarah weten, terwijl Andrew schouderophalend opstond.

'O, Summer en jij kunnen hen vast wel vermaken als we niet op tijd terug zijn.' Ze schonk geen aandacht aan de verbaasde blikken tussen Sarah en Summer, maar pakte Andrew bij zijn arm en leidde hem de kamer uit.

'Wat heeft dit allemaal te beteken?' vroeg Andrew toen ze via de deur bij het hoeksteenterras naar buiten liepen.

'Ik wilde even alleen met je zijn, meer niet.'

'Dat begreep ik al, maar waarom?'

'Dat merk je zo wel. Echt, ik sleep je echt niet mee naar de andere kant van de wereld. Even geduld.'

Hij slaagde er bijna in een lachje te onderdrukken, dus Sylvia deed alsof ze hem niet had gehoord. Ze versnelde haar passen; ze wilde dolgraag de tuin ten noorden van het huis bereiken en daar zeggen wat ze te zeggen had.

Ze gingen naast elkaar in het prieeltje zitten, zoals ze al zo vaak hadden gedaan. Sylvia nam zijn hand in de hare, sloot haar ogen en haalde diep adem. Toen ze haar ogen weer opende, merkte ze dat Andrew haar nieuwsgierig aankeek. 'Sylvia, gaat het?'

'Ja, het gaat prima.' Of misschien was ze wel helemaal stapelgek geworden. 'Andrew, lieverd, weet je nog dat je vorige zomer op precies deze plek een erg belangrijke vraag hebt gesteld?'

Andrew keek haar aan, maar zijn gezicht verraadde niets. Toen knikte hij.

'Nou, als je het niet erg zou vinden...' Ze schraapte haar keel. 'Ik zou heel graag willen dat je het me nog eens vroeg.'

'Weet je dat zeker?'

'Ja, heel zeker.'

Hij dacht even na. 'Goed dan.' Hij zweeg en zei toen: 'Sylvia...'

'Ja, Andrew?'

'Wat wil je tussen de middag eten?'

'Nee, niet dat!' wierp ze tegen, maar haar verlegenheid veranderde in verontwaardiging toen ze zag dat hij haar uit zat te lachen. 'Andrew Cooper, jij schobbejak, je weet heel goed welke vraag ik bedoel.'

'Ik heb het je al zo vaak gevraagd, en je hebt zo vaak nee gezegd, dat je het me niet kwalijk kunt nemen dat ik je nu in het ootje neem.' Hij grinnikte. 'Misschien moet ik wachten totdat jij mij vraagt.'

Dat was Sylvia ook van plan, maar alleen als laatste redmiddel. 'We doen dit goed, of we doen het helemaal niet.' Ze probeerde streng te klinken, maar dat viel niet mee nu Andrew haar vol genegenheid aankeek. 'Tenzij je natuurlijk geen interesse meer hebt...'

'O, dat heb ik.'

Hij nam haar handen weer in de zijne, en met woorden die even eenvoudig en onomwonden als liefdevol waren, zei hij haar weer hoeveel hij van haar hield, en dat hij al van haar had gehouden toen hij nog heel jong was geweest. Hij zei dat hij de rest van zijn leven van haar zou houden en dat hij haar dat elke dag van hun samenzijn zou bewijzen. Hij beloofde alles te doen wat hij kon om haar gelukkig te maken, net zo gelukkig als zij hem maakte, en als ze zijn vrouw zou willen worden, zou er geen man op aarde blijer en trotser zijn dan hij.

En deze keer zou Sylvia ja.

Andrew maakte net een vreugdedansje met Sylvia in het prieel toen Sarah aan kwam lopen om te zeggen dat een auto het huis naderde. Ze moest haar stem verheffen om boven hun gelach uit te komen, en nadat ze haar boodschap had doorgegeven, bleef ze hen nieuwsgierig aankijken. 'Waarom zijn jullie zo vrolijk?'

'Dat vertellen we je later wel,' zei Sylvia voordat Andrew iets kon zeggen. Ze wilde nog even met hun tweetjes van het goede nieuws genieten voordat ze het aan haar vrienden zou vertellen.

Sylvia en Andrew begroetten Margaret en haar moeder bij de voordeur. Zodra het tweetal binnenkwam en met hun gelach en vrolijke begroetingen ook iets van de frisheid van de mooie herfstdag mee leek te brengen, werden de laatste paar zorgen verdreven die zelfs Andrews aanzoek niet uit Sylvia's gedachten had kunnen bannen. Nadat iedereen was voorgesteld, bracht Matt de bagage naar hun kamers – op een tas na die Evelyn graag bij haar wilde houden – en zei Sarah dat ze aan tafel konden gaan voor de lunch.

Sylvia en Andrew gingen Margaret en Evelyn voor naar de eetzaal, waar Summer net de laatste hand legde aan een tafelstuk. Sylvia bedankte haar glimlachend. Haar jonge vriendin begreep hoe belangrijk dit bezoek voor haar was en had oog gehad voor zelfs het kleinste detail. Sylvia kon alleen maar hopen dat haar vriendinnen met eventuele andere verrassingen zouden wachten totdat Margaret en Sylvia op één oor lagen. Het deed haar genoegen dat niemand een verrassing in petto kon hebben die beter was dan die zij voor hen had.

Ook Matt en Sarah schoven aan en maakten het groepje van zeven compleet. De kok diende zelf op en deed dat met zoveel flair als Sylvia zich maar kon wensen.

Terwijl iedereen met elkaar zat te babbelen, nam Sylvia de gelegenheid waar haar gasten eens aandachtiger te bestuderen. Evelyn deed haar qua uiterlijk en leeftijd denken aan Rosemary Cullen en was veel bedeesder dan haar uitgesproken dochter. Sylvia moest een glimlach onderdrukken toen ze naar Margaret keek. De voormalige cursiste was zo blij dat ze weer terug was op Elm Creek Manor dat ze het waarschijnlijk niet eens zou hebben gemerkt als de kok haar een koude hamburger van de plaatselijke snackbar zou hebben voorgeschoteld. Tijdens het eten vertelde Margaret haar moeder wat ze hier allemaal had geleerd en haalde ze met Sarah en Summer herinneringen aan die week op. Ze had nog steeds contact met de anderen met wie ze samen de workshop Quilten met de naaimachine had gevolgd, en onlangs hadden ze samen een *round robin* voltooid, een doorgeefquilt waarvoor ze de blokken per post hadden rondgestuurd.

'We willen hier volgende zomer een reünie houden,' vertelde Margaret. 'We wachten met smart op de inschrijfformulieren.'

'Ik ben blij dat jullie weer willen terugkomen,' zei Sylvia. Ze keek Evelyn aan. 'Heb je zin om ook te komen?'

Evelyn haalde verlegen haar schouders op. 'O, dat weet ik nog niet. Ik reis niet zo vaak meer en voel me thuis meer op mijn gemak.'

'We zullen ons uiterste best doen om ervoor te zorgen dat u zich hier ook op uw gemak voelt,' zei Summer, met die glimlach die altijd weer degene die ze aansprak wist te vertederen.

'Denk er maar eens over na, mama,' drong Margaret aan.

'Als je denkt dat het niet te lastig zal zijn voor je vriendinnen, dan wil ik het best overwegen, maar...' Evelyn keek naar de anderen. 'Ik durf het bijna niet te zeggen, maar ik kan niet quilten.'

'Dan is er toch geen betere reden om naar quiltkamp te komen?' riep Sarah uit, en Sylvia knikte instemmend. Nadat ze Evelyn ervan hadden verzekerd dat ze niet de enige nieuweling zou zijn, klaarde de oude dame op en zei dat ze er graag bij wilde zijn.

Andrew boog zich voorover en fluisterde Sylvia in haar oor: 'Eerst Kathleen en nu Evelyn. Twee bekeerlingen op één dag, dat is niet slecht.'

Sylvia kneep even haar lippen opeen, alsof ze hem duidelijk wilde maken dat hij te brutaal was, maar ze wist dat hij de twinkeling in haar ogen kon zien.

Na het dessert, dat bestond uit een heerlijke combinatie van cake met witte chocolademousse die Sylvia meteen op het vaste menu wilde zetten, kwam het gesprek al snel op de memoires van Gerda. Margaret en Evelyn bestookten Sylvia met zoveel vragen dat het haar verbaasde dat ze zich tot na het eten hadden kunnen inhouden. Ze liet Sarah het boekje halen en las er hardop uit voor wanneer ze haar vroegen om meer details over bepaalde gebeurtenissen die ze in haar brieven had genoemd. Evelyn en Margaret luisterden vooral aandachtig toen Sylvia voorlas welke vergeefse pogingen Gerda had gedaan om Joanna te vinden. Misschien kwam het doordat het zo'n spannende dag was geweest, of misschien kwam het doordat ze nu het dagboek deelde met de vrouw wier verrassende vragen de aanleiding tot nader onderzoek naar haar familie hadden gevormd, maar Sylvia merkte dat ze zo overweldigd was door haar emoties dat ze haar tong brak over de simpelste zinnetjes, en ten slotte werd dat zo beschamend dat ze de vrouwen het boekje toeschoof, zodat ze het zelf konden lezen. Maar dat wilde niemand aan tafel, ze drongen er allemaal op aan dat ze verder zou voorlezen. Ze wilden Gerda's woorden via Sylvia horen.

Gesterkt door hun aanmoedigingen haalde Sylvia diep adem en las verder tot aan de laatste bladzijde. Toen deed ze het boekje zachtjes dicht en legde het in haar schoot. In gedachten zag ze Gerda in haar kamer in de westelijke vleugel van Elm Creek Manor zitten, met haar pen in de hand, haar relaas vol verdriet verlangend toevertrouwend aan dit dunne, in leer gebonden boekje, zonder te weten of iemand het ooit zou lezen, of hoe haar woorden zouden worden opgevat. Of misschien had ze in alle rust in de tuin aan de noordzijde zitten schrijven, in het prieeltje dat Hans waarschijnlijk niet had gebouwd om gevluchte slaven te verbergen, maar ter nagedachtenis aan de vrouw die hem zijn aangenomen kind had geschonken. Sylvia zag voor zich dat Gerda haar voltooide verhaal in de Underground Railroad-quilt had gewikkeld en die veilig in haar dekenkist had gelegd, samen met de Birds in the Air en de unieke Log Cabin die ze nooit aan Joanna had kunnen geven. En daarna, of misschien wel jaren later, mogelijk zelfs pas toen ze haar testament maakte, had ze de ranke sleutel aan Lucinda gegeven, die hem ten slotte Sylvia had toevertrouwd.

Evelyn was uiteindelijk degene die de stilte verbrak. 'Margaret...' Ze zweeg, schraapte haar keel en zette even haar bril af, zodat ze haar ogen met een zakdoekje kon betten. 'Margaret, lieverd, wil je me even mijn tas geven?'

Margaret knikte, en na een korte, ondoorgrondelijke blik op Sylvia haalde ze de grote tas onder de tafel vandaan en zette die op haar moeders schoot, waarbij ze de blijkbaar zware inhoud bleef ondersteunen. Evelyn maakte de gespen los, trok de rits open en haalde een bundeltje tevoorschijn dat in een katoenen laken was gewikkeld. Sylvia zag meteen dat het een quilt was, en toen ze zag met hoeveel ontzag Evelyn de deken vasthield, wist ze ook welke het was.

Ze onderdrukte een kreet van verrukking toen Evelyn en Margaret hun Birds in the Air openvouwden en de quilt omhooghielden, zodat iedereen die kon zien. Wat was het heerlijk dat geheimzinnige kunstwerk weer te zien, compleet met watervlekken en sporen van slijtage.

Sarah en Summer slaakten verraste uitroepen. Sylvia had hun verteld hoe kwetsbaar de quilt was, en ze hadden nooit verwacht die nog eens in het echt te zullen zien. Sylvia keek vol genegenheid toe toen haar twee jonge vriendinnen elkaar enthousiast op de details wezen: de zorgvuldige steekjes waarmee de lagen stof aan elkaar waren gezet, de versleten katoenen vulling die duidelijk zichtbaar was onder het mousseline, en de fijne, geheimzinnige patronen waarlangs de quilt was doorgepit en die Sylvia ooit voor afbeeldingen van Elm Creek Manor had aangezien.

'Heel erg bedankt dat jullie hem hebben willen meebrengen,' zei Sylvia. 'Ik wou alleen dat mijn vriendin Grace Daniels hem had kunnen zien. Dat zou ze geweldig hebben gevonden.'

'O, maar die kans krijgt ze nog wel een keer,' zei Margaret.

'Het is dat ze op uren vliegen van hier woont, want anders had ik haar nu gebeld en gezegd dat ze als de wiedeweerga hierheen moet komen.'

'Dan kan ze hem tijdens haar volgende bezoek toch gewoon bekijken?' zei Evelyn.

Sylvia keek even verwonderd naar Andrew en vroeg toen: 'Hoe bedoel je?'

Evelyn keek aandachtig naar de quilt, alsof ze alle details in haar geheugen wilde prenten, en gaf hem toen met een zucht aan Sylvia. 'Beloof me dat je er goed op zult passen.'

'Wat...' Sylvia pakte de quilt aan, maar haar blik was op haar gaste gericht. 'Je wilt toch niet zeggen dat je hem aan mij wilt geven?'

'Ja.'

'Maar... Hij is onbetaalbaar. Dit is een erfstuk van jullie familie.'

'Het is een erfstuk,' beaamde Evelyn. 'Alleen niet van mijn familie.'

'Evelyn...' Sylvia wilde de quilt dolgraag aannemen, maar ze wist dat dat niet kon. De enige aanspraak die ze kon maken, had te maken met de naam die de moeder van Evelyn aan de quilt had gegeven en de patronen die werden gevormd door de steken waarmee de quilt was doorgepit. Maar wat die patronen betekenden, was niet met zekerheid te zeggen. 'Ik zou hem dolgraag willen aannemen, maar dat kan ik niet. We hebben geen enkel bewijs dat deze quilt iets met Elm Creek Manor te maken heeft. Dat hij ooit de Elm Creek Quilt is genoemd, zegt niets...'

'Maar we hebben wel bewijzen,' zei Margaret. 'Je vergeet dat de quilt nog een andere naam had. De Vluchtquilt.'

Sylvia wilde iets zeggen, maar kon geen woord uitbrengen.

Op zachte toon zei Evelyn: 'In haar memoires schrijft Gerda dat ze had gehoord dat Josiah Chester de gevluchte slaven die opnieuw waren opgepakt vaak doorverkocht aan familieleden of kennissen in Georgia of North en South Carolina.'

Sylvia kon alleen maar knikken. Ze pakte Andrews hand en hield die stevig vast.

'Mijn grootvader had een broer,' zei Evelyn. 'Die broer had een tabaksplantage in Virginia, en hij heette Josiah Chester.'

Die avond, lang nadat haar vriendinnen en gasten naar bed waren gegaan, lag Sylvia nog wakker. Haar hoofd zat zo vol gedachten dat ze onmogelijk de slaap kon vatten. Het maanlicht viel door het raam naar binnen en lokte haar onder haar quilts vandaan. Ze kleedde zich warm aan en tilde uiterst voorzichtig de Vluchtquilt van het quiltraam in de hoek.

Buiten was het koud en stil. Ze stak de brug over de Elm Creek over en liep naar de overblijfselen van de blokhut die Gerda, Hans en Anneke ooit hun thuis hadden mogen noemen. In het maanlicht oogden de half begraven stukken hout veel rechter en sterker dan overdag, maar tegelijkertijd leken ze meer op de boomwortels waarvoor Sylvia ze in eerste instantie had aangezien. De nacht betoverde de resten, zodat ze op een stevige basis leken, een levend iets, geworteld in de aarde, dat nooit ophield te groeien en voortdurend veranderde.

Sylvia liet haar handen tussen de plooien van de quilt glijden om ze warm te houden en verwonderde zich over de grillen van het lot. Misschien hadden die gebeurtenissen van lang geleden niet zomaar plaatsgevonden. Als Joanna niet tijdens de sneeuwstorm was verdwaald, als ze niet op de verlaten hut was gestuit en daar een schuilplaats had gevonden, dan zouden de levens van haar voorouders heel anders zijn verlopen. Dan zou Sylvia er misschien nooit zijn geweest.

Of misschien ook wel. Ze zou nooit zeker weten of Joanna echt haar overgrootmoeder was. Dat had ze veelvuldig tegen Margaret en Evelyn gezegd, met de waarschuwing dat ze hun kostbare erfstuk mogelijk weggaven aan iemand die nog minder banden met de maakster had dan zijzelf. Maar ze wilden per se dat Sylvia de quilt zou aannemen, met de woorden dat ze liever uit een overtuiging dan uit vaststaande feiten handelden.

En dus nam Sylvia de quilt dankbaar aan.

Ze wendde haar blik af van de resten van de hut en keek naar de hemel. Daar stond de Poolster, even helder en stralend als de nacht waarop Joanna hem richting de vrijheid was gevolgd, maar die vrijheid was van korte duur geweest. Voor Joanna's zoon was haar droom wel uitgekomen, al had hij nooit geweten welk offer zijn moeder had gebracht om hem die vrijheid te kunnen schenken. Ze had toegestaan dat ze haar meevoerden, al moest ze met heel haar hart hebben gewenst dat ze hem met zich mee kon nemen, zelfs wanneer ze weer opnieuw tot slaaf zou worden gemaakt en ze hem niet meer in haar armen had kunnen houden.

Er stak een briesje op dat de takken van de bomen langs het weggetje naar de achterdeur van Elm Creek Manor deed trillen. Sylvia begroef haar handen nog verder in de quilt en liep terug naar huis.

Ze kwam langs de rode schuur die Hans Bergstrom tegen de heuvel aan had gebouwd, twintig stappen ten oosten van wat ooit de voordeur van de hut was geweest. Ze stak de brug over de Elm Creek over en zag een lichtje achter een van de ramen van het huis. Het raam van Andrews kamer. Hij had haar waarschijnlijk horen opstaan en het huis horen verlaten en wachtte zelfs nu totdat ze weer veilig thuis zou zijn. Ze vroeg zich af of Joanna op de avond van haar komst naar Elm Creek Farm ook een lichtje achter een van de ramen had zien branden, en of die warme gloed haar troost had geschonken.

Sylvia keek op naar de hemel en bad voor Joanna, in de hoop dat ze, net zoals Gerda al had gewenst, eindelijk de vrede had gevonden die haar tijdens haar leven was ontzegd. Sylvia wist namelijk zeker, hoewel ze het nooit zou kunnen bewijzen, dat Joanna van plan was geweest terug te keren naar Elm Creek Manor, en naar haar zoon. Dat bleek uit elke steek van de Vluchtquilt, waaraan Joanna elke avond nadat het werk was gedaan moest hebben genaaid. De patronen volgens welke ze de quilt had doorgepit, moesten haar hebben herinnerd aan de route die ze had afgelegd en zouden haar op een dag opnieuw de weg kunnen wijzen. Op verloren momenten had ze over haar meesterwerk gebogen gezeten en gedacht aan het sein dat ze samen met Gerda had gemaakt; ze had gewacht totdat ze weer kon wegtrekken, als de Birds in the Air, de vogels in vlucht die ze van de restjes stof van het huishouden maakte. Haar eigenaren hadden ongetwijfeld spottend gelachen om al die moeite die 'dat mens dat ooit op de vlucht was geslagen' had gestoken in een deken die was gemaakt van restjes van hun eigen oude kleren. Joanna had niet opnieuw de route kunnen volgen die de steekjes aanduidden en had Elm Creek Manor nooit meer gezien, en de afstammelingen van degenen die haar tot slaaf hadden gemaakt, hadden haar quilt als de hunne beschouwd. Joanna had nooit geweten dat haar quilt generaties later de reis zou voltooien die ze zelf zo graag had willen maken.

Sylvia liep de trap op en stak de veranda over. Ze was thuis. Dit was haar thuis, en dit was haar familie. Zo was het altijd geweest en zo zou het altijd blijven. Wie haar echte overgrootouders ook waren, ze was een nazaat van Joanna en Anneke en Gerda. Die vrouwen hadden aan de wieg van haar familie gestaan, en ze zou hen alle drie als haar voorouders koesteren en het mysterie aanvaarden dat ze haar hadden nagelaten, net als ze met al hun andere erfstukken had gedaan.

# NOOT VAN DE AUTEUR

*Het geheim van de quilters* is een verzonnen verhaal. Er woedt nog steeds een felle discussie over de rol die quilts mogelijk als seinen van de Underground Railroad hebben gespeeld, en zoals zo vaak spreken mondeling overgeleverde verhalen de geschreven historische bronnen tegen. In dit boek heb ik getracht trouw te blijven aan de wetenschappelijke, bewezen feiten, maar heb ik tegelijkertijd een aannemelijke verklaring willen geven voor de ontwikkeling van de legende. Voor meer informatie over quilts tijdens de periode van de Underground Railroad en de Burgeroorlog verwijs ik graag naar de fantastische boeken van Barbara Brackman: *Clues in Calico, Quilts from the Civil War* en *Civil War Women*.

# DANKWOORD

Dit boek had ik nooit kunnen schrijven zonder de medewerking van Denise Roy, Maria Massie, Rebecca Davis en Tara Parsons. Ik wil jullie bedanken voor jullie vriendschap en wijze woorden.

Verder een woord van dank aan auteur Barbara Brackman, die me heeft voorzien van onmisbare informatie over quilts uit de Burgeroorlog en het gebruik van quilts als seinen langs de Underground Railroad.

Bedankt, Christine Johnson, omdat je al die jaren geleden het manuscript van *De quiltclub* hebt willen lezen en toen de vragen hebt gesteld die de aanleiding tot deze roman hebben gevormd.

Ook wil ik mijn vrienden en familieleden bedanken, met name Geraldine Neidenbach, Heather Neidenbach, Nic Neidenbach, Virginia en Edward Reichman, Leonard en Marlene Chiaverini, Martin Lang, Rachel en Chip Sauer, Anneke Spurgeon, Vanessa Alt, de Mad City Quilters en de leden van de RCTQ. Ik wil jullie allemaal bedanken voor jullie steun en bemoedigende woorden.

En ik wil vooral mijn man Marty en mijn zoon Nicholas bedanken, die me met hun humor en liefde elke dag opnieuw inspireren.

# Lees ook van
# Jennifer Chiaverini

*De quiltclub*

Als Sarah naar het dorpje Waterford verhuist, heeft ze moeite haar draai te vinden. Dan ontmoet ze de rijke weduwe Sylvia. Sarah zal haar helpen het familielandgoed op te knappen en als dank voor haar hulp zal de oude dame Sarah leren quilten. De vrouwen van de quiltclub worden algauw echte vriendinnen, en dat verandert alles...

ISBN 978-90-6974-685-2

*De kerstquilt*

Wanneer Sarah en Sylvia de rommelzolder van het landgoed ontdekken, vinden ze een onvoltooide kerstquilt. De quilt maakt een stroom aan jeugdherinneringen los bij Sylvia. De flashbacks brengen Sylvia terug in de tijd, tot die cruciale Kerstmis die de familiegeschiedenis zou veranderen.

ISBN 978-90-6974-779-8

## De doorgeefquilt

Nadat Sarah en haar man Matt bij de oude weduwe Sylvia op het landgoed zijn komen wonen, organiseren Sarah en Sylvia er bijeenkomsten van de quiltclub. Als dank besluiten de quilters Sylvia te verrassen met een 'doorgeefquilt' die al snel het symbool wordt van de complexe en sterke band tussen de vrouwen.

ISBN 978-90-6974-772-9

## De vriendschapsquilt

Op landgoed Elm Creek maken de vijf vrouwen van de quiltclub niet alleen kennis met nieuwe quilttechnieken, maar ook met elkaar. Zo ontstaat het idee om samen een 'vriendschapsquilt' te maken, waar pas aan mag worden begonnen als het grootste probleem in hun leven is opgelost...

ISBN 978-90-6974-686-9